풍류랑의
애가

上

즐거운지식 28

고|천|석|역|사|소|설

풍류랑의 애가 上

<의병장 고경명 시인> | 고천석 지음

이담 Books

포충사 정문에서 바라본 내삼문

포충사 영당 앞 내삼문

포충사 영당에는 고경명, 장남 고종후, 차남 고인후, 막하장 유팽로, 안영의 신위가 모셔져 있다.

고경명 영정

정기관(유물 전시관)

전통적인 가훈 "세독충정"(정기관)

고경명 선생은 "인간이 세상을 살아가는 데 있어 나라에 충성하고 항상 올바른 마음을 굳게 가져야 한다"는 것을 평소 후손들에게 가르치던 좌우명이다 (고경명 선생 친필).

고경명의 저서 목판본 글씨의 장서각(포충사 소장)

　　고경명 선생의 문집을 간행하기위한 목판이다. 이 목판은 선생의 막내아들 용후가 광해군 9년(1617) 남원 부사로 자원해가서 그 해에 남원지역의 부로들로부터 판각에 필요한 재원을 기부받아 모두 481편을 제작했다. 이 목판은 눌재(訥齋), 사암(思庵), 고봉목판(高峰木版)과 함께 17세기 개인문집 목판으로서 목판인쇄의 기술사적 연구자료와 더불어 매우 중요한 가치를 지니는 문화재이다. 시의 유형문화재 제20호로 지정되어 있다.

호남 순국열사비

고경명 묘소(전남 장성읍 영천동)

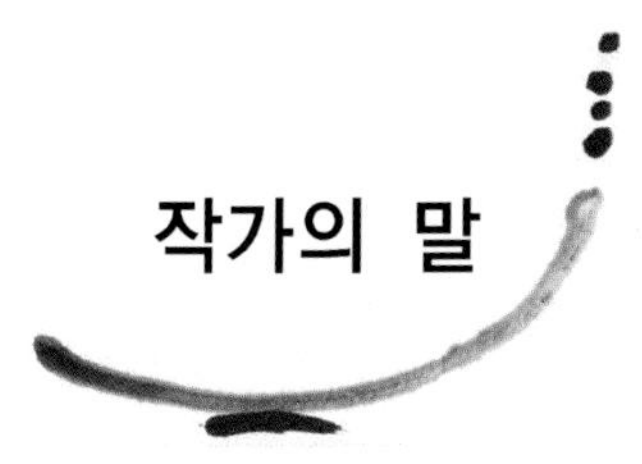

작가의 말

이 「풍류랑의 애가」를 집필하는데, 교훈은 현실의 효용성을 기대하게 된다는 것에 많은 고민이 뒤 따랐다.

효용론에는 도덕의 기초 또는 인생의 지상 목표로 삼게 되는 공리설(교훈)을 들 수 있는데, 즉 공리적인 문학작품은 독자들에게 인생의 질적인 변화를 요구하게 된다. 그런 기대를 충족하려면 이야기내용이 우선 감동을 주어야 한다고 생각했다.

그런 마음이 들기까지 톨스토이의 예술 감화 론을 생각하게 되었다. '위대한 문학은 독자들에게 삶의 지혜를 줄 수 있어야 한다.' 그것은 감화로 가능한 것이다. 문학의 가치를 그 사회의 효용 면에서 구하는 사람들은 대체로 교훈주의 문학관을 가졌다고 보기에 그렇다.

어떤 독자는 혹시 공자(孔子)' 맹자(孟子)에 대한 편견을 갖고 있을지 모른다. 문화혁명 때(1966~76) 공자는 중국 공산주의 척결대상이었다. 그러나 '21세기에 와서는 분명 유교와 공자가 긍정적으로 재평가 받으며 부활하는 움직임'이 일고 있다. '적절한 조화로 다함께 공존하고, 화목하게 지내자(和衷共濟講信修睦).' 이것은 '예를 행할 때 조화로움을 귀하게 여긴다(禮之用和爲貴).'는 이 '조화'론이 건설과 평화의 시대인 오늘날, 공자와 유가의 '생활철학인 유가사상의 긍정적 요소들이 중국의 입지를 강화하게 될 것'이란 믿음이 서려있기에 그러리라. 두웨이밍[1](杜維明, 하버드대 교수)은 "종교와 민족, 국가를 초월해 문명이 서로 조화롭게 공존해야한다."고 했다.

조선의 의병장으로 알려진 역사적인 한 시인을 추적하면서 그의 고매한 선비정신과 그의 문학에 매료되어 더욱 관심을 갖지 않을 수 없었다.

따라서 그가 접했던 동양의 철학이 궁극적으로 인생의 어느 경지를 추구하는 것인 만큼, 어떻게 하면 사람다운 사람이 되는지 그의 사상을 바르게 이해하고자 했다. 제봉이 접한 고전에는 풍요로운 정신문화 속에 아름다운 삶을 노래하고 있었다.

이 글이 세상에 빛을 보기 전, 잉태의 조짐은 28년 전으로 거슬러 올라가야한다. 출산의 고통은 그때부터 시작되었다고나 할까. 한 시인의 이야기를 집필하겠다는 동기가 된 것은 당시 한국정신문화연구원(지금은, 한국학 중앙 연구원)이 발행한, 제봉전서(전5권)와 정기 록을 처음 접하고서 부터다.

이 책은 난해한 한시와 임진란 싸움터에서 시인(3부자와 유팽로, 안영, 양대박 등이 포함 된)이 순절한 과정과 그의 관료시기, 유람 등을 그려 낸 서사적 산문과 운문으로 국역 한 책이었다. 이 책을 몇 차례 독파했으나 이해하는 데 어려움이 없지 않았다. 어떻게 써야 이해하기 쉬운 글이 될까? 문장은 읽기 좋고 이해하기 쉽게 쓰여야 했다. 그러려면 그에 걸맞은 어휘력이 풍부해야 간결한 문체를 구성하게 되는데, 생각대로 문장이 전개되지는 않았다. 알기 쉬운 문장에 흥미를 더해주는 이야기가 나오려면 읽기와 쓰기 공부가 더 많이 요구될 수밖에 없었다. 그러기를 20여년, 자료 수집과 현장답사 과정의 세월이 또 5

년여가 무정하게 흘러가 버린다. 주경야독이 아니면 생을 이어갈 수 없는 불가피한 형편이 뒤따랐기에 그랬다.

이 이야기를 야사에 가깝게 그리면서 원본의 서사적 정사내용을 살리고자 했다. 그 시대의 문학적 정서의 흐름을 훼손되지 않게 하기 위해서이다. 산문 형식으로 엮었던 이유가 바로 거기에 있다. 의병장 이전에 그는 공인된 조선조의 한 문장가이고 시인이었다. 그의 시는 3000수가 넘는 것으로 파악되었다. 시인으로서 그의 아름다운 심성은 급기야 국가에 대한 충성으로 살신성인의 경지에 이른 것이다.

따라서 추론의 성격을 띤 문장이나 내용이 난해한 점이 많을 것이다. 이는 어디까지나 소설적 착상에서 비롯된 것이란 점을 이해한다면 난해한 점은 너그럽게 이해 해 되지 않을까 싶다. 이야기를 서술하는 데 한 가지 걸림돌은…… 조선조 때 쓰던 표의적 음절문자(漢字)를 그대로 본문에 살려둔 것은 그 때의 문장에 대한 올바른 판단은 독자의 몫으로 남기고 싶었다. 또한 그 시대의 분위기를 살리기 위해서이다. 아무래도 400년 전의 문장 분위기를 어느 정도 유지하려다 보니 문장이 굳어진 느낌을 지워버릴 수 없었다.

무엇보다도 진주 삼장사에 대한 역사적 진실이 밝혀졌으면 하는 마음이 간절하다.

또 한 가지는 여기에 등장하는 주된 인물의 행적에 대한 객관성 유지다. 그러나 한 문장 한 문장 이야기를 서술해 가면서 400여 년 전 한 공인의 행적은 개인이나 한 가문의 역사이기 전에 조선의 한 시대를 장식한 역사라는 점을 인지하게 되었다.

이는 사사로운 것이 아니기에 스스로에게 객관성을 다그쳐 묻지 않을 수 없었다. 따라서 주인공에 대한 미사여구로 그의 행적을 결코 과대포장하지 않으려 애썼다. 역사적인 사실을 가감해서는 안 될 일이기에, 냉철하게 대처하려 한 것이다. 난해한 부분만을 찾아 최대한 부연해 가능한 역사적인 사실을 근간으로 해 나름대로 이야기를 서술하고 싶었다.

귀밑머리 성근 노 문사에 대한 마음이 읽혀진 것은, 생명이 조락하는 가을에 바라보는 노후의 쓸쓸함에서 자연과 시를 아끼고 사랑했던 것에 있었다.

이는 도연명의 삶을 우러르게 되고, 전원생활을 통해 음악을 즐기고 독서를 생활화 한 것이다. 부와 권력에 초연하고, 교양의 특징을 인생 조화로움에 두었다. 세상의 평화와 사랑을 추구한 것이라든가, 인생에 대한 사랑의 감정이 넘쳐흘렀다. 이처럼 인생의 깊이를 사랑하기는 하나 스스로 절도를 저버리지 않았다는 것에 공경 심을 가진다.

시인이 느꼈을 법한 속세에서의 성공과 실패가 설사 허망하다는 생각까지 이르지 않았다 하더라도 세상일엔 초탈해 했음을 이해할 것 같았다. 인생에서 실패도 반면교사로 삼을 수 있기에 그렇다.

이렇듯 정신적인 달관의 경지에 이르렀다고 속세를 반항하거나, 적대시하지 않는 삶에도 생각을 같이했다. 그는 자연의 순리에 순종했다. 자연스럽게 죽음을 맞고자 하는 긍정적인 사고를 갖고 있었다. 이처럼 시인의 생애는 그가 남긴 시와도 같은 자연스럽고 솔직한 선비였다. 그는 정신면에서 성숙해진 결과 이 같은 참된 '조화'의 경지에 도달 한 것으로 보인다.

부모를 부양하기위해 벼슬살이의 불가피성엔 도연명과 시인이 어느 면에선 같았다. 한 가지 예외적인 것, 그들의 공통적인 약점은, 술을 몹시 좋아 한 것이다. 그러나 그것이 당시 풍류랑들의 정서이고 낙으로 삼았던 삶을 어찌하랴.

당시 조선 조정의 붕당정치 실태와 성리학적 사상, 호수의 물새처럼 담박한 강태공과도 같은 심정을 헤아리게 된다.

독자들은 이 「풍류랑의 애가」를 통해 탈속한 아름답고 풍요로운 서정시를 만끽하는데 도움이 될까 적이 의심스럽기는 하다. 정치, 사상적이 아닌 순수 문사인 그가 400여 년 전 조선 명산(금강산. 무등산.)의 등산길 따라 소쇄원 등 강호문학의 요람을 찾아 나서는데 안내자의 역할을 하고 싶었다. 정철의 관동별곡을 생각하면서 금강산을 유람하고 또한 관서 8경까지 생시에 두루 돌아볼 수 있다면 얼마나 좋을까. 화자는 꿈속에서 얻은 일이라 아쉬움이 많았다.

조선의 한 통역관은 사신들을 따라 중국에서 한 여인에 대한 연민 어린 동정을 베푸느라 국가에 채무를 지게 되고, 그는 공금횡령죄(빚을 갚지 못한 죄)로 결국 옥고까지 치르게 된다. 이번 사신 길에 그는 '宗系辨誣'의 승낙을 중국 조정으로부터 받아오지 못한다면 목이 달아날 것이라는 추상같은 선조의 명령을 받고 떠나게 된다. 그는 그런 명령을 기필코 이행하고 조선으로 돌아와야 했다. 그는 그런 조건으로 출옥되어 떠난 중국 연경을 향한 사신들의 행렬에 함께 한 것이다. 이 같은 한 통역관의 풍전등화 같은 운명이 걸린 이야기. 그가 한 여인에게 동정을 베풀었던 인연으로 임란에 나라를 구하려고 물질과 수십만의 병력을 명나라로부터 지원받게 되는 성공적인 외교…… 보은의 선물과 남은 그의 생명은 나라를 위해 소중하게 쓰이게 되는 그 통역관의 극적인 운명, '종계변무'를 서술하는데, 은연중 눈언저리에 이슬이 맺힌 것을 뒤늦게 발견하기도 했다.

명종의 어필이 담긴 병풍62폭에 지어올린 시인의 62편의 시는 또 다른 감정이 솟구치기도 했다.

의고주의에 바탕을 둔, 그의 잠재의식의 상징화(그 나름, 꿈의 재해석), 도학과 절의정신으로 위대한 인생 애를 가진 도연명의 노년을 장식한 그의 '귀거래사'의 여정에도 발길을 따르고 싶었다. 그리고 시인의 우주적 정신세계의 탐색을 동반, 그가 이끈 의병대장 양대박의 부자에 의한 운암승첩, 금산 1차 전투의 치열함에서 그의 3부자와 충직한 막하 장들이 함께 흔연히 산화한 참된 조선 선비의 표상이 무엇인가를 이해하게 된다면 화자로서는 더 할 나위없는 영광일 것이다.

시인이 42세가 되던 해 4월, 당시 광주 목사 임 훈의 초청을 받아 이달 20일 증심사를 거쳐 산에 오르기 시작한다. 24일 하산하는 과정, 소쇄원 등지에서 여흥을 즐기기까지의 산수유람 기행문을 만나게 된다.

이 기행문을 통해 무등산 주변의 유서 깊은 산사 고적들이 흥미 있게 그려져 있다.

또한 시인의 격문은 호소력이 강하면서도 경건 문학 체의 글로 가슴에 다가왔다. 순절할 의지가 담긴 격문은, 예의바른 글귀라든가 심간心肝(깊이 감추어 둔 마음)을 열어 놓아 혈류가 크고 작은 심장판막에서 펌프질해 대는 혈류의 순환소리처럼 애절함을 느낀다. 즉 영혼의 부르짖는 소리로 귀전을 맴돌고 있는 것 같았다.

시인이 임진란을 당해 구국의 뜻으로 쓴 격문과 통문 등은 말 잔등에 올라서 썼다는 유명한 "馬上檄文" 창의문도 있었다.

그럼에도 예전 학계에서는 『정기록』·『제봉전서』등의 글은 문학작품으로 거의 도외시되고 있었다. 다행히 조원래(趙湲來: 국립순천향대 인문학부 교수)박사는 그의 저서 "새로운 觀点의 임진왜란 사 硏究"에서 '高敬命의 의병운동과 제1차 금산전투'를 다루었다. 전 조선대학교 이사장을 지낸 박선홍 선생은 저서 『無等山』를 통해 "유서석록과 절의 지사 재봉 3부자"를 썼다. 김은숙(고려대 대학원)은 「高敬命詩 硏究」의 논문집을 발간했다. 그밖에도 "고경명의 사상과 의병운동의 배경(이을호, 강주진, 조성을, 안진호, 오종일)”에 대한 연구, “호남 의병의 활동과 고경명 3부자의 순절(김진봉, 김정진, 조원래, 하태규)”, “의병운동의 의와 평가”(정옥자, 이해준)논문을 발표했다. 이처럼 연이어 ‘고경명 선생의 업적에 대한 재조명’이 시작 된 것은 최근의 일이지만 어찌하든 다행한 일이다. 광주 광역시립 국극 단에서는 정기 공연 중에 창극(唱劇)＜의병장 고경명＞(부제: 자미 탄의 눈물)을 두 차례(2007, 2008년) 공연했다. 또한 국립진주박물관 (관장, 강 대규)에서는 “임진왜란 사”를 연차적으로 발간하기 위한 계획 중에 그 첫 번째로‘壬辰倭亂史 고경명의 의병운동’을 다루어 「학술서」를 발간했다.

특히 시인이 역사적인 인물로 높이 평가되는 이유 중에 『정기록』의 서문을 쓴 윤근수, 윤두수 형제를 비롯해 이정구, 이항복과 이이, 정철, 기대승, 이달, 이지암, 김인후, 박순, 양응정 등 많은 선비들과의 교류였다. 그런데 그에 대한 일반적인 인식은 그의 문학보다는 충의와 절의에 대한 것만을 이해한 경우이다. 충의라는 것은 주로 무(武)만을 앞세워 강조한 탓이기도 하지만 사실 시인이 남겨놓은 시문을 보아도 시문에 능한 사람이었다. 다만 임란 때 의병을 규합 앞장섰기에 의병장으로 더 많이 알려진 것이다. 그가 지방 수령들에게 수차례에 걸쳐 보낸 격문에서도 ‘내 집안이 군려를 배우지 않음은 모두 아는 바다.’라고 했다. 그는 결코 무인이 아니었다. 충절의 노 문사일 뿐이다. 선비로서 의병장이 되어 칼날을 범했기에 그처럼 감동적이고도 살신성인 적인 인물로 평가 된 것이다. 구국일념의 역사의식이 투철한 조선의 선비정신을 독자들은 이글에서 감지하게 될 것이다.

정신적인 산물인 지식이든 물질적인 것이든 더 받기 위해서는 이미 받은 것을 내어주어야 했다. 받은 것을 움켜쥐고 내주지 않는다면 정체현상이 일어난다. 받은 것도 쓸모없는 것이 되어버린다. 이 같은 사실을 새삼 깨닫는다.

물레방아는 물을 자유롭게 흐르도록 작용한다. 그래서 흐르는 물로부터 물레방아는 힘을 얻는다. 이 깨달은 바를 다른 사람에게 전해주지 않으면 안 된다는 이치도 터득했다. 독자들도 함께 의의 풍요로움으로 성숙해갈 것이다. 어떤 사실을 알고 올바로 이해하기만 한다면 진리는 같은 근원에서 나온 하나라는 사실을 알 수 있었기 때문이다. 이 소설에서 유별난 것은 본 이야기에 나오는 일부 근대 인물들을 제외하고는 역사적인 인물 대부분 그들의 약력을 기술했다는 점을 상기하고 싶다.

이 "풍류랑의 애가"가 태어나게 했던 결정적인 인물은 작중인물 고경명의 막내 고용후의 역할이 매우 크다는 것을 밝힌다. 그는 아버지의 저작물을 평생을 두고 준비하면서 장서각인 목판본으로 옮겨놓은 사람이다.

고 씨 전 종문을 위한 헌신적인 봉사와 특히 충렬 공 제봉「고경명 기념사업」을 위해 물심양면으로 자기의 시간과 재물을 아끼지 않는 故 三勉 高永斗2) 전이사장은 많은 금액을 문중에 희사하여 운영 기틀을 마련해 놓았다. 포충사 인접에 있던 그의 거처에서 먼저 포충사를 둘러보고 회사를 출근할 정도로 조상을 섬긴 그의 효행에 절로 고개가 숙여진다.

고 제철3)(고 씨 중앙종문회 및 장학회 회장. 송원 학원 재단 이사장. 송원 그룹 회장)님의 노고와 후원에 감사드린다. 그는 선조들의 의로운 희생과 업적을 끊임없이 널리 선양하고 있다. 조상에 대해 기념되고 의로운 충절을 지속적으로 선양하고 있는 그의 효행과 믿음은 하나의 신앙이었다. 조상을 위한 희사는 한만큼 축복이 따른다는 것이 그의 신념인 듯싶었다.「고경명 기념 사업회」와 종친들의 장학 사업에 거금을 희사하고, 미래의 꿈나무들을 위한 교육 사업과 복지사회 건설을 묵묵히 돕고 있는 그의 마음을 선대께서는 얼마나 가상히 여기실까. 이 세상에서 이들은 모두 진정한 대인이었다.

신간을 출간 할 때마다 크게 후원을 아끼지 않았던 (주)포리머 임호식4) 사장에게도 고마움을 전한다.

현란한 문장과 이야기를 바로잡는 데 도움을 준 소설가 김병총5) 선생, 난해한 한시와 역사적인 인물을 바로잡아주고 감수 해 준 이효우 李孝友6)(고서화 보존연구소 소장. 명지대 겸임교수. 낙원 표구사 대표.)님. 고재유高在維7)(법학박사. 전 광주 광역시장. 광주여자대학교 명예교수)님의 혜안에 감복한다. 특히 이 오라비의 아름다운 삶을 위해 일생을 헌신해 온 누이 행지高幸 枝8)에게 감사한다. 이 책을 준비하는 동안에도 그녀는 크게 후원을 해 주었다. 이 「풍류랑의 애가」를 엮어내느라 애써준 사단법인 한국학술정보(주) 채 종준9) 사장님과 출판 기획팀, 편집팀, 디자인팀 관계자 에게 깊이 감사한다. 그리고 이 이야기가 책으로 나오기까지 집필 작업을 하는 동안 차를 따르고 음식 등 모든 일에 시중들다시피 해 준 사랑하는 아내와 두 딸에게도 고마움을 전한다.

2009년 09월
봉화산 기슭 우거에서
高天錫이 쓰다.

차례

상권

중권

하권

1. 포충사

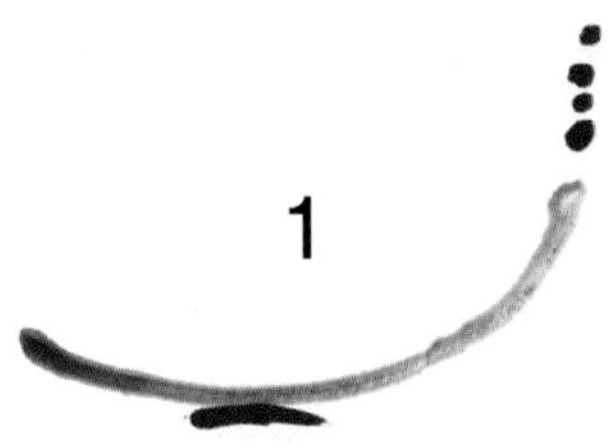

1

　서당에서 한문책을 읽는 소리가 귓바퀴에 맴돌던, 그곳 빛고을 복호촌에서도 아련히 들려오는 것 같았다. 수려한 노송 사이를 더듬어 포충사 옛 사당 언덕에 올라 유년의 꿈속에 잠시 머물러 본다.

　시를 외우는 학동들의 낭랑한 목소리가 아름다운 음률로 바뀌고, 귓바퀴에 감돌 때는 시가 절로 흥얼거려진다.

　"학식이 깊다는 어진 인사, 뛰어난 그의 행실은 임금이 거처하는 조정에서도 얼마나 드높았을까! 그는 한때 초라한 사당, 묘만을 남겨둔 채 명성은 그의 주검과 함께 땅속에 깊숙이 묻혀 있는가." 싶었다.

　사람의 힘으로는 피할 수 없는 변을 당한 뒤에야 그의 공은 비로소 예사롭지 않게 베풀어 차리는가…… 한때 불행한 듯했다지만 그가 세상을 떠난 뒤에 비로소 빛이 밝혀질 줄 누가 알았을까. 어떤 연유로 그는 홀로 예사롭지 않은 시기에 생을 누리다 사라졌을까?

　윤계선[1]은 그의 깊숙한 마음을 헤아리기라도 한 것일까. 그의 꿈속 연회에서 지어 읊었다는 전란 중에 나라의 장래를 걱정하는 한 영혼의 슬픔, 두 아들의 충과 효를 노래했다.

전쟁을 잊고 지내던 태평시대 얽힌 별들은 북쪽 하늘을 뒤덮고
동으로 몰려온 사나운 물결 피비린내는 고을마다 넘쳐 퍼진다.
핏빛 가득한 하늘 누가 알까. 세 조정에서 늙은 흰머리
격서를 전하는 충성스런 이 마음, 해도 달도 밝아오려나!
'……'
바람에 나부끼는 정기, 맑게 갠 하늘엔 나팔소리 북소리 요란하다.
계획 없이 치른 전쟁 어찌 칼날만 부끄러울까!
적막한 것 천년의 원한이요 처량한 손, 두 아들의 넋이로다.
절로 남겨진 푸른 이끼 싸움터 흔적 지울 수 없구나.

포충사 경내 영전 벽에 걸린 커다란 족자로 된 화상엔 그의 형형한 눈빛, 그럼에도 따스하게 느껴지니 어째서일까. 산을 좋아하니 적이 없다는 인자한 풍모를 담은 분위기로 잘 묘사된 것 같았다. 후세 사람들에게 그의 면모를 오래오래 간직해도 좋은 화가들의 위대한 예술작품의 한 경지를 말해 주는 것이 아닐까.

절개와 지조는 해맑고 자줏빛을 띤 전등의 불빛과도 같다고나 할까. 그의 문학의 경지에 들어서면, 생각을 읽어 짜내는 듯한 치

---

1) 尹繼善(1557년 정사 생)
　　선조 2년(1569) 별시갑과 장원. 작품은 ≪撻川夢遊錄≫ 등이 있다. 이 작품은 의롭게 순절한 27명의 문인과 무인이 그의 꿈속에 나타나 시와 술이 깃든 연회가 열린다. 이 꿈속에서 모두 죽은 이들의 잔치에 오직 이 세상 사람인 윤계선만이 초청을 받아 연회 광경을 적나라하게 기록한 창작품인 것이다.

열한 구상, 민첩하면서도 사리에 밝았던 문장 역시 그 빛은 찬란했다. 조화로운 그의 솜씨는 붓끝을 통해 자유자재로 발휘되어 유려한 문장을 만들어 낸 것이다.

'그가 살아생전에 선배들은 앞다투어 기린과 봉황이 세상에 나왔다 하고, 후대의 사람들은 옛날 옹주에게 공물로 바치던 구슬을 하늘이 내린 보물이라 묘사하고 부러워들 했다.'

그들은 그의 탁월한 행적을 전해 듣기만 해도 우러르며 신기하게 여겼다.

그는 학사로서 처음 홍문관에서 도서를 맡아 보는 세자시강원 사서로 어전을 출입하게 된다. 임금으로부터 받았던 은혜로운 대접이야 어찌 일일이 다 헤아릴 수 있을까.

그는 지방 수령으로 나가서도 풍류를 즐기면서 어진 정사를 펼친다.

'……'

그의 가슴에는 나라를 바로잡을 경륜이 가득하면서도 19년이나 숲 속 맑은 우물가에서 흥겨운 취미를 즐기고 술잔을 기울이며 시만을 읊어야 했다.

그러나 풍전등화와도 같은 '나라의 운명을 어쩌면 좋으랴!' 하루 아침에 몇십만을 거느린 일본의 전함이 남쪽바다를 가득 메운 정황을 보고 마음에 고통인들 어찌 헤아리지 않았으랴! 급박한 소식을 들은 그의 가슴은 찢겨 나는 것 같았다.

넓고 기름진 빛 고을은, 예향이 깃든 도시, 예스러운 이름이었다. 서석산 구름을 헤치고 정상에 오르니 남쪽 바다 건너 한라산 정상까지 건너다보인다. 암탉이 병아리를 감싸고 있는 듯…… 후에 무등이라 이름 지어진 산은 그렇게 빛 고을을 품고…… 더할 나위 없이 무등 좋은 사람으로 비유될 만큼 안락한 자태를 드러내고 있었다.

정자문화를 꽃피운 동양에서 가장 많은 정자로 둘러싸인 세계최대의 정자 유적지라 해도 무방할 것이었다. 무등산을 둘러싸고 곳곳에 세워진 정자, 우리의 귀에 익은 양산 보의 소쇄원, 정철의 송강정, 송순의 면앙정, 임억령과 김성원의 식영정 등을 포함하여 60여 곳이 넘는다. 그 정자 하나하나가 모두 역사 속에서 시와 문장으로 선비들의 묵향이 짙은 그런 곳이었다. 무등산 주변은 당시 호남 선비들이 서로 교육하고 시를 나누며 나라를 걱정하던 정신문화의 요람이었다.

산은 높고 우람하나 그것의 속성은 평등한 분위기를 자아낸다. 무등산 골에서 흘러내리는 물은 전남지역의 젖줄이었다. 서쪽계곡에서 흘러내리는 물은 광주천의 발원지가 되고, 동쪽계곡의 물은 화순 동북 호에 모여 주암호를 거쳐 보성강에서 합류되어 다시 섬진강으로 이어진다. 북쪽 계곡의 물줄기는 극락강이 된 다음 영산강으로 흘러드는 것이었다.

맑게 넘실대는 광주 호는 더없이 안락하고 아무 걱정이 없는 듯 유유히 흘러간다. 땅이 기름진 논에서 자란 곡물의 생명수로 이어지고…… 찰기가 없어 메지다는 벼와 일년초 메기장과 찰기장. 온갖 곡식의 작물이 해갈 모르게 자라고 있을 터였다. 이는 풍족한 수자원의 혜택이었음은 두말할 나위 없으리라.

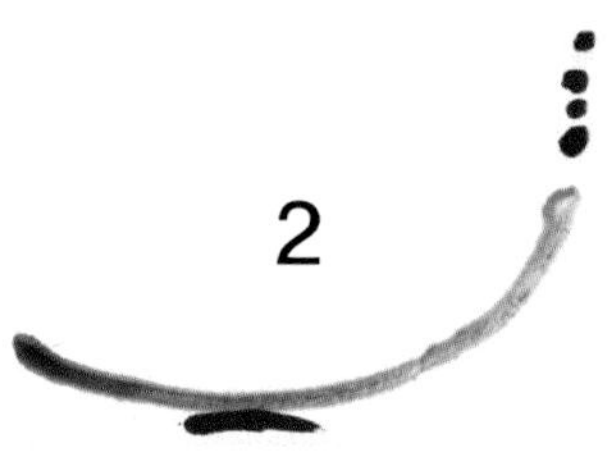

2

포충사를 찾은 것은 2008년 4월 15일이었다. 광주광역시 남구 원산동(구, 광산구 대촌동 원산리)에 자리한 포충사, 제봉의 문하생 박지효[2]의 상소로 선조 34년(신축, 1601)에 세워지게 된다. 다음해에 포충사로 사액을 받는다.

경내에 들어서자, 아름답게 다듬어진 정원에 잘 가꾸어 놓은 정원수, 왼쪽에 자리한 관리사무소, 드넓게 자리 잡은 주차장 사이를 지나 충효문에 들어서게 된다.

1만 2,000평의 농지와 야산을 배경으로, 아담한 양지쪽 마을에 보금자리를 이루어 살던 주민들은 느닷없는 이주를 해야 했다. 물론 토지배상금이 지급되겠지만 꿈에도 없었던 일이었다. 황당한 일을 당한 마을 사람들은 어느 곳으로 새 보금자리를 찾아 떠나야 할

---

2) 朴之孝

자는 敬, 호는 六柳亭. 기대승과 제봉 문하에서 수학했다. 遺逸로 掌隷院司評, 사복시 정, 사헌부감찰 등에 임명되었으나 나가지 않았다. 1592년 임진왜란이 일어나자 창의하여 전공을 세운다. 병자호란 때는 의병을 모집하는 책임을 맡은 사신으로 활약한다.

지 여간 고민스러운 일이 아니었다. 삶의 터전을 잃고 새로운 정착지를 찾아 헤매야 할 마을 사람들, 여러 면으로 보아 흡족하지는 않았지만 여하튼 이주는 불가피했다.

어떻든 재봉산 자락에 자리 잡은 포충사는 이 세상을 떠난 자의 성스럽고도 경건한 영역으로 지방정부의 보살핌 속에 잘 관리되고 있었다.

제봉이 명종에게 시를 지어 올린 62폭의 병풍을 펼쳐 놓은 듯 넓게 휘둘러진 재봉산(霽峯山)자락 양지바른 곳에, 자연지형을 최대한 활용해 성역의 터로 자리했다. 경내는 수목 동백 외 41종이 넘는 7,220본과 5,000평의 잔디가 조성되어 경관은 아늑하고 운치 있어 보인다.

그런 정지작업 과정의 뒤안길에는 주민들의 서글픔이 어찌 서려 있지 않았을까. '농자천하지대본'의 자긍심을 갖고 살아오던 평온한 삶터가 송두리째 빼앗기는 아픔을 그냥 덮어두고 지날까. 넉넉한 물질적 보상이 정부로부터 주어졌을 테지만, 정서적으로 안정된 주민들의 삶까지 보상되지는 못했을 것이다. 아마도 수백 년을 이어온 터전을 어느 날 갑자기 사우를 짓는다고 이주하라는 통보에 그곳에 살던 주민들로서는 이주하기까지 얼마나 당황하고 불안한 나날을 지내야 했을까. 오래토록 정 붙여 살아온 터전을 내주고 다른 곳으로 떠나라니 청천병력이 따로 없었다.

후대들이 이곳에 값진 터전을 마련해 그를 높이 추앙하려는 생각은 지고선일지 모르나 정작 당사자인 그는 당신을 그렇게 떠받들어 주기를 바라고 있을까? 오직 후대들은 그의 이름과 공적을 기린다는 명분으로 찬란하게 문화를 형성하고 후예들 대대로 이어가며 복락을 누리려는 더 큰 뜻이 있지 않을까. 살아 있는 자들을 위해서 말이다.

그런 이면엔 반드시 밝혀지지 않고 영영 묻혀 버릴 일부 살아 있는 자들의 고통도 따랐다는 것을 분명 짚고 넘어가야 할 것이다. 그곳에 살았던 주민들은 자기 터전에선, 눈을 감고도 오르내리듯한 익숙한 지형의 고샅길 마을과 생활풍습 등을 송두리째 버리고 새로운 곳의 정착지에 적응해 나가기가 결코 쉬운 일은 아니었을 것이다. 삭막한 곳에서 정서적으로 안정을 되찾아 살아가려면 오랜 시간이 필요했다.

잠시 상념에 잠겼다가 그러한 정황들을 털어내고 사우들을 하나하나 살펴보고 있다.

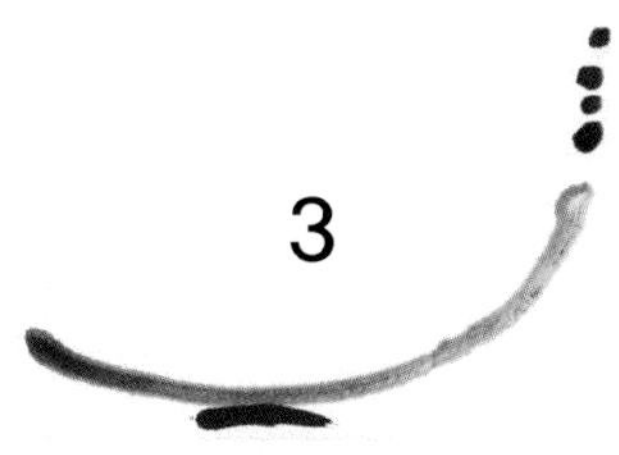

3

경암 김상필[3]이 쓴 현판이 걸린 내삼문(8평, 건물양식은 굴도리, 삼량, 초익공, 홑처마, 맞배집, 평상문) 정면 밖에서 바라봤을 때, 왼쪽 문을 지나 밖으로 나올 때는 왼쪽 문으로 나온다. 영당 앞 잔디밭 차일(햇볕을 가리기 위해 치는 천막) 아래 300여 석의 접의자가 놓인 왼쪽 내빈석 뒤에 자리했다. 때마침 나라에서 올리는 제사에 초청된 광주광역시립 국악 관현악단(악장, 박시양[4]) 현악기 대아쟁 2명을 비롯해 해금 3명, 피리 3명, 소금 1명, 타악기인 장구 1명, 좌고 1명)이 왼쪽에 자리 잡아 연주하는 제례음악이 경내에 울려 퍼진다. 제례의 분위기는 한층 무르익어 가는데…… '희문곡과 귀인' 등을 연주하는 관악기의 장중한 음률은 참례객들의 가슴을 애잔하게 적신다. 제례의식은 엄격하고도 장중한 분위기였다.

포충사 제례에 함께하게 된 것은 고희에 이르도록 생애 처음 경험한 일, 실로 부끄러운 일이었다. 머나먼 객지에서 반세기가 넘도

---

3) 김상필: 포충사 내산문의 현판을 쓴 사람.

4) 박시양: 중요 문화재 제5호. 판소리 고법전수 조교.

록 호구지책에 급급하니라. 허탄한 삶을 살아온 탓도 탓이려니와 애당초 그곳 인접지역에 머물던 10여 년의 철부지 유년 생활에서 부터 비롯된 것이라 해도 지나친 말은 아닐 것이다.

포충사에 이웃한 이장리 순생에서 유년을 잠시 보낸 것은 일찍 이 부모를 잃고 외숙이 마련(집문서에는 큰 외숙의 이름으로 등기 가 되어 있었다)하여 준 가옥으로부터 비롯되었다. 살던 집은 빚쟁 이의 손아귀로 넘어가 버린 지 오래고, 가족 5식구는 뿔뿔이 흩어 져 버린다. 어쩔 수 없이 손아래 누이와 함께 할아버지 살아계시던 숙부 집에 더부살이하듯 얹혀살아야 했다. 애당초 순사들에게 쫓겨 객지로 떠돌던 부모로부터 포충사에 관한 이야기를 바르게 들을 기회가 있을 리 없고, 초등학교를 오가며 몇 마디 주워들었던 것 말고는 더 구체적인 이야기에 대해 달리 기억해 낼 것은 없었다. 다만 조부로부터 몇 마디 들었을까. 그것도 기억이 없다. 아니면 초등학교 역사책에서 몇 줄 읽었던 것이 전부일 것이다. 더욱이 포 충사의 제사는 나라에서 관리하고 그 운영마저도 전적으로 나라의 소관이라는 것도 한 이유가 될 것이다. 무지의 소치인지는 모르나 멀리 떨어져 있다는 것을 빌미 삼아 그곳의 제례 등 여러 행사에 별 관심을 갖지 않았던 것이 사실이었다.

제봉을 비롯하여 두 아들 종후·인후와 그의 종사관이던 유팽노, 안 영 등 성이 다른 선비들을 함께 모신 사당이라는 철부지의 생각은 거 기에도 멈추어 있지 못하던 때였다. 오랫동안 나라에서 제사상을 준비 하고 왕이 보낸 관원에 의해 사제 문을 소리 내어 읽고 집전되는 것이 었으니까. 멀게만 느껴질 뿐 직접적인 상관이 없는 일로 생각했다.

제봉의 직계종손도 후손을 대표하여 잔을 올리는 하나의 참례객에 지나지 않는 것 같았다. 그러니 유년엔 포충사에 모셔진 제봉 삼부자가 나라에 충신이라는 사실 외에 달리 느껴질 리 없었다. 그저 봄가을로 소풍을 다니는 곳일 뿐이었다. 유서 깊은 유적지에 있는 사당, 그 이상의 것들은 상관없는 것처럼 여긴 것이다.

행여 역사학자들이나, 역사를 배우는 학생들이 어쩌다 찾게 되는 유려한 명승지 정도로밖에 기억되지 않던 곳이 바로 포충사였다.

이날은 광주시장이 의식을 맡아 집행할 것이었으나, 미국행 대통령의 서울공항까지 출영을 위해 출타 중이었는지? 그에게는 아마 400년 전 세상을 떠난 사람들을 위한 제향 집행보다 당대의 대통령을 출영 나가 눈도장이라도 찍어두는 것이 그가 지방정부의 정책을 펼치는 데 현실적인 가치가 더 있다고 판단했을까. 하기야 관할 지역 여러 곳에 산재해 있는 수많은 제례에 대한 집행은 시장의 일상적인 업무 중 하나로 하시라도 부시장에게 위임되어 행사를 치를지 모른다. 그렇기에 그날은 부시장이 대신 집전을 맡아 집행하고 있었기에 말이다.

국악 가락은 전국에서 포충사를 찾은 제례객들의 마음을 더욱 경건하게 해 준다. 제봉의 자손 가운데에는 아직 10대손도 생존해 있어 이날 제례에 함께하고 있었다. 지금 생존해 있는 직계 종손 고원희[5]는 70대를 바라보고 있었다. 아마 그의 직계 손은 얼마 지나지 않아 18대 혹은 19대에 이르게 될 것이었다.

수백 그루의 노송이 울창한 제봉 산언덕 남향에 넓게 자리 잡은 포충사. 때는 4월이었다. 초여름과도 같은 활짝 갠 날씨는 햇살이 뜨겁게 이마를 달구도록 내려쬐고, 주위의 들은 아직 모내기철이

---

5) 高元熹: 고경명의 17대 종손

아니라서 전답은 자못 휑뎅그렁했다.

정화사업은 1978년 9월부터 본격적으로 시작된다. 토목공사는 6,000평의 기반조성으로 진입로는 4킬로, 확장된 2차선 포장도로까지 공사가 거의 완료된 것. 사업비로는 766억 원의 국비와 613억 원의 지방비를 합한 1,379억 원의 비용을 들인 공사가 진행된 것이다. 이는 전라남도가 시행청이 된 이 성역화 사업은 1980년 7월에 조선 중기의 건축양식에 맞춰 신축한 건물이 이윽고 완공을 보게 된 것이다. 그런데 이날 포충사로 향하는 길에 도로가 어수선해, 버스를 타고 있는 중에 차창 밖을 바라다보았다. 이전에는 2차선이던 것을 다시 4차선으로 확장 도로포장이 거의 마무리단계에 있었다. 도로는 양과동 앞 고속국도에서 이장동을 지난다. 포충사 앞을 또다시 지나서 서, 남쪽으로 향한 도로는 지석동을 지나, 남으로는 남평, 서로는 승촌, 북으로는 송정으로 이어지는 포충로라 불린다.

영당 앞 양쪽엔 구멍이 성글게 뚫린 대형화로가 놓여 있다. 무쇠 뚜껑이 덮인 검은 주물 화로에서는 향나무 장작개비를 태워 내는 짙은 향내가 뚜껑 사이로 연기와 함께 모락모락 피워 오른다. 연기는 다시 하늘을 향해 치솟아 오르는데, 세 사람의 제관(초헌, 아헌, 종헌관)이 각 신위에 차례차례 술잔을 올리고 재배가 끝나자 사회자의 안내에 따라 차일 아래 300여 제례객은 자리에서 일어나 다소곳이 고개 숙여 마음으로 그의 업적을 그려본다.

부시장의 추모사가 이어지고…… 아마도 예전에는 봄, 가을로 나누어 일 년에 두 차례씩이나 중앙정부의 해당 관리부서에서 맡아 전문적으로 제례를 지내던 전담업무이었을 것이다. 그러던 것이 어느 때부턴가 나라의 직제나 관리 주체가 자주 바뀌는 과정에서

1988년 1월 1일 광주시가 광주광역시로 승격됨에 따라 자연스럽게 포충사가 있는 지역이 광주광역시로 편입되게 된다. 이어 1995년 1월 1일 그 소관이 광주광역시로 이관된다. 관리주체의 이름과 관할권이 행정편의상 중앙정부에서 지방정부로 옮겨진 것이다. 성역화되어 넓혀진 환경적인 면에서나 관리행정상으로 보든 관리상의 편리한 점은 오히려 더 나아졌는지 모른다. 분명한 것은 "관리사무소"는 그 기구를 "관리소"로 축소하기 위해 직원 수를 대폭 줄였다. 지금은 화재를 대비하여 소방장비가 갖추어지고 보수와 환경정화사업을 위한 준비로 한창 바빠 보인다.

원래 선조임금으로부터 사액된 포충사, 지금은 대체로 지방 자치제가 시행되고 있으니, 전국에 산재해 있는 사당 제례도 예외는 아닐 것이다. 지방 관할장관에게 이관되는 것은 시대의 변천에 따라 자연스런 현상일 것이다. 그러니 이를 두고 누가 가타부타 논할까…… 전통적으로 400여 년이 넘도록 이어져 내려온 제례는 예전에도 제기에 곡물을 조심스럽게 담아 놓고 자단향을 피워 지극정성으로 제사를 지내던 전통이 이어져 온 것이다.

제향이 끝나자 내삼문 밖 정원에 하얀 광목차일 아래 차려진 간단한 음식(고급스런 향토음식)으로 참례객들 틈에 끼어 음복을 할 작정이었다.

뒤늦게 안 일이지만 음식은 특별히 제관과 고위 공직자 그리고 초청된 지방 유지들을 위해 마련된 것 같았다. 제봉 후손들은 특별히 참석한 유지들을 배려하느라 그 자리를 그냥 지나쳐 간다. 제봉의 다른 아들 형제들을 위한 제향을 위해 제봉 산언덕 위 있는 옛 사당을 향해 오르고 있었다. 청사영당(晴沙影堂)에서 갖는 제향에 참여하기 위해서 그렇다는 것을 나중에야 알아차릴 수 있었다.

　제봉 후손들은 아마도 자기의 조상과 직접적인 관련이 없을지도 모를 고위관료들과 먼 곳에서 멀다 여기지 않고 특별히 참례하여 준 것만으로도 자긍심을 가질 만했다. 그런 제향을 처음 경험한 터, 전·후 사정을 알 리 없는 사람이라서 그 사정을 뒤늦게 알아채고 언덕을 향해 허겁지겁 뛰어 올라가야 했다.

　언덕으로 향하는 입구의 홍살문(홍전문)을 지나 언덕 위에 오르면서 이리저리 경내 주위를 살펴보았다.

　보통 홍살문은 능이나 묘, 궁 등, 관아의 입구에 세워둔다. 붉은 칠을 한 두 개의 둥근 기둥이 높이 세워졌을 뿐 지붕이라든가 덮개 같은 것은 없었다. 중간 위에는 붉은 살을 밖아 세워 가리고 그 한 가운데 태극문양을 새겨 놓았다. 문을 닫을 수 있는 대문짝이 있는 것도 아니고, 아치(arch)형 틀만 세워진 간이 문이라고나 할까. 온전한 문이라고 단정하기에는 좀 거북살스러웠다.

　붉은 칠을 한 것은 잡귀신을 쫓아낸다는 주술적 의미가 있을 테고, 홍살문 안에는 공경할 사람의 신위가 모셔져 있으므로 이곳에 들어오는 사람은 옷깃을 여미고 신발은 털고 반드시 경건한 마음으로 들어서서 참례하라는 뜻일 것이다. 제봉의 충복 봉이[6]와 귀인[7]의 커다란 돌비가 정문 표지석처럼 세워져 있었다. 원래 그들은 제봉의 큰아들인 고종후의 하인이었다. 이 두 사람은 주인과 함께 의병으로 금산싸움에 참가한다. 그러나 주인 제봉이 전사하자 큰아들 종후와 함께 그의 시신을 거두어 정성껏 장사를 지낸 후 그 이듬해

---

6) 鳳伊: 고경명의 충복.
7) 貴仁: 고경명의 충복.

주인 종후를 따라 진주성 전투에서 싸우다가 장렬하게 순국한 것이다. 그뿐이 아니다. 종후·인후 형제의 숙부인 경형[8]도 종후가 이끄는 의병에 참전한다. 그들은 모두가 진주성이 일본군에 의해 함락되자 그곳에서 강물에 투신한다. 사촌 경신[9]은 제주로 원병과 군마를 구하러 가다가 태풍을 만난 배가 뒤집혀 바다에 빠져 순절하고, 제봉의 딸인 노상용[10]의 부인과 질부인 거후[11]의 부인 광산 정씨도 정유재란 때, 일본군들이 이 땅을 침범해 집 안에 있는 중년 아녀자에게 범접하려고 하자 감연히 자결하여 절개를 지킨 것이다. 제봉의 집은 적에 의해 불태워지고 어린 것들과 큰집, 작은집 남은 가족 50여 명의 식솔은 제봉의 넷째 아들 循 厚가 앞장서서 종후의 처가인 경상남도 안동 피붙이를 찾아 나선다. 괴로움과 슬픔의 눈물을 쏟으며 그들은 먼 곳을 향해 떠나지 않으면 안 되었다.

이는 구약 성경에 나오는 야곱의 아들들의 이동행렬과 다를 바 없었다. 야곱의 아들들 50여 명은 그의 집안 식구들이 가나안의 흉년으로 이집트에 집단 이동이 불가피했다. 그들은 피붙이 요셉 형제가 있는 이집트로 먹을 식량을 구하러 갔다가 결국 그곳에서 정착하게 된 것이다.

제봉의 가족 중의 장정들은 전쟁터로 나가고 어린 것들과 아녀자들뿐이었다. 먼 거리인 피난지를 마다하지 않고 떠난 것은, 아마도 그곳엔 제봉 아내와 종후의 겨레붙이가 있는 연고를 찾아 피난지를 정한 것 같았다.

---

8) 高敬兄: 고경명의 이복동생.
9) 高敬身: 고경명의 아우.
10) 盧尙龍: 고경명의 큰사위.
11) 高居厚: 고경명의 조카.

고종 2년(을축, 1865). 흥선 대원군[12]에 의해 서원 철폐령이 전국적으로 내려진다.

전국의 서원이 1,700개소에 이르는 서원이 (당파싸움의 뿌리라 여긴) 대원군은 47곳만 남기고 나머지는 없애도록 했다. 그런 정치적 회오리바람에서도 포충사는 살아남아 있었던 것이다. 나머지 1,653여 개소는 모두가 철거되거나 소실되었다. 그런 정황에서도 철폐되지 않고 보존될 수 있었던 포충사의 위상을 새삼 깨닫게 된다.

그러나 이 중에 청사영당은 1592년 임진란 때, 전쟁터로 떠나는 아버지와 눈물로 이별을 했던 막내아들 고용후의 영정을 모시는 사우였다. 그런데 이 사우는 불행하게도 조선 후기 정치가였던 홍

---

12) 興宣大院君(1820~1898)

高宗의 生父. 이름은 李昰應, 호는 石坡. 고종이 12세에 대통을 잇게 되자 실권을 장악하고 정치에 임했다. 그때, 서원, 외척의 권병(권력 있는, 정치상의 중요한 지위 또는 신분)을 누리는 등 여러 가지 내정개혁을 단행하였으나 경복궁의 중건, 천주교의 탄압, 쇄국책 단행 등으로 사회, 경제적인 혼란을 일으키기도 했다. 시호는 獻懿 대원군, 대원위 등으로 불렀다.

선대원군의 1868년과 1871년의 "서원을 철폐하고 사당에 모신 위패인 신주를 땅에 묻으라."는 '서원철폐령'이 내려지는 바람에 훼절되었다. 철폐 이후에 영정은 포충사 동재로 옮겨놓았다.

춘추전국시대 때의 초나라 철학자인 노자[13]는 ≪도덕경≫에서 의미심장한 진리를 말했다.

"참으로 아는 사람은 말하지 않지만 말하는 사람은 참으로 알지 못하는 것이다(知者不言言者不知)." 그가 말했다는 것을 되새김해 보면, 진정 아는 사람은 말하지 않고, 오직 행위로 나타내 보일 뿐이다. 아는 사람은 말보다 행위를 통해 다른 사람을 감동시킬 것이라는 말에 공감이 간다.

문중에서 모시는 제향에 참석하고서 비로소 후손된 도리를 알게 된 것 같아 가슴이 뿌듯하고 마음이 편안했다. 후손의 도리와 조상의 음덕을 생각하고 유적지를 찾는 것도 노년의 뿌듯함과 즐거움의 하나란 것을 깨달은 것은 한참 뒤의 일이다.

드넓은 언덕 주위를 거듭 둘러보았다. 구사당은 선조 34년(1601)에 건립되었던 사우가 바로 그곳 언덕 위에 자리하고 있었다.

구사당에 신위가 모셔진 제봉의 아들(순후[14]·존후[15]·유후[16]·

---

13) 老子

　　중국춘추시대의 철학자. 도가의 시조, 성은 李, 이름은 耳, 자는 伯陽. 楚나라 사람. 周의 守藏室의 吏員으로 있을 때, 공자가 禮를 배웠다고 한다. 공자가 그에게서 예를 배웠다고 하나, 오늘날 연구자들은 공자보다 백 년 뒤의 인물이라고도 하고 또는 실재 인물이 아니라고도 한다. 도가학파의 형성 후 그 시조로서 허구의 인물이라는 설이 있으니 어느 것이 더 진실에 가까울까. 뒤에, 난세를 피하여 函谷關에 이르렀을 때, 관의 슈 尹喜가 道를 구하여 道德 五千言, 곧 ≪老子 道德經≫을 지었다고 한다.

14) 高純厚·高尊厚·高由厚: 순후는 벼슬살이를 했다. 존후는 일찍 夭死하고, 유후는 아버지와 형의 전사로 비통해 하다가 아버지 경명의 3년 상을 겨우 치르고 난 후 1년도 채 못 넘기고 일찍 세상을 떠난다. 이들 세 사람은 고경명의 자제들이다.

용후)은 문중에서 계파별 종손이 나와 합동으로 제사를 지낸다. 본당 왼쪽에도 사당이 따로 지어져 있어 제례를 지냈던 3채의 사당이 아직도 보존되고, 이 사당은 1978년 11월 21일 새롭게 단장되어 새로이 성역화된 6동의 건물(관리사무소는 1979년 4월 23일 설치완료)과 함께 1974년 5월 22일 지방문화재 기념물 제7호로 지정되었다.

충렬공 고경명을 중심으로 그의 아들 효열공 고종후, 의열공 고인후, 승지 유팽로, 승지 안영 등 5위가 배향된 사우 충효당을 비롯해 경내 여러 건물과 전시관 등을 눈여겨보았다. 그중 정기관에는 금산성 싸움터에서 일어난 치열한 전투장면이 여러 형태의 대형 액자로 잘 묘사되어 있었다.

'……그해 7월 9일 왜적이 진을 치고 있는 금산성을 탈환하기 위해 정예병 수백 명을 거느리고 금산에 도착한 제봉은 중앙에 위치하면서 유팽로, 안영 등 막하장들로 좌, 우익을 지휘토록 하니 의병들의 사기는 충천했다. 칼과 창, 화살과 도끼를 든 의병들은 적의 신식무기에 대항하여 진천뢰[17](비격진천뢰)를 쏘아 적의 창고와 야적지를 소각시키면서 진종일 육탄으로 접전했다. 그런 결과 흐르는 피로 내를 이루고 쌓이는 시체로 동산을 이루었다고 전한다. 다음 날 아침 제봉은 죽기를 두려워하는 자는 모두 돌려보내고,

---

15) 위와 같음

16) 위와 같음

17) 震天雷(飛擊震天雷): 宣祖 때에 火砲工 李長孫*(선조 때의 발명가. 1592년 비격진천뢰, 박격포 비슷한 무기를 만들어 경주탈환전 때도 사용해 큰 효과를 거두고 수군함포에도 이용하여 많은 적선을 쳐부수는 데 공헌. 그의 태어남과 죽음의 해는 알려지지 않았다)이 발명한 폭탄, 화약, 鐵片, 雷管을 속에 넣고 겉은 쇠로써 박처럼 둥글게 싼 것으로, 大碗口로 쏘아 목적지에 떨어지면 폭발하게 되어 있다.

의롭게 죽기를 맹세한 자들과 함께 금산성 서문을 향하여 맹공격
을 가했다. 이 싸움에서 적은 많은 사상자를 냈다. 조선의 의병들
도 모두 장렬히 순절했다. 충남 금산 종용사에도 이들의 영령을 받
드는 사당이 있었다.'

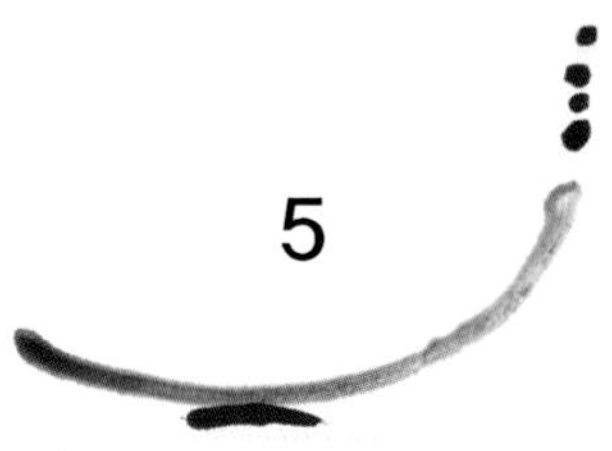

5

포충사 정기관에는 제봉이 남긴 저서가 모두 판본으로 보존, 이 것은 그의 막내아들 용후[18]가 제봉이 세상을 떠난 지 26년이 지난 뒤 광해군 9년(정사, 1617) 남원부사로 재직할 때 판본으로 만든 것이다. 고용후는 그 지역 부호들로부터 기부를 받아 모두 481판을 제작하게 된다. 재질은 질이 단단한 자작나뭇과의 낙엽 활엽 교목 인 박달나무로, 내용은 대부분 시집, 정기록, 유서석록, 제하휘록, 제봉연보, 포충사지, 연보 등이었다. 그 후로 약간의 첨가된 기록을 합해 잘 보존되고 있었다. 판각 상태는 견고하여 지금도 매우 양호 했다. 포충사의 장판목록(藏板目錄)은……

문집이 7책 252판. 세독충정 4자로 된 가훈 2판.

천초격문(千草檄文) 1책 71판. 병풍유묵 10폭 7판.

---

18) 高用厚
　　자는 善行, 호는 晴沙, 선조 39년(병오, 1606) 증광문과에 을과로 급제하고 예조좌랑, 병조정랑을 거쳐 광해군 7년(을유, 1615)에 사가 독서했다. 그 후 남원부사, 고성군수 를 거쳐 판결사(시비, 선악을 가리는 일. 장예원의 으뜸 벼슬이다. 위계는 정삼품)에 올 랐다. 중국 명나라에 두 차례나 다녀왔다.

유산록 1책 10판.

그 밖에 고용후의 청사집 2책 54판. 신백록집 1책 31판.

월봉집 2책 59판 등 제봉의 아들들의 판본들도 함께 소장되어 있었다.

이 중에서도 그곳에 소장된 제봉과 관련된 교지, 유묵, 명문(明文) 등 문적 4종류의 9점은 1992년 광주광역시 유형문화재 제20호로 지정되었다.

이제 경내에 높은 언덕에서 주위 삼림을 둘러보며 내려온다. 수령 400년은 족히 되었을 늠름한 노송들이 지난 세월의 무상함을 증언해 주는 것 같았다. 예나 지금이나 다를 바 없을 줄 알았던 경내 주위에는 굵고 키가 큰 대나무, 향기 그윽한 자단, 적목이라 부르는 잎갈나무, 따뜻한 성질에 단맛이 난다는 두충, 상록 침엽의 측백 등 진기한 나무들이 푸르디푸른 자태를 엄동설한에도 맑고 깨끗하여 속됨이 없을 것이었다. 지금은 이 모든 수종들이 눈에 쉽사리 들어오지 않는 것이 아쉬움이라면 아쉬움이었다.

어찌 물산의 풍요로움만 그곳의 자랑스러움일까! 백성들이 사는 집들은 예전엔 용마루가 날아갈 듯 웅장하게 우뚝 솟아올라 있었을 테고, 색색으로 그려놓은 가옥 무늬가 영롱하게 비춰진 아담한 마을의 정취가 그림과도 같았을 광경이 떠올랐다. 지금은 대부분 주택들이 현대식으로 바뀌어 있었다.

오늘 제례에선 두 줄이 걸친 해금도 국악에 어우러져 아름다운 화음을 냈지만, 예전엔 여섯 가닥이 걸친 현의 그윽한 떨림에 저절로 흥취가 솟아올랐을 법했다.

2. 백사의 정론과 안방준

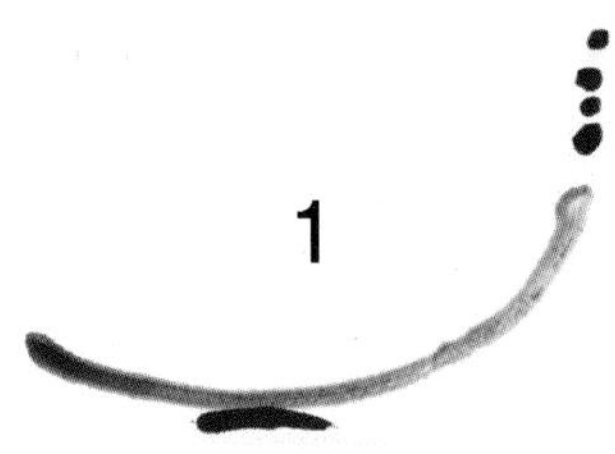

그의 의로운 죽음을 어떻게 위로하고 무엇으로 격찬해야 옳을까. 후세들에게 그가 임금과 나라에 충성한 사람이라고 또 어떻게 전하면 좋을까. 그의 제자들과 후손들은 그것을 염려하는 것 같았다. 그러나 그의 죽음에 대한 시비도 한동안 끊을 줄 몰랐다.

정몽주1)와 조헌을 가장 숭배한다고 한 우산 안방준2)은 죽산에서 태어나, 임진왜란, 정묘호란, 병자호란 등 국난을 당할 때마다 의병

---

1) 鄭夢周(1337~1392)
　　고려 말의 충신, 유학자. 자는 達可, 호는 圃隱. 延日 사람이다.
　　恭愍王 때에 성균관 학감으로 있으면서 五部學堂을 세워 후진을 가르치고 밖으로는
　　향교를 베풀어 유학을 크게 진흥시키고 성리학의 기초를 세웠다.
　　한때 排明親元 정책을 반대하다가 李仁任에 의해 유배되기도 했다.
　　그는 이성계를 따라 倭寇를 토벌했다. 그는 끝까지 麗朝(고려왕조)를 떠받들다가 이방
　　원이 보낸 趙英珪에게 피살된다. 三隱(고려 말의 세 학자: 圃隱 夢周 牧隱, 李穡, 治隱
　　吉再)의 한 사람이다.
　　文廟에 배향됐다. 문집으로는 보은집이 있다. 시호는 文忠
2) 安邦俊(1573~1654)
　　조선 중기의 학자. 자는 士彦, 호는 隱峰 牛山. 그는 竹山사람.
　　임진왜란, 정묘호란, 병자호란 등 국난을 당할 때마다 의병을 일으킨다. 孝宗 때 지평,
　　공조참의를 역임했다. 성리학에 밝았다. 정몽주와 조헌을 가장 숭배하여 그들의 호를
　　한 자씩 빌려 자신의 호로 삼았다. 시호는 文康.

을 일으킨 사람이었다. 그는 성리학에도 밝았던 선비로, 조헌3)과 제봉에 대해 펼쳤던 백사 이항복4)의 정론에 대해 다음과 같이 논박을 했다. 그가 주장한 이치와 변론은 어떤 것일까. 먼저 백사의 정론을 들어본다.

"세상에서 조헌, 고경명의 죽음을 절의라고 하나 나는 그런 생각이 들지 않는다. 그들이 왕사를 위해 죽은 것은 분명하다. 그렇다고 그들의 죽음을 절의에 비교함은 말이 되지 않는다. 나라가 어지러운 때 조헌 등이 한 서생으로 팔뚝을 걷어붙이고 결연히 일어나 의병을 규합, 뜻을 왕실에 두었다는 것은 그 충의로서 가상하다. 그러나 금산싸움에서 여러 군사가 어두움 때문에 적에게 무너졌다. 그때 칼을 들고 뛰어나가 서로 짓밟다가 조헌은 어지러운 군사 가운데 죽었다. 경명은 마침 술에 취해 말고삐도 잡지 못해 군중에서 죽었다……."

이 같은 내용은 공교롭게도 당시 전라도 순찰사 이광이 거짓으로 선조께 보고한 내용과도 그렇게 같을 수 있을까. 우산은 위와 같은 주장에 이의를 제기한다.

---

3) 趙憲(1544~1592)
  선조 때의 문신, 학자. 자는 汝式 호는 重峰, 陶原, 後栗, 李珥와 成渾의 문인. 직언으로 왕의 노여움을 받아 유배, 파직, 강등되는 등 파란이 많았다.
  그러나 임진왜란 때 의병을 일으켜 금산에서 싸우다 700의병을 규합, 아들 完基와 함께 전사했다. 이이의 <氣發理乘一途說>을 지지하여 이이의 학문을 계승 발전시켰다. 영조 때 영의정으로 추증되었다. 저서로는 ≪중봉집≫, ≪중봉동환봉사≫가 있다. ≪청구영언≫에 시조 3수가 전해진다. 문묘에 배향되었다. 시호는 文烈.
4) 李恒福(1556~1618)
  선조 때의 명신. 자는 子常, 호는 白沙, 弼雲. 그는 慶州사람. 임진왜란 때 다섯 번이나 병조판서가 되어 크게 활약했다. 이조판서, 우의정 등을 지낸다. 鰲城 府院君에 봉작되고 扈聖功臣의 원훈(나라를 위한 큰 공훈)이 되어 영의정에 이른다. 광해군 9년(1617) 폐모론을 극력 반대하다가 北靑에 유배되어 죽었다.
  ≪청구영언≫에 그의 시조 4수가 전해진다. 저서로는 ≪백사집≫, ≪북천일기≫, ≪사례훈몽≫ 등이 있다. 시호는 文忠.

“……군사가 패하는 것을 보고서도 도망하지 않고 마침내 왕사에 죽은 것은 포장할 만하다. 그런데 만일 절의라고 한다면 그것은 옳지 않다…… 조용히 죽음에 나아가 자기 지조를 잃지 않은 이는 오직 김천일5), 양산숙6) 두 사람뿐이다…….”

그의 이 같은 말을 어떻게 정론이라고 말할 수 있느냐면서 우산은 이렇게 논박한다. “백사의 주장은 단적으로 말해 잘못된 것이다.”

“……뜻을 왕실에 두었다는 것은 그 충의로서는 가상한 일이다…….”라고 말하지 않았는가.

그렇다면 충의가 곧 절개가 아니고 무엇인가.

우산의 주장은 이어진다.

조헌을 지적해 백사가 한 말 가운데 “……어지러운 군사 속에 죽었다.”라고 했다. 그 말에서 조헌이 피하고자 해도 싸움터의 상황이 불가피했다는 정황을 알 수 있지 않는가.

백사의 지적 중에 “……패하는 것을 보고서도 도망하지 않았다.”라고 했다.

이것 역시 싸움 중에 피할 수 있는 정황인데도 일부러 피하지

---

5) 金千鎰(1537~1593)
　　선조 때의 의병장. 자는 士重, 호는 健齋. 彦陽사람. 壬辰, 진주 삼장사의 한 사람으로, 임진란이 일어나자 羅州에서 의병을 일으켜, 陽花渡에서 대승하고, 진주싸움에서 성이 함락되자 남강에 투신했다. 시호는 文烈.

6) 梁山璹(1561~1593)
　　임진란 때의 의병. 자는 會元, 濟州사람, 成渾의 문인. 선조 24년(1591) 天象을 보고 난리가 있을 것을 예언했다. 이를 상소하여 대비책을 건의했으나 받아들여지지 않는다. 다음 해에 임진란이 일어나서 고경명, 김천일과 함께 의병을 일으켜 의주의 선조에게 고경명의 출사표를 전달하고 또 임금의 명을 소지하고 고경명 義陣에 도착했다. 경명과 차남 인후와 막하장, 유팽로, 안영 등 충성된 많은 의병들이 금산 의진에서 치열하게 싸우고 있었다. 그 후 그는 살아 흩어진 의병들을 모아 김천일과 함께 진주성에서 사력을 다하여 싸움 끝에 순절했다.

않았다는 뜻으로도 이해되지 않는가. 백사의 주장은 백여 글자 정도 사이에 이토록 앞뒤가 다를까.

"……내 청컨대 두 사람(조헌, 경명)에 대해 바른 것을 변론하리라……."

금산싸움에서 경명은 외로운 군사를 거느리고 바로 왜적의 소굴을 부수고 불태웠다. 그리고 종일토록 힘껏 싸웠다. 그러자 적의 사기는 떨어지고 의병의 사기는 드높아만 갔다.

그날은 해가 저물어 싸움은 그 정도에서 중단되었다.

다음날 아침에 관군과 의병은 적진을 향해 또다시 진군해 나갔다. 치열한 싸움이 벌어진 것이다. 적도 그들 본영을 통째로 비우고 벌떼처럼 뛰쳐나와 관군에게 결사적으로 덤벼들었다. 적은 그야말로 죽자 살자 관군병영을 향해 쳐들어왔던 것이다. 그러자 방어사 곽영이 잔뜩 겁을 먹고 먼저 달아나 버린다.

결국 관군도 뿔뿔이 흩어지기 시작했다. 그런 정황임에도 의병들의 외로운 싸움은 계속되었다. 모두가 목숨을 내건 싸움이었다. 그러나 의병들로서는 중과부적이었다.

우산의 변론은 아직도 더 남아 있는가.

"이런 전황을 안다면 어찌 어둠에서 군사가 무너졌다 하는가?"라고 다시 이의를 제기한다…….

조헌은 청주에서 적을 무찌른 뒤 장계를 올렸다. 그의 별지에…….

"전라 의병장 고경명은 이광7)이 우물쭈물하면서 신하의 도리를

---

7) 李洸

자 士武, 호 雨溪. 선조 7년(甲戌, 1574) 문과에 급제, 1590년 전라도 감찰사가 되어 지난해 謀逆한 鄭汝立의 문하생과 그 도당을 모조리 잡아들이라는 명을 어기어 삭직되었다. 1592년 다시 전라도 관찰사로서 충청도 관찰사 尹先覺, 경상도 관찰사 金睟와 함

다하지 않는 모양을 몹시 분하게 생각하였습니다.

그의 격서에서도 순찰사의 뚜렷한 죄를 지적한 바 있습니다. 경명이 군사를 모집할 때 관군도 섞여 있었던바, 경명은 이런 것들에 덜미가 잡혀, 순찰사의 원한을 사게 되었던 것입니다.

순찰사는 경명이 모집한 의병들과 함께 금산의 적을 칠 때 군사를 지원하여 기꺼이 돕지 않았습니다. 방어사 곽영도 경명이 이틀 동안이나 힘껏 싸우는 것을 보고서도 관군으로 하여금 나가 적극적으로 구원해 주지 않았습니다. 결국 원군이 없어 경명을 적지에서 패해 죽음으로 몰고 간 것입니다.

경명은 신과 형강을 건넌 후에는 함께 적을 치자고 이미 약속했던 바입니다.

군사를 맡은 관원이 사실 경명을 죽인 것이나 다를 바 없어 신은 몹시 가슴 아프옵니다.”

이 같은 분한 마음을 담아 조헌은 당시 싸움터의 상황을 선조에게 보고했다.

우산은 이에 대해 백사에게 다시 이치를 들어 보였다.

“백사가 천 리 밖에서 귀로 들은 것과 조헌이 가까이에서 듣고, 두 눈으로 똑똑히 보고 말한 것 중 어느 것이 참이고 거짓일까.”

……더군다나 임금의 귀를 더럽히고도 남을 이광의 거짓보고를

께 군사를 모아 수원에 주둔, 적을 유인하여 싸우자는 의견에 반대하여 50인의 일본군을 공격했으나 참패한다. 그 후 적이 全州, 錦山에 침공해 들어오자 光州牧使 權慄을 도절제사로 하여 熊峙에서 적을 크게 무찌르고 전주에 육박한 적을 이정란**에게 격퇴케 한다. 그러나 이해 가을 용인패전의 책임자로 탄핵을 받고 백의종군하게 된 뒤 義禁府에 갇혔다가 유배되었다. 선조 27년(갑오, 1594)에 풀려나 고향으로 돌아갔다. 그는 李舜臣과 같은 德水 이씨다.

접하고서 어찌 정론이라 주장하는가. 백사에겐 심히 부끄러운 일이
아니었을까.

　조헌은 충신 된 도리뿐 아니라 남을 속일 줄 모르는 천품을 가
진 사람일진데, 어찌 경명의 말만 듣고 천부적인 그의 성품을 속일
사람인가.

　의리를 외치고 군사를 일으켜 격문 띠우던 날,

　"간을 쪼개 피를 뿌려 글 올리던 충렬, 사람들이 다투어 숭앙하
려 할 때, 눈 내리는 창에서 눈물 섞어 슬픈 글 쓴다."라는 피 끓는
조헌의 외침을 어찌 잊을 수 있을까.

　제봉이 격문을 띠워 순찰사의 죄를 따지자 그의 노한 마음이……

　"경명은 어두운 때 행군하다가 좁은 길 험한 곳에서 적을 만나
의병이 패했다."

　고 행조에 보고한 것이다.

　"이것은 나라 안 사람들이 다 아는 사실이다."

　우산은 일깨워준다. 그는 또

　"백사가 이 말을 제봉에 대해 한 것도 가슴 아프고 놀랍기 그지
없는 터에 더구나 중봉에게까지 하는 것은 무슨 까닭인가? 정론이
란 것이 과연 이런 것이던가?"

　우산은 개탄을 금치 못한다.

　이항복이 이 글을 지은 것은 선조 34년(신축, 1601)의 일이었다.
그런 후 선조 38년(을사, 1605)에 그는 ≪제봉 정기록≫에 다음과
같은 서문을 쓴다.

"변성양[8]의 집이 대대로 너무 적적하다."

라고……. 이는 제봉일가의 절의가 변성양보다 우위에 있다는 의미가 아니면 무엇일까.

변성양은 임진란 때 의병을 일으킨 변연수를 가리킨다. 그는 선조 때의 무신이었다. 초계가 본향인 그는 의병을 일으켜 이순신과 함께 옥포에서 왜군을 크게 격파했다. 그러나 그는 당포에서 그의 아들 입(岦)[9]과 함께 장렬한 죽음을 맞았던 것이다.

그렇다면 경명은 신축년 이전에는 절의가 아니던 것이 을사년 후에 비로소 절의가 된다는 말일까. 이 같은 물음을 상기할 때 살아생전에 백사가 이 물음을 받았다면 그의 얼굴에 지었을 법한 난감한 표정이 생각보다 훨씬 궁금했다. 순찰사의 잘못된 보고로 경명에 대한 절의론이 그를 무안케 할 수도 있기에……

뒤늦은 우산의 주장이지만, 백사가 그의 주장을 그때를 초월하여 수용이라도 한 것일까. ≪제봉 정기록≫의 서문을 청탁받아 기록할 때 비로소 백사는 오류의 절의론을 바로잡아 놓는다는 생각을 하고서 서문을 기록하기라도 했을까. 아니라면 부자가 순절한 변연수에 비해 삼부자가 아니, 9명의 가족이 전란으로 순절한 제봉의 가문을 견주어 볼 때 순절에 있어서 '변씨 가문이 대대로 더 조용하고 쓸쓸하다'는 하나의 인사치례로 던진 위로의 말로 믿고 싶지 않았다.

---

8) 卞延壽(卞成陽 1538~1593)
　　선조 때의 무신. 자는 五元, 草溪가 본관이다. 임진란 때 의병을 일으켜 이순신과 함께 玉浦에서 일본군을 격파한다. 그러나 唐浦에서 아들 입과 함께 전사한다. 병조판서에 추증.
9) 卞岦: 선조 때의 무신 변연수의 아들. 본향은 초계.

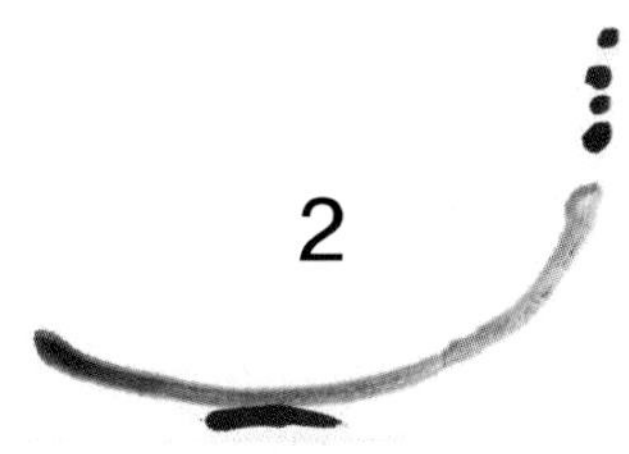

2

‘한 번의 실수는 병가상사라’ 했거늘 개인의 한 가지 약점을 그렇게도 집요하게 물고 늘어지니 이를 백사가 듣고 알아차린다면 그로서는 이 아니 난감한 일인가.

신흠[10]이 지은 문집에 기록된 내용을 인용하여 우산은 또다시 말했다.

태헌(苔軒) 경명은 임진년 난리에 작은 아들 인후와 함께 금산에서 죽음으로써 의리를 세웠다. 그의 큰아들 종후는 아버지와 동생의 원수를 갚기 위해 군사를 수습하여 진양성(한때 촉석성이라고도 했으나 지금은 진주성이라 부른다)으로 향해 진군했다. 진주성에서의 싸움은 실로 치열했다. 의병은 군사 숫자도 숫자지만, 전쟁무기에서 일본에 비해 더욱 열세를 면치 못했다. 치열한 싸움 끝에 결

---

10) 申欽(1566~1628)

인조 때의 상신. 자는 敬叔, 호는 象村 또는 玄翁, 평산 사람. 선조의 유교칠신(선조가 승하할 때 遺命을 내린다. 신임하던 柳永慶, 韓應寅, 朴東亮, 徐渻, 申欽, 許筬, 韓俊謙 등 7사람)이었다. 그는 인조 원년에 영의정이 되었다. 후에는 인조廟廷에 배향. 시호는 文貞. 저서로는 ≪상촌집≫이 있다.

국 진주성은 함락되고 만 것이다. 그는 같은 날 김천일, 최 경회(양산숙, 오빈) 함께 강물에 투신한다. 이렇게 삼부자가 절의를 같이한 것이 진주의 변문보다 그 아름다움에 있어서랴!…….

백사와 상촌의 앞뒤 말이 어찌 이처럼 다를 수 있을까.

상촌은 선원 김상용[11]과 함께 종사관으로 백사를 따라 명나라 남 번에 사신으로 간 일이 있었다. 선원은 안동사람인데, 인조 때 상신으로 좌의정을 지낸 김상헌[12]의 형이다. 우의정을 지낸 그도 병자호란 때, 왕족을 모시고 강화로 건너갔다가 강화성이 함락되자 화약에 불을 질러 자결했다. 그들 형제는 언제나 백사의 막하에 있었다.

이래서 그들의 행동이라든가 들은 바가 한결같았을 것으로 짐작할 수 있지 않을까. 그럼에도 백사는 처음에 경명의 죽음이 절의가 아니라고 한 까닭은 무엇일까. 우산은 이 사실을 들어 "정론이 과연 이런 것인가?"라고 다시 묻는다.

우산은 당시 벼슬을 하지 않았던 제야의 선비로서, 그의 시각은 어느 한쪽으로 쏠림이 없었다. 사물에 대한 그의 통찰은 예리했고, 객관적인 안목을 가진 사람이었다.

절의를 세운 이들 중 양산숙과 비교할 만한 사람은 의외로 많았

---

11) 金尙容(1561~1637)
   인조 때 상신. 자는 景擇, 호는 仙源, 안동사람. 좌의정을 지낸 金尙憲의 형이다. 벼슬은 우의정에 이르렀다. 병자호란 때 왕족을 모시고 강화로 건너갔다가 강화성이 함락되자 화약에 불을 질러 자결한다. 시조작품으로 ≪오륜가≫ 5편, ≪훈계자손가≫ 9편 등이 전해져 온다. 시호는 文忠.

12) 金尙憲(1570~1652)
   인조 때의 문신, 학자. 자는 叔度, 호는 淸陰 또는 石室山人, 안동사람. 인조 때는 대제학, 이조, 예조, 공조, 형조판서를 역임한다.
   병자호란에 척화를 주장하여 3년간 심양에 잡혀가 갇힌다. 귀국 후에는 좌의정을 지낸다. 그는 명필로 이름이 나 董其昌體를 잘 썼다. ≪청구영언≫ 등 가곡집에 시조 4수가 있다. 시호는 文正.

다. 진주가 함락될 때 최경회[13])의 막하였던 진사 문홍헌[14])과 고종
후[15])의 막하인 오빈[16])도 양산숙과 함께 순절했다. 백사는 그들에
대해서도 말하지 않았다. 문홍헌 등 몇 사람의 성명은 뚜렷이 나타
내지 않았기 때문에 백사가 문홍헌, 오빈의 죽음을 미처 전해 듣지

---

13) 崔慶會

자는 善遇, 호는 三溪. 선조 즉위 초년(무진, 1568) 식년문과에 을과로 급제하고, 영해
군수 등을 지낸다. 임진란이 일어나자, 의병을 모아 전라도우도의병장이 된다. 錦山,
茂朱, 昌原, 星州 등지에서 적을 격퇴하여 전공을 세운다. 그 공으로 다음 해 경상우
도병마절도사에 승진. 이해 진주성 싸움에 참가하여 밤낮 9일 동안 싸우다가 성이 함
락되자, 김천일, 고종후와 같이 남강에 투신하여 최후를 맞이한다. 이들은 진주성 三壯
士로 불린다. 좌찬성에 추증. 능주의 褒忠祠에 祭享.

14) 文弘獻(~1592)

선조 때 전남 능주에서 의병을 모집한 의병장. 호는 敬庵. 선조 25년(임진, 1592)에 진
사로 고경명을 따라 금산에서 싸우다가 패하자, 병마절도사 최경회의 막하에서 진주성에
집결한 의병들과 합류하여 치열한 싸움 끝에 성이 함락되었다. 이 싸움에서 최경회 등과
함께 南江에 투신하여 최후를 마친다. 사헌부 지평에 추증. 능주의 褒忠祠에 제향.

15) 高從厚(1554~1592)는 臨陂縣令(조선조 때, 종오품 외직 문관으로 큰 고을현의 으뜸
벼슬. 관찰사 아래에서 관내를 다스린다. 하나의 현감. 행정체계가 지금의 道에 버금간
다고 기록되어 있다) 그는 선조 때, 의병장. 자는 道沖, 호는 隼峰, 시호는 孝烈. 선조
3년(1570) 그의 나이 16세로 진사과에 합격. 선조 10년(정축, 1577) 24세 때 별시문과
에 병과로 급제하고, 예조좌랑으로 역임. 선조 21년(1588) 임피현령. 선조 24년(1591)
지제교에 등용. 1592년 임진왜란 때, 그의 아버지 경명과 아우 인후가 5월 29일 금산
성에서 순절하자 귀가하였다. 얼마 후 자칭 복수의병장이라 부르고 400여 의병을 다시
수습했다. 그는 여러 지역에서 싸우다가 1593년 제2차 진주성 전투에서 최경회, 김천
일, 문홍헌 등과 합류하게 된다. 진주성이 함락되자 음력 6월 29일 김천일, 최경회, 문
홍헌, 오빈과 함께 남강에 몸을 던져 순절한다. 세상에서 말하는 진주성 삼장사 중의
한 사람이다. 그때 함께 남강에 투신 순절한 사람은 더 있었다. 高榮豪(參奉), 高敬兄
(主簿), 高守緯(호조참의) 이들은 고종후와 숙질간이다.
선조 34년(1601) 광주 褒忠祠, 진주 彰烈詞에 배향. 광해 9년(1617) 금산 성곡서원에
배향. 선조 26년(1593) 통정대부, 승정원 도승지 지제교 겸 춘추관 수선관 예문관 직제
학에 추증. 선조 28년(1595) 정문을 세우고 不祧廟의 특명이 내린다. 숙종 12년(1686)
진주성 내의 旌忠壇碑 건립. 숙종 14년(1688) 자헌대부, 이조판서, 홍문관 대제학, 예
문관 대제학, 지경연 춘추관, 성균관사, 세자좌빈객, 오위도총부 도총관을 추증.

16) 吳玭

자는 榮甫, 호는 聖山, 본관은 咸陽. 의병장. 1590년(선조 23) 증광문과에 병과로 급제
하여 홍문관 정자가 되었다. 1592년 임진왜란에 의병이 되어 고경명을 따라 금산싸움
에 참가했다. 다음해 고종후와 함께 의병을 모아 진주성 싸움에 참전, 성이 함락되자
고종후, 김천일 등과 함께 남강에 투신 순절했다. 병조참의에 추증되고 고향에 정문이
세워져 있다.

못한 것일까? 아무래도 이런 주장은 설득력이 없어 보인다. 임란 당시 이항복은 다섯 차례나 병조판서를 하면서 크게 활략했던 사람이었다. 병권의 총책임을 맡은 그에게는 분명 전쟁의 상황과 전사한 선비와 의병장들의 이름이 보고됐다고 믿어지기에 그랬다.

그때의 전란 중에 경명이 금산에서 패할 때 안영[17]은 자기 말을 경명에게 주고 걸어서 따른 일이라든가, 유팽로[18]가 위급한 대장 경명에게 가려고 하는데 그의 진로를 가로막아서는 자기 종을 창으로 찔러 죽이고 대장에게 달려 나간 사실은, 천만년이나 되어도 없었던 피 끓는 의사의 절의였다. 더구나 고종후 형제가 하나는 그의 아버지와 함께 금산싸움에서 전사하고 또 하나는 아버지를 위해 원수를 갚고자 진주성 싸움에서 역시 순절했던 것으로 보아 이는 충효가 쌍전을 이룬 것이 아니라면…… 이에 대해서도 백사는 입을 열어 한마디도 말하지 않았다. 이러고도 편협한 그의 주장을 정론이라 말할 수 있을까?

우산은 백사에 대해 어떤 원한이라도 사무쳤는가! 자기와 상관치

---

17) 安瑛(~1592)
　　조선조 때의 의병. 자는 元瑞, 호는 淸溪. 1592년 임진란이 일어나자 고경명이 거느린 의병에 가담, 막하장으로 활략한다. 그는 여러 곳에서 싸우다가 금산싸움에서 용전 끝에 순절 한다. 掌樂院僉正(조선왕조 때, 음률의 교열을 맡아 보던 관아. 연산군 11년(을축, 1505) 때의 聯芳院을, 中宗 초년에 장악원으로 고쳤으나 고종 21년(갑신, 1884)에 폐지되었다)에 추증. 광주의 포충사, 남원의 愍忠祠에 제향.
18) 柳彭老(1554~1592)
　　선조 때의 義士. 자는 君壽, 호는 月坡, 文化사람. 선조 21년(무자, 1588) 식년문과에 을과로 급제. 학유(성균관의 종구품)를 지낸 뒤 벼슬에 뜻이 없어 시골에서 은거하다가 1592년 임진란 때 담양부에서 고경명의 종사관이 되어 종군하다가 금산싸움에서 순절한다.
　　사간(종3품)에 추증. 고향에 충신정문이 세워져 있다. 玉果의 영귀서원, 금산의종용사, 광주의 포충사에 제향.

않은 다른 사람의 공적에 이리도 열변을 토하다니……. 하기는 그
가 가장 숭배했던 이와 그의 동류의식을 지녔던, 더구나 이제는 이
세상 사람이 아닌 고인에게 부당한 예우를 한다는 생각이 드는데
어찌……. 양식 있는 선비로서 유구무언일 수 있으랴만…….

'개관사정'이라 했는가.

'일문의 부자가 충성에 효도를 했음에도 그것을 헐뜯고 칭찬하던
일 관뚜껑 덮기를 기다린다.'

어찌됐건 '개관사정'이라는 말로 세상을 떠난 이는 다소 위안을
삼을 것이었다. 이것으로 시시비비를 종언할 뿐. 이 같은 말싸움을
들은 영령들에게서 '허허…… 흉한 지고……' 하는 탄식 소리가
들려오지는 않을지……

얼마 안 있어 그의 죽음에 대한 시비는 가려진다. 변론으로 마침
내 그의 충절이 밝혀진 것이기에…… 사필귀정이었다.

3

그가 순절하고 2년이 지난 뒤에 왕세자는 익위사 부솔, 즉 세자의 교육을 맡은 직분(사부)인 이희간[19]을 보내어 경명의 영전에 제문을 올린다.

그 후로 선조는 제봉의 사당을 세우게 하고 사관에게 봄가을로 제사를 올리게 한다. 선조 36년(계유, 1603)에 임금은 '포충사'로 사액을 내려 보낸다. 재봉산 남쪽 기슭에 자리를 잡은 사당, 기둥은 높고 뜰은 드넓었다. 제사상에 진설된 제기들은 정결했다.

"영이시여! ……일찍이 조정에서 명예를 드날리다가…… 크게 취해 소리쳐 읊은 시 3,000수는 몇 곳의 사롱(먼지가 앉지 못하게 사(실)로 덮어씌운 현판)에 남아 있고……"

국가가 다난함에 처할 때는 충의를 분발하여 근왕을 외친 것이다. 옷소매를 떨치고 일어서니 무부도 입이 막히고 기가 죽어 있었다.

"……경명은 대장단에 올라 맹세하니 삼군이 팔을 걷으며 목숨

---

19) 李希幹: 翊衛司 副率, 세자의 교육을 맡은 사부.

을 다짐했습니다. 군중은 유원규[20)를 맹주로 추대하고 사람들은 문
천상[21)의 의거를 사모했습니다……."

　문천상은 송(宋)나라의 최후의 충신이었다. 그는 원(元)나라의 군
사와 끝까지 싸우다가 패전하여 포로가 된다. 그는 원나라 세조의
강력한 회유에도 불구하고 끝까지 굴복하지 않는다. 문천상은 자기
의 충절을 말하는 정기가를 남겼다. 문천상이 마침내 참형을 당하
던 날 바람이 크게 불어 모래가 날리고 대낮이 캄캄하여 지척을 분
간할 수 없었다고 고사는 전한다.

　옛 선비들은 말하기를, "우레와 번개는 음양의 바른 기운이다 혹
은 숨은 벌레를 놀라게 하고 또는 바르지 못한 것을 친다."고 했다.
'사람도 원래 바르지 못한 기운을 품은 사람이 있다.' '만물도 바르
지 못한 기운이 감돌 때가 있는데, 바른 기운이 바르지 못한 기운
을 치는 그런 이치인 것이다.' 이는 바르지 못한 사람을 하늘이 친
예는 무을과 이백의 고사에서도 전해진다.

　조정에서 훈련한 군사가 3년에 적을 토벌하는 일이 오히려 서생
에게서 나왔다고 왕세자는 말한다.

　국가가 선비를 기른 200년에 충성을 바친 것을 다행히 오늘에야
보게 된 것이라고…….

---

20) 庾元規
　　晉나라 사람 庾亮의 字. 그가 蘇峻을 쳐 평정할 때에 맹주가 되듯이, 경명이 창의하여
　　맹주가 되었다는 것을 비유로 든 것이다.
21) 文天祥(1236~1282)
　　중국 南宋 말기의 충신. 자는 宋瑞, 호는 文山. 1276년 수도 臨安이 함락한 후 端宗
　　을 받들고 근왕을 일으켜 元의 군사에 대항하다가 사로잡혔으나, 절의를 굽히지 않고
　　있다가 처형당한다. 그의 <正氣歌>는 옥중에서 절개를 읊은 유명한 노래다. 중국 사
　　람으로서는 이 문천상을 제봉이 가장 흠모한 인물로 추측이 간다. 문천상의 가사집 이
　　름 <정기가>를 빌려 그의 저서 <正氣錄>이라고 부른 것을 보면 이해가 될 것 같다.

"……어쩌다 장성22)이 갑자기 무너졌습니까? ……혈전으로 맞부딪혀 천금 같은 목숨이 호구에 들어갔으나 사내다운 죽음이라 칠척의 몸뚱이를 홍모23)보다 가볍게 여겼습니다. 지난날의 공을 중도에 버리고 장한 뜻을 안은 채 땅에 묻혔습니다. 일의 성패는 운명인가. 이를 다시 입에 오르내리어 무엇하리오만, 하느님의 사람에 대한 보시는 과연 뉘라서 측량하리까.

한 집안에서 절사한 분이 세 사람이니, 순월24)의 사이에 화를 입음이 가장 심했습니다. 제봉 삼부자의 유적을 회상하면서 길이 슬퍼합니다. 내 눈물이 하염없이 흐릅니다. 이에 유사를 보내어 박전(변변치 못한 것)을 드리오니 죽어도 사그라지지 않을 영령은……남아 있으리라. 혼이시여! 알아차리시거든 오셔서 흠향하소서. 아! 슬픕니다."

---

22) 長城: 萬里長城을 줄인 말인데, 제봉이 이끈 의병을 비유한 것이다. 피란지에 가 있던 선조는 제봉과 김천일 등이 의병을 일으켰다는 말을 듣고 중국의 만리장성처럼 든든하게 생각하고 크게 기대를 가진 것으로 여겨진다.

23) 鴻毛: 기러기의 털을 말하는데, 극히 가벼운 사물의 비유를 든 것이다.

24) 旬月: 열흘이나 한 달의 사이의 날짜를 이른다.

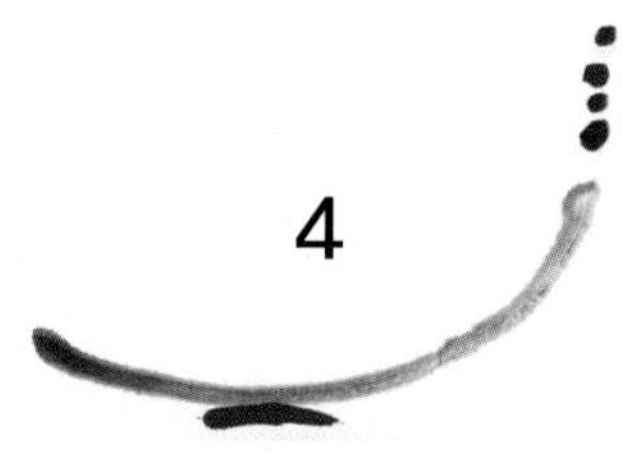

4

　당시 남쪽에서 일어난 의병에 대해 임금은 만리장성과도 같은 든든한 방어벽이 되어 일본을 하루속히 몰아내고 서울이 되찾아질 것을 기대했다. 이들에게 그렇게 희망을 걸었던 것이었다. 전란 시작부터 선조의 귀에 들려온 것들은 우울한 보고들뿐이었다. "싸울 만한 장수는 있어도 싸울 만한 군사가 없다."는 말이 수없이 임금의 귓가에 들려 온 것이다. 이 소리가 선조에겐 의미 없이 처대는 꽹과리 소리보다 더 듣기 싫은 자그락거리는 잡소리로 들렸을지 모른다. 훈련되지 않은 관군들은 도망해 자기 살길 찾기에 바빴다. 장수로서도 이런 상황에 마음이 어찌 흔들리지 않을 수 있을까.

　마지못해 끌려 나온 오합지졸의 관군은 선조에게 듬직한 믿음을 주지 못한 것은 사실이었다.

　그런가 하면 의병들 중에는 그들을 거느리는 장수나 이를 따르는 많은 병사들이 목숨을 내놓고 스스로 출전한 자가 많았다. 목숨을 초월한 싸움터에 나선 것이다. 당시 순절한 의병들에겐 죽음 같은 것은 헌신짝처럼 여겼을지 모른다. 이미 내놓은 목숨인데 무엇을 두려워할까. 의병들의 이 같은 각오의 출전은 일본군의 간담을 서늘케 하고도 남았으리라.

의주로 피란길에 들어선 임금이 의병들의 이 같은 정황을 보고받았을 때 조선의 버팀목이 되기를 얼마나 고대하며 큰 기대를 가졌을까.

한양으로 돌아온 선조는 이제 국란을 수습하고 나라에 목숨을 내어놓은 사람들을 챙겨야 했다. 그들에 대한 강한 신뢰와 의지, 그리고 세상을 떠난 이들에 대한 흠모함이 제문에 잘 드러나 있었다.

그 광경을 지켜보던 그 지역 부녀자들과 어린아이들도 감격해 눈언저리에 젖은 눈물을 닦아내고 있었다.

지난해 4월 25일 제향에도 진주에서 또는 부산에서도 수많은 아낙네들조차 버스를 전세 내어 먼 길을 마다않고 달려와 경건한 제례에 참여한 것을 보았다. 그러니 그를 존경하고 흠모함이 당대에만 그치지 않았다는 것을 아낙들은 무언으로 증언하고 있었다.

무언의 무등산은 귀경길 석양에 바라본바 듬직하고 평화스런 자태를 드러내고 있었다. 극락호의 맑은 물결도 넘실넘실 변함없이 흐르고 있었다.

3. 백인걸과 제봉의 유년

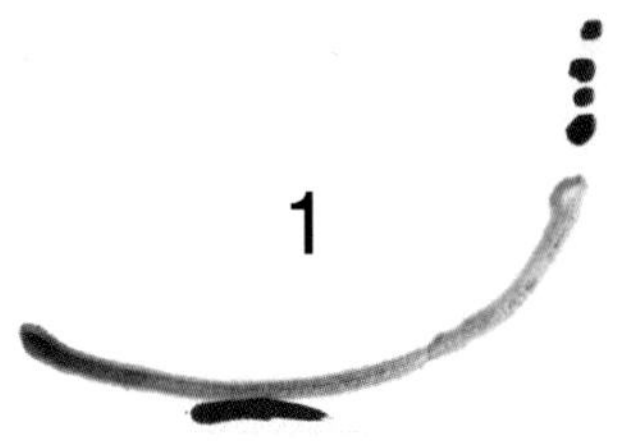

제봉이 광주에서 태어난 것은 1533년 11월 30일이었다.

그가 태어난 압촌 마을은 한때 나라에 대해 충성과 의리로 세운 공적이 있었다고 해서 모든 세금과 잡역을 면제받는 특전이 있어, 압촌이란 마을 이름이 한때 복호촌이라 부른 적이 있었다. 조선왕조 때, 충신, 효자, 절부가 난 집에 요역(백성에게 일정한 구실 대신에 시키던 강제 노동)과 농사를 지어 부과되는, 세금인데, 요즈음에 부르는 농지세 같은 것과 그 이외의 잡부금을 면제하여 주던 일을 복호라 했다. 당시는 공공 또는 관가의 일을 맡아보는 사람들이 구실아치였다. 즉 벼슬아치 밑에서 일을 하는 구실아치의 노동을 대신시키던 것을 요역이라 하는데 그 일을 면제시켜 준 것이다. 이를테면 국가에 손해를 끼치거나 벌과금 또는 잡역에 동원하던 것을 대신 노동을 해서 면제받는 제도였다.

이날 포충사 제례가 끝난 뒤 진주에서 관광버스를 타고 와 제례에 참석했던 (대부분 고종후 복수 의병장의 직계 손)일행들과 함께 압촌(고경명의 17대 종손) 종가와 위 조상들의 묘소 등을 답사할 기회가 있었다. 압촌 종가 마을도 포충사 인근에 자리한 터라, 포충사 주위 단장과 함께 압촌에도 정화 사업이 추진되어 이제는 많은 진척이 있었다. 앞으로 방문하게 될 관광객들을 위해 동네 공동 화장실이라든지 다른 주차장 시설과 간이 시설도 설치되는 모양이었다. 조용한 인가에 관광객들이 밀려드는 것이 그곳 입주민들에게는 경제적인 이로움이 있을지 모르나 평화롭기만 하던 마을 주민들의 생활에 방해가 되지 않을까 하는 것에 우려가 되었다. 조용하고 평화로운 마을이기를 바라는 이에겐 설사 경제적인 이로움이 있을지언정 인산인해를 이루는 자체가 썩 달가운 것만은 아닐 터였다. 많은 사람들의 발길이 잦을 때, 질병이 창궐하지 않는다고 누가 아니라고 말할 것인가. 그럴 때, 농작물에도 이로움보다 폐해가 더 크게 작용하기 때문이리라.

이제는 진주인이 된 후손들과 같이 유년의 기억이 없으니 처음 방문하는 격이었다.

병풍처럼 둘러 있는 북쪽의 송학산을 등지고 압촌 마을은 남향을 바라보고 있었다. 잔잔하고 평화롭게 느껴지는 마을로 다가왔다. 그곳 압촌에서 유년을 보낸 제봉은 어려서부터 외모나 언행이 점잖으면서도 생기발랄한 유소년이었다. 그는 나이에 비해 신체적 정신적 발육이 빠른데다 올이 곧고 밝아 성인처럼 은인자중했다고 한다고 한다.

2

백인걸[1)]

　지난 5월 초경에 양주에 있는 그의 재실과 묘를 둘러보았다. 택시로도 꾀나 먼 거리에 위치(양주시 광적면 효촌리 산26)해 있었다. 그의 재실은 경기도 기념물 제58호로 지정되어 있었다. 경내로 들어서는 입구에 홍살문이 우뚝 서 있었다. 홍살문 왼쪽으로 아주 넓은 잔디광장과 함께 조금 떨어진 곳에 재실이 있었다. 그곳으로 들어가는 휴암문(休庵門)의 중앙문엔 태극기가 크게 그려져 있었다. 양쪽 작은 문에도 각각 작은 태극기를 그려놓았다. 담 너머로 바라

---

1) 白仁傑(1497~1579)
　　선조 때의 유학자. 자는 士偉, 호는 休菴, 수원 사람. 동서당쟁의 폐를 논하고 군비 강화를 강조했다.
　　조광조의 문인으로 중종 14년(기유, 1519) 기묘사화에 스승 조광조와 동지를 잃고 금강산에 입산한다. 그 후 돌아와 1537년 식년문과에 병과로 급제하고, 성균관에 오래 머무르다가 검열, 남평현감, 호조정랑, 지평 등을 역임한다. 명종 2년(정미, 1547) 良才驛 壁書事件에 연루되어 安邊에 유배되었다가 1551년 풀려나와 오랫동안 고향에 은거한다. 선조가 즉위하자 1567년 71세의 나이로 교리가 되고 선조 때 직제학, 이조참판, 대사간, 대사헌, 공조참판, 동지경연사, 동지의금부사 등을 역임한다. 30여 년간 이이, 우계 성혼 등이 그의 문하에 드나들었다. 청백리에 녹선되고, 성균관 문묘에 제향. 남평의 蓬山書院, 경기도 파주의 坡山書院, 坡州書院에 제향. 시호는 文敬.

다 보이는 재실은 아주 높고도 웅장했다. 건물 양식은 이익 공식을 취하고 휴암문은 초익공식에 솟을대문의 형식으로 지어져 있었다. 재실의 지붕은 팔자지붕으로 처마선이 아름다웠다. 그를 위한 검은 대리석으로 된 비석도 눈에 띠었다. 문경공 휴암 백인걸의 생애의 업적에 대한 기록 표지판은 재실 오른쪽에 있었다. 신도 비각이 있었는데 신도비는 비각 안에 있었다. 신도 비석을 보존하기 위해서일 것이다. 비문은 송시열이 지었는데 긴 장문이었다.

충계를 딛고 올라 언덕 위에 자리한 묘소와 수려한 주위 경관은 상록수가 울창하게 둘러 있었다. 묘소가 있는 언덕 주위엔 전답이 딸려 있고, 안타깝게도 관리인이 출타 중이라 재실 안에 있는 영정은 감상할 수 없었다.

그는 임금에게 잘못을 고치도록 직언할 수 있는 자리에서 일을 맡아보는 사간원의 으뜸 벼슬인 대사간을 거쳐 참찬(의정부의 정이품)에 오른 사람이었다. 그는 능주로 유배되어 온 조광조가 사약을 받기 즉전에 찾아와 스승에게 큰절을 올리고 위로를 했다. 그 후 대사간에 오른 인걸은 태학생(성균관의 장의 이하 생원. 진사) 홍인헌[2] 등과 함께 조광조를 문묘에 배양할 것을 주장했다. 이는 조광조가 기묘사화를 만나 사사된 지 50년이 지난 뒤 1543년경의 일이었다.

백인걸이 어느 날, 남평 현감으로 부임해 와 있을 때 일이었다. 백인걸은 남평 지방이 낮은 읍이라고 임지를 역겨워하지 않았다.

---

2) 洪仁憲

　문과에 급제하여 강원감사를 거쳐 문관의 정삼품 당상관의 품계, 통정대부, 부사에 이른다. 선조 2년 성균관의 진사 때 조광조를 공자묘에 배향할 것을 백인걸 등과 함께 상소한다.

그가 첫 부임지인 이곳에서 제일 먼저 하고자 한 일은 학교를 세우는 일이었다. 이를 통해 선비를 양성하는 것이 자기의 임무로 생각했다. 그가 맡은 지방에는 사방의 경계 안에 서당을 설치하고 선비의 길을 닦고 있는 사람을 선생으로 선택하여 가르치고 지도하는 것을 관리하도록 했다. 그리고 창고의 쌀을 내주어 배움의 길을 도왔다. 그는 매월 서당을 순회하며 학업진도를 확인했다. 아이들이 배울 글을 읽기 쉽게 하기 위해 귀결에 점 또는 부호 등으로 표시하는 방법, 즉 구독법을 바르게 해 주었다. 어질고 깊은 그의 사랑을 당시 남평현 사람들은 그 어느 곳보다도 크게 혜택을 입은 것이다. 그가 벼슬 살던 이곳을 떠나 그가 세상을 떠난 뒤 그 지역 부로(父老)들은 함께 모여 상의했다. 백인걸의 사우를 짓고 제사를 지내자고. 중론이 모아져 제를 지내며 지금까지 이어져 오고 있었다. 임금으로부터 사액을 바라는 뼈를 깎는 듯이 애절한 송시열의 상소문이 그가 쓴 ≪송자대전≫에도 기록으로 남아 있었다.

때마침 어린 경명은 아버지를 따라 남평 외가에 와 있었다. 고맹영3)이 현감을 찾아왔을 때 경명도 아버지를 따라나선 것이다. 맹영은 척신 이양이 신진세력에 밀려 퇴출되자 많은 세월이 흘러가도록 별다른 벼슬 없이 고향에서 산수를 배경 삼아 틈틈이 시를 짓고 그리고 서책을 읽던 때였다. 경명은 비교적 아버지를 잘 따르는 편이었다.

백인걸은 경명이 어린 나이었으나 조숙한 그의 모습을 보고 첫

---

3) 고맹영

　　자는 英之, 호는 霞軒. 중종 35년(경자 1540) 별시문과에 병과로 급제하여, 沃川군수를 지내고, 보덕(세자시강원의 종삼품. 뒤에 정삼품으로 올렸다), 강원도관찰사, 호조참의를 거쳐 대사간에 올랐다. 의정부 좌의정에 추증. 고경명의 아버지.

눈에 감탄해 마지않았다.

"저 아이가 몇째인가?"

현감은 맹영에게 묻는다.

"예, 첫째입니다."

"얘야, 이리 좀 와 보거라."

현감이 손자뻘 되는 어린 경명을 부르며 손짓했다. 경명은 잠시 동안 머뭇거렸다. 좌정한 채 중후하게 늘어진 은백색의 수염을 쓸어내린 인자스러움에는 친근감이 있어 보이면서도, 경명은 처음 대하는 현감의 눈빛이 신명하게도 예사롭지 않아 보였다. 형형한 별빛처럼 빛나는 그의 눈빛에, 선뜻 다가서기에 두려움이 없지 않았다.

그때 아버지가 아들에게 고개를 주억거려 주었다. 어서 현감 할아버지 뜻에 따르라는 신호로…… 아버지의 격려에 경명은 안심이 되는가. 수줍은 듯 쭈뼛쭈뼛하며 현감 곁으로 서서히 다가가기 시작한다.

"어디 좀 보자."

현감이 경명의 오른팔을 잡아 끌어들인다. 좌정한 채로 현감은 가깝게 다가선 경명의 어깨를 감싸 안는다. 그리고 쓰다듬어 주었다. 경명의 키는 앉아 있는 현감의 키보다는 훨씬 커 보인다. 현감은 많은 세월을 벼슬길과 은둔생활로 금강산 또는 객지로 돌아다니는 처지이고 보니 사사로운 자기의 가정사나 더욱이 지우의 형편을 살필 기회가 좀처럼 없었다. 맹영과는 어쩌다가 오래전 한양에서 마주칠 때가 없지 않았으나, 경명이 태어난 지 9년이 지난 후 그날에야 처음 맹영을 대하며 그의 아들을 품에 안아보기에 이른 것이다.

“그 녀석 참 영특하게도 생겼구나.”

 현감은 경명의 머리를 쓰다듬으며 말한다.

“할아버지께 어서 절하지 않고서…….”

윗사람에게는 반드시 절을 해야 한다는 아버지의 뜻은 어느 어른 앞에서나 한결같았다. 아버지의 말이 떨어지기가 무섭게 현감의 팔에서 벗어난 경명은 무릎을 꿇고 현감 바로 턱밑에서 허리를 넙죽 엎드리더니 큰절을 하는 것이었다.

“그만 됐다…… 됐다. 그 녀석 의젓하고 예절도 바르구나.”

현감은 침이 마르도록 칭찬을 아끼지 않는다.

“너의 이름이 무엇이라 부르느냐? 나이는 지금 몇 살이더냐?”

“예, 제 이름은 공경할 ‘경(敬)’ 자에 목숨 ‘명(命)’을 더하여 ‘경명’이라 부르옵고, 나이는 올해 9살이옵니다.”

“그래, 너희 이름은 누가 지어 주었다더냐? 혹 들어 본 적이 있느냐?”

“예, 구름 운, 외자인 저희 할아버지께서 지어주셨다고 하였습니다.”

“그 녀석 대답치고는 아주 공손하고도 분명한 게 아주 슬겁기도 하구나. 그래, 너의 이름이 갖는 의미는 뭐라 하시더냐? 할아버지께서는 네가 자란 후에 너의 이름에 대한 가르침이 따로 있었느냐?”

“예, 있으셨습니다. 우선은 부모를 삼가 공경하여 받들고, 나라에 나아가서는 목숨을 다해 공경하는 마음으로 임금께 충성해야 한다는 가르침이셨습니다. 그러기 위해서는 먼저 ‘도’를 닦는 마음으로 엄숙한 가르침에도 충실하여 사람의 도리를 다해야 한다는 말씀이셨습니다.”

“사리에 닿는 말을 하고 있구나. 어른스럽기도 하고, 그래, 너희

조부님의 가르침을 잘 따르면, 네 처음은 비록 작으나 네 나중의 앞날은 창대하겠구나!"

그의 아버지는 물끄러미 그를 내려다보면서 입가에 엷은 미소를 띠고 있었다. 현감은 어린 경명과 다시 말을 이어갔다.

"네 나이에 천자문은 이미 떼었을 테고……?"

"예, ≪명심보감≫, ≪동몽선습≫까지 떼고 지금은 ≪소학≫을 배우려 하고 있습니다."

"그래, 참으로 장하구나. 그래 명심보감과 동몽선습에서는 무엇을 배웠느냐?"

"……명심보감에는 보배로운 말과 글을 쓰며 삼가 예를 갖춘 태도로 어렸을 때부터 착한 어린이가 되어야 한다는 가르침이 들어 있었습니다. 또 서양 과학을 배우고, 착하고 예의를 중시하는 배움이 권학 편에…… 집안일을 다스림이 치가라 했는데 사람의 수명을 아는 것이 모든 것의 천명이니 하늘의 뜻이라 하였습니다. 임금과 신하 간에는 지켜야 할 의리가 있고, 부자 사이에는 친밀한 사랑……, 부부간에는 가려야 할 본분……, 어른과 어린이 사이에는 순서와 질서가……, 벗과의 도리는 믿음…… 신의가 있어야 한다는 삼강오륜의 가르침이 동몽선습에 있었습니다."

"기특하기도 하지, 그 많은 가르침을 아이답지 않게 어찌 그리도 간결하게 대답할 수 있었느냐? 이 아이가 심지가 굳고 아주 원대한 그릇이 될 성싶으니……하헌(고맹영의 호)"

웃음기 가득한 현감은 맹영을 바라보며 거듭 격찬을 아끼지 않는다.

어린 그는 스스로 생각해 봐도 현감 앞에서 그런 용기가 어디서 생겨났는지, 얼굴이 조금 홍조를 띠긴 했으나, 가슴이 벅차올랐다.

　"다른 아이들에 비해 좀 유다른 면이 없지 않아 보입니다만, 좀 더 커가는 것을 지켜봐야 알겠지요. 현감어른께서 너무 과찬이십니다."
　맹영은 너털웃음을 보이면서도 조금은 면구스러운가. 그도 계면쩍은 듯이 현감을 바라보고 그의 특유의 모습인 수줍음을 나타내었다.
　어린 경명을 어루만져도 보고 면밀히 그의 상을 뜯어본 현감은 그가 장차 큰 그릇임을 곧 알아본 것이다. 어린아이의 장래까지도 꿰뚫어 볼 줄 아는 현감의 예리한 통찰력처럼 그가 과연 장차 나라를 위한 큰 인물이라도 되려는가!
　말은 분명 그 의미를 담은 씨가 된다고 하던데…… 경명은 젊어서부터 지혜가 남달라 보였다. 될성부른 나무는 떡잎부터 알아본다고 했는가. 그는 글을 두어 번 읽고서 통째로 외어버리는 명석함을 보인다.
　그는 장가들기 전 서울에 유학해 있을 때, 그의 학업은 날로 향상되어 가고, 큰 선비들은 그를 선망의 눈초리로 우러르면서 그와 사귀기를 원했다.
　그러자 그의 명예는 자연스럽게 드높아 갈 수밖에…….

4. 명종의 수렴청정

1

1546년(병오) 눈물의 왕 명종1)이 왕에 오르게 된다. 그러나 끝없는 혼란이 겹쳐 그의 재위 기간은 그렇게 순탄한 것은 아니었다. 인종2)이 죽자 12세밖에 안 된 그가 왕위를 계승하게 되는데, 나이는 비록 어렸을지라도 그는 학문을 좋아하고 총명한 인물이었다. 그러나 모후 문정왕후3)의 그악스러움에 눌려 평생 눈물로 가시방

---

1) 明宗(1534~1567, 재위 1546~1567)
   조선 왕조 13대 왕. 휘는 峘, 자는 對陽, 中宗의 둘째 아들, 仁宗의 아우. 재위 중에 을사사화(1545), 왜구의 출몰 등의 사건이 있었다.

2) 仁宗(1515~1545, 재위 1545~1545)
   조선왕조 제12대 왕. 재위 8개월, 장경왕후의 소생. 자녀는 없고, 기묘사화년(중종 14년, 1519)에 일어난 사화, 洪景舟, 남곤 등 수구파가 이상 정치를 주장하던 조광조, 金淨 등 연소 신진파를 죽이고 또는 유배시킨 사건으로 파방(과거에 급제한 사람의 발표를 취소)된 현량과(중종, 13·14년에 조광조 등의 추천으로 보게 하던 과거인데, 漢나라 현량방정과를 본떠 경학에 밝고 덕행이 높은 사람을 천거토록 해서 대책으로 시험을 치러 뽑았다)를 복구했다. 대책이라는 말은, 어떤 사건 또는 시국에 대한 방지책이라든가 상대방의 태도나 술책에 대응하는, 즉 위기관리능력이나 지혜 등, 응시자의 판단력과 능력을 테스트하려는 것이다. 陵號는 孝陵.

3) 文定王后(1501~1565)
   조선왕조 중종의 繼妃. 성은 尹氏. 본관은 坡平. 尹之任의 딸. 을사년에 명종을 도와 8년간의 수렴청정을 하게 되자 아우 윤원형을 시켜 대윤 尹任 일파를 없애고 자기친정 일가로써 정권을 튼튼히 했다.

석과도 같은 왕의 자리를 지켜야 했다.

명종은 12세라는 어린 나이에 즉위했기에 무려 8년 동안 문정왕후의 수렴청정을 받아야 했다.

문정왕후가 수렴청정으로 왕권을 대신하게 되자 조정의 대세는 윤원형[4] 일파에게 돌아가고…… 윤원형은 문정왕후의 친동생으로 중종 32년(1537) 김안로[5]가 실각한 뒤 등용된 인물이었다.

인종의 문신이던 김안로는 왕과 사돈을 맺은 뒤부터 권력 남용이 심했다. 그러다가 그는 결국 영의정이던 남곤[6] 등의 탄핵을 받고 경기 풍덕에 유배되었다. 그러나 얼마 안 가 남곤이 죽자 유배 중에서도 수하들을 움직여 심정[7]을 탄핵했다. 그는 유배지에서 다시 풀려나와 권력 장악에 성공했다. 그러고서 그도 절대적인 권력을 휘둘렀다. 정적에 대해서는 종친까지 가리지 않고 축출하여 살해하곤 했다. 무서운 공포정치였다. 문정왕후의 폐위를 도모하다가 중

---

4) 尹元衡(?~1565)

　　명종 때의 권신. 자는 彦平, 坡平 사람. 소윤의 거두. 문정왕후의 동생. 명종 원년(1546)에 문정왕후가 수렴청정할 때, 대윤을 숙청하기 위해 鄭順朋, 李芑 등과 음모를 꾸며 을사사화를 일으켜 윤임 등을 죽이고 많은 인사를 관직에서 몰아낸다. 뒤에 문정왕후가 죽자 실각하여 관직을 삭탈당하고 첩 蘭貞과 함께 자살하고 만다.

5) 金安老(1481~1553)

　　중종 때의 권신. 자는 頤叔, 호는 希樂堂, 龍泉 또는 退齋, 延安사람. 좌의정까지 지냈다. 여러 번 大獄을 일으키어 자기의 반대파들을 내쫓고 왕실의 至親까지 주찬(죽이는 형벌과 귀향 보내는 형벌)하여 당시 許沆, 蔡無擇과 함께 정유삼흉이라 한다. 후에는 사사된다.

6) 南袞(1471~1527)

　　중종 때의 문신. 자는 士華, 호는 止亭, 의령사람. 成宗 25년(갑인, 1494) 문과에 급제. 기묘사화 때에 예조판서로 있으면서 조광조 이하 여러 선비를 모함하여 죽였다.

7) 沈貞(1471~1531)

　　중종 때의 상신. 자는 貞之, 豊山사람. 연산군 때 정국공신으로 華川府院君의 봉군을 받았다. 智囊(지혜가 풍부한 사람)으로 기묘사화를 조성한다. 중종 때는 좌의정에 오른다. 중종 26년(신유, 1531)에 형을 받아 이항(李沆), 김극핍(金克愊)과 함께 신유삼간(정권을 다시 잡은 김안로에 의해 세 간신이라 하여 심정, 이항, 김극핍을 말한다)으로 불렸다.

종의 밀령을 받은 윤임[8])과 대사헌 양연[9])에 의해 체포되어 또다시 유배된다. 그런 후 어쩌지 못하는 그로서도 절대 권력에 뒤따르는 공통적인 최후를 맞이하게 된다. 사사되는 비운을 겪어야 했다.

중종시대부터 장경왕후[10])의 오빠 윤임 일파와 윤원형 간에 왕위 계승권을 둘러싸고 치열한 권력 다툼을 벌이고 있었다……. 인종 즉위 당시에는 한때 대윤파가 득세하여 이언적[11]) 등 사림세력을 등용하여 기세를 떨쳤으나, 명종이 즉위하고 문정왕후가 수렴청정을 하게 되자 사태는 반전되었다.

윤원형은 명종이 즉위하자마자 곧바로 윤임세력의 제거작업에 착수하게 된다. 윤원형은 윤임이 중종[12])의 여덟째 아들 봉성군에게 왕위를 옮기려 했다고 무고하는 한편, 인종이 죽을 당시에는 윤임 이 성종[13])의 셋째 아들 계성군을 옹립하려 했다는 소문을 퍼뜨리

---

8) 尹任(1487~1545)
　　조선왕조 중기 대윤의 거두. 장경왕후의 오빠. 소윤의 거두 윤원형과 세력 다툼을 하다 가 인종이 죽고 명종이 즉위, 윤원형의 누이인 문정왕후가 수렴청정할 때, 소윤일파가 일으킨 을사사화로 아들 3형제와 같이 사사된다. 뒤에는 신원되었다. 시호는 忠毅.

9) 梁淵
　　그는 중종 때, 사간에 이른 사람이다. 병조판서 때 중종의 밀령으로 윤임과 함께 김안로 를 체포했다.

10) 章敬王后(1491~1515)
　　중종의 제1계비. 성은 尹. 坡平사람. 領敦寧府事 汝弼의 딸. 세자 인종을 낳고 산후병 으로 죽었다.

11) 李彦迪(1491~1553)
　　중종 때의 성리학자. 자는 復古, 호는 晦齋 또는 紫溪翁, 驪州사람. 중종 25년(경인, 1530), 사간원으로서 김안로의 등용을 반대하다가 도리어 숙청되어 경주 자옥산에 들 어가 성리학을 연구했다. 그 뒤 김안로 등이 거세되자 다시 등용되어 좌찬성 원상(왕 이 죽은 뒤 잠시 정무를 행하는 임시벼슬. 왕이 죽은 후 세자가 즉위하였으나, 상중이 므로 卒哭까지의 스무엿새 동안 衆望이 있는 원로 재상급 또는 원임자(전임 관료)가 이것을 맡게 한다)까지 지냈으나 윤원형 등의 모함으로 유배되어 강계에서 죽었다. 저 서에 ≪晦齋集≫ 등이 있다. 문묘에 종사되었다. 시호는 文元.

12) 中宗(1488~1544, 재위 1506~1544)
　　조선왕조 11대 왕. 휘는 懌, 자는 樂天, 성종의 제2왕자. 혁신정치를 기도하였으나, 수 구파의 원한으로 실패하고 1519년에 을유사화를 초래했다.

게 했다. 그리고 이를 구실 삼아 문정왕후에게 이들의 숙청을 억지
로 짓궂게 청하여 윤임, 유관[14], 유인숙[15] 등을 사형시키게 하고,
이들의 일가와 그 일파인 이언적, 노수신[16] 등 사림 세력들을 유배
시킨다. 불과 5·6년 동안에 백 명이 넘는 사람들이 비참하게 죽어
간 참극이 벌어진 것이다.

　이것이 명종 즉위년인 1545년에 일어난 을사사화[17]이다.

---

13) 成宗(1454~1494, 재위 1470~1494)
　　조선조 제9대 왕. 好學에 射藝, 서화를 잘했고, 유학을 장려하였으며, 세조가 만든 당
　　시의 법률 및 제도의 기초서적인 <경국대전>을 출판했다.

14) 柳灌(1484~1545)
　　명종 때의 상신. 자는 灌之, 호는 宋庵, 文化사람. 대사간, 대사헌을 거쳐 병조, 이조
　　판서를 지낸다. 우의정, 좌의정에 올랐다가 을사사화 때 원상으로 정순붕일파에게 몰
　　려 사사되었다. 시호는 忠肅.

15) 柳仁淑(1482~1545)
　　중종 때의 정치가. 자는 原明, 호는 靜叟, 晋州사람. 기묘사화 때, 투옥되었다가 석방
　　되어 벼슬은 삼사(사헌부, 사간원, 양사와 홍문관을 합쳐 통칭)를 지내고 우찬성에 이
　　르렀다. 을사사화 때, 소윤의 참소를 입어 죽음을 면했다. 시호는 文貞.

16) 盧守愼(1514~1590) 선조 때의 상신. 자는 寡悔, 호는 蘇齋, 光州사람. 중종 38년(계
　　유, 1543)에 등재하여 선조 6년(계유, 1573)에 우의정, 동 18년(을유, 1585)에 영의정이
　　되었다. 을축옥사 때 정여립을 추천한 죄로 파직되었다. 문집으로 <소재집>이 있다.
　　시호는 文懿.

17) 乙巳士禍: 조선왕조 명종 원년(병오, 1546)에 일어난 사화. 명종의 외숙이자 소윤의 거
　　두인 윤원영과 인종의 외숙이자 대윤의 거두인 윤임과의 불화로, 인종이 승하하자 명
　　종이 등극하고 그의 어머니 문정왕후가 수렴청정하게 됨을 이용하여 윤원형, 李芑, 정
　　순붕 등이 음모를 꾸며 윤임의 일가와 유관, 유인숙 등을 죽이고 많은 명사를 몰아낸 일.

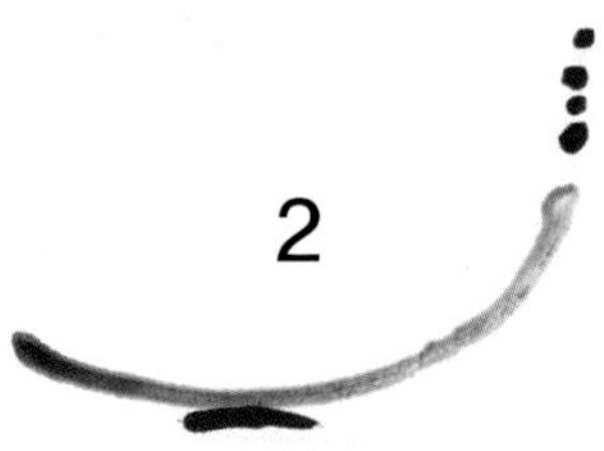

2

명종이 왕위에 오른 지 7년(임자 1552)이 되는 해였다. 제봉은 약관 20세 때인, 임자년 봄. 사마진사 시험에 제일인으로 합격한다. 원래 사마시는 일종의 자격시험 같은 것인데, 생원과와 진사과 두 종류가 있었다. 제봉은 진사과에 응시하여 합격한 것이다.

초시에서는 양과 각 700명이던 것이, 뒤에는 540명으로 줄여 전국에서 뽑게 되었다. 복시에서는 각각 100명씩을 합격시켰다.

벼슬길 출세가도는 결코 실력이나 과거시험의 장원이나 일등이 보장해 주는 것은 아니었다. 그렇다면 대쪽같이 곧은 선비정신이냐? 그것도 아니었다. 물론 탁월한 능력이 발휘되어야 할 테지만 그렇다고 왕의 눈에 들어도 아니었다. 오히려 왕의 비호를 받아 잠시 자리를 보전할지는 몰라도 당파권신의 눈 밖에 나기 마련이다. 그들의 눈에 한 번 미운 털이 박히면 자리는 보전되지 못했다. 자기들 편이 아닌 자에겐 어떻게 해서든 사악한 올무를 씌워 퇴출시키고 만다. 무엇보다도 자기 자신의 처신을 어떻게 요리해 가느냐에 따라 관료직에 대한 개인의 운명이 가름 나게 되어 있었다.

제봉이 처음에는 성균관 정육품인 전적의 호조좌랑(戶口, 貢賦, 錢穀 등에 관한 일을 맡아보는)에 부름 받는다. 얼마 안 되어 공조좌랑으로 옮겨 간다. 조선 왕조 때에는 의정부 아래서 주요한 국무를 처리하던 여섯 관부 가운데 하나인 호조라는 부서가 있는데, 그의 직급은 성균관의 정육품이니까 호구, 공부, 전곡 등에 관한 일을 맡아 관리해야 한다. 인구를 조사하는 일이라든가, 지금의 호적일을 맡아 처리하는 것이 호구의 일이라면, 공부는 곡물과 부과 세금을 담당하는 일이었다. 전곡은 금전과 곡물을 전담하는 일인데 제봉은 앞서 이야기한 것과 같이 세 가지 직무, 모든 분야를 관리하는 중급관리자였으리라. 아마도 지금의 직제인 과장급이나 아니면 부장급이 아닐까 싶다. 그러나 그는 곧바로 공조좌랑으로 옮겨간다. 알고 보니 기본업무인 호조보다 상상외로 더 광범위하고 복잡한 책임을 맡게 되었다. 산택, 공장, 영선, 도야를 담당하는데, 정이품의 아문이라는 것이 바로 이런 업무들을 관리하는 것인 줄 그는 미처 깨닫지 못했을지 모른다. 그의 소속관청으로 영조사, 정야사, 산택사가 있었다고 하는데, 그 사무가 공조에 소속된 부서로는 상의원, 선공감, 수성금화사, 전연사, 장원서, 조지서, 와서 등이었다. 궁중에서 입는 옷과 띠, 대궐 안의 재물과 보물을 맡아 관리하고 진상하는 일이 상의원에서 하는 일이었다.

토목, 영선에 관한 일은 선공감에서 맡아 처리하고, 궁성, 도성의 수축과 궁궐, 공해, 방리각호(사방 1리 안에 있는 평민 가옥) 등에 화재가 나면 이를 진압하는 일을 맡아본다는 것. 궁궐을 보호하기 위해 둘러쌓아 놓은 성벽인 도성을 적이 쉽게 침범 못 하도록 높은 성을 보수하거나 새로 쌓고, 무너진 곳의 축대를 다시 쌓는 일. 그리고 궁궐, 관가 소유의 건물, 사방 1리 안에 있는 가옥들을 화재로부터 방화하는 직무 등을 말했다. 제봉은 그 같은 여러 부서를 맡아 역시 업무를 경험적으로 처리하였으리라.

유능한 젊은 문신들을 뽑아 휴가를 주기 시작했던 것은 세종 8년(1426)경으로 거슬러 올라가야 한다. 독서당에서 공부하도록 하기 위한 것이 그때부터 시작된 것인데, 세조 때 가서는 이 제도를 없앴다가, 성종 24년(1493)에 다시 부활시킨다. 그 후 병자호란을 당해 아주 없어지고 말았다. 어떤 부작용이 있었는지는 모르나 애석한 일이 아닐 수 없다. 어떤 제도를 새롭게 실행하려면 그 목적과 취지를 실행자들에게 바르게 적용하지 못하고 목적과 취지대로 운용을 하지 못한 데서 부작용을 낳게 마련이었다. 그런 폐해가 있어 폐지했을 터이나, 그때에는 분명 관리에게 휴가를 주어 독서할 기회를 주었던 유다른 의미가 있었을 것이다. 관리들에게 여유를 갖고 지식을 재충전할 기회를 주기 위한 것일 텐데…… 관료로서는 유익하고도 실용적인 제도가 아닌가. 급변하는 시대인 요즈음에 와서는 더더욱 필요한 제도로 운영하는 것이 마땅하리라. 기술연수라든가 과학 분야의 부족한 지식 충전을 위한 재교육소리는 들리나 인격이나 품성을 다듬는 재교육을 한다는 소리는 아직 들려오지 않는 것 같다.

　풍류랑의 애가

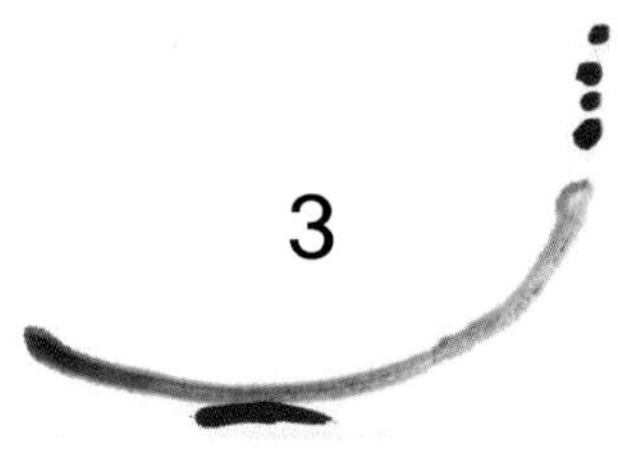

3

정사를 다루는 일 중에 특히 사람들을 관리해야 하는 일은 윗자리에 오를수록 더욱 복잡 미묘해지게 마련이다. 아래 사람들의 심성을 파악하여 적재적소에 직무를 맡겨야 하고 그들이 맡은 바 일에 충실하도록 지도를 하고 도와주어야 하는 등, 여러 직급들을 관리해야 하는 일의 복잡성으로 보아 더 어려운 책무를 처리하려면 풍부한 지혜를 쌓아야 하고 전문적인 식견이 더욱 필요했을 터. 그러한 견식들을 현장의 직접적인 경험 또는 책을 통한 지혜와 간접적인 경험을 열심히 탐구하지 않으면 직무를 처리할 역량이 부족할 수밖에 없었다.

대개 공직자들은 전문지식 결여로 업무능력이 떨어질 때가 많았다. 그럴 때 그냥 방치해 두면 무사안일에 빠져들기 십상이다. 그렇게 되면 자연히 직무에 태만해지기 마련. 이런 공직자의 행태를 어떤 백성이 바랄까. 관리들은 오래전부터 지금과 다름없이 부서의 특성에 맞는 지식을 새롭게 충전할 기회가 필요한 것이다. 거기에 책임의식이 따르는 정신무장까지 곁들인 교육이라면 얼마나 좋을까. 그것도 장래가 여망 있어 보이고 우수한 인재로 판단된 자에 한에서일 테니 그 독서당 길에 들어서는 것 역시 극히 협소한 문이었을 것이다.

조직을 이끌기 위해서는 그 구성요소인 인재의 재교육이 필요불가결한 것이다. 업무가 점점 복잡 미묘해져 가는 데도 그에 적절한 견식을 터득하지 않았을 때 얼마 못 가서 개인은 무능력자로 낙인찍힐 게 명확 관화하고, 직무는 비능률적으로 흐르게 마련이다. 바로 그런 와중에 부정과 부패의 온상이 싹트게 된다. 업무에 자신감 없는 관리는 윗사람과의 인간관계를 돈독히 해 두어 요령을 피우게 될 것이고, 일부 관리들은 밀려나지 않으려고 수단방법을 가리지 않는다. 자신의 신변을 보호하려고 여러 방편을 마련해 두려는 데 혈안이 될 것이기에…… 윗사람의 동정심에 의탁하지 않으면 안 될 절박한 마음일 때, 상·하직 간에 인지상정으로 교류가 빈번하다 보면 끈끈한 우정이 깃들기 마련…… 잘못을 저지른 하위직 자가 밀려날 형편임에도 인사에 차마 박절하게 대처하지 못하는 윗사람의 약점을 교묘하게 이용하려 들 테고…… 대게가 그런 연유가 관리들 상하 간에 한통속이 되어 주색잡기에 빠져 시간을 허탄한 것에 낭비해 버리기 마련이다. 공부할 기회가 적으니 당연히 아첨으로 일관하고 남을 속이려는 권모술수나 일삼을 수밖에 없을 테니까…….

나라의 관리들이 이런 함정에 빠져 허우적일 때 어떤 결과가 유발될지는 익히 짐작한바…… 그들은 대쪽 같은 선비나 관리들을 견원시하는 이유가 바로 거기에 있는 것. 적반하장도 유분수……

윗사람으로부터는 구제불능인 자가 자신들의 신변에 위협이 느껴지게 되면 잔꾀를 부려 충성도가 높고 의로운 사람들을 정적으로 몰아 자기가 탐하는 자리에서 밀어내려 안간힘을 쓸 것이다. 그런 소인배들이 임금에게 아첨해, 그들의 경쟁자뿐 아니라 자신에게 위협이 되는 인물이 된다고 여긴, 선비나 무장들을 정적으로 몰아 배척하는 일이 다반사…… 선량한 문, 무관 들을 위험한 오랑캐의 출몰 지역이나 전쟁터로 내몰아 생목숨을 놓게 하는 일들이 얼마나 많은가. 정의로운 장수들을 위험한 변방으로 내몰아 그들의 명을 재촉하곤 했던 것이다.

5. 군자와 소인배

1

‘학문이 깊고, 덕이 높고, 행실이 바른 사람’을 군자라 이를 때, 소인은 학문이 얕고 이익을 좇아 함부로 날뛰는 자를 두고 한 말일 것이다.

<논어>에는 이런 공자의 가르침이…… ‘군자의 학문’이라 불러도 좋을 만큼 사람들이 훌륭한 군자가 될 것을 열심히 설파한다. 공자는 군자와 소인의 차이를 이렇게 말한다.

“군자는 의로움에 밝고 소인은 이로움에 밝다.”

<君子喩於義 小人喩於利>

“군자는 편안함에서 교만하지 않고, 소인은 교만하면서 편안하지 못하다.”

<君子泰而不驕 小人驕而不泰>

위의 말에 진정한 의의는, 군자를 추구하는 의로운 선비는 창의력으로 의로움을 추구하기에 정신세계의 높은 경지에 오르게 될 것이나, 하찮고도 사사롭게 느껴지는 육신의 이로움엔 밝지 못한

것이다.

　그러나 공자의 군자론에 미치지 못한 소인배들은 의로움이라든가 충성심엔 별관심이 없을 테고, 역량이 부족해 덕망이 없는 그들은 영욕과 영일에 안주하려들 것이다. 의를 추구하는 선비들에 의해 자신들의 신변에 위험이 불어닥치면 그때는 음모를 꾸미고 곧 반격하는 일에 주저하지 않게 될 것이니까. 막상 그것이 행위에 옮겨지기 전에는 군자와 소인이 쉽게 드러나지 않았다.

　'옛날에는 임금이 신하를 대하기를 마치 아비와 형이 자식과 동생을 대하는 것처럼 하여 생각하는 바를 모두 말하게 하였기에 임금은 그들의 행동을 보고 말하는 것을 들으며 그 사람 마음 깊이 숨어 있는 뜻을 어느 정도는 알 수 있었다. 그러나 비록 현명하지 못한 사람일지라도 왕을 가까이 모실 때에는 착한 척하며 말을 꾸며서 아뢰므로 그 사람의 참모습을 알아내기가 어려웠다.'

　후세에 와서도 의로운 사람인가 아닌가를 판단하기가 어려울 때가 많을 것이다. 지도층이 된 사람은 군자, 즉 진정한 지도자와 아첨꾼을 분별해 내는 안목을 길러야 했다.

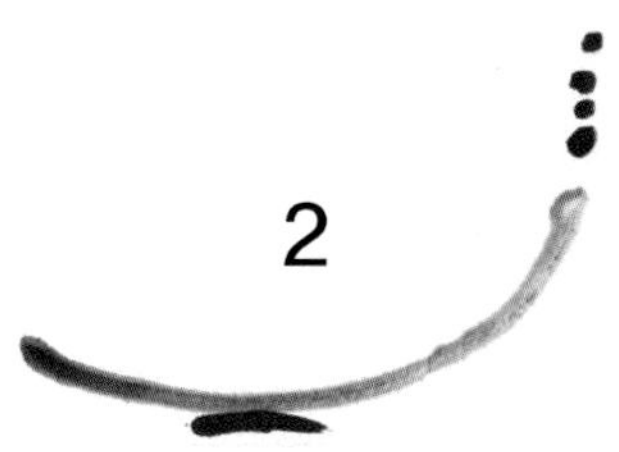

2

　제봉은 명종 15년(경신, 1560) 그의 나이 28세가 되던 해 알성문과에 응시했다. 알성이란, 임금이 성균관에 있는 공자의 사당에 친히 참여한다는 것, 이 신위가 목판이 아니고 소상(찰흙으로 만든 사람의 형상, 흔히 조각, 주물의 원형으로 쓰인 것)이었기에 생겨난 말인데, 이는 대과 전시에 해당되는 것이다. 짧은 시일에 성균관에서 보는 문과였다.

　시험은 왕의 친필 <胡安國不識奏檜論>이란 논제에 응시한 것이다.

　'호안국이 진회를 알아보지 못한 데 대한 논고'란 제목하에 응시했던 제봉은 문제에 대한 답안을 다음과 같이 펼치고 있다.

　"신은 도리를 말하고자 합니다. 군자는 때때로 사람의 마음을 잘 알아보지 못할 때가 있다고 합니다. 정말 그런 것일까요? 물론 사람의 마음은 깊이 가려져 있으니 알아보지 못하는 것이 무리는 아니겠지요. 그렇다고 소인을 결코 알아볼 수 없는 것일까요? 네, 그럴 수도 있다고 합니다. 대체로 군자는 다른 사람과 더불어 착한 행위를 바라기에 개인의 결점은 바르게 보이는 그 태도에 가려 잘 분별되지 않는 데 있을 것입니다. 소인은 자신의 흠결을 가리려 선한 척하는 그 교묘함 때문에 마음에 도사리고 있는 그 간사한 것들이 드러나지 않아 쉽게 분별하기가 어려울지도 모릅니다. 그렇더라도 분별하지 못한 것은 소인의 교묘한 잔꾀 때문만은 아닐 것입니다. 즉 군자로서 선한사람을 알아내지 못한 것은 군자의 과실도 있다고 보이기 때문입니다. 따라서 소인인데도 더욱 알아볼 수 없는 것은 소인 중에도 그 간사함이 극에 달한 자일 것입니다.

옛날 호안국[1]이 진회[2]를 알아보지 못한 것 역시 당시에도 의심한 자가 있었지만, 그를 편들어 감싸주느라 그의 결점을 변명한 자도 있었기 때문입니다.

신은 생각 건데, 군자가 사람을 알아보는 분별력이 미흡하기에 소인을 알아보지 못한 것이라 여겨집니다. 진회가 비록 소인이기는 하나 그가 꾸미는 정상이 드러나지 않는데다 그 재주가 족히 이름을 떨칠 만하고, 그 간사함이 세상을 너끈히 속일만하여 순문약[3]으로 교체하자고 말한 사람이 있었으나, 진회가 모르는 것이 없다고 칭송한 자도 있었습니다. 진회는 당시 배척할 만한 허물이 곧바로 드러나지 않는 상태였습니다. 오히려 선한 일은 족히 기록할 만한

---

1) 胡安國
　중국 송나라 때 사람. 그가 지은 <春秋胡氏傳>이 있다. 시호는 文定.
2) 秦檜(1090~1155)
　중국 南宋의 재상. 자는 會之, 高宗의 신임을 받아 19년간 국정을 專斷했다. 岳飛를 죽이고 主戰派를 탄압하여 金나라와 굴욕적인 和約을 체결하여 뒤에는 간신으로 불렸다.
3) 荀文若
　文若은 荀의 자, 漢獻帝의 신하로서 조조의 심복이 되어 조조의 반역을 도왔다.

것이 있었다고 하는데, 군자가 어떻게 드러나지 않은 일을 미리 알
며 보이지 않는 것에 의심하여 인재를 택하는 도량을 넓힐 수 있겠
습니까.

당시에는 위초4)에게 모두가 초목이 바람에 나부끼어 쓰러지듯
쏠리는데 진회가 홀로 죽음을 무릅쓰고 대항하여 오랑캐의 칼날을
범하였습니다. 이는 실로 군자도 어려운 일인데 진회가 이를 실행
에 옮겼으니 호안국이 의롭게 여겨 신임한 것은 당연한 일입니다.
진회는 비록 안국이 알아주지 않는 것을 바라지는 않으나 안국이
스스로 진회를 인정하지 않을 수 없었던 것입니다. 이것이 어찌 군
자의 과실이 아니며 소인에게 마음을 둔 자가 아니겠습니까.

정사를 논하는 글이 그릇되게 오랑캐에게 붙여 매국노에게 미쳤
으되, 정중한 기대감이 해상에서 진회가 처음 돌아오던 날에 더욱
간절했습니다. 진회가 갓을 털며 스스로 경축하여 선한 이들이 자
신의 간사함을 깨닫지 못한 것을 아주 다행스럽게 여긴 것입니다.
그런데 마침내 명중5) 형제가 유배를 모면하지 못한 것은 또 무슨
까닭이겠습니까. 안국은 비록 진회가 소인임을 알지 못했으나 진회
는 안국이 군자임을 일찍이 알았으니, 그 꺼리고 두려워하는 마음
을 어찌 잠깐 동안인들 잊었겠습니까. 그 일을 돌아본다면 안국은
진회의 그 간사함을 미처 살피지 못한 것입니다. 비록 그러하나 안
국이 진회를 강연에 천거한 것을 진회가 사양한 적이 있고, 진회가

---

4) 僞楚
  張邦昌을 말한다. 金나라가 宋나라 徽宗, 欽宗을 잡아가고 장방창을 세워 楚帝를 삼았다.
5) 明仲
  胡安國의 조카인데 安國이 양자를 삼았다. 靖康初에 金人이 남침하자 소를 올려 의사
  를 규합하여 싸울 것을 청하였다. 후에 진회에게 미움을 받아 新州에 정배(配所를 정해
  죄인을 유배시킨다)되었다.

안국의 뜻을 실행하지 못한 것이 있었습니다. 이를 관망하던 때에 이미 부합되지 않는 것이 있어, 안국도 이를 분명히 그 낌새를 짐작했을 것입니다.

아! 안국이 죽지 않았다면 낮과 밤이 분명하듯 규탄의 상소가 홀로 담암[6]의 손에서만 나오지 않았을 것이 분명합니다. 애석하게도 그가 보이지 않을 때에 미리 수단과 방법을 꾀한 주돈이를 본받지 못하고 사마광[7]이 알아보지 못한 것이 군자의 만고에 원한을 남겼으니, 어찌 거듭 통탄할 일이 아니겠습니까.

심하기도 합니다.

소인을 알아보기 어려움이여! 이제 한창 그 기미가 싹틀 때에는 비록 군자라도 알아보지 못하고, 나타난 뒤에는 비록 천하가 함께 알더라도 일을 바로잡을 수 없으니, 이것이 어찌 홀로 안국의 불행만이겠습니까. 또한 송씨 천하의 불행일 것입니다. 신은 위와 같이 삼가 논하옵니다(臣論君子不知人乎曰不知人小人不可乎曰不可知蓋君子樂與人爲善故其患常在於不知人小人工於掩其惡故其姦必至於不可知然則君子而不知人者君子而過者也小人而不可知者小人之尤者也昔者胡安國之不識秦檜當時固有疑知者矣亦有辨之者矣臣則以爲君子之不知人而已小人之不可知而已何者檜雖小人情狀未露況其才足以盜名其姦足以欺世以苟文若許之有之以無事不會稱之者有之檜於是時無惡可斥有善足紀則君子豈可逆之於未形

---

6) 澹庵

　胡銓의 號, 疏를 올려 王倫, 秦檜, 孫近 3인의 머리를 베어 거리에 달 것을 청하였다.

7) 司馬光(1019~1086)

　중국 宋代의 학자, 정치가. 자는 君實, 호는 迂夫 또는 우수(迂叟), 통칭 司馬溫公, 山西省 출생. 神宗 초년에 王安石의 새로운 법에 반대하여 관직을 사양했다. ≪자치통감≫을 편찬하는 데 전념했다. 저서는 ≪사마문정공집≫ 시호는 文正.

疑之於未見以挾取人之量哉僞楚之立天下靡然檜獨冒死抗言以犯
虜之鋒此實君子之所難而檜爲之宜安國之義而信之也檜雖不冀安
國之不識而安國自不得不識檜也斯豈非君子之過而小人之尤者歟
論政之書謬及於附虜賣國之賊而屬望之重尤坊於海上初歸之日檜
之彈冠自慶以幸其不爲善類之所覺者深矣終至於明仲兄第俱未免
貶鼠之禍抑又何歟盖安國雖不知檜之果爲小人而檜則未고不知安
國之爲君子也其嚴憚畏忌於中者曷고斯湏忘哉顧安國未及燭其姦
也雖然安國之於檜則辭講筵之薦於前檜之於安國則有行不得之語
於後其於觀望之際固已有所不合而安國亦必窺見其薇也嗚呼使安
國而不死則日月彈章其不燭出於澹庵之手也明矣惜乎不能效同惇
頤之不見而及未免司馬光之不識以遺君子萬古之恨豈不重可痛哉
甚矣小人之難也方其薇也雖以君子而不識及其著也雖天下共知而
無補此豈燭安國之不幸抑亦宋氏天下之不幸也歟臣謹論)."

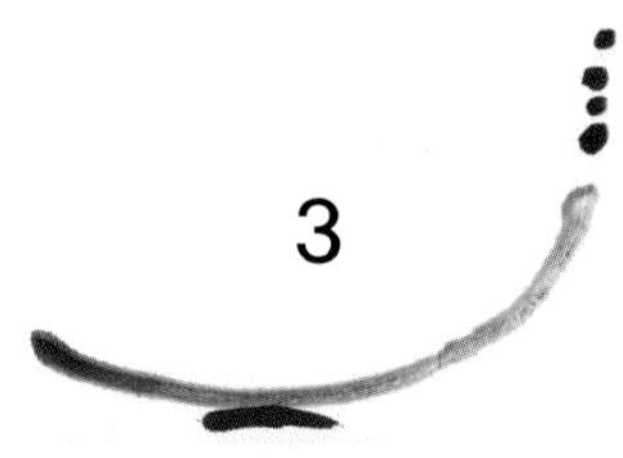

3

　오직 의로움의 추구는 사람에게 도리를 펼치기 위함인데 다른 사람에게도 혜택이 주어지게 하는 것이 군자의 도리일 것이다. 이로움에 집착하는 자는 결국 개인적인 이익만을 추구하여 얻게 된다. 사람의 근본은 의로부터지만, 삶을 이어가는 과정에서 견물생심 즉 탐심이 생겨나는 것이 아닐까하는 생각에 이르면 성악설과 성선설이 서로 상충하게 되어 있었다. 이기적인 마음을 근원적으로 보고, 인간의 본성이 악하다고 하는 것이 순자荀子의 성악설에 대한 제창이고 보면……

　인간은 선천적으로 한없는 욕망을 가지고 있어 그대로 방치하면 싸움만이 일어나 마침내 파멸하고 말 것이기에 예의로써 이를 바로잡아야 한다는 주장이었다. 맹자의 이 같은 주장은 측은(가엾고 불쌍하게 여기고), 수오(자기의 결점을 부끄러워하고 남의 나쁜 점을 미워하며), 사양(자기의 유익을 남에게 양보하는) 등의 착한 마음이 있으나, 물욕에 가리어 악한 일을 저지르게 된다는 주장이 더 설득력을 얻어서일까. 이것이 뒤에 유가의 정설로 굳히게 되었으니 말이다. 그러나 한 고대 경전에는 '……사람의 마음에 계획하는 바가 어려서부터 악하다'8)는 내용이 있었다. 경전 내용의 분위기로 보아, 세상천지에 범람했던 홍수로부터 방주에서 생명을 보호받은 노아는, 재단을 쌓고 그가 믿는 하느님에게 정결한 가축과…… 새를 골라 번제를 드렸다. 그의 하느님은 그가 드린 번제의 향기를 받고…… 말했다. "사람의 잘못으로 다시는 땅을 저주하지 않겠다…….''라고 ……왜냐하면 당초 사람의 마음이 어려서부터 악한 것이 계획되어 있어 그의 신은 노아의 가족과 일부 가축을 제외하고는 세상 모든 동식물을 수장해 버렸던 것이나, 노아의 하느님은 두 번 다시 물로서는 세상을 저주하지 않겠다고 언약한 것이다.

이 세상 삶을 시작할 때부터 사람에게는 악한 심성이 마음에 자리하기 시작했다는 말일까. 자연과학자들의 인식은, 조상 대대로 이어진 유전인자에 기인한 것이라 여길 것인가. 대부분의 질병이나 정신증은 환경적 이유와 유전적인 영향이 크다고 하는데…… 최근에는 바람기까지 유전적 영향이었다는 그 원인을 발견했다고들 호들갑이다. 분명한 것은 모든 질병과 버릇 그리고 행위까지 유전적 원인으로 규정해 버린다면 현대의학의 무용론까지 대두되지 않는다고 보장할 수 없기에 그 사실을 과감하게 밝히지 못하는 것일까. 인류에게 미칠 중대한 사실은 언젠가는 백일하에 드러날 것인데 자연과학계에서는 그것을 두려워할 것이 아니라 그에 대처할 의술을 먼저 연구해야 하는 것에 심혈을 기울여야 했다.

---

8) '……사람의 마음은 계획된 데로 어려서부터 악하였다(for man's sake: for the imagination of man's heart is evil from his youth…… GENESIS 8:21).'

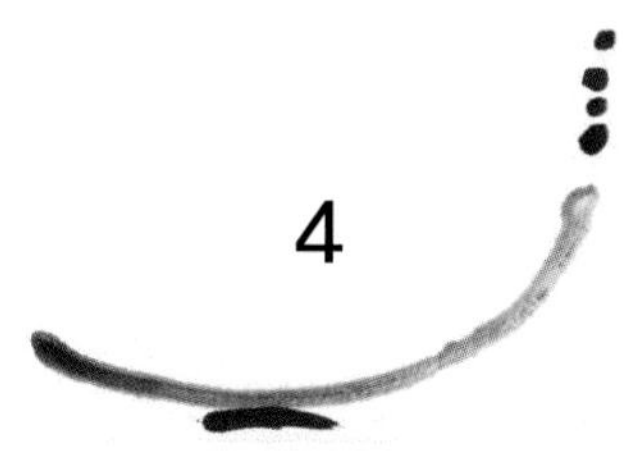

4

  제봉의 답안지에 등장한 진회는 남송9)의 재상이었다. 그는 고종10)의 신임을 받아 19년간 국정을 제 마음대로 농단했다. 고종 때 강회11)의 반적을 토벌한 공으로 정충악비의 사자기를 하사받았던 충신 악비12)를 참소(남을 헐뜯어 없는 죄를 있는 것처럼 꾸며서 고해바친다)하여 죽도록 하고 주전파를 탄압했다. 금(金)나라와 굴욕

---

9) 南宋: 北宋이 金나라에 中原을 빼앗기고 그 마지막 황제 欽宗의 아우 高宗이 남쪽으로 도망, 杭州에 도읍하여 세운 나라. 그러나 9世, 152년 만에 元나라에 망했다(1127~1279).

10) 高宗(1107~1187, 재위 1127~1162)
  南宋의 초대 황제. 徽宗의 아들. 1127년에 金軍의 공격으로 靖康의 亂이 일어나자 왕위에 올라 서울을 강남의 臨安으로 옮겼다. 진회를 등용하고 악비를 물리쳐 금과 굴욕적인 화약을 맺었다.

11) 江淮(江淮伯: 1357~1402)
  江淮伯, 고려 말기의 명신. 자는 伯夫, 호는 通亭, 진주사람. 공양왕 때 世子師에 임명되고 이조판서를 지냈다. 당시 한양천도를 반대하고, 이성계 일파와 반목하여 정몽주가 살해된 후 진양에 유배되었다.

12) 岳飛(1103~1141)
  중국 南宋의 충신. 자는 鵬擧, 河南湯陰 사람. 고종 때 江淮의 반적을 토벌한 공으로 정충악비의 四字旗를 하사받았다. 자주 金軍을 무찔러 공을 세웠으나 진회의 참소로 옥사하고 만다. 詩集은 ≪악무목집≫이 있다.

적인 화약을 맺는 등 소인의 행태가 뒤늦게 드러나 그는 결국 간신으로 몰리고 만 것이다. 호안국이 일찍이 진회의 소인임을 미처 알아보지 못한 것에 대한 제봉의 주장은 19년 동안 국정을 주무를 때 여러 정황에서 진회의 인간된 결점이 드러났음에도 군자가 알아보지 못했다는 것은 일단 군자로서도 책임을 면할 길이 없다는 것을 전재했다. 그러나 그의 주장처럼 소인을 분별하지 못한 것 중에 하나는 소인의 권모술수가 극도로 지능화된 자일 것이라 했는데, 진회는 그 이기심이 고도로 첨단의 길에 들어선 자이기에 군자로서도 어쩔 수 없는 일이었을까. 뒤늦게 발견되어 천하가 알더라도 바로잡을 수 없는 불행한 일임을 개탄한 것이다. 진회가 처음부터 간신의 탈을 쓰고 있었던, 인면수심의 인간이었을까. 아니면 애초에는 그도 군자가 되려고 노력하지 않았을까. 부정적으로 비추어진 그의 태도는 자기의 의지의 반영이라기보다 어느 결정적인 순간에 여타의 영향으로 그리 마음이 변심한 것은 아닐까. 그도 초년에는 그가 갖고자 하는 목표를 이루기 위해 군자인 척하는 행동을 했는지 모른다. 몇 차례는 군자의 태도를 보이기도 하고 안국이 진회를 강연에 추천한 것을 사양할 줄 아는 예의도 있었다. 그뿐 아니라 그는 홀로 죽음을 무릅쓰고 적에 대항하여 기꺼이 오랑캐를 무찌르기도 한 것이다. 이것은 사실 군자도 실행에 옮기기 어려운 것을 진회는 실행에 옮기지 않았는가. 살신성인의 정신도 한때는 지녔다는 것이 진회의 긍정적인 면을 뒷받침해 준다고 보기 때문이다.

　제봉은 이때 치렀던 이 답안으로 정시에 으뜸으로 뽑힌다. 나라에 경사가 있을 때 임시로 보이던 과거이기에 경과라고도 했던 특정 문과 시험이었다. 이 정시에 합격한 부상으로 제봉은 말 한 필을 하사받는다(賜馬之典陪隨). 그리고 사간원 정언으로 옮겼다가 그해 여름에 형조좌랑이 되어 지제교에 뽑힌다. 좌랑과 지평은 오늘날 지자체의 과장급에서 부군수인 국장급 관직일 것이다.

　제봉은 지평으로서 그의 권력을 마음껏 휘두를 수 있는 막강한 사찰 부서의 일원이 되었다. 그러나 그의 성정으로 보아 그를 나무랄 사람은 아닌 것 같다. 그가 저질렀을지도 모를 잘못되었다는 행태를 그 직에서 지적되는 글은 어느 기록에서도 아직은 발견되지 않고 있으니…… 지평에는 감찰과 사, 헌, 지평이 있었는데 그의 품계는 정오품이었다. 임금에게 직접 간하는, 즉 언로, 임금을 교육하고 인품을 닦는 교육, 관리들의 비행과 횡포로부터 백성들의 원한과 민심을 살펴 백성을 보살피려는 정치와 사법을 집행하는 제반 부서를 두루두루 경험한 것이다. 이를테면 출세가도를 향해 의정부 산하 청요직(淸宦)을 모두 거치고 있다는 말이다.

5

　가을 어느 날 제봉은 임금의 명령을 받들어 대궐에 들어간다. 임금은 열무정에 나아가 삼공(三公)과 모든 재상(정이품 이상)과 추상(종이품, 정삼품)옥당(홍문관의 부제학 이하 교리, 부교리, 수찬, 부수찬 등 홍문관의 실무에 종사하던 관원) 춘방(왕조 세자시강원), 백정, 미원을 모두 불러들이고 열무정(임금이 친히 열병하는 후원에 있는 정자) 아래서 잔치를 하사한다……. 열무정은 창덕궁 집상전의 후원에 있었다. 이곳에서 바라봤을 때 앞에는 대궐 안과 바깥이 다 들여다보이고 동쪽에는 서은대가 빙 둘러져 있었다. 북쪽에는 응벽지도 보인다. 성 중에 있는 만호의 즐비한 집들이 한눈에 다 들어오고, 궁궐에서 제일 좋은 경치를 볼 수 있는 장소가 바로 이곳이었다.

　제봉으로서는 그때 궁중 술이 처음이었다. 그가 막 술을 마시려고 할 때인가. 임금께서 여러 신하들에게 꽃을 하사하면서 화기애애하게 온종일 놀도록 당부하는 말을 한다.

대궐 안에서는 비단으로 만든 시축(시를 적은 두루마리) 한 통을 내보내고, "의정 이하부터 모두 시 한 편씩 지어 차례로 써서 어전에 바치라."는 명종의 분부가 있었기에, 왕의 명에 따라 임시로 치르는 과거와 버금가는 기회가 된 것이다.

사헌부 지평으로 임명되자마자 겪는 제봉으로서는 왕의 명에 따라 시문을 짓는다는 것…… 관료의 선비라면 누구나 부러워하는 정경이었다. 그로서는 얼마나 목말라하던 절호의 기회인가. 그의 응제시에…….

    푸른 장막 펄럭이고 날씨가 화창한데
    구슬같은 자리 위에 여러 선비 모이네.
    차례대로 마주앉아 마음껏 이야기하니
    이 보다 더 좋은 일 어디에 있을까.

    눈동자에 가득한 꽃 우로에 젖은 듯 하고
    박자에 따라 부르는 노래 신선도 감동하리.
    향안(향상)[13]을 모시는 이 못난 신하도
    온종일 하늘 위에서 노는 것 같아라.

다음 날은 여러 신하가 갖추어 지은 시를 올려 임금을 축하했다.

제봉은 얼마 안 있어 홍문관 수찬에서 또 겨울에는 홍문관 부교리에 올랐다.

임금은 그를 사신으로 관서에 보내려고 준비를 갖추게 하기 위해 그랬던 것이다. 서책을 다룸으로써 식견을 풍부하게 쌓고 지리

---

13) 香案: 제사 지낼 때에 향노(香爐)나 향합(香盒)을 올려놓는 상. 향상(香床).

와 역사를 탐구함으로써 그 지방의 문화와 풍습 등을 익히는 것도 중요한 일이기에…… 그에게는 아주 좋은 기회였다.

명종 16년(신유, 1561) 명종의 나이 29세. 제봉 역시 임금과 같은 나이 29세가 되는 해였다. 제봉이 이윽고 그해 초가을 사명을 받아 관서로 떠나게 되는데, 그는 흔쾌하게 왕명을 받들고 이곳 관서를 향해 출발한다. 극진히 아껴 주던 명종의 사신인 그가 한결 가벼운 발걸음을 내디뎌 말 잔등에 오르니 이 아니 흡족한 여행이 되지 않을까.

6. 관동별곡을 따라

대관령 서쪽 지방을 관서라고 불렀던가. 그렇다면 동쪽 강원도는 관동이라 부름이 마땅하리라. 관동 하면 별곡이 따라붙는 송강의 노래가 떠오른다.

'강호에 병이 깊어 죽림에 누웠더니
관동 팔 백리의 관찰사를 맡기시네.
아 아, 나라 은혜 갈수록 그지없어라……'

사람이 사지를 활기차게 휘젓다 멈추면 질병이 돋아나기 마련이다. 질병을 물리치려면 힘을 충전 받고 활기찬 움직임이 있어야 하는 법. 제봉이 그랬던 것처럼 송강 역시 관직에서 물러나 자연을 벗 삼아 강호에 은둔하니 병은 더욱 깊어만 갔다. 그는 으쓱한 대숲 사이 한 허름한 가옥에 누워 한가히 세월을 보내고 있었다. 야망과 이루려는 꿈이 잠시 멈춘 사이 찾아든 불청객을 물리치지 못한 채, 그렇게 누워만 있었다. 바로 그즈음에 송강에겐 느닷없는 강원도 관찰사 부름이 온 것이다.

그가 관동 800리 길의 준엄한 명산과 해안가를 맡아 다스리도록 임금 명종은, 강원도 관찰사직을 그에게 맡긴다는 어명을 내린 것이다. 서울에서 강원도의 끝인 평해(경북 울진군의 한 읍, 군의 남쪽에 위치하여, 동쪽으로는 동해가 인접해 있다)까지가 실제로는 890리이다.

아! 거룩하신 임금님의 은혜야 갈수록 지극하여 다함이 없다. 이제 그는 흔쾌히 임금의 명을 떠받들어 말 잔등에 몸을 실고 떠나게 된다. 이번 관동으로의 벼슬길엔 무슨 좋은 징조가 있을 것 같은 예감도 들고……

제봉은 건강상 가보고 싶은 금강산을 그리며 10년 동안 기회를 잔뜩 벼르기만 해 왔다. 송강이 떠나기 훨씬 이전에 금강산 유람차 떠나는 이에게 대신 다녀와 회포를 풀어달라는 간곡한 부탁을 하면서 한 수 지어준다.

금강산 유람 인을 떠나보내며	送人遊金剛山
한평생 답답한 생각 씻을 수 없어	未洗平生芥滯胸
금강산 가려고 십년동안 별렀었지	十年馳志海雲東
임 군은 범속을 삼천리나 벗어나 있나	林君[1]拔俗三千丈
높은 풍악은 팔만봉도 넘는다오.	楓岳[2]讒天八萬峯
맥국에 덮인 연하 볼수록 좋을 테고	貊國[3]烟霞[4]標紫氣

---

1) 林君: 금강산 유람을 떠나는 사람에게 시를 지어 준 것 같으나 林씨라는 성을 가진 이가 누구인지는 분명하지 않다.

2) 楓岳: 금강산의 가을 이름. 봄에는 金剛, 여름에는 蓬萊. 겨울에는 皆骨이라 부른다.

3) 貊國: 江原道의 별칭.

영랑이 타던 생 학 물어볼 수도 없을 거야　　永郎5)笙鶴把仙風

멀리보이는 비로봉 정상에 혼자 오르려나.　　遙知獨上毗盧頂

진망6)에 떨어져 벌거벗은 이 몸도 따르리라. 誤落塵網我赤從

　시의 행간에 금강산 유람인은 임 군이라 묘사했지만 당사자가
누구인지 구체적으로 밝혀지지 않았다. 아마도 이 시는 송강이 관
동으로 떠나기 전에 지어 보낸 것으로 추측된다.

---

4) 烟霞: 안개와 놀 또는 고요한 산수의 경치. 여기에서는 산수의 경치를 의미한 것 같다.

5) 永郎: 신라시대 三仙의 하나.

6) 塵網: 더러운 그물, 즉 해탈을 못했다는 비유. 도연명의 歸田園 詩에 "誤落塵網中一去
三十年"이라는 기록이 있었다.

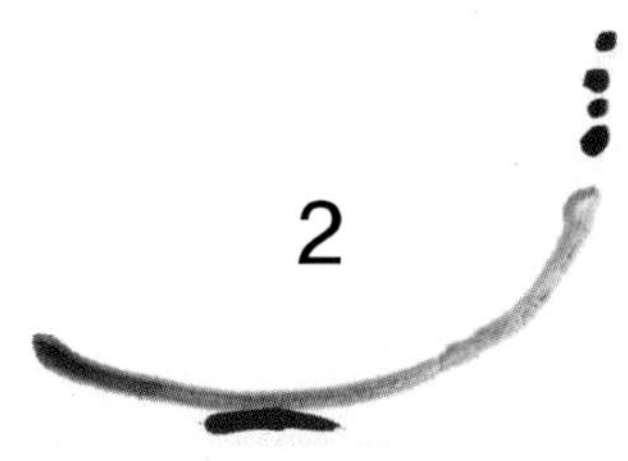

2

송강이 강호의 죽림을 떠나 관동으로 향하는 길목에서 400여 년 후에 불릴 '그리운 금강산의' 아름다움을 예찬한 이 영감적인 노래가 시간을 초월하여 그에게 이미 감지되고도 남았으리라. 음률과 가사가 후세사람에게 심금을 울리고 감동케 하는 이 노래, 시공을 초월해 넘나들 거라 믿는다면 말이다.

'금강산'을 부르는 이 네 가지 명칭 중에 '금강산'은 가장 많이 부르고 사용하는 대표적인 이름이 되었다.

불교에서 소중하게 생각하는 '금강경'이 있는데, 이 '금강'은 금속 가운데서 가장 단단한 금강석의 성질을 지녔다. 그래서 결코 파괴되는 일이 없었다. 그 예리하기 또한 이를 데 없었다. 이는 바로 지혜를 의미한 것이다. 인생의 근심과 걱정은 지혜가 끊지 못한다는 것. 그 지혜의 적용을 '금강석'에 비유를 든 것이 아닌가.

'금강산'은 번뇌를 끊는 지혜의 산이라는 의미로도 유추해 본다. 산 자체가 단단하고 예리하게 느껴지지 않는가.

불교가 탄압받던 조선조에서는 반체제 승려들의 비밀결사 조직 ‘당취’의 본부가 ‘금강산’에 있었다. ‘운부대사 등 여러 당취들의 거점’인 것이다. 민초들을 착취한 악덕 관리를 잡아다가 ‘금강참회’를 시키는 장소이기도 했다. 그런 ‘금강산’이 근대에 와서 애창곡으로 조국과 명산의 향수에 눈물 젖게 하는 노래로 각광을 받은 바 있었다.

이제는 해금되어 금강산의 일부라도 구경할 수 있게 되었다지만, 최근에 또다시 금강산 길이 막혔다. 언제 ‘금강산’행 길이 다시 트일까. 최근에 들어 ‘금강산’ 길이 다시 트일 조짐이 엿보인다. 백성들 대다수가 ‘그리운 금강산(한상억[7]이 작사, 최영섭[8]이 작곡)’의 노랫말처럼 ‘……그 이름 다시 부를 우리 금강산/……수수만년 아름다운 산 못 가본지 몇몇 해/……’비경의 그리움만을 애태우는 영묘한 산이다.

사람의 목소리를 듣는 성악보다 가슴의 후련함이 덜할지 모르지만, 큰방에서 들려오는 딸의 피아노 소리라도 기악곡인 ‘금강산’ 찬가 한 곡 들어야 이야기를 계속 이어갈 것 같다. 금강산 그리움의 갈증에 그토록 목이 타오른다.

“누구의 주제이련가 맑고 고운산/그리운 만이천봉 말은 없어도/이제야 자유만민 옷깃 여미며/그 이름 다시 부를 우리 금강산/수수만년 아름다운 산 못 가본지 몇몇 해/오늘에야 찾을 날 왔나 금강산은 부른다.”

옥으로 만든 부절(관찰사의 신분 표시)을 가지고 송강은 양주의

---

7) 한상억: ‘그리운 금강산’ 작사가
8) 최영섭: ‘그리운 금강산’ 작곡가

동쪽 70리에 있는 역참에서 역사의 수레바퀴를 되돌려 말을 바꿔 탄다. 그의 영혼을 불러내고 그의 발길을 추적하여 따라나선다.

"평 구역에서 말을 갈아타고 임지인 원주로 향하는데 도자기의 고장 여주를 먼저 돌아 들어간다. 한강의 상류인 섬강은 어디인가. 치악산은 여기로구나, 소양강에서 흘러내린 물이 어디로 들어간다는 것인가. 서울을 떠난 외로운 신하는 벌써 백발이 성성하구나."

이곳에서부터 길은 두 길로 갈린다. 한 길은 춘천방향이고, 또 한 길은 원주를 거쳐 가는 것이다. 여주의 여강을 돌아서 원주 동쪽 25리에 있는 치악산을 바라보면서 한강 상류인 원주의 섬강에 접어든다. 원주의 서남 50리 밖에 흐르고 있는 것이 섬강이었다. 북한강의 지류 소양강의 느린 물은 한강으로 흘러가는 것이므로 임금이 계신 서울을 떠나온 것을 아쉬워하는 그의 심중에 자신이 이미 많이 늙어 있음을 한탄하는 것이 배어 있었다.

그는 철원에서 밤을 새우고 북쪽에 있는 북관정에 오른다. 정자에서 보일 듯 말 듯한 임금이 계신 서울의 삼각산(백운대, 국망봉, 인수봉) 제일봉을 바라본다. '옛날 궁예가 이곳에서 궁실을 짓고 호화로운 생활을 누렸다지만 지금은 까마귀들만 지저귀니, 오랜 옛날의 흥망을 아는가 모르는가……'

3월 절기로서는 봄이라 부르기에는 좀 이른 때였다. 쌀쌀한 초봄 날씨에 말 잔등에 오른 그는 우여곡절 끝에 이윽고 금강산 초입에 이르게 된다.

이때 제봉으로부터 오언으로 된 회고시 한 편이 마파람에 실려 날아드는가. 천진무구한 죽마고우들이 나누었을 법한 순박한 시문이었다.

압촌으로 돌아가려는 때 송강에게 將還鴨村錄松江君

자네가 한동안 객지에 와 있을 때 峽裏僑栖近

죽설 루에 머물러 자주 만났었지 頻尋竹雪樓9)

목 천의 옛날일 이야기 하면서 木天10)談舊事

금지를 찾아가 산놀이도 많이 했었지 金地11)討淸遊

북쪽하늘 쳐다보며 임 생각12)도 하고 北路回嚴驛

깨끗한 유리잔 아직도 남아 있으니 西移戀故在

새봄 오거든 그대와 함께 마시리. 新歲對君浮

---

9) 竹雪樓: 눈 내린 대밭의 누각. 경명이 지은 면앙정의 30가지 영<俛仰亭三十詠> 중에 '竹谷淸風'에 보면 '푸른 대나무가 온 집을 둘렀네(蒼蒼竹擁舊)' '심통사의 대나무(心通脩竹)'에는 '구름에 닿을 듯한 대나무 숲이 심통사 동산에 꽉 들어섰네. 티끌 한 점 끼지 않은 깨끗한 모습, 지상선(마음이 안정되어 신선처럼 걱정이 없음을 비유) 위에서 더 무성하리라는 내용을 보아 무성한 대나무가 많은 식영정과 면앙정에 있을 때 눈이 내린 광경을 은유적으로 표한 것은 아니었는지.

10) 木天: 秘書閣의 별칭. 玉堂, 즉 한림원을 가리킨다.

11) 金地: 佛寺의 별칭. 절을 금으로 장식했다는 뜻.

12) 여기서 "임"은 북쪽에 있는 임금을 두고 한 말이다.

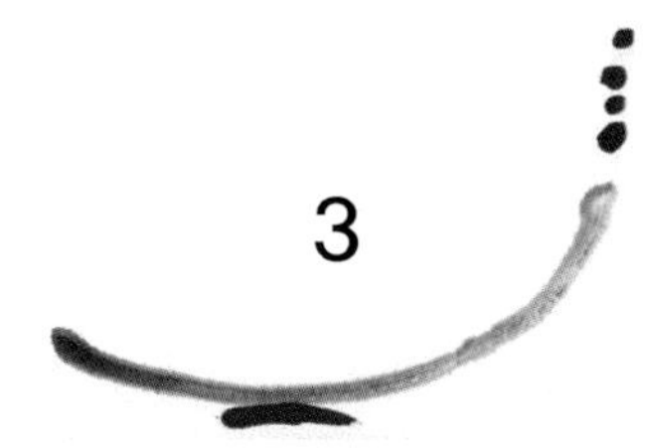

3

3월의 쌀쌀한 봄바람을 타고 몰려온 구름이 금강산 허리에 휘두를 때, 그는 평소 바라던 금강산 구경을 위해 행장을 차리고 화천 시내 길을 따라 금강산에 오른다. 백천동 골짜기를 끼고서 일단 만폭동이라는 계곡으로 들어선다. 은같이 아름다운 무지개가 일고, 용의 꼬리처럼 보이는 폭포가 옥같이 솟아오르는데, 서로 섞어 돌며 내뿜는 소리가 십 리 길까지도 너끈하게 들릴 것 같았다. 들을 때는 우레인 것 같더니 직접 눈으로 보니 눈발이 날리는 형태만 보인다. 착각이었다.

"……금강 대 맨 위층에 선학이 새끼 치니/봄바람 옥적성[13]에 첫잠을 깨었는지/흰 옷 검은 치마가 반공에 솟아오른다./서호[14] 옛 주인을 반겨서 넘노는 듯……"

그는 폭포를 보고 감흥과 소회를 읊는다. 세속인의 범접을 막으

---

13) 玉笛聲: 옥으로 만든 피리. 옥피리를 말한다.

14) 西湖: 중국 浙江省 杭州의 서쪽에 있는 호수

려는 듯 이내 선경으로 바뀐다. 금강산 일만 이천 봉 중에서도 유달리 자연의 조화가 자주 빚어지는 비로봉 동쪽의 집선봉이 아닌가. 금강산에서 봉우리가 가장 날카로운 집선봉에는 검은 소나기구름에서부터 하얀 뭉게구름까지 온갖 구름들이 머물다 지나고……

봄이 오면 금강산에는 700여 종의 꽃들이 빚어내는 화려한 '꽃잔치'가 벌어지는데 진달래, 산철쭉, 만병초 등 정다운 이름의 꽃들이 푸른 나무와 어울려 겨울잠에서 깨어난 산에 채색옷을 입혀준다.

그는 장안사 동북쪽 골짜기 백천동으로부터 시작해 금강산의 4대 사찰 가운데 유일하게 남아 있는 내금강의 표훈사에 이르게 된다.

높은 언덕 위에 날아갈 듯이 합각[15]지붕을 이고 들어선 표훈사. 몇 마리의 학이 날개를 펼친 듯했다. 법당 툇마루에 앉아 시원한 산바람에 땀을 식히다 보면 내금강의 중심이라는 것을 문득 깨닫는다. 표훈사에서 서쪽 언덕 위의 정남향 양지에 세워졌다고 해서 이름 지어진 정양사[16]에서

"눈에 들어오는 소향로봉, 대향로봉을 아래로 굽어본다. 정양사 진헐대에 다시 올라가 앉아보니, 중국의 그 유명한 여산의 진면목이 여기서…… 다 보이는구나. 아! 조물주가 현기증이 일도록 야단스럽게 만들어 놓았는가. 날거든 뛰지 말거나 서 있거든 솟지 말거나 할 것이지, 연꽃을 꽂아 놓은 듯 백옥을 묶어 놓은 듯 형세가 힘차고 웅장하다. 높이 솟아 있어 망고대가, 외로워 보이고 혈망봉이, 하늘에 치밀어 무슨 말씀을 여쭈려고 오랜 세월이 지나도록 굽

---

15) 合閣: 지붕의 왼쪽 양옆에 박공(牔栱)으로 '人' 자 모양을 이룬 구조.

16) 正陽寺: 表訓寺의 부속사찰. 백제 무왕 원년(600)에 관륵이 짓고, 신라 원년(661) 원효 대사가 重建하였다. 六面藥師殿과 삼층석탑이 있다. 특히 탑 앞의 석등은 伽藍配置法을 쓴 것으로 유명하다.

힐 줄 모르는가. 아! 너로다. 너 같은 이가 또 있는가.”

정양사는 신라 진평왕 22년(660)에 창건한 절이다. 이곳에서 바라보는 ‘내금강’의 경치가 가장 아름다웠다. 옥류동의 봄 경치는 꽃과 녹음이 조화를 이룬 그야말로 예술이었다.
위에서 마하연 아래까지 이르는데, 이제 청옥(sapphire)으로 갈아입은 산천은 ‘봉래산’이다.

4

　도가에서는 이를 '봉래산'이라 불렀다. 도가에서 이상향으로 생각하는 세 군데의 신성한 산 삼신산이 있었는데, 이는 '봉래산', 방장산(동해에 있다고도 하며 또는 지리산이라고도 한다), 영주(제주도 남동부 정의 북방에 솟아 있는 산. 한라산의 측화산)산을 일컫는 것이다. 체제와 속박을 싫어했던 도가 사람들은 '봉래산'을 유토피아로 생각했다. 바위가 많은 데서 나오는 약초가 몸에는 가장 좋았다. 불로장생을 추구했던 도가의 연단 술사들이 봉래산을 그렇게 좋아했다고 한다.

　소나기 지난 뒤 온 산에 내리는 폭포의 영험한 기운이 그 같은 이름을 떠오르게 했던가. 신선이 살았다는 중국 전설 속 산 이름과도 같은 이름, '봉래산'이다. '쪽빛 여울물은 골을 휘감아' 도는 '계곡의 별미' 만폭동, 옥류동 계곡 하류의 연주담과 연주폭포도 여름의 봉래산임을 일깨워준다. '속살이 비치는 얇디얇은 비단천을 가볍게 드리운 듯, 나지막한 폭포, 맑고 투명하게 흐르는 개울바닥

그리고 주변의 푸른 숲이 어울려 옥류동의 독특한 풍치'를 자랑한다. 뭐니 뭐니 해도 내금강의 여름 경치는 만폭동에서 절정을 이룬다.

1300여 년의 역사를 가진 표훈사는 전쟁 때 사라졌다가 전후에 복구되었다. 앞개울에는 물고기들이 많아서 눈요기 거리가 되고도 남았다. 일찍이 신라가 낳은 명문장가 최치원[17]은 "천길 흰 비단 필을 드린 것 같고 떨어지는 물방울마다 진중과 같다."라고 예찬하지 않았는가! 그는 말년에 난세를 비관, 해인사 경내에 은둔하면서 들고 다니던 지팡이를 땅에 꽂고 "내가 살아 있다면 이 지팡이도 살아 있으리라."라고 읊조리며 사라졌다는 가야산, 해인사로 가는 개울가에는 학사대가 있었다. 그곳에 전해 오는 전설은, 신라의 대문호 최치원이 제자들 앞에서…… 지팡이를 거꾸로 땅에 꽂으며 한 말, '내가 살아 있다면 이 지팡이도 살아 있으리라'고 하면서 홀연히 사라졌으나, 그 지팡이에서 싹이나 무성하게 자라 고목이 되어 아직도 살아 숨 쉬고 있었다. 이는 고대 경전에 나오는 '모세의 지팡이에서 싹이 났다'는 기적과 일맥상통한 이야기였다. 성주의 땅, 산천이 수려하고 기이한 그곳에서 최치원은 생을 마감했다고 고사는 전해 준다.

---

17) 崔致遠(857~?)

자는 孤雲 또는 海運. 그는 신라 말기의 학자로서 역사적으로 우리에게 익숙한 사람이다. 그가 바로 慶州 최씨의 시조가 된다. 12살에 중국 唐나라에 들어갔다. 그때가 당나라 말기였다. 군웅의 한 사람인 黃巢가 있었다. 황소는 이리저리 떠돌아다니며 노략질하는 사람. 그런데 그가 亂을 일으킨 것이다. 희종(唐의 18대 황제. 이름은 嚴懿宗의 다섯째 아들. 862~888. 재위 기간은 873~888)의 乾符 元年 874년에 山東에서 일어나 거의 전 중국을 휩쓴다. 한때 長安을 함락시켜 884년에 황소 스스로 제위에 올라 국호를 大齊라고 불렀으나 唐나라의 병마사 李克用에게 평정된다. 이 난리 때 최치원이 당나라에 있으면서 황소를 치는 격문을 지은 것이다. 즉 <黃巢의 난>이 일어나자 격문을 써서 이름을 높였다. 그러나 이 사건은 결국 당나라 멸망의 근인이 되고 만다. 28살(885)에 최치원은 귀국했다. 眞聖王 8년(894)에 阿飡(新羅 十七 官等의 여섯째 등급. 大飡의 아래 一吉飡의 위. 六頭品에 오를 수 있다)의 벼슬을 받았으나 곧 사퇴하고 고향으로 돌아온다. 그는 글씨도 뛰어났다. 저서에 ≪계원필경집≫ 등이 있다. 시호는 文昌侯, 文廟에 배향되었다.

　나무는 하늘을 향해 수직으로 오르려는 자연현상인 속성이 있다. 나무는 사람과도 친환경제적이고 지상에서 인류와 가장 친한 식물이다. 사람이 사는 집을 짓는 데도 천연자원인 나무가 필요하다. 이러니 나무는 인간의 생활 가운데 언제나 살아 숨 쉬고 있는 것이다. 예부터 나무는 신성한 종교적인 대상이 되기도 했다. 상식적으로 이해되지 않은 신기한 일이 나무에서 일어난다고 믿기에 그랬다. 최치원의 지팡이가 '거꾸로' 꽂혔다고 할 때, 지팡이로 만들어진 지가 오래되지 않은 것이라면 싹이 나는 수가 있을 것이다. 그런데 여기서 '거꾸로'라는 말에는 쉽게 납득이 가지 않을지도 모른다. 나무에 따라서는 가지로 만든 것이 거꾸로 심어도 싹이 나기도 하지만 문제는 지팡이라는 데 있지 않는가. 예전 지팡이는 손잡이가 있는 위쪽이 더 굵거나 뻗은 가지모양으로 만들어진 것이기에 뿌리 부분이 위에 있는 것이다. 비록 '지팡이를 거꾸로 꽂았다'고 하나 지팡이의 그 나무자체는 밑 부분(손잡이가 있는)이 땅에 묻히는 상태가 된다. 학사대는 개울물 옆에 있었다. 최치원의 지팡이는 가까이 있는 물을 쉽게 만날 수 있었다. 소나무나 버들가지라든가 많은 종류의 나무를 꽂아 놓으면 위아래 상관없이 흔히 싹이 쉽게 나는 종류의 나무일 경우에는 더욱 그렇다.

　꽂아 놓은 지팡이가 살아 있는 나무가 되었다는 이야기가 나온 김에 또 다른 경우를 조금 더 이야기하련다.

　얼마 전 영주 부석사를 유람할 때도 같은 지팡이 나무를 만나게 되었다. 봉화산 기슭에 자리한 부석사는 사시사철 여행자들에게 가장 사랑을 받는 사찰 중 하나라는 것을 그날 많은 학생들과 소풍객들이 몰려드는 것을 보고 알았다.

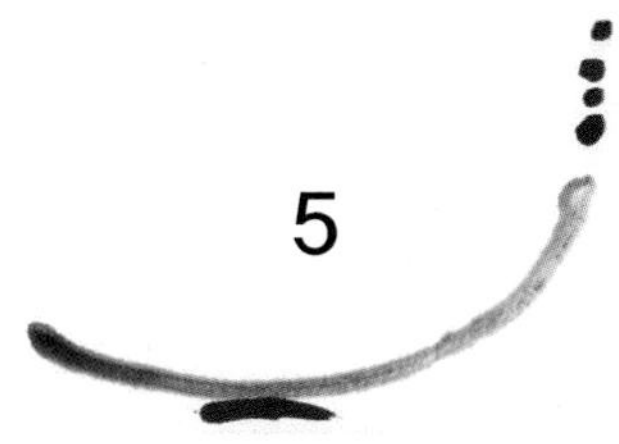

5

10월의 단풍절기가 한창이던 때라 그런지 사찰 주위에는 부사, 양곽이라 이름 지어진 사과들이 주렁주렁 조그마한 나무에 힘겹게 매달려 있었다. 여간 탐스럽게 보이는 것이 아니었다. 다른 해에 비해 많은 과일들이 풍년을 구가하나 가격폭락으로 농민들의 흥겨움 뒤에는 땅에 묻어버려야 하는 안타까운 과일도 없지 않는 모양이던데, 그곳 사과 고장이라는 영주는 이름값을 톡톡히 보는 것 같았다. 맛보기로 내놓은 것을 맛본 사과는 당도가 높아 맛이 좋았다.

부석사를 오르는 길가 한쪽을 가득 메우며 사과와 다른 작물을 좌판에 올려놓은 노파들과 소풍 온 사람들로 문전성시를 이루고 있었다.

맨 위쪽에 오르니 조사당 건물 처마 밑, 낙수를 피하게 되는 화단에 의상대사의 지팡이나무가 심겨져 자라는 모습이 눈에 들어왔다. 나무를 보호하기 위해 유리와 철망으로 가려져 보호되고 있었다. 나무 이름은 '선비화'라고 불리는데, 부석사를 창건한 의상대사가 지팡이를 꽂아 놓은 것이 나무가 되었다고 안내판은 설명해 준다. 이 '선비화'의 잎을 달여 마시면 아들을 낳는다는 속설도 전해지고, 정식학명은 '골담초'라 하는데, 미풍에도 휘청거릴 가느다란 나무줄기 여러 개가 조사당 처마를 향해 솟아올라 있었다. 아마도 1300여 년 동안 크게 자라다 보니 고목이 되어 베인 뒤에 나무 그루터기에서 가느다란 줄기가 여러 차례 새롭게 돋아난 것은 아닐까 싶었다. 나무의 성질은 바람에 의해 적당히 흔들리기도 하고 태양으로부터 넘보라살(화학작용으로 영양소 생성과 살균작용)의 공급 또는 동화작용에 의한 이산화탄소가 필요할 텐데 그렇게 가두어(투명 유리나 비닐엔 빛이 투과된다지만) 놓으면 앞으로 수명이 얼마나 지속될까. 지극히 우려스러웠다. 아들을 낳기 위해 잎을 뜯어 가려는 사람들로부터 '골담초'를 보호하기 위한 방편일 거라는 짐작은 했다. 그래도 어쩐지 씁쓸한 마음을 내려오면서도 내내 지워내지 못했다.

북쪽에 있는 금강대, 만폭동 입구의 봉우리들인 소향로, 대향로, 정양사 앞, 일배점의 고개 위의 진헐대, 동쪽의 봉우리 망고대, 망고봉과 마주 서 있는 혈망봉, 정양사위 개심대, 그 북쪽으로 바라보이는 곳에 둘러서 있는 흰 바위 중향성, 그리고 표훈사에서 북쪽으로 뚫린 골짜기 원통골, 만폭동 가장 깊은 골의 절 마하연, 그 동쪽 부근의 석벽에 새긴 미륵불 묘길상, 마하연과 유점사 중간에 있는 고개, 안문재·두운재 너머에 있는 불정대, 그리고 금란굴, 간성군 남쪽에 있는 선유담, 그 남쪽의 영랑호.

그는 '철쭉 꽃 짓밟으며 꽃수레 비껴 타고 경포로 내려' 간다. '폭이 십 리나 되는 비단을 다리고 또 다려서 소나무 숲 속에다 끝간 데 없이 펼쳤더니 물결도 잔잔하고' 모래알도 헤아릴 만했다. 그는 경포동쪽 강문 교를 넘어간다.

"……개심대에 다시 올라 금강산 일만 이천 봉을 다 헤아리려 하니 봉마다 맺혀 있고 끝마다 기운이 서려 있는데, 맑거든 깨끗하지 말거나 깨끗하거든 맑지 말거나 할 것이지 맑고도 깨끗함이 놀랍다. 저 기운을 훑어 내어 인걸을 만들려고 하니, 모양도 여러 가지라 다함이 없고 각각이 자리하고 있는 자세도 많기도 하구나. 천지가 생겨났을 때 자연히 되었겠지만, 이제 와서 내가 보게 되니 수많은 감정이 솟아난다……."

……깨끗하고 맑은 산의 정기를 받아내어 인걸을 만들어 보자는 마음은 나라를 위하여 많은 인재가 나왔으면 하는 애국심의 발로가 아니고 무엇이랴. 스스로 된 자연현상을 유정하게 바라보는 그의 다정다감함이었다.

'……북두칠성 기울여 창해 물을 부어서 저 먹고 그를 먹이면서 서너 잔을 마시니 봄바람이 솔솔 불어 두 겨드랑이 추켜든다고 읊는다……. 구만리장천에 좀 더하면' 날리라.

"……이 술을 가져다가 온 세상에 고루 나눠 억만 백성 다 취하게 만든 후에 그때야 다시 만나 또 한잔하자꾸나……."

말을 마치자 학을 타고 하늘에 올라가니 공중 옥저(옥으로 만든 젓가락)소리 어제든가! 그제든가! 그도 잠을 깨어 바다를 굽어본다. 깊이를 모르거니 가인들 어찌 알리. 명월이 온 세상에 아니 비친 데 없다고 '강호에 병이 깊어 죽림에 누었더니……'로 꾸며진 관동 별곡이었다.

'바위까지 물들인 적, 주, 황, 청(赤, 朱, 黃, 淸) 이를테면 빨, 주,

노, 초의 단풍길'로 물들인 것은 풍악의 계절을 이르는 '금강산'이었다. 만 천지를 울긋불긋한 단풍으로 사람의 눈을 현혹시킬 만했다. 그래서 유래된 가을 이름이 '풍악산'이리라.

잦은 운무로 일 년 내내 잘 드러내지 않으려던 자태, 풍악에 이르러서야 쾌청한 하늘 아래 온전한 모습을 드러낸다. 그것은 '암벽 창칼을 곧추 세운 팔색 깃발을 든 영웅호걸의 웅자' 바로 그것이었다.

오색 단풍은 하얀 암석. 푸른 상록수와 어우러져 온 산을 수채화(palette)로 만들어 놓았다. 그런 정경 속에 편승할 때 귀는 계곡물 소리에 세속적인 것들을 씻어내니 이 아니 청아(맑고 아담하여 속되지 아니)한가! 눈은 만산 풍경에 도취해 있고, 발은 세존 봉천화대 오르기에 바쁘고 혀는 감탄사를 내느라 요란했다. 어느새 마음자락에는 단풍의 취기에 거나해진 몸이 기우뚱거려진다.

"……금강산의 최고봉인 비로봉 맨 꼭대기를 올라본 사람이 그 누구일까. 중국에 있는 동산과 태산은 어느 것이 높다는 말인가. '아! 저 경지를 어떻게 하면 알 것인가.' 옛날 공자가 동산에 올라 노나라를 좁게 여기고 태산에 올라 천하를 작게 여겼다지만, 노나라는 좁은 줄 모르나 넓고도 넓은 천하가 어찌하여 좁다는 것일까. 비로봉에 오르지 못하니 이만 내려가는 것도 이상할 것 없어라……."

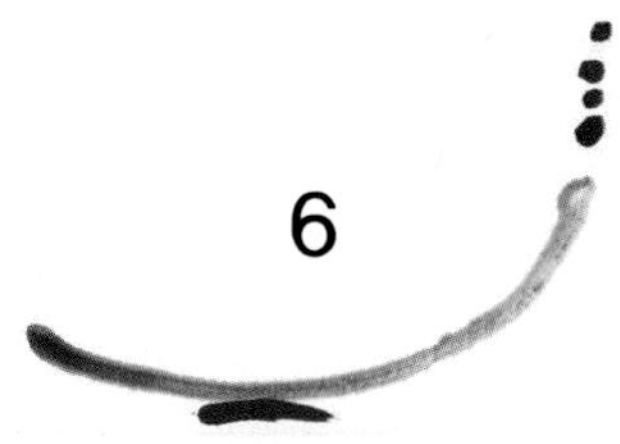

6

단풍은 풍악의 주봉인 비로봉에서 시작된다.

강호유람을 즐겼던 산수파에서는 이 산을 '풍악산'이라 했다.

가을 단풍이 들면 가장 아름답게 보이기 때문이다. 남종화의 진경산수로 유명한 겸재 정선[18]과 조선 후기의 수많은 문인화가들이 으뜸으로 꼽았던 이 산은 사계절 중에서 단풍이 드는 가을 풍광이 압권이었다.

비로봉을 물들인 단풍은 아홉 소골과 비사문, 구룡동을 차근차근 밟아 내려오다 이내 옥류동까지 붉게 물들였다. 구룡폭포를 향해 오르던 유람객, 옥류담과 연주담의 녹주옥(emerald)빛에 넋을 잃고 만다. 물의 양이 줄어든 탓일까. 실낱같이 흐르던 오른편의 비봉폭

---

18) 鄭歚(1676~1759)

　　조선 중기의 화가. 자는 元伯, 호는 謙齋, 蘭谷, 光州사람. 현감을 지냈다. 국내 명승고적을 찾아다니면서 진경적인 사생화를 많이 그려 한국적 산수화風을 세운 화단의 공로자이다. 沈師正, 趙榮祐와 함께 三齋라 불렀다. 작품은 <노산초당도>, <금강산만폭동도> 등…… 저서는 ≪도설경해≫가 있다.

포는 마침내 다시 단풍 속으로 사라지고 세존봉 줄기의 천화대가 눈을 자극했다. 천화대의 하얀색 둥근 바위에 빛이 들면 암석미를 감상하랴, 단풍을 즐기랴, 짧은 가을 해가 여간 아쉬운가!

"……원통골을 지나는 좁은 길로 사자봉을 찾아가니, 그 앞에 있는 넓은 바위 화룡소가 되었구나. 천 년 묵은 늙은 용이 굽이굽이 서려 있어, 밤낮으로 흘러내려 넓은 바다에 이어지니, 바람과 구름을 언제 얻어서 계속 비를 내리게 할 것인가. 응달에 시든 풀을 다 살려내어다오……."

오랜 가뭄으로 백성들이 고통을 겪고 있음을 걱정하는 뜻이 화룡소에서 연상된 천 년 묵은 용에게 풍운을 얻어 삼일우를 내리게 해달라는 애타는 그의 절절함.

……만폭동에 무지개 나는 듯, 벽파담, 눈이 흩어지는 듯, 분설담, 진주를 뿌린 듯, 진주담, 단풍이 붉은 화룡담 등…… 팔담에 단풍이 투영되니 선경이 따로 없었다. 못과 골짜기에 문득 구름기운이 비치면 백옥비단 한 필이 펼쳐지는 것 같고 칼로 도려낸 듯, 석벽을 하얀 물줄기로 뒤덮는 구룡폭포. 절벽을 타고 내린 물이 웅덩이에 내리꽂히느라 내는 굉음은 청각을 마비시킬 정도로 우렁찼다. 구룡폭포에는 아홉 마리 용이 유점사 53불과 싸우다가 패해 구룡연으로 숨어들었다는 전설도 폭포소리에 서려 있을 터였다.

"……마하연 묘길상 안문고개를 넘어 들어와 외나무 썩은 다리로 불정대에 올라가니, 십이 폭포가 천 길이나 되는 낭떠러지를 공중에 세워 놓고 은하수 한 구비를 마디마디에 꿰어 내어 살같이 풀어 이어서 옥양목처럼 걸어 둔 것 같으니, 산수경에는 열두 구비라고 되어 있지만, 내 보기에는 더 많은 것 같구나. 이태백[19]을 여기

다시 불러 의논해 보면 여산도 여기보다 낫다고는 못하리……”

　율곡은 ‘소나무 사이로 단풍이 들면 끝없이 붉고 푸르러 아찔해
진다(松林間楓樹紅碧粉無數).’고 노래했다. 그뿐인가! 퇴계는 어쩌
고. ‘시냇가에 들국화가 향기롭고, 바위 틈 단풍은 타는 듯하다(溪
菊香初動岩楓紅欲燃).’라 읊지 않았던가. 천하절승 ‘금강산’은 말
그대로 ‘자연의 경이’이고, ‘미학의 지존’이었다. 동서고금의 문장
가와 명망객들이 금강산에 얼마나 많은 헌사를 바쳤던가. 중국의
소동파는 “원컨대 고려국에 태어나 금강산을 한 번 보았으면(願生
高麗國一見金剛山)” 하는 마음을 실토했다지 않는가.

　눈꽃 사이로 별천지가 열린다는 계절의 ‘개골산’으로 어느덧 세
월은 앞장서 간다. ‘명당 찾아 3만 리’를 했던 풍수가들은 ‘금강산’
을 ‘개골산’이라 불렀다. 아마도 산 전체가 바위(骨)로 되어 있는
이유일 것이다. 중국의 차로도 유명한 황산과도 견줄 만한 산이
‘개골산’이었다.

　“너를 한 번 보아 황홀했고, 두 번 봄에 내 자신을 잃었고, 세 번
째 만났을 때는 숫제 가족과도 이별하고 한 봉우리, 한 골짜기, 돌
하나 바위 하나에 담겨 있는 이야기를 수집하며, 너의 품속에서 살
고자 하였노라.” 정비석이 금강산 기행의 백미 ‘산정무한’에서 이
같이 극찬의 노래를 불렀다.

　‘금강산’ 절경은 아침저녁이 다르고, 계절 따라 변화무쌍하게 탈

---

19) 李太白
　　李白을 字로 일컫는 이름. 唐나라 사람. ‘이태백도 술병 날 때 있다’ 술을 잘 마시는
　　사람이 과음으로 앓고 눕는다는 뜻. ‘이태백이가 돈 가지고 술 마셨다던’ 술 때문에 돈
　　의 낭비가 심하다고 할 때 반발하는 말. 시문집 ≪李太白集≫으로 30권이 있다.

바꿈한다. 얼마 전까지 현란한 오색단풍으로 사람의 넋을 빼앗더니, 이젠 또 장엄한 설빙으로 무릎을 꿇게 하는가. 풍악이 '화려한 청춘'이라면 개골은 '원숙한 중년'이었다. '금강산'의 절대미는 언제 봐도 아름다운 '천의 얼굴'이었다……. 전생의 업보나 된 듯 바윗돌을 머리에 인 채 만물상 입구를 지켜온 귀면암, 온갖 풍상을 겪으며 영겁의 세월을 보낸 이 귀면암에 노을이 들면 바위 전체가 붉은색으로 물든다.

7

"……산속만 항상 보겠는가. 이제 동해로 가자. 작은 가마를 타고 느릿느릿 가서 금강산 동쪽 유점사의 문루인 산 영루로 올라간다. 으리으리한 푸른 계곡과 몇 가지 소리로 우는 새들은 이별을 원망하는 듯하고, 깃발을 펼쳐 내니 오색이 넘실거리는 듯…… 피리와 북을 섞어서 연주한다. 바다의 구름이 다 걷히는 것 같다……. 모랫길에 익숙한 말이 취한 시선을 비스듬히 싣고 망망한 바다의 해당화 핀 곳으로 들어간다. 흰 갈매기야 훨훨 날지를 마라 내가 네 벗일는지 어찌 아느냐……."

십이 폭포의 장엄한 광경. 천심절벽을 공중에 세워 두고 은하수를 마디마디 베어내어 실같이 풀어 이어 배같이 걸어놓은 것 같다는 환상적인 자연경관에 취한 채 가마를 타고 비틀거리는 모습. '빗기시러', 즉 비스듬히 명사십리의 해당화 밭으로 들어가는 장면을 노래한다. 백구야, 내가 네 친구가 될지 혹 아느냐? 일부러 피해 공중으로 날 것까지 없지 않느냐. 그렇게 훨훨 날지 말고 이리 내려와 반가이 나를 맞아주렴.

"……금난 굴로 들어가 총석정에 오른다. 백옥루의 남은 기둥이 다만 넷이 서 있구나. 옛 중국의 장인(匠人)인 공수가 만든 것인가. 귀신이 도끼로 다듬은 것인가. 구태여 육 면으로 된 것은 또 무엇을 본뜬 것인가…… 고성 구경일랑은 그만두고 사선이 놀았다는 삼일포를 찾았더니, '永郎徒南石行'이란 붉은 글씨만 그 바위 위에 똑똑히 남아 있는데 사선은 어디 갔는가. 여기서 사흘을 머문 후에 어디 가서 또 머무를 것인가. 선유담, 영랑호 거기에 가 있는가. 청간정, 만경대 몇 군데서나 앉아 놀았던가."

간성의 청간정, 만경대, 양양에 있는 석양 비낀 현산, 강릉의 경포대, 신라 때 화랑 넷이 구경을 왔다가 아름다움에 취하여 사흘이나 묵어 삼일포라고 부르게 되었다는 전설의 고성 삼일포. 그곳에서 비로봉을 보면 초록색 소나무 숲과 설빙에 덮인 호수…… '파란 하늘과 흰 눈이 어우러져 창날 같던 암벽들의 한없이 너그러운 자태.' 삼척의 죽서루, 양양의 낙산사를 지나간다.

통천의 바닷가에 육각형의 현무암 돌기둥이 무리지어 있는 총석정, 옥황상제가 거처한다는 누각 백옥루, 총석정의 돌기둥 무리는 백옥루를 짓다 남은 기둥이라 비유해 노래 부른다. 울진의 망양정, 평해의 월송정이나 또는 읍곡의 시중대, '주변 노송에 핀 설화까지 겹쳐' 괴석과 바다와 눈과 시가 된다는 해금강.

'금강산'은 사시사철 시시각각 절세미인의 자태를 간직하고 있었다. 그 청정한 경계를 두루 돌아보니 세속의 어지러움이 잊히는 것 같았다.

<언무언> 말을 했으나 말한 것이 없다는 노자의 말처럼 이 모든

비경은 그야말로 백문이 불여일견이었다.

"아아, 아무리 하여도 비로봉의 절경을 글로 그릴 수는 없습니다. 아마 그림으로 그릴 수도 없을 것이외다. 몽상 외의 광경을 당하니 다만 경이와 탄미의 소리가 나올 뿐이라. 내 붓은 아직 이것을 그릴 공부가 차지 못하였습니다. 다만 볼만하고 남에게 말할 만하지 아니하니 내가 한 말은, 비로봉 대자연을 사람아 묻지 마소/눈도 미처 못 보거니 입이 능히 말할 손가/비로봉 알려 하거든 가보소서 하노라."

이광수는 그의 ≪금강산 유기≫에 이렇게 읊었다.

그가 비로봉에 올랐던 소감은, '금강산'이라는 대자연 앞에 선 피조물이 얼마나 하찮아 보이는가! 그런 자의 입에 '금강산'을 오르내린다는 것이 얼마나 부질없는 짓인가를 극명하게 일깨워 준다.

이 중에 망양정 월송정이 있는 울진과 평해는 1963년 이후 행정 구역이 경상북도로 바뀌어 영동팔경이라 부르고 있었다(望洋亭: 울진군 기성면 해안에 있는 정자. 이 정자는 개수를 거듭해 옛 모습을 간직하고 있었다. 越松亭은 平海에서 북쪽으로 약 4킬로미터 지점에 있는 정자였으나 지금은 없어지고 주춧돌만 남아 있었다. 전설에 따르면 신라 때, 永郎, 述郎, 南石郎, 安祥郎이 이곳에서 놀았다고 한다. 시인과 묵객의 발길이 잦았던 정자였다.). 대관령 동쪽의 경치 좋은 여덟 군데를 말하는데, 이는 명승지 중의 명승지로 꼽히는 곳이었다.

"……배꽃은 벌써 지고 두견이 슬피 울 때, 낙산 동쪽 언덕으로 의상대에 올라앉아 해 뜨는 광경을 보고자 밤중에 일어난다. 동편 하늘에 상서로운 구름이 피어나는 듯하고 여러 용들이 서로 버티

는 듯하여, 해가 처음 바다를 떠날 때는 만천하가 흔들리더니 하늘
위에 떠오른다. 털 날도 셀 만큼 훤해졌구나. 이 밝은 광명을 행여
나 지나가는 구름이 가리지나 않을지 걱정이라. 이태백 같은 시선
은 어디 가고 그의 시구만 남았는가. 이 세상에 위대한 그 시인의
소식이 자세히도 하구나(시인의 정서가 자세히 통하고 있구나)
……."

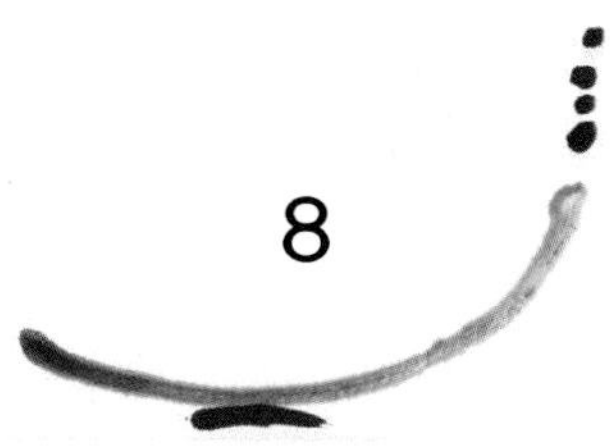

8

배꽃이 벌써 지고 두견새가 슬피 우는 것을 보니 여름이다. 그의 몸이 처음 '금강산'에 들어설 때가 3월이었으니 그사이 한 계절이 지나고 있었다. 그러나 그의 마음은 어느덧 4계절이 흘러간 것이다.

해가 수평선 위로 떠오르는 광경, 상서로운 구름 꽃을 뭉게뭉게 피우면서 육룡이 떠받치는 것처럼 일렁거렸다는 일출의 장엄함을 묘사했다. 해가 완전히 떠올랐을 때의 밝음을 털 날을 헤아릴 정도라고 한 것은 매우 사실감 넘치는 표현이었다. 거기에 그가 행여 다른 뜻을 담고 있다고 유추해 본다면 아마도 지나는 구름이 해를 가리기 위해 근처에 '머물세라'는 근심 어린 묘사는 당시 조정의 간사한 무리가 임금의 총명을 흐리게 하지 않을까 걱정하는 마음일 것이다.

"……저녁 햇살이 비치는 현산의 철쭉꽃을 밟아 가며, 우개지륜[20]을 타고 경포로 내려가니, 십 리나 뻗친 얼음같이 깨끗한 흰

---

20) 羽蓋芝輪: 왕후의 수레에 덮은, 녹색의 鳥羽(새의 날개)로 된 덮개.

비단폭을 다리고 또 다리어 무성한 장송들 속에 마음껏 펼쳐 놓은 것 같으니, 물결이 잘기도 잘아 모래를 낱낱이 헤아릴 만하다. 외로이 배를 띄워 정자 위로 오른다. 강문교 너머 바로 망망한 대양이 거기 있구나! 조용하구나. 이 기상, 넓고도 멀구나. 저 경계 이보다 더 갖춘 데가 또 어디 있으리오. 과연 강릉 명기 홍장의 옛일을 야단스레 떠들 만하겠구나. 강릉은 본래 대도호부[21]로서 풍속이 좋아 절행과 효행을 기리는 비옥가봉[22] 정문들이 골마다 늘어서 있다. 지금도 요순 때와 같이 비옥가봉이라 할 만하구나……."

저녁볕이 드는 현산[23] 수레[24]를 타고 그는 경포[25]로 내려간다. 경포의 조용한 기상과 광활한 경계를 보고 홍장의 고사를 연상한다.

그가 요란하다는 홍장의 옛이야기까지 상기시켜 준 것이다.

서거정[26]의 ≪동인시화≫가 전하는…… 관찰사가 기생 홍장과 사랑을 나눈다는 이야기.

한때 형제처럼 지내던 두 선비가 있었다. 한 선비는 색을 증오하고 다른 선비는 호색한이었다. 친구 간에 우의는 더할 나위 없이

---

21) 大都護府: 고려 현종 때. 조선왕조 때에 두었던 행정구역. 세조 때에는 安東, 江陵, 寧邊, 安邊의 네 군데에 두었다. 조선왕조 때 이곳을 맡은 府使는 정삼품으로 임명한다.

22) 比屋可封: '비옥'은 즐비하게 늘어선 집들을 말하고 '가봉'은 효자와 충신이 많이 나서 집집마다 표창할 만함을 뜻한다. '堯舜之世比屋可封(요순시절에는 태평성대라 효자와 충신이 많았으므로 집집마다 벼슬을 내릴 만했다.)'는 구절에서 인용한 것이다.

23) 峴山: 양양군 북쪽에 있는 산.

24) 수레: 푸른 새 깃으로 뚜껑을 한 귀인이 타는 수레.

25) 鏡浦: 강릉 동북쪽 15리쯤에 있는 호수. 관동팔경의 하나.

26) 徐居正(1420~1488)
조선 왕조 초의 학자. 자는 剛中, 호는 四佳, 세종 이후 5조를 歷仕하였다. 천문, 지리, 의약, 卜筮, 星命 등 각 부문에 능통하다. 저서에 ≪동국통감≫, ≪필원잡기≫, ≪신찬동국여지승람≫ 등이 있다. 시호는 文忠.

두터웠으나 그들의 취향은 각기 달랐다. 호색의 선비가 어느 날 성천부사가 되어 부임한다. 색 거부증이 심하다고 하는 다른 선비도 함께 불러 잔치를 베풀었다. 잔치에는 물론 기생이 빠질 수 없었다. 그날 잔치에서는 화사한 꽃 같은 기생도 여럿 불러들였다. 불려 나온 기생 중에 미모가 가장 뛰어난 기생을 초청에 응한 색 거부증 선비에게 짝지어 주면서 지극정성으로 모시라는 언명도 빠뜨리지 않았다. 색을 거부하던 선비는 근엄한 채 한사코 기생을 멀리하려 하자, 부사가 그녀를 밖으로 따로 불러내어 그녀와 모의를 한다. 연회가 끝나거든 선비의 집 앞에서 빨래를 하는 등 미인계로 유혹을 하라는 것이다. 그렇게 미인계를 쓰자 선비는 어이없게도 그녀의 유혹을 이기지 못하고 그의 지조는 쉽게 무너진다. 결국 그는 기생과 사랑에 빠져버린다. 그녀의 미색은 색에 냉담한 선비의 마음을 휘저어 놓은 게 분명했다. 그 후 가정사와 공무의 일이 겹쳐 그는 상경했다.

돌아온 선비는 기생이 죽었다는 계략에 속아 그녀의 무덤이라고 거짓으로 알려준 다른 사람의 무덤을 죽은 그녀의 무덤으로 알고 찾아가 몹시 슬프게 울었다. 밤에는 죽었다는 기생이 나타나 여자 귀신으로 행동하자 이에 또 속은 선비는 잊지 못한다는 귀신이 된 그 기생과 재회의 사랑을 나눈다. 여자귀신과 동침한 선비는 형체가 다른 이에게 안 보인다는 귀신 아닌 귀신의 말에 속아 선비는 벌거벗고 동헌의 잔치에 들어가 춤을 추다가 관찰사에게 부채로 얻어맞고 뒤늦게 사실을 알게 되어 망신을 당한다는 ≪혹기위귀(惑妓爲鬼)≫의 내용이었다.

여덟 가지나 되는 이 화소 가운데 강릉기생 홍장과 강원도 관찰사 박신(朴信) 사이에 있었던 가장 가깝게 느껴지는 이야기였다.

그는 풍속이 좋은 강릉 대도호부를 찬양했다. 저녁 햇살이 비치는 현산에 철쭉꽃이 만발해 밟지 않으려 해도 밟을 수밖에 없는 아름다운 지경을 멀리서 바라본 잔잔한 바다를 얼음과 같이 희고 깨끗한 비단 폭으로 상징한다.

"……진주관 죽서루 아래를 흐르는 오십천의 물이 모여, 태백산맥의 그림자를 담아 동해로 흘러간다. 차라리 한강으로 흐르게 해 남산 아래에 닿게 하고 싶구나. 그러나 관원의 몸이라 갈 길에 한계가 있고 이곳 풍경도 싫지는 않았다. 그윽한 회포 많기도 많아 나그네의 근심도 둘 곳이 없다. 신선들이 타는 뗏목을 띄워 북두성과 견우성으로 향해 볼까. 아니면 신선을 찾으러 단혈27)에 머물러 볼까……."

삼척의 옛 이름인 진주. 그곳의 한 여관인 진주관 서쪽 절벽에 있는 관동팔경의 하나인 죽서루.

그 누각 아래로 흐르는 오십천의 물은 동해로 흘러간다. 그는 물줄기를 물끄러미 바라보면서 임이 계신 서울로 가고 싶어 한다. 그런 그의 심정을 알아차려 누군가 그 오십천의 물줄기를 한강으로 돌려 남산 밑에 닿게 해 준다면 좋으련만, 한 지방을 관리하는 일에 한정된 처지인지라 그도 그럴 수는 없었다. 갈등과 쓸쓸한 기분이 들지만 신선처럼 초야에서 생활하는 것도 그렇게 싫지는 않아 한 편으로는 위로가 되기도 했다. '신선들이 타는 뗏목을…… 미리 내의 푸른 바다에…… 띄워 북두성과 견우성이 있는 곳으로 갈까.' 아니면 신라의 사선(四仙)이 놀았다는 단혈에 머무를까. 그는 별 밭

---

27) 丹穴: 高城郡 남쪽 10리쯤에 있다는 동굴.

의 여행을 꿈꾸며 신선들의 행적을 부러워하면서 마음을 달랜다. 인간의 생각은, 그의 꿈처럼 시간과 공간을 초월한 에너지로 우주 어느 곳이나 자유롭게 여행할 수 있다는 것일까. 인간의 꿈과 생각은 유한하지 않음을 이른 것이었다. 속세의 공간을 벗어난, 인간의 영혼은 정신세계에서는 행동반경에 제한이 없음을 이른 것이리라.

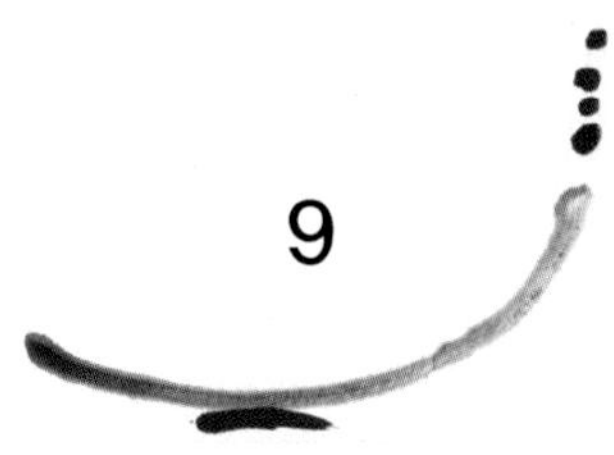

9

　이 중에 총석정과 삼일포는 북한지역에 있었다. 정작 관동팔경 중 한 군데도 국가지정문화재인 명승지로 지정된 곳은 없었다. 대부분 강원도 유형문화재로만 지정되어 있을 뿐이다. 이 중에서도 가장 아름다운 곳은 북한지역에 있는 두 군데를 제외하고, 문화재청이 2006년부터 조사한 것을 보면 낙산사와 경포대, 죽서루였다. 문화재청은 2007. 10. 15일 관동팔경 중 양양 낙산사 의상대와 홍련암, 삼척 죽서루와 오십천을 각각 명승으로 지정 예고한 것이다. 경포대 역시 명승으로 지정하기에 손색이 없다지만, 재산권 침해 논란 때문에 일단 보류되었다고 한다.

　당나라 유학승 출신인 의상대사[28]가 서기 671년 창건했다는 낙산사의 의상대와 홍련암은 의상대사가 관음보살[29]을 본 곳으로 유명하다.

---

28) 義湘大師(625～702)

　　신라 통일시대의 중. 속성은 金. 文武王 16년(671)에 중국 唐나라에 건너가 智儼 밑에서 華嚴을 공부하고 귀국 후 왕명으로 浮石寺를 창건하고, 화엄종을 강론하여 우리나라 화엄종의 창시자가 되었다. 전국 10개소에 화엄종의 사찰을 창건했으며 수많은 고승. 大德의 제자를 길러냈다. 서기 671년 창건했다는 洛山寺의 의상대와 홍련암은 의상대사가 관음보살을 뵌 곳으로 유명하다. 저서에 <화엄일승법계도> 등이 있다.

의상대는 의상에 의해 창건된 전국 10개 중 한 사찰로 일출 경관이 아름다워 삼척 죽서루와 오십천은 주변에서 가장 경관이 빼어난 곳이었다. 오십천이 흐르는 절벽 위에 위치한 죽서루는 역사 기록을 종합해 볼 때 13세기 중엽 이전에 이미 창건된 것이다. 오십천은 발원지인 강원도 삼척시 도계읍 백병산에서 동해에 이르기까지 50여 번 돌아 흐른다고 해서 붙은 이름이었다.

"……하늘의 밑뿌리까지 다 보지 못해 아쉬운 마음으로 망양정30)에 오른다. 바다 밖은 하늘이니 하늘 밖은 무엇인가? 파도는, 가뜩이나 성난 고래가 무엇에 놀랐는지 불거니 뿜거니 야단스럽게 구는 듯하다. 그 모양이 마치 은산이 부서져 천지사방에 흩날리는 듯한데, 때아닌 5월 장천에 백설은 무슨 일로 펄펄 흩날리는고……."

하늘의 동쪽 끝을 보지 못해 못내 아쉬움이 남는 가운데 그는 망양정에 올라 거센 파도가 출렁이는 광경을 바라보았다. 동쪽 끝을 보지 못해 가뜩이나 우울한 기분인데, 무엇에 놀라 성나 날뛰듯한 고래처럼 광활한 바다의 파도를 바라보니 한결 마음이 누그러지는 것이다. 멀고도 넓은 하늘에 때아닌 5월에 어인일로 백설이 흩날리는가.

"……어느덧 밤이 되어 바람과 물결이 진정되었거늘, 부상31)가까

---

29) 觀音菩薩: 觀世音菩薩[범(梵)(brahmna<Avalokitesvara> 인도 바라문교에 있어서 우주의 최고원리 또는 神]보살의 하나. 대자 대비하여 중생이 괴로울 때에 정성으로 그 이름을 외우면 그 음성을 듣고 곧 구제한다고 한다. 無量壽經에는 극락정토에서 阿彌陀佛의 挾侍로서 부처의 교화를 돕고 있다. 용모가 원만한 菩薩形으로 흔히 머리에 아미타의 化佛을 받아 蓮華 또는 蓮臺를 가진다. 그 형상을 달리함에 따라 千手觀音, 十一面觀音, 白衣觀音, 馬頭觀音, 魚籃觀音, 如意輪觀音 등의 이름이 있다.

30) 望洋: 평해군 북쪽 40리쯤에 있는 정자. 관동팔경의 하나.

31) 扶桑: 동쪽 바다의 해 돋는 곳. 山海經의 '湯谷之有扶桑'라는 구절에서 나온 말. 동해

이에서 달 떠오르기를 기다린다. 천길만길이나 되는 그 상서로운 달빛32)이 바다와 구름 사이로 보였다가는 숨고 숨었다가는 보이는구나. 구슬로 만든 발을 또다시 걷고 옥돌로 만든 계단을 다시 쓸며 샛별이 돋아 오르도록 똑바로 앉아 바라본다. 백련화33) 한 가지를 누가 보내셨는고. 이렇게 좋은 세계를 남들에게 다 보이고 싶구나! 유하주를 가득 부어놓고 달을 보고 묻는 말. '영웅들은 어디로 갔으며 사선은 과연 어떤 이인가.' 아무나 만나 그 아득한 옛 소식을 물어보자 하니, 선산과 동해에 갈 길은 아직도 멀기만 하구나……."

풍랑이 진정된 저녁 동해바다 저 멀리 크고 밝은 달이 두둥실 떠오르는 모습이 눈에 선했다.

동해의 월출, 환하게 떠오르는 달밤. 신선들이 마신다는 유하주를 부어놓고 밤새도록 백련화를 품에 앉고 영웅들과 신선에 대해 문답하는 풍경은 그의 풍류적인 생활을 잘 나타낸 것이다.

"……소나무 뿌리를 베고 누워 풋잠을 잠깐 드니, 꿈에 한 사람이 나타나 날더러 하는 말이, '그대를 내가 모르겠는가. 하늘의 선관이라. <황정경>34)의 한 글자를 어찌하여 잘못 읽고, 그 죄로 인간 세상에 내려와 우리를 따르는가. 잠시만 가지 마오, 이 술 한 잔

가운데 해 돋는 곳에 있다는 신목(神木)을 가리킨다. 옛날 중국에서 해가 뜨는 동쪽 바닷속에 있다고 한 상상의 신성한 나무 또는 그 나무가 있는 곳을 말한다.

32) 상서로운 달빛(瑞光千丈): 길게 뻗은 상서로운 빛. 蘇東坡의 '中秋見月詩'에 있는 '明月未出群山高 瑞光千丈生白毫'라는 구절에서 인용한 말.

33) 白蓮花: 흰 연꽃. 여기서는 흰 달을 은유한 말.

34) 黃庭經: 노자가 지은 도가의 경문. 옛날 어떤 선인이 옥황상제의 앞에서 '황정경'의 한 글자를 잘못 읽어 인간 세상으로 귀양 왔다는 고사. 魏夫人이 전한 황제 黃帝內景經, 黃庭遁甲緣身經, 황경 玉軸經 등 네 가지 종류가 있다. 왕희지가 쓴 外景經은 法帖으로 한 자(字)가 약 1㎝ 四方의 楷書로 쓰였다. 글씨본으로 주요시된다.

먹어보오.' 국자 같은 북두칠성을 기울여 푸른 바닷물을 술로 삼아 가득 부어내어 저도 먹고 나도 먹이거늘. 서너 잔을 기울이니, 훈훈한 바람이 슬슬 일어나 두 겨드랑이를 치켜들어 구만리나 되는 높은 하늘에 자칫하면 날아 올라갈 것 같구나. '이 술을 가져다가 온 천하에 고루 나누어 먹여 수많은 백성들까지도 모두 취하게 만든 뒤에야 다시 만나서 또 한잔하자꾸나.' 하고는 그 말이 떨어지자마자 그 사람은 학을 타고 구만리장공에 올라가 버리니 다만 공중에서 옥으로 만든 통소 소리만 들려올 뿐이라, 어제 일이런가. 엊그제 일이런가. (아리송)하구나…….”

그와 같은 풍류로서 절승(아주 뛰어나게 좋은 경치) 풍경을 감상하며 술을 마셨으니 얼마나 취했을까. 밤이 이슥하도록 달을 벗 삼아 술을 마시며 취한 몸을 이끌고 다니다가, 땅 위에 드러나 있는 소나무뿌리를 베고 잠깐 잠이 들게 되자 꿈을 꾸게 된 것이다. 자기 자신을 '상계의 진선'이라고 은근히 자찬하며 북두성을 기울여 푸른 바닷물을 술인 양 부어 마시는 호기야말로 그다운 표현일 것이다. 더구나 그런 취중에도 그 좋은 기분을 만백성에게 고루고루 나누어주고 싶다는 바람을 잊지 않았다.

“……나도 비로소 잠을 깨어 술을 마시던 그 바다를 굽어보니, 물 깊이도 모르거늘 하물며 그 바다의 끝을 어찌 알겠는가? (길어 낸다고 다 길어내며 퍼낸다고 다 퍼내랴. 아이야, 잔을 씻어라. 이 술 한 잔 얻어다가, 구중궁궐로 돌아가서 모두 취하게 하리라.)

밝은 달은 천산만악[35] 높고 낮은 데 비추지 않는 곳이 없다.”

그는 잠에서 깨어 다시 망망한 바다를 굽어보았다. 바다의 깊이

---

35) 千山萬落: 수많은 산과 절벽, 즉 많고 많은 산. 여기서는 '온 세상'을 가리킨 것이다.

와 크기를 측량할 수 없고, 밝은 달은 천지만물에 비치지 않는 곳
이 없었다.

　바닷물을 술 삼아 마시던 꿈을 생각하며 바다를 보았지만, 바다
는 이전과 달라진 것이 없었다. 저 넓은 바다를 퍼마셔 본들 다함
이 있을까…… 무궁무진한 정서를 마음껏 펼쳐보리. ‘구중으로 돌
아가 모두를 취하게 하리라’의 진정한 의의는 그가 조정에 다시 진
출하여 자신의 뜻대로 백성을 잘 보살피는 정치를 펼쳐보고 싶다
는 생각을 다짐한 것이다. ‘명월’이 온 세상을 비추듯, ‘聖恩’이 어
느 곳인들 깃들지 않으리라는 것이 그의 믿음이었다.

　그렇게도 가보고 싶었던 제봉은 ‘금강산’ 유람을 이상과 같이 송
강에게서 뒷이야기로 듣고 대리만족이라도 느껴야 했을까. 심약한
마음에 바라던 ‘금강산’의 아름다움을 구성지게 노래 부를 수 있다
면 그의 여한이 풀어지기라도 할까 하는 고루(외롭게 자라서 견문
이 좁아)한 티를 낸 듯싶었다.

　그러다 보니 문득 이광수36)의 ‘금강산 유기’가 새록새록 다시 떠
오른다. 내내 잊히지 않는다. 그 노래를 또다시 불러본다.

　“아아, 아무리 하여도 비로봉의 절경을 글로 그릴 수는 없습니다.
아마 그림으로 그릴 수도 없을 것이외다. 몽상 외의 광경을 당하니
다만 경이와 탄미의 소리가 나올 뿐이라. 내 붓은 아직 이것을 그

---

36) 李光洙(1892~?)
　　소설가. 호는 춘원, 평북 정주출생. 신문화운동의 선구자로서 1917년에 한국 최초의
　　현대장편소설 ≪무정≫을 발표하여 한국 소설의 새 경지를 개척했다. 상해로 건너가
　　임시정부에서 활략했다. 그 후 귀국하여 동아일보 편집국장, 조선일보 부사장, 조선 문
　　인협회 회장 등을 역임. 태평양전쟁이 일어나자 각 지방을 유세하고 다녀 일제강점기가
　　끝나고 친일파로 지목되어 고난을 격기도 했다. 한국전쟁 때 납북되었다. ≪흙≫, ≪사
　　랑≫, ≪원효대사≫, ≪이차돈의 死≫, ≪돌베개≫, ≪꿈≫, ≪나≫ 등을 내었다.

릴 공부가 차지 못하였습니다. 다만 볼만하고 남에게도 말할 만하지 아니하니 내가 한 말은, 비로봉 대자연을 사람아 묻지 마소/눈도 미처 못 보거니 입이 능히 말할 손가/비로봉 알려 하거든 가보소서 하노라.”

이광수가 비록 비로봉에 올랐으나, ‘금강산’이라는 대자연 앞에선 피조물이 얼마나 부질없어 보이는가! ‘금강산’을 함부로 입에 오르내린다는 것이 얼마나 오만한 짓인가. 동서고금에서도 그 어느 산에 견줄 바 없이 빼어나도록 자연이 빚어낸 명산, ‘금강산’ 비로봉의 신비를 바라본 그의 심원한 정회인 것이다.

지금까지 송강의 관동별곡에 따라 금강산을 둘러보았다. 둘러본 소감을 이런 것이었다. “산악이 웅장하고 영험했다. 바위와 계곡이 어우러져 동양의 미덕인 조화를 이루고, 아름다운 숲과 희귀한 식물의 서식지였다. 금강산의 절경을 동해로 옮겨 놓은 듯한 해양미가 일품이라고 할까. 아름답고 온화한 호수, 바람과 구름과 안개가 항상 머무르는 곳, 봄, 여름, 가을, 겨울철마다 고운 옷을 갈아입는 색채(色彩), 조상의 슬기와 지혜가 살아 숨 쉬는 건축의 조각(彫刻), 이 모든 것에 끊임없이 터져 나오는 환성과 경탄을 자아내게 하는 곳이 바로 금강산이었다. 그런 금강산이 우리를 부른다.

제봉은 미처 가보지 못한 ‘금강산’ 구경을 송강이 관동에서 담양으로 돌아온 뒤에 듣게 되어 그의 마음에 후련하게 그의 한이라도 풀었을까. 이번 관서 여행은 송강이 관동의 부름을 기꺼이 여긴 것처럼 제봉도 흔쾌하게 왕명을 받들고 관서를 다녀온 것이다. 비록 짧은 사신의 여정이었지만, 그를 극진히 아껴 주던 명종의 명령이었으니 이 아니 흡족하게 여기었을까.

7. 관서팔경

'관서팔경'이라! 송강보다 조금 앞서 떠난 제봉은 그곳에 있는 유명한 명승지 여덟 곳을 주마간산 격으로라도 둘러보았을 것이다.

꿈에서의 영상으로나마 모두 둘러볼 기회가 있었다. 송강은 관찰사로 관동에 장기간 머물러 있어 금강산 유람의 여유가 있었을 테지만 제봉은 초행길이 아니지만 사신으로서 그때도 잠시 머물렀다 돌아올 수밖에 없는 처지이기에, '관서팔경'을 대충대충 유람했을 것으로 믿어진다. 그곳 지방관과 유지들을 통해 귀동냥도 했을 테지만, 이야기나 그에 대한 기록은 제봉이 지은 몇 편의 시에서 감지가 될 뿐이었다.

본래 옛 조선의 땅인 평안도는 삼국시대 때, 고구려 땅이었다가 보장왕[1] 27년에 안동 도호부를 두고, 20만의 군사로 지키게 하였는데도 땅은 모두 신라로 넘어가 버린 것이다. 그곳은 이제 후삼국

---

1) 寶藏王(?∼681, 재위 642∼668)
　　고구려 28대의 마지막 왕. 형이 되는 營留王이 연개소문에 의해 죽음을 당하자 왕위에 오른 것이다. 27년(668)에 唐의 고종이 이 세적을 보내어 쳐들어온 데다가 남에서는 신라가 쳐들어와 고구려는 결국 멸망한다.

으로 바뀌게 되었다. 효공왕2) 이 후로도 이연령3) 등이 난을 일으키고 몽고와 붙어 서경4)에 동녕부5)를 두고 자연지형인 고개로 경계를 삼았다. 충렬왕6) 16년에 원나라가 다시 조선에 돌려 준 것이 평안도 지방의 내력이었다.

그 지방의 부인들은 대체적으로 정조관념이 있어 음란한 생활을 즐기지 않았다. 사람들은 천성적으로 유순했다. 나라에서는 백성들을 도덕적인 생활로 이끌어 가기가 용이했다. 그러나 술을 마시고 춤추기를 좋아했다. 혹은 관을 쓰고 비단옷을 입기를 즐겨했다. 중국의 영향 때문인지 수난을 통해 잃었던 예절을 사이7)에서 구한다고 「신 증동국어 여지승람」에 전해진다.

당시 평양사람들은 음식을 절제하고 집치장하기를 좋아했다. 무엇이든 남에게 빌려주는 것에는 너그럽지 못한 편이었다. 용서하는 마음도 인색했다고 후한서에 전한다. 음식과 의복 등은 검소하여 예로부터 내려오는 풍속이 아직도 남아 있었다. ≪수서≫는 중국 이

---

2) 孝恭王(?~912, 재위 897~912)
　　신라 제52대 왕. 성은 金, 諱는 嶢. 환란의 세월을 보냄으로써 弓裔, 甄萱이 나라를 세워 후삼국을 이루게 하였다.
3) 李延齡: 난을 일으켰다.
4) 西京: 고려 때 四京의 하나. 지금의 평양.
5) 東寧府: 고려 元宗 11년(1270)에 중국 元나라가 고려서경에 설치한 관청. 원종 10년에 西北面 兵馬使의 記官이던 崔坦 등이 난을 일으켜, 서경을 비롯한 北界의 54城과 慈悲嶺 이북 西海道의 6城을 들어 元나라에 항복했다. 원나라 세조는 동녕부를 두어 자비령 이북을 원의 영토로 편입했다. 충렬왕 원년(1275) 東寧路摠管府로 승격했다가 끊임없는 고려의 요구로 같은 왕 16년 이를 폐지하고, 이 지역을 고려에 반환했다.
6) 충렬왕(1236~1308, 재위 1274~1308)|
　　고려 제25대 왕. 元나라에 굴복하여 원세조의 공주인 제국(薺國)공주를 취하고 공주의 小姑(시누이)的 감독을 받았다.
7) 四夷: 예전에 중국에서 주변의 민족들을 사방의 오랑캐라고 낮추어 부르던 말, 즉 東夷, 西戎, 南蠻, 北狄.

십오사(二十五史)의 하나로서 수(隋)나라시대의 역사책인데, 거기에는 백성들이 '≪경서≫ 연구하기를 좋아해 문사를 사랑하고 즐겨 중국의 서울로 유학하는 사람들이 줄을 이어 왕래하며 죽도록 돌아오지 않으려 한다.'고 묘사되어 있었다. 그들은 길거리에 서당을 지어 놓고 글 배우기를 즐겨했다. 궁벽한 마을 상민의 집에서도 서로 글 배우기에 힘쓰고 이를 자랑하고 있었다. 길거리 서당을 지어 놓고 미혼 자제들이 함께 모여 경서를 외우고 또 활쏘기 연습도 즐긴다. 백성들의 성질은 질박(꾸밈이 없이 순수)하고 솔직하므로 선으로 인도하기가 용이했다. 그들은 이를 좇아 감화되기 쉽고, 용맹으로 고무되어 있었다. 또한 족히 부강의 업을 이룰 만했다.

대동강 철교, 평양시내와 변두리에 위치한 선교리 마을을 잇는 기차가 건너다니는 철교가 있었다. 이는 1905년에 준공되었다. 평양역과 대동강역 사이에 있었다. 길이가 약 760m.

선교리라는 동네 이름을 생각하니 4살 때 강한 충격을 받았던 기억이 새롭게 솟아오른다. 그러니까 1943년경일 것이다. 당시 선교리는 빨갛게 달궈진 흙벽돌로 지은 현대식 주택이 즐비해 있었다. 주택들은 가파른 언덕에 자리하고 있었다. 그곳에서 한때, 가족과 함께 잠시 살았다. 가족이라 해야 양친을 포함해 세 식구에 지나지 않는다. 집에 자주 드나들지 못한 때문인지 아버지 기억은 분명치 않았다. 아버지에 대한 기억은 없으나 어머니와 함께했던 것은 분명했다.

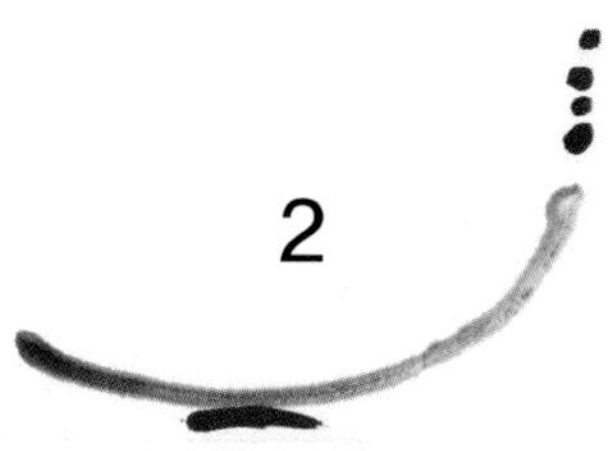

2

어느 날 냇가에 빨래하려고 떠나는 어머니를 따라 나선다. 선교리 비행장 주변으로 흘러내리는 냇가에서 혼자 무엇을 찾느라 열심히 헤매고 있었다. 그때, 어머니는 흐르는 냇물에서 빨래를 하고 있었다. 어머니 곁을 떠나 아마도 신기한 조약돌을 주워 모으느라 정신을 팔고 있었던 것 같다. 바로 그때, 그 인근에 있던 선교리비행장에서 느닷없는 폭음소리가 들려왔다. 나중에 어머니가 알려준 바로는 미국 여객기인 비24 비행기가 이륙하기 직전에 우렁찬 폭음을 내뿜는 것이란다. 그때는 아마도 소음 조절에 대한 기술부족으로 프로펠러(propeller)엔진소리가 그렇게 극심하게 내지른 것이었다. 지금은 비행기 제작 기술이 발달해 엔진을 추진 장치로 하는 제트엔진(jet engine)이다. 이 장치는 기관 안에서 연소시킨 고온의 가스를 노즐에서 뿜어내어 그 반동으로 추진력을 얻기에 소음이 대폭 줄어든 것이었다.

그 폭음소리에 기겁을 해 정신없이 달려가 어머니 품에 안겼다.

이륙하려는 순간 내는 그 폭음소리로 커다란 충격을 받았던 것이다. 아마도 그때 이륙하던 비행기 비24는 사람은 물론 급한 수송물자까지 겸하여 운반하던 비행기였으리라. 그때, 평양 선교리 비행장은 시설이 좁아 비29는 내릴 수 없다는 말을 언뜻 들은 것 같다.

그때 나이가 만으로 3살 때 일이 아닌가 하고 기억하고 있었으나 성인이 된 이후 어머니는 4살 때라고 가르쳐 주었다. 어머니가 말한 4살은 태어난 해까지 포함하여 계산한 나이었을 것이다. 이는 대한민국이 일제 강점기하에 있던 광복 전의 일이었다.

근래에 와 평양의 분위기는 살벌한 느낌을 주는 것 같았다. 주요 행사 때마다 군중을 동원한 집단체조와 각종 전쟁무기를 장착한 고성능 유도탄 또는 특수 전쟁 무기와 탱크의 위용을 자랑하듯 퍼레이드를 벌이는 광장으로 변해 있었다.

모란봉은 평양의 북쪽 5리 정도 떨어져 있는 금수산에 있었다.

고려 때 어느 왕이 모란봉에 올라 "북두칠성 삼사점(北斗七星三四點)이로고." 하고 시구를 불렀다. 그때 한 서생이 왕 앞에 나아가 "南山萬壽 十千秋 하옵소서."라고 대구를 했다.

왕은 이에 탄복하여 상을 내렸다는 고사가 있다. 옛적부터 중국이나 조선은 사람의 수명과 길흉화복을 모두 '북두칠성'이 주관하고 있다고 믿었다. 사람이 죽으면 '북두칠성'을 그려 넣고 칠성판[8]을 지고 저승길에 오른다고 생각했다. 고조선 사람은 고인돌 뚜껑 위에 '북두칠성'을 새겨 넣었는가 하면, 고구려인들은 무덤의 벽화 속에 '북두칠성'을 크게 그려 넣는 풍습이 있었다.

---

8) 七星板: 棺 속 바닥에 까는 얇은 널조각을 말하는데, 북두칠성을 본 떠 일곱 구멍을 뚫어 놓음.

조선시대에는 칠성판을 지고 묻혀야 편안히 저승에 갈 수 있다고 믿었던 모양이다. 모란봉에 올라 시를 읊었던 고려의 왕, 그가 바라본 '북두칠성'이 7개의 별이어야 할 텐데, 3~4개밖에 발견되지 않아 온전하지 못함을, 왕의 운명에 혹시나 불길함의 징조로 시구를 받아들인 서생은 움직이지 않고 남쪽에 있는 산과도 같이 장수하기를 비는 대구로 근심 어린 왕의 마음을 위로했는지 모른다. 그때는 북두칠성이 인간의 수명을 주관하는 것으로 믿었기에 그랬다. 당시는 신앙의 눈으로 북두칠성을 바라보았던 것 같다. 하늘과 땅의 기운을 본받아 태어난 인간은 하늘로부터 수명을 받게 되는데, 수명을 주관하는 별이 바로 북두칠성이라고 믿었기 때문이다. 그래서 그때는 북두칠성에 무병장수를 빌기도 했다. 인간은 북두칠성을 통해 세상에 나와 살다가 죽으면 다시 북두칠성을 통해 자기의 별로 돌아가게 되는, 즉 '사주팔자'라는 삶의 프로그램이 입력된 존재인 것처럼 여긴 것이다. 그래서 그때 사람들은 사람이 죽으면 관 속 바닥에 칠성판을 깔았다. 이 칠성판을 통해서 하늘의 문을 통과해야 한다고 생각했기에…….

어찌됐건 당고가 읊었던,

"모란이라는 신선 봉우리, 우뚝 솟아 이 나라의 진산이 되었네. 내가 이제 부벽루에 왔다가 이 산마루에 오르니 흥이 그지없네."

또한 사도의 시에는,

"말 들으니 모란봉 위에, 모란꽃이 벌써 늙었다네. 봉우리에 꽃 없다 한(恨)하지 마소, 봉 이름만으로 그대로 좋지 않은가."

평양의 동북쪽에 있는 주암에 대해 전해 오는 민간설화에는,

"술이 바위틈에서 흘러 나왔는데, 흔적이 아직도 있다."라고 해

술바위라고 한 것이다. 또 당고의 시에는,

"술못(酒池)이 상(商)나라를 망하게 했다더니 그 유한을 여기서 쏟았구나."

사도는,

"어느 날에 바위에서 술이 흘러나왔다고, 바위 속에 주신(酒神)이 있었던 게지, 지금도 자주 흘러나와서, 평양에 취한 사람이 많도다."

인풍루는 강계군의 강계성(城) 서북쪽 모퉁이에 있는 누각이었다. 장자강가 그 지류인 북천이 합류하는 지점의 높은 절벽 위에 위치해 있었다. 연분홍색 진달래가 흐드러진 봄의 인풍루와 장자강, 달빛을 바라볼 수 있는 만월의 인풍루는 실로 한 폭의 그림과도 같았다. 인풍루는 처음 강계성의 부속누각으로서 1472년에 세워진 것인데, 현존하는 것은 1680년에 화재를 만나 같은 해에 재건된 것이라 했다.

그 주위는 사시사철 경치가 아름다웠다. 누각 앞에는 교장(가르치는 곳)이 있어 평상시에는 무예를 닦던 곳이기도 했다.

3

　압록강 하류 삼각산의 산정에 있는 통군정은 의주 읍성의 북방 강변 고대에 있는 정자였다. 당시 조선의 서북방위의 거점이었던 의주성의 군사지휘처였다. 통군정은 고려시대의 전반기에 세워졌다고 전해지고 있지만, 창건 연대와 그 이름의 유래는 확실치가 않았다. 현존 누각은 1538년에 재건된 것이다. 조선왕조 중종 때와 순조 때 개축과 보수가 있을 뿐이다. 조선조시대의 누각 건조물 가운데서도 그 구성과 형식이 뛰어났다. 청일, 노일전쟁 때 한동안 일본의 포병진지가 된 일이 있었으나, 이 장소 역시 주위 환경과 조화를 이루어 화려하게 장식된 건물이었다. 경치도 빼어났다.

　평안북도의 동림군에 있는 동림폭포, 높이 10m의 기암절벽 위에서 떨어지는 동림폭포는 진주처럼 맑고, 그 풍부한 수량으로 동림 평야를 윤택하게 했다. 이 폭포는 '옥포'라고 불리기도 한다. 옛날 용암에 살고 있던 큰 용이 폭포를 올라 용암을 발판으로 해 승천했다는 전설이 내려오고……

선천읍 서쪽. 옛날의 선천성에 있는 폭포를 말한 것인데, 이 폭포는 물이 많아 장관을 이룬다. 암석재질의 반석이 아름답게 깔려 있었다.

평안남도 안주 북쪽 섬 안에 있는 백상루, 누각으로서 청천강이 굽이쳐 흐르고 넓은 들을 바라보는 조망(먼 곳을 내다보는 광경)이 아름다웠다.

안주 내성의 북측 성벽의 경비대로서 고려시대에 건립되었다. 그러나 조선조시대에 와서 재건된 것이었다. 지금의 건물은 6·25 때 파괴되었던 것을 재건축했으나 위치는 약간 옮겨 세운 것이라 했다. 이 누각에서 밖을 보면 백 가지 좋은 경치를 볼 수 있다고 해, 백상루란 이름이 붙은 것이다.

평양 중구역 대동문 동에 위치해 있는 연광정도 대동강가에 있는 정자인데, 대동강을 한눈에 내려다볼 수 있는 덕암 위에 있었다. 감사 허굉[9]이 그 이름을 지었다. 이 북쪽 1리 정도 떨어져 있는 것을 일명 패강(浿江) 혹은 왕성강(王城江)이라고도 했다. 그럴 만한 이유가 있었다. 하나는 영원군(寧遠郡) 가막동(加幕洞)에서 나와 남으로 흘러 맹산현 북쪽에 이르러서 또 꺾여 서쪽으로 흘러 덕천군 경계에 이르게 된 것인데, 삼탄과 합해 남으로 흘러 개천군 경계에 이르게 되니 순천강이 된 것이고, 순천군 경계에 이르니 성암진이 된 것이다……. 사마천의 「열전」을 살펴보면 "한(漢)이 흥하자 요동(遼東)의 고색(古塞)을 닦아 패수에 이르러 경계를 삼았다."고 했다…….

당서에는 "평양성은 한(漢)의 낙랑군이다. 산을 따라 구불구불 성

____
9) 許硡: 감사, 평양 대동강가에 있는 연광정의 이름을 지었다.

곽을 쌓았고 남쪽은 패수를 면하였다.”라고 하여 이것이 지금의 대동강을 가리킨 것이다.

지금의 평양, 대동강은 서해갑문에 의해 수위가 조절되고 있어 물의 양은 일정했다. 강을 사이에 두고, 장서가 3,000만여 권을 소장하고 있다는 인민대학습당이 있어 그 웅장함을 뽐내고 있었다. 하루에 1만여 명이 이곳을 이용한다고 한다. 이는 교육이 국가의 미래라는 것을 암시한 것이다. 그리고 강 건너 주체탑이 우뚝 솟아 위용을 자랑한다. ‘혁명의 수도’를 드러내고자 온갖 기념물로 가득 채운 이데올로기 도시로 변화된 것이다. ‘1980년대 이후에는 남측과 경쟁하듯 대대적인 도시 재정비가 진행되었다. 대동강 종합계발계획, 여러 문화시설들, 고층아파트가 즐비한 새로운 거리, 105층 유경호텔도 이때 시작되었다.’ 이런 평양 거리에도 머지않아 또 다른 변화가 찾아들 것이란 예감이 들었다. 어느 것이든 공간에 대한 자본의 탐욕과 관계된 도시로 탈바꿈하고 말 것이다. 그러나 ‘값진 문화유산’만은 보존되었으면 하는 바람이 앞선다.

강변 덕바위 위에 지어져 있는 연광정은 처음엔 덕광정이라 불렀다. 1670년에 재건된 현재의 연광정은 정자로서 갖추어야만 하는 구조와 형식을 잘 겸비한 독특한 건축미가 덧보인다.

꿈길에서 잠시 동안 외출할 기회라도 얻은 듯, 잠을 깨고 보니 03시 30분경이었다. 그 시각에 어둠은 사위스러웠다. 대게 그 시각엔 소변을 위해 잠시 눈을 뜨는 시간이기도 했다. 용무가 끝나 다시 잠자리에 들자마자 자신도 모르게 종전에 꾸었던 꿈길이 다시 이어진 것이다.

연광정에 대해 읊은 제봉의 다음과 같은 시가 떠올랐다.

연광정

기자[10] 성 남쪽이자 대동강 서쪽에
옛날 쌓은 제방이 빙 둘러져 있다
여러 곳의 시인들 얼마나 지나갔을까
나 역시 젊을 때는 와서 구경했지
양쪽으로 갈린 들판 한없이 넓고
한 가닥 호수도 끊임없이 흐른다.
술에 한껏 취해서 흥을 돋우니
떠오르던 세상 걱정 모두 잊겠네.

반고[11]의 후한서의 기록을 보면

사람을 죽인 자는 사형으로 갚고, 사람을 상하게 한 자는 곡식으로 갚고, 도적질하는 자는 그 집의 노비로 몰입[12]시키고, 죄를 탕감받고자 하면 1인당 500냥을 내면 비록 면죄되어 평민이 되지만, 오히려 그것을 부끄럽게 여기는 풍속이 있어 혼인할 데가 없게 된다. 부인은 정조를 지켜 음란하지 않아야 한다. 음식을 절제한다. 부모와 남편의 상은 삼년상을 입고 형제는 3개월 동안 상복을 입

---

10) 箕子는 전설상의 箕子朝鮮의 시조. 중국 殷나라 주紂의 친척. 史記와 漢書에 따르면 나라가 망하여 조선 평양 부근에 들어와 예의 田蠶, 紡織과 禁法 八條를 만들어 그것을 가르쳤다.

11) 班固(AD32~92)
중국 후한 초기의 역사가, 문학가. 陝西省 咸陽 출신, 자는 孟堅, 아버지 彪의 유지를 받아 《漢書》를 편집했다. 기타 저서 《白虎通》, 《兩都賦》 등이 있다.

12) 沒入: 죄인의 재산이나 가족을 몰수하여 관가로 들여오던 일.

는다. 이는 북사[13]의 고구려 전에 전해 온다. 그 나라사람이 문자를 알면 3년 동안 상복을 입는다(五代史: 중국 唐나라 때에 前 五代[14]를 일컫던 말.). 기력[15]을 숭상한다(南史)[16].

---

13) 北史: 二十五史의 하나. 중국 唐나라 李延壽가 지은 책으로 北朝의 魏에서 隨에 이르는 북조 242년 동안의 역사책 100권.

14) 前 五代: 중국의 東晉이 망한 뒤부터 唐나라 이전까지의 198년 동안에 교대하여 흥망한 다섯 왕조, 즉 南朝의 宋, 齊, 梁, 陳과 南北을 통일한 隋나라를 말한다.

15) 氣力: 국가에서는 기력을 숭상하여 활과 살, 칼과 창을 잘 쓰고 투구와 갑옷을 가지고 전투를 익히는데, 후위(後魏)(北魏) 때, 여러 나라 사신들의 시합에서 제 사신(齊使臣) (중국 춘추시대의 한 나라. 周武王이 태공망에게 봉사해 준 나라. 지금의 산동성 일대를 영토로 하여 29대 739년에 그 家臣 田氏에게 빼앗기었다. *南齊, 北齊)이 1등을 했고 고려가 2등을 했다(B.C. 1123~386).

16) 南史: 중국의 正史, 二十五史의 하나. 唐나라의 李延壽가 지은 남조의 宋, 齊, 梁, 陳 네 나라의 170년 동안의 사실을 적은 역사책. 10본기와 70열전의 80권으로 되어 있다.

4

연광정을 노래한 제봉은 '시인들, 얼마나 지나갔을까.' 하고 궁금증을 토로했다. 신증동여지승람 평양부에는 학자나 문인이 읊은 시나 글이 수록되어 있는 인물이 무려 50명이었고, 그들의 글은 127편이나 되었다. 기록에 나타나지 않은 것은 또 얼마나 많을까. 아무도 모르는 일이었다.

먼저 권근[17]의 기록에는 "고 씨 적부터 무 강을 숭상하였고 고려 때에는 요(遼)나라와 금(金)나라가 국경에 근접해 있어 점진적으로 되(호胡)의 풍속에 물들어 그들의 생활이 사납고 교만했다. 그러나 어느 땐가 다시 주(周)나라의 영향을 받아 백성들의 성질은 질박하고 솔직하여 선으로 인도하면 쉽게 감화되었다. 또는 그들을 용맹으로써 고무하면 충분히 부강의 업을 이룰 만하다."고 했다.

---

17) 權近(1362~1409)
　　태조, 태종 때의 학자. 자는 可遠 또는 思淑, 호는 陽村, 安東사람. 원래는 고려 때 벼슬했으나 이성계 개국 후에 이끌려 태종 때에 성균관 직강, 예문관 응교를 지낸다. 시호는 文宗. 저서는 <陽村集>, <五經淺見錄>, <入學圖說>, <霜臺別曲> 등이 있다. 그의 시는 신증동여지승람 평양부에는 아홉 수가 기록되어 있었다.

그의 시는 9수가 수록되어 있었다.

당고[18]

'배와 비단(布帛)이 하마 족히 귀해도

아름다운 광채(文彩)는 금수로 돌아가고

동풍이 부는 화창한 봄날에 돌아갔으니

……' 등 시 12수.

사마천[19]의 열전에는 한(漢)이 흥하자 요동[20]의 고색(古塞)을 닦아 패수[21]에 이르러 경계를 삼았다고 했다.[22]

정도전(鄭道傳 ?~1398)의 사(辭)에

"강물이 유유히 흐르는데, 모란(木蘭舟)을 중류에 띄웠구나, 드높은 피리가락 노랫소리, 손님을 맞아 잔 드리네, 저기 뛰는 건 잉어, 날아오르니 흰 갈매기 먼개(浦)에 연기는 자욱, 언덕에 풀은 더북더북, 철경치 바라보고 즐기면서 돌아갈 줄 모르고 서성대네. 햇발이 서쪽으로 달리고 물은 가고 안 머무르네. 기뻐 즐김이 얼마던가, 내 마음속에 시름이네, 아아, 젊음이 두 번 안 오니, 늙음이 다가오려는

---

18) 唐皐: 관서 평양에서 시 12수를 남긴 시인.

19) 사마천(B.C. 145?~86?)
중국 전한의 역사학자. 자는 子長, 기원전 108년에 太史令이 되었다. 기원전 104년에 公孫卿(衍)과 함께 太初曆을 제정, 후세의 역법의 기초를 이룬다. 친구 李陵이 匈奴에 항복한 것을 변호하여 궁형(원래 중국에서 유래했던 형벌. 五刑의 하나(남녀의 불의를 벌하는 형벌. 자손을 끊어버릴 의도에서 남자는 그 불알을 까버리고, 여자는 감방에 깊이 가두어 버린다. 또, 일설에 여자는 그 筋을 제거하여 버린다고 한다.)에 처해지자, 아버지의 뜻을 이어 ≪史記≫를 지었다. ≪史記≫는 형식적으로나 내용적으로나 획기적인 역사책이다.

20) 遼東(Liao-tung): 滿洲의 남쪽과 遼河의 동쪽 지역에 대한 이름.

21) 浿水: 압록강을 가리킨 말이나 여기서는 지금의 대동강을 가리킨다. 「고려사」에는 平山府의 猪灘을 패강이라고 했다.

22) 鎬京: 땅 이름. 周武王이 처음으로 연 도읍으로 宗周라고도 하고 서도라고도 했다. 지금의 陝西省 長安縣의 西南.

데 무엇을 구하리. 벼슬은 우연한 것, 부귀는 뜬 구름, 군자에게 소중한 것은 의일 뿐, 만고, 천추에 이름이 남는 것, 술 한 잔 들어 서로 권하노니, 우리도 옛사람 높은 자취 배워 따르세." 등 시 2수.

김극기[23]

"나루로 전구[24]가 검을 끼고 건너니
회오리바람이 땅을 말(卷)아 새벽 모래를 날리네.
찬 수염엔 싸늘하게 고드름이 매달리고,
병든 눈은 흐릿흐릿 눈(雪)빛에 어지럽네.
고향생각에 구름 바라보니 더욱 굼틀거리고
나그네 길은 기슭을 따라 몇 번이나 비스듬한고.
저 건너 수풀사이에 푸른 주기가 펄럭이니
마을이 분명 있으리니 술을 사서 마시리라."
등 시 17수.

진감(陳鑑, 1482~1520)
"천서를 받들고 새벽에 대동성을 나가니
전송하는 누선이 나룻가에 비껴 있네
녹수청산은 그림에 둘만하나
개화, 야초는 이름도 모를 씨고
화려한 잔치에 더디더디 마시고자

---

23) 金克己(1148~1209)
　　고려 명종 때의 문신, 시인. 호는 老峰. 文名이 높다. 문과에 급제했으나 관직에 뜻이 없어 초야에서 시를 즐겼다. 그의 문집은 150권이나 된다.
24) 前驅: 騎馬에서 先導하는 사람. 행렬의 맨 앞에 가는 사람.

돛대를 먼저 천천히 가라하네."

김식[25]

"물결이 집채 같고 빗방울이 주먹만 한데

일행이 강 머리에 화선[26]을 대었네.

지척인 누대는 날아도 못 오르네만

심상한 시주는 서로 얼려 노는 버릇

나그네길 3천리 저만큼 버려두고

부생을 5백년으로 어즈버 셈쳐보세

어쩌면 어룡이 모두 뛰어 일어나서

운무를 홱 쓸어내어 푸른 하늘을 볼꼬."

외 시 1수.

정지상[27]

"비개인 긴 둑에 풀빛이 진한데

---

25) 金湜(1482~1520)
　　중종 때의 성리학자. 자는 老泉, 호는 淨友堂 沙西, 清風사람. 조광조의 동지였다. 南
　　袞일파가 을유사화를 일으키자, 거창에 도피, <君臣千歲義>라는 시를 짓고 자살했
　　다. 己卯八賢의 한 사람으로 불렸다. 시호는 文毅.

26) 畫船: 왕조 때, 呈才(조선조 때, 대궐잔치에서 하던 노래와 춤)의 船遊樂(배따라기: 西
　　京樂府 12가지 춤의 한 가지. 배를 타고 중국으로 떠나는 사신의 출발 광경을 보이는 춤)
　　에 쓰던 배.

27) 鄭知常(?~1135)
　　고려 인종 때의 문신, 시인. 처음 이름은 之元. 호는 南湖. 평양 정씨의 시조. 睿宗 7
　　년(1112)에 등제. 정언, 사간 등의 벼슬을 역임했다. 妙淸 白壽翰 등과 함께 서경(고려
　　때 四京의 하나. 지금의 平壤). 遷都(도읍을 옮김)와 稱帝(왕의 명칭을 정)할 것을 주
　　장. 묘청의 난이 일자 이에 관여했다는 혐의로 김부식에게 피살되었다. 易學과 老莊
　　철학에 조예가 깊었다. 특히 그의 시풍은 만당(한시를 중심으로 한 중국의 문학사에서,
　　唐代를 넷으로 구분한 맨 끝의 시대)의 풍으로 매우 청아하고 豪逸(호걸스러웠으나 드
　　러나지 않았다)하였다.

남포에 임 보내니 노랫가락 구슬 퍼라

대동강 물은 어느 때나 마를 건가

해마다 이별의 눈물이 푸른 물결에 더하거니.”

김종서[28]

“임 보내는 강변에 이별의 한이 많으니

관현도 처량히 끊여 노래를 이루지 못하누나.

하늘이 풍백[29]을 시켜 가는 깃발 막으니

하룻저녁 대동강 늦은 물결 일어나네.”

이첨[30]

“아침저녁 재관이 자황[31]께 배알하니

비궁[32]이 고요한데 침향[33]을 사르네.

기봉천년 조선 나라에 삼한을 통일한 성조.

팔채처럼 상서로운 구름은 화악에 비꼈고

---

28) 金宗瑞(1390~1453)

　　단종 때의 충신. 자는 國卿, 호는 節齋, 順天사람. 世宗의 지우(자기의 인격이나 학식을 남이 알고 아주 후하게 대우)를 얻었다. 북쪽 六鎭을 개척하고 그 공으로 文宗 때 우의정이 되었다. 고명((임금이 신하에게) 유언으로 뒷일을 부탁함)으로 단종 때 좌의정이 되었다. 「高麗史」…… 고쳐 다시 엮어 지었다. 「高麗史 節要」의 편찬을 총관(여러 가지 업무와 인원을 통틀어 관리)하였다. 시조 2수가 전해지고 있다. 시호는 忠翼.

29) 風伯: 바람을 맡아 다스리는 神. 비염(바람을 일으킨다는 상상의 새), 風師, 風神.

30) 李詹(1345~1405)

　　고려 말. 조선왕조 초의 문장가, 자는 中叔, 호는 雙梅堂, 洪州사람. 고려 말에 左代言, 知申事를 지내고 조선왕조에 이르러 예문관 대제학을 지냈다. 문장과 글씨가 뛰어났다. ≪三國史略≫을 纂修하고 소설 ≪楮生傳≫을 지었다. 시호는 文安.

31) 柘黃: 황적색인 임금의 御服.

32) 閟宮: 神을 제사하는 깊숙한 宮.

33) 沈香: 열대지방에서 나는 香木 또는 그 나무로 만든 香의 이름.

중동처럼 빛나는 햇빛은 부상을 비추네.
홍도34)가 길이 굳어 후손에게 드리우니
금지옥엽의 복록이 창성하리로다.”
외 시 2수

신숙주35)기문

“……평양은 옛날의 도읍이므로, 왕명으로 평안, 황해 두 도의
선비들을 모으자 책문을 내어 문사들에게 두 도의 시무(그때그때
필요한 일이거나, 당장에 시급한 일)를 물으시고, 어가를 명하여 부
벽루에 오르자 강가에서 무사들의 활쏘기를 관람하면서 과거를 보
게 했다. 평안도 관찰사 조효문36)이 배청拜請 헌수(장수를 비는 뜻
으로 임금에게 술잔을 올렸다)하였다. 그러자 임금은 ……어제시를
지었다. 많은 신하들이 즉석에 화답했다. 조효문이 그 시들을 현판
에 올리기를 청했다. 이를 상이 허락했다. 그리고 신숙주를 돌아보
며 ‘네가 이 전말을 기록하라.’ 하였다.

김부식(金富軾, 1079~1136)
“이궁(별궁)에서 물러나와 승勝한 놀이에 참여하니
……구름 가에 뭇 산들은 겹겹이 고개 들고

---

34) 鴻圖: 지난날, ‘임금의 계획’을 이르던 말.

35) 申叔舟(1417~1475)
   세조 때의 명신. 자는 범옹泛翁, 호는 保閒齋, 希賢堂, 高靈사람. 集賢殿學士가 되어
   훈민정음을 제정할 때 성삼문과 함께 끼친 공이 많다. 端宗 遜位(임금의 자리를 사양
   함) 때는 首陽大君을 도왔다. 그는 어명을 받들어 ≪世祖實錄≫을 찬수하고 ≪東國
   通鑑≫, ≪五禮儀≫를 刪定했다. 시호는 文忠.

36) 曹孝門: 평안도 관찰사.

성 밑의 찬(寒)강은 굼실굼실 흘러가네.

버들이 아득한 곳에 술파는 이 누구인가

달이 휘영청 낚시질 배는 어느 곳에 떠 있는가.

옛날 두목37)은 한가한 손(客)되길 바랐지만

그것도 부자유할까 나는 지금 꺼리네.”

이색(李穡, 1328∼1376)

“어제 영명사를 지나다가 잠시 부벽루에 올랐어라

성은 비었는데 달이 한 조각이요

돌은 늙었는데 구름은 천추로다

기린 말(인마(麟馬))이 가서 돌아오지 않으니

천손38)이 어느 곳에 노니는고.

길게 휘파람 불고 바람 부는 언덕에 서니

산은 푸른데 강은 절로 흐르더라.”

외 시 2수

이숭인39)

“좋은 날에 함께 백척루에 오르니

---

37) 杜牧(803∼852)
　　晚唐의 詩人. 자는 牧風, 호는 번천(樊川), 陝西省 사람. 그의 시는 호방하고 작풍이
　　杜甫와 비슷한 점이 있어 小杜라 불렀다. 서화에도 조예가 깊었다. 저서는 ≪樊川文
　　集≫이 있다.

38) 天孫: ‘직녀성’을 달리 이르는 말.

39) 李崇仁(1349∼1392)
　　고려 말 학자인 그는 고려 三隱의 한 사람이다.
　　자는 子安, 호는 陶隱. 星州사람. 密直提學. 예문관 제학 등을 거쳐 동지춘추관사에
　　이르렀다. 정몽주와 같이 실록을 편찬했다. 조선왕조 개국 때, 정도전의 원한을 사 그
　　의 심복에 의해 죽임을 당했다. 문집 ≪陶隱集≫

……예쁜 사람 아양 떠니 반가우나 무엇하리

노니는 사람 돌아오니 머릿결 세려하네.

바위는 멀리 돌아 형세 아직 안 끝나고

물색은 생기를 띄어 쉴 줄을 모르누나.

시 읊다가 문득 용담 길을 회상하노니

이곳이 아름다우나 객리[40]임이 서글프네."

외 시 1수

정포[41]

"온종일 등임 하여 돌아가길 잊고서

다락 앞의 물과 산을 욕심껏 구경하네.

물가 해오라기는 가랑비속에 또렷하고

난간에 의지한 사람은 그림 속에 있구나.

정몽주

"사신이 조서를 반포하려 와 맑은 놀이를 즐기니

이 들은 모두 당금(바로 지금)의 제일류 명사들

옥절이 멀리 창해 위를 찾았고

국화를 처음 패강 머리에서 보는구나.

인생이 술을 대하면 취하기를 사양치 말 것이

---

40) 客裏: 客中. 여행하는 동안. 객지에 있는 동안.

41) 鄭誧(1309~1345)
고려 말 문인. 藝文修撰을 거쳐 左司議 大夫에 이르렀다. 惠政을 상소했다가 면직되고 무고로 울산에 유배되었다. 시문집 ≪雪谷詩藁≫, 1887년 ≪설곡선생실기≫ 3권 1책이 간행되었다.

객리(客中)에 상을 대하면 애오라지 쉬어야 하리

……

이 밖에도

최자, 고려인 김인존, 예겸, 고윤, 진가유, 기순, 동월, 최해, 고려인 현군소, 권한공, 이극감, 이지저, 조간, 명나라 장부, 명나라 주탁, 육옹, 윤택도 시 1수. 장성(張珹)은 시 2수. 장근(張瑾)도 시 1수. 서거정은 중신기 1편. 한퇴지는 기문 1편. 고려의 예종(睿宗)은 시 2수. 곽여(郭輿), 고려 이혼(李混)과 김구(金坵), 대명, 사마순(司馬恂), 元나라 곽영석(郭永錫), 최숙정(崔淑精) 등도 각각 시 한 수였다. 왕창(王敞), 사(辭) 1편. 그리고 홍간(洪侃)과 고려 이승휴(李承休)의 시가 각각 1수씩 실려 있었다.

거듭 앞의 운에 따라 제봉은 다음과 같은 시를 읊었다.

옛 사람 큰 자취도 찾을 길 없고
눈앞에 보이는 것 뚝만 빙 둘러있다
뜬 구름과 흐르는 물 바라보면서
이름난 글귀 써보려고 고요히 앉았네.
배를 옮긴 먼 포구에 피리소리 아득하고
스쳐가는 바람결에 웃음소리 나직하다
고인이 된 두 선비 만날 길 없어
어느 곳에 또 다시 인연을 맺을까

연광정에 해 저물다

성 밑에는 큰 강물 끝없이 흐르고
성위에는 높은 정자 날아갈 듯하다

주렴을 거두니 거울처럼 깨끗한데

갈매기는 하늘 따라 날아다니는구나.

나루터 십리에는 거목이 빽빽이 들어섰고

낙조는 가물가물 섬 마을에 비꼈네.

어느 아가씨 배 띄우고 마름42)을 따느라

옷자락 나부끼며 물결 헤쳐 가는구나.

예쁘고 화려한 저 모란봉은

호수에 잠긴 그림자도 볼만하다

평양의 경치 우리나라에서 첫째인데

버드나무 사이마다 주막이 있네.

물가에는 버들잎 간들거리고

연꽃도 가끔 눈처럼 휘날린다.

휘파람 길게 불고 옛 자취를 찾으니

강 가운데 조천석43) 이 달빛에 보이누나.

지나간 기자의 자취 벌써 삼천년인데

지금까지 전해온 풍속 모두들 안다오.

이렇게 좋은 강산 하늘이 주었지

오늘날 나의 놀이도 신선인 듯하다

옥당에서 휘두르던 붓 다시 잡고서

온갖 소회 적긴 하나 누가 알거냐

강신44)이 혹 나의 마음 짐작할는지

웃으면서 포도주 한잔 불러 마신다.

호걸스런 흥취가 날아갈 듯하니

그만 동해로 돌아가야지

---

42) 마름: 마름과의 일년초인데, 연못이나 늪 등지에서 자란다. 뿌리는 흙 속에 내리고 줄
   기는 길게 자라 물 위에 뜨며 여름에 흰 꽃이 핀다. 가시가 있고 네모진 열매는 먹을
   수 있다. 민간에서는 약재로도 쓰인다.
43) 朝天石: 바위의 이름.
44) 降神: 기도나 주문으로 신을 청하여 지상에 내려온다는 神.

5

기나긴 것 같으면서도 그리 길지 않은 꿈길에서 이윽고 빠져나온다. 꿈길이 길다고 해야 후반은 고작 2시간. 잠을 깨고 보니 새벽 5시경. 3시경에 깨어나 다시 잠들기까지 겨우 2시간에 지나지 않은 것이다. 그래도 꿈길은 시간과 공간을 초월하여 추적한 것 같은데 3시 이전과 모두 합하면 겨우 5시간 동안에 제봉의 관서 출장 3개월여를 추적한 것이었다.

조선에서도 첫째간다는 평양의 경치, 이렇게 좋은 강산을 하늘이 주었다고 생각한 제봉은 평양을 다녀간 시인들이 얼마나 많을까라고 읊었다.

대동강 지류인 비류 강반45)에 있는 누각은 평안남도 성천읍에 있었다. 고려 충혜왕 4년(계미, 1343)에 처음 세워진 것인데, 광해군 1년에 불타 없어진 것을 광해군 7년(을유, 1615)에 재건된 것이

---

45) 비류 강반: 평안남도 陽德郡에서 발원하여 양덕. 成川 등지의 산간지대를 흘러 대동강 중류에서 합치는 강이다. 특히 성천 부근의 급류는 그곳에 기암절벽의 절경을 펼쳐 보이고 있다. 누각은 바로 비류 강가에 있다는 말이다.

다. 고려시대 중국 사신을 맞기 위한 영빈관으로 세워진 동명관은 누각 중 하나였다. 누각치고는 크기가 310여 간이나 되니 국내에선 제일가는 누각이었다. 1,000명을 동시에 수용할 수 있을 정도로 넓어 '해동 제1루'라 했다. 너무나 아름다웠다. 하늘에서 선녀가 내려와 비류강의 맑은 물에 머리를 빗고 '성천 12봉'에 무지개를 타고 오고갔다는 전설에서 강선루라 부른 것이다.

위의 세검정의 이름을 따르자면 근세 사람들은 먼저 경복궁(창의문) 밖에 있는 정자와 세검정 길을 떠올릴 것이다. 이 정자는 인조반정 때 이귀, 김유[46) 그 밖의 지사들이 이곳에 모여 광해군을 폐위하기 위한 반정에 성공하고 칼을 씻어 이 이름이 생겼다는 유명한 옛이야기를 담고 있었다.

그러나 만포의 세검정은 평안북도 강계군에 있는데, 즉 자강도 만포시를 흐르는 압록강 근처에 있는 정자였다. 90m나 되는 높은 절벽 위에 서 있었다. 세검정이란 이름은, 인조 14년(병자 1636)에 청나라 군사가 넘어올 때 이곳을 지키던 박남호[47) 장군이 압록강을 건너오는 적군을 섬멸하였다. 그 당시 전투에서 승리를 거둔 조선 군사들이 전투가 끝나고 피 묻은 칼을 씻었다는 데서 후세인들이 그곳에 누정을 세우고 이름을 세검정이라 부른 것이다. 고려 말에도 여진을 물리치고 이곳에 두었던 진(鎭)의 군사들이 유연장으로 이미 사용하던 유서 깊은 곳이었다.

---

46) 金鎏(1571~1648)
　　인조 때의 공신. 자는 冠玉, 호는 北渚, 順天사람, 金汝吻의 아들. 인조반정 때 공을 세워 정사공신이 되었다. 병자호란 때에는 영의정으로서 화의를 주장했다. 문장에 능하고 명필로도 이름이 났다. 시호는 文忠.

47) 박남호: 장군, 압록강을 건너온 적을 섬멸했다.

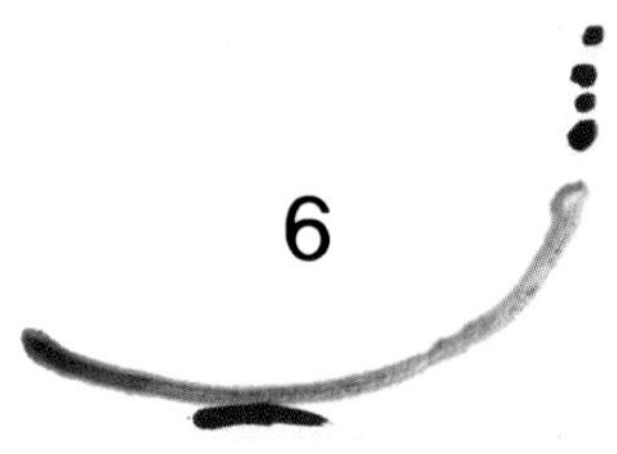

6

김소월[48]의 '진달래꽃'이라는 시에도 '영변의 약산 진달래꽃……'이라는 노랫말로 잘 알려진 곳이었다. 소월이 자라던 때는 그리 높지 않아 야트막한 약산에 피어난 진달래의 색깔은 짙고 곱기로 유명했다. '민족 고유의 정서와 맞닿아' 있는 '진달래꽃'에 담겨진 소박하고 진솔한 이 시는 정감이 깃들어 있는 유교적 인간성(humanity)을 엿볼 수 있었다. 김소월은 임의 행복을 위해서는 자신이 희생되어도 '아니 눈물' 흘리겠다는 아름다운 여인의 순정적인 서정을 노래한 것이다. 이는 진달래꽃을 따다가 송이송이 뿌려 임의 걸음걸이를 영화롭게 하겠다는 원망스러움을 초월한 우주적인 사랑이 아닐까. 유교적인 인고의 덕을 익혀온 '진달래'의 여인은 임을 고이 떠나보낼 뿐 아니라 눈물도 아니 흘리겠다는 당찬 마음까지 먹지만, 우리의 여인네들은 아름다운 눈물을 감추면서도 떠나

---

48) 김소월(1903∼1934)
　　시인. 평북 정주출생, 본명은 廷湜. 金岸曙의 영향을 받아 시단에 등장했다. 민요적인 서정시에 천재적인 재질을 보였으나 夭折했다. 시집은 ≪진달래꽃. 소월시집≫ 등이 있다.

가는 임을 붙잡지 않았던 것이다. 그러나 여인들의 한결같은 마음은 그 같은 간절함이 어찌 떠나가는 임을 붙잡고 싶지 않았으랴! 김소월은 당시 지적이고 고차원의 관서(평북, 영변 등)지방을 둘러보면서 그 지방의 여인의 사랑과 정절을 속속들이 잘 묘사한 것이다.

약산동대는 평안북도 영변 서쪽 약 2㎞ 지점, 철옹성 동남쪽에 있는 산이었다. 일명 운주루를 말했다. 여기서 철옹성은 철옹산성을 줄인 말인데 튼튼하게 둘러싸인 성을 비유했다. 철옹산은 낭림산맥에 속해 있었다. 이 산의 위치는 평안남도 맹산군 지덕면과 함경남도 영흥군 횡천면 사이에 있었다. 이 산에서 가장 높은 봉우리인 제일봉은 거북바위로 불린다. 천연기념물인 등대와 깊은 벼랑 사이의 바위 봉우리로 솟은 학벼루와 함께 이름난 명승지였다. 산에는 약초가 많아 약산이라 불렀다던가. 등대 위에는 거북바위가 있어 서북쪽 구룡강 방면으로 향해 있었다.

풍수지리설엔 이 돌거북이 구룡강 물을 마셔 영변으로 보낸다. 예부터 이 고장에는 부자가 많았다는데, 훗날 이 돌거북이 파괴된 후 부자가 나타나지 않았다는 전설이 남아 있었다.

이 약산동대에는 일본의 침입을 막기 위해 철옹성과 고려시대 처음 세워진 서운사, 조선조시대의 천주사 등 우수한 고적이 남아 있었다. 이처럼 풍치 있는 산간 또는 강변을 찾아 삼천리 곳곳에 정자를 짓고 한껏 멋을 부려 풍류를 즐기던 옛 선비들의 발자취가 더욱 그리워진 때가 아닌가.

풍류가 있는 그런 멋스러운 곳을 찾아 초행길이면서 사실 엄밀히 말하면 꿈길 따라 답사한 것을 감안한다면 초행길이 아니었다.

그래도 기회가 주어지면 유람을 생시에 또다시 떠나고 싶었다. 그때가 언제일 텐가.

왕명을 끝내고 성공적인 귀환길이 될 무렵. 아니나 다를까 제봉이 돌아오자마자 그의 취향에 걸맞은 커다란 과제가 명종으로부터 내려진다. 관서를 오고가던 대로변에서 지은 시를 다듬어 왕에게 올리라는 명령이 떨어진 것이다. 이때 어떤 사명으로 관서를 다녀왔을까. 아마도 명종은 관서지방, 특히 평양의 관리들의 지방민의 바른 다스림을 돌아보는 사신의 직무와 더불어 그곳의 아름다움을 배경으로 한 시를 지어 올리게 하려는 생각이 한몫했으리라는 생각을 떨쳐 버리지 못했다. 명종과 제봉 사이에는 시가 아주 중요한 부분을 차지했기 때문이다. 군신 간에 시를 떠나서는 절의가 그렇게 돈독할 수 없었는지 모른다. 제봉은 이윽고 4율 두 편[49]과 절구 두 편을 다듬어 올린다.

가을에 떠났으니 관서팔경의 가을 운치를 마음에 담아 지은 시를 왕에게 올리라는 어명이었다. 희락이 감도나 가슴을 두들겨 대는 방망이질에 그의 마음은 얼마나 설레었을까.

---

49) 起承轉結의 4구로 된 한시. 한 구는 글자 수에 따라 오언절구와 칠언절구로 나뉜다.

7

10월에 명종의 부름을 받고 제봉은 대궐에 들어간다. 명종은 이때 창경궁에 있었다. 부제학 이언충[50] 등을 불러들여, 장경문 안에서 선온을 하사했다. 선온이라 함은 임금이 신하에게 내리던 술과 그 일을 말하는데, 대궐에서 쓸 주류에 관한 일을 맡아보던 관아가 바로 사온서이다. 그곳에서 준비한 술을 임금이 신하에게 내린 것이다.

장경문은 금정과 아주 가까운 곳에 있었다. 여러 가지 병품도 천주 하늘의 주방이란 뜻인데, 하느님이 사자를 시켜 음식물을 보내주는 일이라는 것으로 비유를 든 것이다. 그곳에서 맛있게 장만했다니 특별한 은혜가 아닐 수 없었다. 술도 보통 때의 선온과는 달랐다. 명종은 다시 모든 학사에게 시를 지어 바치도록 했다. 왕의 당부가 있어 신하들은 모두 마음 놓고 취하도록 마시다가 밤이 된 후에 서로 흩어져 대궐을 나오곤 했다. 그때 은촉 한 자루씩 나누

---

50) 李彦忠: 부제학. 본향은 全義. 政堂文學, 의정부 정이품. 太宗 원년(1401), 문화부가 혁신적으로 개혁되고, 의정부에 합병되면서부터 議政府 文學이라 고쳤다.

어주라는 어명이 또 있었다.

이는 옛날 금련고사[51]를 말하는데, 중국 당나라 영고도가 한림원 승지로 있을 때 임금을 뵙고 궁중에서 한림원까지 이르도록 선종황제[52]가 수레를 타고 금연거를 밝혀 주었다는 데서 비롯된 것인데, 그것을 일깨우는 광경이었다. 그때 왕에게 올린 제봉의 시가 아직도 기록으로 남아 있었다.

하늘에 닿는 이 구중궁궐 높고도 넓어
빛나는 오색구름 속으로 선관이 인도된다.
사원에 들어설 때 마음은 더욱 엄숙해지고
여러 선비와 함께 들어서니 걸음이 한사코 느려진다.

융숭한 대접, 천자의 궁전(란전)에서 부를 때 보다 풍요로워
특별한 은총은 옥당을 위해 융숭한 대접이다.
백수준[53]에 향기로운 술 얼마나 마셨을까.
신하들이 돌아갈 때 금련 촉까지 하사 하신다.

있는 기분 다 내어 노래 부르고
미친 듯이 일어서서 춤도 추었다오.

---

51) 金蓮步: 미인의 걸음걸이. 옛날 齊나라의 東昏侯가 그의 총희(총애를 받는 여자)인 潘妃가 걸어가는 길에 황금으로 만든 연꽃을 놓아두고 그 위를 걷게 하여 그녀가 걸어가는 걸음마다 연꽃이 피게 하였다는 [南史. 齊東昏侯記]의 고사도 있다.

52) 宣宗皇帝(道光帝의 廟號 1782~1850, 재위 1821~1850)
중국 淸朝 제8대의 황제. 휘는 旻寧, 묘호는 宣宗. 그는 긴축정책을 시행하고 적극적으로 國富를 꾀하여 광산 개발을 장려하는 등 여러 가지로 힘을 썼으나 청나라 조정의 쇠퇴한 운명을 회복하지는 못한다. 재위 중인 1839년에 일어난 아편전쟁은 청나라 조정의 쇠망을 재촉한 꼴이 되고 말았다. 그는 시문에 조예가 깊어 ≪養正書屋全集≫ 등 많은 문집을 남겼다.

53) 白獸樽: 흰 호랑이를 그려서 만든 술병 (또는 술 단지 혹은 술잔)을 말한다. 이 시에서는 아마도 술잔을 지적한 것은 아닐지?

이렇게 흐뭇한 기분 누가 알아줄까
겨울이 어인일로 이다지도 봄날 같으랴!
상께선 버리지 않고 가끔 소명을 내리시건만
보답할 길 찾을 수 없어 부끄럽기 한량없어라.
갑작스럽게 깬 꿈속 일어나 앉아 보니
치달리는 이 마음 북극성54)을 향하네.
우리 님! 오래도록 사시어 이런 모임 해마다 계속 베풀기를……

---

54) 北極星: 小熊座의 主星을 말하나 여기서는 임금의 자리를 비유한 것이다.

8. 명종의 문예연회

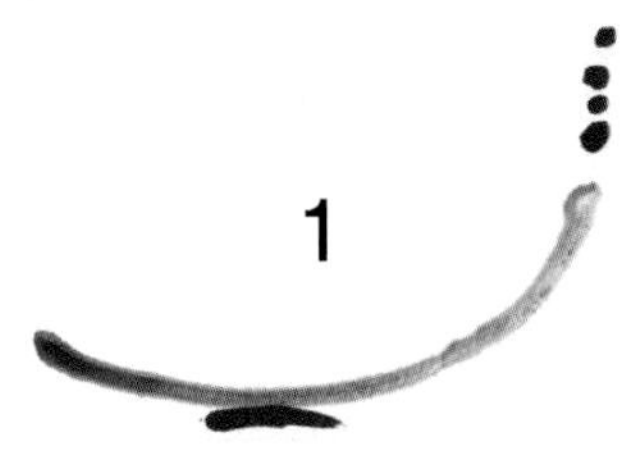

10월 26일에는 소명이 있어 제봉은 다시 대궐에 들어가게 된다. 임금께서는 은대(승정원)옥당의 모든 신하들을 불러들이고 비현당[1] 앞뜰에서 금을 하사한 다음 잇달아 임금께서 내려주신 말을 전해 주었다.

「지금 옥당[2]이 한 자리에 책의 교정을 보기위해 모였는데, 때 마침 날씨가 추운 까닭에 은대와 아울러 술을 하사하도록 하였던 것이다.」

그리고서 어필로 쓴 칠언 배율 십 운을 내려준다.

필채가 아주 찬란해 보인다. 참으로 거룩한 일이 아닐 수 없었다. 제봉은 난파에서 몇 해 동안 근무할 때에도 이런 성사를 친히 본 것이 한두 번이 아니었다.

---

1) 丕顯堂: 闕내에 있는 크고 밝음을 나타내는 훌륭한 임금의 전당.

2) 玉堂: 화려하고도 아름다운 궁전을 나타낸 말이나, 일찍이 漢나라 때 문사가 出仕, 즉 벼슬아치가 규정된 시간에 처음 출근해 직무를 보던 곳으로 전해져 왔으나, 宋나라 때 와서는 한림원의 또 다른 이름으로 불렸다. 조선에서는 홍문관의 별칭. 임금이 여기서 사용한 '옥당이 한자리에…… 모였는데……'라는 것은 홍문관의 부제학 이하 교리, 부교리, 수찬, 부수찬 등 홍문관의 실무진에 해당하는 관원을 대상으로 한 말이다.

난파는 한림원을 특별히 다르게 부른 이름이었다. 당나라 덕종[3]이 한림원의 금란전 위에 옮긴 까닭에 난파라고 부른 것인데 또는 한림학사의 칭호로도 사용하고……

이보다 앞서 명종 16년(신유, 1561) 겨울에도 임금은 창경궁에서 술을 하사할 때, 제봉은 병이 들어 대궐에 들어가지 않았으나 빨리 들어오라는 명령이 있어 억지로 참석하게 되는데……

이번에도 휴가를 얻어 집에 나가 있다가 또 명을 받고 여러 공들의 말석에 참석하게 된 것이다. 임금이 시종신에게 우대한 것은 전후가 똑같았다. 그러나 은총을 따지자면 제봉은 자기가 제일 많이 받았다는 것을 알았다.

어필로 쓴 이 <寒日禁庭別賜酒>라는 시제에 따라 제봉이 지어 바친 시는 이러했다.

궁전에 겨울 날씨 저물 무렵
옥 같은 조관들 차례로 모여든다.
깨끗한 옷자락 봉황이 나는 듯하고
열지어가는 태도 원앙새와 흡사해라.

널찍한 전정에 자리를 마련했는데
임금께서 내린 술 아주 향기롭다오.
나는 이 때 휴가로 집에 있다가
갑자기 특명 받고 치 달려 왔었지.

---

3) 德宗
　고려 제9대 왕. 자는 元良, 왕 2년에 압록강에서부터 동해의 都連浦까지 천리장성을 쌓
　았다. 휘는 欽(1016~1034, 재위 1031~1034).

좋은 술에 취함도 기쁜 일이지만
뛰어난 은총 저버릴 수 없었네.
뼈까지 파고들던 추위 사라지고.
훈훈한 봄바람 술잔을 기웃거리네.

바다처럼 깊은 은혜의 덕 무엇으로 보답할까.
장수의 행복한 삶 누리기를 축원하리.
시종반4)에 들어 온지 두 해 동안
이토록 빛나는 모임 여러 번 겪었네.

초경임에도 술병은 이리저리 구르고
요대5)에 앉았던 사람 꿈결같이 흩어지는구나.
너그러우신 우리 임금 모든 신하 사랑해
어두운 길에 조심하라고 횃불 밝혀준다.

　제봉은 명종의 문예연회에 참석하여 어제로 시를 짓거나 어제시에 화시를 짓는 영광뿐 아니라 임금이 어주를 하사한 데 대한 특별한 감정을 잘 드러내었다. 승정원 신하들도 이러지 못했을 것이다. 홍문관 부교리로 출사하지 않고 있던 자신을 두 번이나 특별히 불러들여 연회에 참석시키고, 옥당에서 숙직할 때 귤과 술을 하사 했다는 사실뿐만 아니라 그가 여행 중에 쓴 시도 바치게 했다는 것. 외정의 신하들이 모르게 불러들여 임금 자신이 인(引)을 쓴 병풍에 시를 짓게 한다고 하는…… 물품을 하사했던 명종에 대해 갖는 그의 유대감은 얼마나 도탑게 여겼을까!

---

4) 侍從班: 조선왕조 말 궁내부의 시종원에 딸린 주임관 벼슬. 모두 18명으로 왕 가까이에
　서 근무한다. 어복과 어물의 시무를 분담하여 처리하는 부서.
5) 瑤臺: 옥(玉)으로 만든 집을 의미하는데 여기에서는 훌륭한 궁전을 말한다.

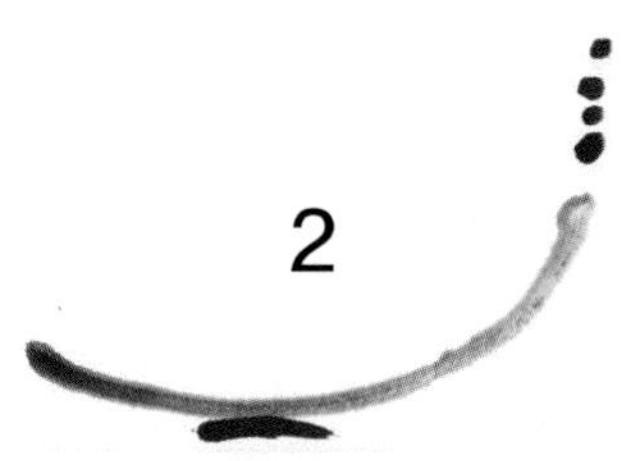

2

명종 17년(임술, 1562) 12월에 화본 하나를 꺼내 온 것은, 폭이 모두 62개로 한 축으로 이루어진 것을 그 폭마다 각기 짧은 서문으로 무슨 그림이라는 것을 적어놓았다. 임금의 필적이었다. 임금은 제봉에게 화제, 즉 그림 위에 시를 지어 들이라고 명한 것이다. 그가 생각해 보니 새기고 쓰는 작은 기예로 사관에 봉직하면서 임금의 총애와 지우(인격, 학식을 알아서 다른 사람으로부터 후한 대우)가 융성하게 거듭된 일이 한두 번이 아니었다. 제봉은 이 은총이 분수에 넘친 것이라는 생각이 들었다.

명종이 보여준 한 화본은 62폭을 합해 한 축으로 만들어진 것에 폭마다 짤막한 발문을 붙인 것은 모두 어필인데, 명종은 제봉에게 각 폭마다 시를 지어 바치도록 했던 것이다.

제봉의 시가 얼마나 아름다웠기에 임금을 매료시켜 그에게 시에 대한 과제를 주고 후한 포장까지 했을까. 아니면, 그의 시에 앞서 그의 자품(사람 됨의 바탕과 타고난 성품)을 높이 사서 그런 것은 아닐까.

명에 따라 임금의 병풍 62의 시	應製御屛六十二詠
1. 해돋이 바다 바위에 봉황	海中嵒上鳳凰[6]日
우뚝 솟은 바위가 있는 바다는	石骨高撑積氣中
물결도 일지 않고 바람도 없네.	鯨波不動海無風
빛나는 봉황새 높이 떠 있고	更教威鳳翔千仞
아침 붉은 햇살 바다를 적시네.	天宇裏開日浴紅
2. 밝은 낮 오동나무의 봉황	梧桐鳳凰日
높은 언덕에 서 있는 오동나무	梧桐生處是高岡
긴긴 세월 어찌 견디었을까.	莽莽從知歲月長
권아장 외우면서 시시각각 바라보니	歌罷卷阿[7]時矯首
봉황 앉은 가지에도 아침볕이 드는구나.	鳳凰枝上上朝陽
3. 대밭 봉황의 하루	竹林鳳凰日
푸르른 위 천 물가 옥 같은 대나무에	渭川[8]寒碧玉爲肌
오색 빛 띤 봉황 단혈에서 나와	更着丹[9]山五色姿

---

6) 鳳凰: 고대 중국에서 상서로운 새로 여기던 상상의 새. 머리는 뱀, 턱은 제비, 등은 거북, 꼬리는 물고기 모양이며, 깃에는 오색의 무늬가 있다고 한다.

7) 卷阿: <시경> 大雅의 한 편인데 그곳에 "梧桐生矣于彼高岡鳳凰鳴矣于彼朝陽"이란 말이 있다.

8) 渭川: 중국의 대나무가 많이 생산되는 지방.

9) 丹穴: 중국의 봉황이 많이 생산된다는 지역.

종일 허공을 향해 어인 울음 그리도 우는가.　　虛籟半空吟白日

까마귀와 솔개 따윈 얼씬도 못하네 그려.　　鳥鳶無路可傍窺

4. 월계화 핀 바위에 한 쌍의 공작　　嵒上孔雀雌[10]雄月季花[11]

예쁜 공작새 맵시 자랑하는 듯　　似將金翠衒文章

월계화 가지에서 꼬리를 폈구나.　　眄睞花邊翅尾張

험한 바위에 깃들기 보다는　　栖集山嵒機尙淺

먼 허공에 떠 있는 것 더 낫지 않을까.　　不如相喚且高翔

5. 대밭의 푸른 학　　竹林靑鶴

서리 밭 대나무 푸른 가지 무성하니　　霜竹摵摵碧玉枝

학의 놀이터로는 제격이 아닌가.　　靑田標格最相宜

이렇게 좋은 학 한 마리 없다면　　向來不有丹沙頂

한 모퉁이 대 숲을 그 누가 알까.　　一種琅玕誰得知

6. 대밭의 흰 학　　竹林白鶴

푸르른 대숲에 앉아 있는 흰 학　　蒼雪橫陳白雪翎

푸름 속에 흰 빛이 더욱 선명하구나.　　望來紅頂轉分明

본래 대나무란 탈속한 식물인데　　此君風韻堪醫俗

더구나 저 선금이 우익을 이룸에랴.　　何況仙禽[12]羽翼[13]成

---

10) 孔雀: 꿩과의 새. 수컷은 머리에 10㎝가량의 관모가 있고, 긴 꼬리를 펴면 부채모양을
이루는데, 둥글고 잔무늬가 많아 매우 아름답다. 암컷은 그보다 조금 작고 꼬리가 짧
다. 원산지는 인도. 밀림의 물가에 즐겨 사는데, 나무 열매나 벌레를 잡아먹는다. 고기
맛이 좋아 고급요리에 쓰인다.

11) 月季花: 장미과의 낙엽활엽 관목. 원산지 중국의 관상식물이다. 줄기에 가시가 있고,
잎은 깃 모양의 겹잎이다. 5월에서 가을까지 홍자색이나 연분홍색의 꽃이 피고 둥근 열
매가 붉게 익는다.

7. 학과 같은 두루미   似鶴鷺鷦

생김새는 똑같으나 몸뚱이가 작더이다.	風骨眞成具體微
욕심 부리는 걸 보아도 알 수 있고말고.	看來剛壓似而非
태선이란 따로 하늘밖에 있나니	胎仙[14]別在雲宵外
비슷한 모습에 속지를 마오.	何物凡禽假不歸

8. 들 잡초와 두루미   鷺鷦野雜草

비 연기 가리지 않고 마음대로 떠다님은	宜雨宜烟任意飛
따뜻한 들에 위기가 없기 때문이라오.	暖蕪平野欠危機
그림으로 그린 모습 꼭 그대로구나	畵中標格眞相逼
세상 밖 참다운 정신 본래 살찌지 않아.	物外精神本不肥

9. 유자나무의 보라매 한 쌍   柚子木甫羅鷹窺雌雄雉嵒下雜草
바위 밑 잡초 밭 꿩을 노린다.

바다위에 심어진 유자나무에	海上嘉樹最高枝
높이 앉은 보라매 무엇을 살피나	玉立黃鷹眠疾時
바위 밑 풀밭의 꿩 한 쌍 보고서	嵒下草豊潛夏翟
갑자기 날아와 덮치려 하는 구나.	掣空風翩未應遲

---

12) 仙禽: 仙界에 산다는 신령한 새. 두루미 과의 새. 몸길이가 136∼140㎝. 편 날개 길이 240㎝가량이다. 목과 다리와 부리가 긴 것이 특징이다. 꽁지는 짧고 온몸은 흰색인데, 머리꼭대기는 피부가 드러나 붉고, 날개깃의 끝은 검정색이다. 습지 또는 초원에서 산다. 작은 물고기, 지렁이, 곡류 따위를 먹는다. 천연기념물 제250호로 세계적인 보호조류이다. 단정학, 백두루미, 백학, 선금, 仙容, 仙鶴, 野鶴, 鶴 등으로 달리 부른다.

13) 羽翼: 새의 날개를 말하나 여기서는 輔佐하는 것을 말한다.

14) 胎仙: 달리 부르는 학의 이름.

10. 소나무 숲들의 늙은 매 　　　　　　　松木野陳鷹

떠돌아 다니는 늙은 매 제대로 날면서　　　野性從來不受條
하늘에 닿을 듯이 치솟아 오른다.　　　　金眸愁側塞雲高
금 같은 눈방울로 솔밭에 내려오면　　　歸來健翮松又暝
여우와 삵 따위 날 뛸 수 없지　　　　　那箇狐狸敢夜嘷

11. 솔밭의 늙은 매 　　　　　　　　　　松木山陳鷹

억세게 보이는 저 매 몇 해나 묵었을까.　養得高姿不下講
온갖 풍상 겪었어도 오히려 서슬이 퍼렇다.　飽霜崖嶂盡淸秋
산중의 허다한 나무 다 제쳐 두고　　　山中惡木知何限
가장 높은 소나무에 홀로 서 있네.　　　獨立靑松最上頭

12. 상수리나무의 보라매 　　　　　　　橡實木甫羅鷹

가을 들판 도토리나무 으스스한데　　　寒郊蕭瑟櫟陰陰
어디를 갔다가 해 질 때야 돌아오나　　　日暮歸來萬里心
장양궁 사냥을 그만 두었기에　　　　　自是長楊15)休羽獵
이리저리 떠다니며 세월을 보내지　　　謾看眞骨老山林

　명종이 내린 62폭 축에 화가들이 그린 그림, 그곳에 나타난 자연
과 식물. 선금류 등을 명종왕인 그가 축의 폭마다 손수 이름을 붙
인 것인데, 이 그림의 시작은 평화로움이 물든 정경으로 제봉은 문
을 열어간 것이다. 바위 우뚝 솟은 잔잔한 바다 물결, 봉황새는 높
이 떠 날더니 해안가에 자라 기나긴 풍설을 견뎌낸 오동나무에 이

---

15) 長楊宮: 漢武帝 때의 궁전이름. 楊雄의 長楊賦에 나오는 말.

으고 앉아 있다.

해돋이 광경에 넋을 잃었을지도 모를 제봉, 아니 임금인 자신이 때때로 ≪시경≫을 읽으면서 높은 언덕 오동나무에도 아침 해가 깃든 것을 뒤늦게 알아차린 것일까. 어느새 물가에서 자란 옥과도 같은 대나무밭으로 날아온 오색 빛 띤 봉황의 슬픈 울음소리에 까마귀 살쾡이 따위는 봉황의 위엄에 가위 눌리리라. 연분홍 월계화에 맵시 자랑하려나, 꼬리를 활짝 펼친 공작 차라리 궁창에 떠 있는 것이 더 아름다우리라. 푸른 학에겐 푸르고 무성한 대숲, 장양부에 나오는 말이었다.

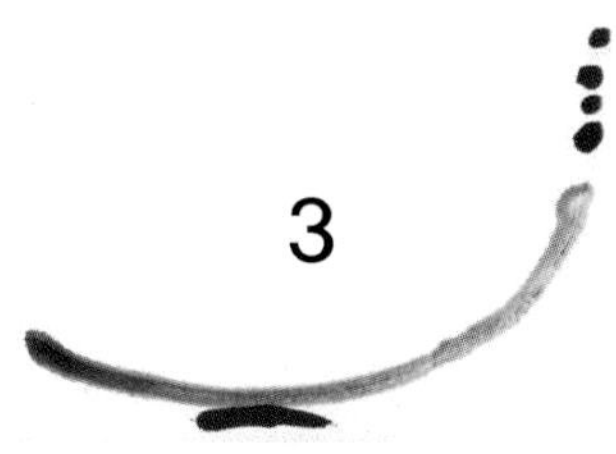

3

13. 바다 바위에 갈대꽃과 송골매　　　海中嵒上蘆花松鶻

천 길의 기이한 바위 바다에 솟아 있는데　　千尺奇嵒挿海濤
날아오는 송골매 높이를 겨눈다.　　飛來健鶻與之高
스치는 찬바람에 갈대꽃 휘날리고　　冷風吹拂蘆花背
일렁이는 물결은 하늘에 치솟으려든다.　　萬里靑宵一羽毛

14. 바다 바위 위의 옥 같은 송골매　　　海中嵒上玉松鶻

바다 가운데 우뚝 솟은 높은 바위에　　秪柱峨峨哉海天
옥 같은 송골매 걸터앉아 있는데　　搏風玉鶻據標巓
자잘한 새들이야 따져 무엇 하리　　區區凡鳥何須數
붕새가 오기만을 기다리고 있다네.　　會見鵬16)雛折老拳

---

16) 鵬새: 상상의 큰 새. 장자의 逍遙遊 편에 나오는 鯤이 변해서 된 새로서 날개의 길이
　　가 3천 리나 되며 한 번에 9만 리를 날아간다고 한다. 大鵬, 鵬鳥라고도 한다.

15. 바다 바위의 흰 송골매   海中嵒上白松鶻

높은 바위 허공에 떠 있는 듯한데   危石軒空在欲飛
머나먼 바다건너 어느 때 돌아왔나   劒翎橫海幾時歸
서슬 퍼런 모습 멀리서 바라보니   遙看片玉凝秋骨
눈 같은 날개 씻은 듯하다.   塵土何緣浣雪衣

16. 바다 바위의 보라색 송골매   海中嵒上甫羅松鶻

자유롭게 날 수 있게 되자 둥지 떠나   養成毛羽謝危巢
넓은 하늘만 믿고 바다로 들어왔지.   瞥入青宵一點抛
우뚝한 저 바위 몇천 길 되는가.   拔海雲根知幾尺
맨 위에 걸터앉아 숨은 이무기 내려다보네.   入當高處俯潛蛟

17. 바다 바위의 늙은 보라매   海中嵒上野陳羅親

하늘로 나는 마음 낮은 가지 부끄러워   天邊心膽耻岳枝
높은 바위 꼭대기에 앉아 스스로 으스대지.   立向層嵒也自奇
넓은 바다에서 풍상을 겪을지언정   閱幾風霜滄海上
번롱에 얽매임이 어찌 소원이 되랴.   講中一飽但樊[17]姿

18. 바다 바위의 보라매   海中嵒上甫羅親親

옥 같은 발톱에 금 같은 눈방울로   玉爪金眸儘不凡
바다중심 바위에 나를 듯 앉았다.   抉雲飛上海中嵒
하늘만 보이는 저 깨끗한 경지에   爽然身在青冥外
마음속 욕심이란 조금도 없을 테지   可是無心糴糶源

---

17) 樊籠: 새장, 속박되어 자유가 없는 것을 상징한다.

19. 새매 한 마리 꿰어 차고　　　　　結外搏古之鳥[18]空

　　　　　　　　　　　　　　　　中飛去一隻坐荊

가시덩굴에 앉은 고지새

놀란 듯 몰려오는 참새 한 때　　　　超來群雀閃題肩

재빠른 새매 번개처럼 스쳐 지나네.　得雋翻空去瞥然

어이해 한 마리는 가시덩굴에 앉아　顧眄草萊還取勢

눈알만 뚜루룩 굴리며 군침만 삼키는가.　似欺遺噍更垂涎

20. 비둘기 놓친 새매 가시덩굴　　　失鳩結外坐雜草荊嵓

　　　　밑 바위에 앉았다

비 개인 들판에 비둘기 날아올 때　　草芳晴野有鳴鳩

바위에 앉은 새매가 눈독 들인다.　　嵓際晨風己後謀

갑자기 덮치다 놓쳐버리고　　　　　碎羽在拳驚候失

가시덩굴 밑에서 또 기다리는 구나.　荊榛無迹眼空隘

21. 바위 밑 가시 밭 토끼 쫓던 보라매　甫羅鷹추兎岩下雜

　　　　　　　　　　　　　　　　草荊

바위 밑 가시덩굴 어지럽게 얽혔는데　蔓草幽嵓兎徑斜

억센 보라매 토끼를 쫓고 있다.　　　快鷹翻倒勢難遮

막다른 곳에서 무슨 수로 피하려나.　佇看窮路無多遠

---

18) 古之鳥: 고지새. 참새 과에 속하나 참새보다는 커서 날개 길이 10㎝, 꽁지가 7.5㎝가
　　량이며 몸빛은 희갈색에 등은 갈색이고 머리, 목, 얼굴, 날개, 꽁지는 광택이 있는 흑색
　　이며 복부는 갈색이다. 부리는 짧고 강대하며 황색이다. 암컷은 머리 빛이 회갈색이다.
　　봄부터 여름 사이에 우는데, 그 소리가 매우 고우므로 사육도 한다. 3～4개의 알을 낳
　　고 단독으로 산림에서 과실, 곤충, 곡식 등을 먹고 산다. 한국, 북중국, 몽고 및 시베리
　　아에서 번식하고 제주도, 쓰시마(對馬) 남 일본 등지에서 월동한다. 밀화부리, 蠟嘴,
　　蠟嘴雀, 蠟嘴 鳥, 靑雀, 靑鳥, 鳫鳥 라고 부른다.

지금은 깊은 세굴도 소용이 없다오.　　　　　　三窟[19]從今莫粮誇

22. 잡목위의 새매 까치를 덮치자　　　　　　雜樹上結外搏唐鵲
　　　　　　　　　　　　　　　　　　　　　一隻驚飛

또 한 마리는 놀라서 난다.

짖어대며 뱅 뱅 도는 까치 한 마리　　　　　練鵲輕飛繞樹鳴
비단 같은 날개 한 없이 예쁘이.　　　　　　酷憐毛羽翠鮮明
무정한 새매 너무도 야속하구나.　　　　　　生憎鷂子無情思
전하는 희소식을 어찌 막으려 하는가.　　　　驚罷枝頭報喜[20]聲

　야물 찬 저 늙은 매가 되려면 몇 해나 흘러 지나야 할까. 온갖
풍상을 겪었어도 서슬이 퍼런 매는 어찌하여 허다한 나무 가운데
가장 높은 소나무에 홀로 서 있을까. 제봉은 꿋꿋한 기상과 절개의
선비정신을 늙은 매와 소나무에서 찾으려는가. 높이를 겨눠 날려는
송골매, 상상의 붕새만을 기다리는 선비의 이상, 몇천 길 높은 바
위에 걸터앉아 숨은 이무기 내려다보는 송골매처럼 하늘만 바라보
는 그에겐 깨끗한 경지, 마음엔 욕심 같은 것은 없어라. 그러나 세
상살이는 녹록지 않으니. 보라매에 쫓기던 토끼는 화를 피하기 위
해 굴 셋을 만든다는 이야기처럼 그런 억울한 죽음을 피하기 위해
서는 사람도 분수 넘친 자리 탐하지 말지어다. 이를 실행에 옮김으
로써 미연에 방지해야 한다는 지혜가 필요한 것이다.

---

19) 三窟: 세 개의 토굴. 이는 토끼가 화를 피하기 위해 굴 셋을 만든다는 말처럼 사람도
　　모든 화를 미연에 방지해야 한다는 비유를 든 말이다. ≪史記≫·풍(빙)馮驩傳에 “兎有
　　三窟僅得兎其死耳今一窟末得高枕而臥請爲君復鑿二窟”라 했다.

20) 喜消息: 기쁜 소식. ≪西京雜記≫에 “朝鵲躁而行人至”라고 하였다.

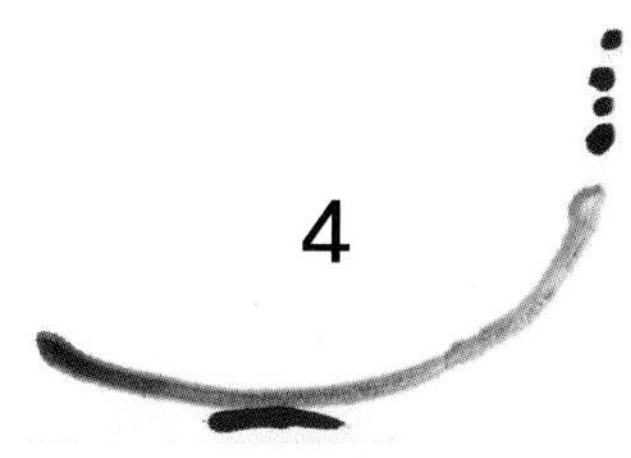

23. 세 빛깔 복숭아나무에 앉은 앵무새   三色桃花木鸚鵡

고운 복숭아 꽃 세 빛깔로 피어 있는데   三色夭桃別樣春
가지에 앉은 앵무새 이상도 하구나   隴禽相對更精神
봄이 왔다는 소식 전해 주려는가.   東君주秘花消息
사람을 향하여 부리를 치켜들기에.   已被分明說與人

24. 잡초 밭 월계화와
바위에 얼룩 꿩 한 쌍   嵒上唐錦雉雌雄月季花雜草

짝을 지어 노는 꿩 비단 같은 날개로   兩兩華虫錦翼鮮
좋은 꽃과 짝지어 바위 꼭대기에 앉았네.   名花相伴翠岩巓
사르르 바람 불고 날씨도 따뜻하니   輕風暖日忘機處
이 좋은 봄, 산에서 자유롭게 놀리라   好是春山嫩草邊

25. 가시밭 흰 꿩 한 쌍   白雉雌雄草荊

좀처럼 보이지 않는 눈 같은 흰 꿩   怪來踪趾白爲章
어느 때 월상에서 들어왔느냐   重譯何時自越裳[21]
얼룩빛깔 다른 꿩은 아마도 비웃을지 몰라   應笑朶翬文故翳
암수가 분수 맞게 숨어서 사네그려.   雌雄野伏好相忘

26. 가시밭 바위에 한 쌍의 꿩   雉雌雄雜草荊有嵒

뭐라 부르며 내려오는 꿩인가   相呼相超下春場
짝을 지어 노는 모습 구경할만하네   意得山梁頡又頏
바위 곁엘랑 함부로 기어들지 말라   莫向嵒邊輕玩戲
어스름한 풀 속에 족쇄가 있을라.   草深時有艾如張

27. 들꽃에 나는 붉은 나비와   梳鴨雌雄野花雜草
                                    紅蝶飛去

오리 한 쌍

꽃과 풀이 수놓인 아득한 들   閑花野草遠依依
저녁하늘 노을보다 더 찬란하다   霞彩鮮明好染依
이 보다 더 좋은 경치 어디 있을까   照影共憐長會合
붉은 나비도 한 마리 날아가는데.   任他紅蝶自分飛

28. 별빛초야에 천남성과 오리 한 쌍   勒鴨雌雄野草荊天
                                    南星[22]

---

21) 越裳: 지금의 베트남, 越南. <後漢書> 南蠻傳에 "周公居攝六年 天下和平越裳獻白
   雉"라 했다.
22) 天南星: 천남성과의 다년초. 산지의 그늘진 곳에 나는데 줄기 높이는 30~60㎝. 球莖
   은 살이 많고 수염뿌리가 나 있다. 5~7월에 녹색 꽃이 피고, 열매는 옥수수 알처럼

오리의 생애야 물이면 그만이지   雲飛水宿是生涯

먹 감다 젖은 날개 햇볕에 말리누나.   浴罷晴川倚暖沙

여기 좋은 경치 없다 하는 자 누군가   莫道渠家無物色

하늘엔 별 있고 풀 속에는 꽃이 있다네.   蛇頭初發草中花

29. 갈대밭에 비둘기 한 쌍   雎鳩雌雄蘆花[23]

시경 읽을 때 저구 편 읊었는데   誦詩當日詠雎鳩[24]

자웅의 구별이 다른 새와는 다르지   有別知非衆鳥流

그려진 이 그림 자세히 보니   試向畵中煩指點

노화 피는 곳 여기가 하주인가 봐   蘆花叢外是河洲[25]

30. 갈꽃과 잡초 밭 원앙새   蘆花鴛鴦雜草

한 구비 연못에 짝지어 나는 원앙   曲渚回塘兩兩飛

눈 같은 갈 꽃 스쳐 지난다.   盧叢相倚照紅衣

맑은 연기 먼 강에 해 지려 하니   淡烟平江天暮疑

문군 짜낸 비단인 듯싶어라.   疑是文君[26]舊錦機

봄은 벌써 오려는가. 세 가지 색으로 피운 복숭아꽃 가지에 앉은
앵무새, 사람 보라는 듯 봄소식 알리려 날개 저어 바위에 앉아 봄
을 즐기는가. 베트남(vietnam)에서 들어온 흰 꿩 한 수가 분수에 맞

열리며 붉게 익는다.

23) 蘆花: 갈대꽃, 갈꽃.

24) 雎鳩篇: 징경이, 물수리과에 속한다. 머리와 복부는 희고 등은 암갈색을 이룬다. 강, 호
　　수, 바다 등지에서 물고기를 잡아먹는다. 남방의 텃새, 일본, 한국 및 세계각지에 분포.

25) 河洲: ≪시경≫ 關雎 篇에 "關關雎鳩在河之洲"라고 했다.

26) 文君: 漢나라 卓文君의 약칭.

게 숨어서 사는 것도 볼만하다. 그것들에게도 위험은 언제나 주위에 도사리련만…… 바위 곁에 함부로 기어들지 말아야지, 어스름한 풀숲에도 행여 덫이 놓여 있을 땐 어쩌랴.

풀밭을 꽃으로 수놓인 아득한 들녘 저녁노을보다 더 찬란하구려. 붉은 나비도 너풀너풀 춤추는 정경 이보다 더 볼만한 곳 어디서 찾을까.

별빛 반짝이는 들, 천남성 아래 노니는 암수 오리. 하늘엔 별빛 반짝이고, 풀 속엔 꽃 만발한 이곳에 좋은 경치가 없다니…… 갈대 꽃 피는 언덕에서 시경 읽고 저구편 읊으니 이 아니 즐거운가. 자웅의 구별이 유다르다는 비둘기 한 쌍, 다른 새와는 천양지간이라는데, 연못에 짝지어 나는 원앙, 눈 같은 갈꽃 스쳐 맑은 연기 먼 강 해 지려 할 때, 누가 짜낸 비단같이 아름답다 했을까.

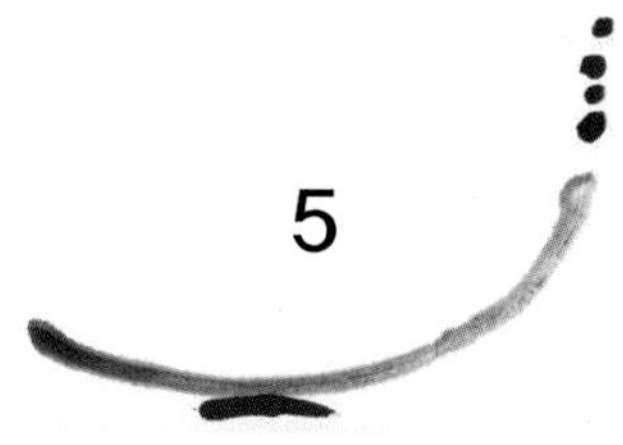

5

31. 들국화 밭 오리와 벌   野菊山鴨雌雄蜂

한 쌍의 오리 떼 지어 다닐 생각은 없나   呼群不爲稻粱謀
향기로운 국화 밭에 넋 놓아 놀고 있게.   寒影蕭蕭野菊秋
꿀 짓는 벌과 함께 이웃을 삼았으니   更著游蜂添活畵
그만만 해도 한세상 외롭지 않겠다.   憐渠於此亦風流

32. 갈대밭 큰 기러기 한 쌍   蘆花鴻雌雄

하늘 높이 나는 기러기 한 쌍   冥冥蹤跡奇雲沙
우거진 갈대밭이 너의 집이지   蘆葦叢邊是汝家
바람 따라 함부로 날 지마라!   莫向西風遲一擧
활을 뺀 사냥꾼이 뒤쫓아 올 거다.   虞人方慕弋言加

33. 갈대와 기러기 한 쌍   蘆花鴈雌雄

한 쌍의 기러기 강가에 내려오니   一鴈橫塞下汀洲

따뜻하던 가을 날씨 차츰 추어지겠네.　　　霜信初傳水國秋
마음대로 오가는데 무슨 걱정 있으랴　　　南去北來寧有累
가는 곳마다 갈대 밭 지천일 텐데.　　　蘆花身世自悠悠

34. 잡초 밭 거위 한 쌍　　　　　　山鵝雌雄雜草

깨끗한 백사장에 잠을 자다가　　　　泛浦眼沙畫不如
얕은 물 따라서 느릿느릿 떠가는구나.　　裙腰靑淺步虛徐
목을 길게 빼고 끼룩거리는 저 모습　　晚來宛頸長鳴處
왕희지의 초서 배울 때도 그랬지　　　彷佛羲之學草書[27]

35. 잡초 밭 검정 오리 한 쌍　　　　黑鴨雌雄雜草

풀밭에 물오리 노는 줄 누가 알았나.　　誰知草裡是舒鳧
새까만 그 모습 까마귀로 착각했지　　莫黑翻成認老烏
때 묻기 쉬운 흰 빛 자랑 말라　　　皎皎從來偏易汚
진흙탕에 있어도 걱정 없다오.　　　不嫌居處在泥塗

36. 잡초 밭에 흰 오리 한 쌍　　　　白鴨雌雄雜草

깨끗한 맵시 딴 오리에 섞이지 않고　　瀟洒何曾混鶩群
소리 내며 물가로 가는데 구름보다 희구나　　眼鳴江浦白於雲
풀밭으로 갈 때는 더 잘 보여도　　行隨野草方能見
백사장에 앉으면 분간할 수 없지　　飛入汀沙恐未分

37. 잡초 밭 푸른 머리 오리 한 쌍　　靑頭鴨雌雄雜草

---

27) 王羲之學草書: 왕희지는 晉나라 명필가인데, 왕희지의 초서를 어떤 도사가 거위와 바
　　꾸었다는 고사를⋯⋯

물에 떠다니는 모습보다 더 푸른 듯   春水接藍染翠衿

깨끗한 마음씨도 티끌한 점 없을 거야   天姿無滓抱明心

얼마 후에 풀밭으로 날아 들어와   王孫芳草偏多事

평화롭고 아름답게 졸고 있구나.   濃綠和烟頂更深

38. 잡초 밭에 보리이삭 쪼는 누런 오리   黃鴨雌雄雜草麥穗

누가 곤상을 빌려 네 옷을 만들었나.   誰淸坤裳[28]換羽衣

누런 빛깔이 흡사 거위 새끼와도 같아.   强將莫色學鵝兒

붉은 발가락 푸른 풀 밟아가다가   丹砂掌踏靑靑破

보리 이삭 쳐다보고 걸음을 멈춘다.   閑佛輕花倚兩岐

39. 잡초 밭 보리이삭 쪼는 얼룩오리   斑鴨雌雄栗穗雜草

보리선생만이 너를 기이히 여겼으리.   能言甫里[29]未全奇

얼룩날개 비단보다 더 빛이 나는구나.   毛羽斑斑錦陸離

농사짓는 집도 얼마든지 좋지   飛占曰家眞色界

드리운 조 이삭 황금과 같구나.   草間金栗爛垂垂

40. 갈대와 너새   蘆花鴇[30]

기러기처럼 떼지어 놀기를 좋아하지   性喜群居似鴈行

가는 곳 마다 갈대밭이 고향이라는데   生涯隨處荻花鄕

---

28) 坤裳: 누런 치마. ≪周易≫ 坤卦의 <黃裳元吉文在中也>에서 나온 말.

29) 甫里先生: 唐나라의 隱者 陸龜蒙의 호. 그의 문집에는 오리를 읊은 시가 많았다.

30) 너새(鴇): 능에, 능에 과의 새. 수컷은 날개 길이 60㎝, 암컷은 45㎝, 꽁지는 23㎝가량
이고 부리가 짧다. 머리, 목은 회색, 등은 황갈색 바탕에 흑색의 橫斑이 있다. 날개의
중앙과 꽁지의 가장자리 및 배는 희고, 가슴은 밤색에 흑색 斑點이 있다. 목에 백색의
飾羽가 있다. 모래 땅, 평야, 논밭에 떼 지어 서식한다. 동부 시베리아, 몽고, 만주, 한
국 등지에 번식하고, 중국 중부에서 월동한다. 너새, 獨豹, 野雁이라고도 부른다.

시인이 느낀 세상인심 엷지 않으리.　　　　　　詩人感物情非淺

당풍의 보우 장 외울 만도 하지　　　　　　　願誦唐風集羽章31)

들국화밭 한 쌍의 오리는 꿀벌과 이웃하니 외롭지 않은 한세상 이리도 부러울까.

기러기의 자유분방한 삶, 가는 곳마다 갈대밭 안식처가 있으니 걱정인들 무엇이랴.

목을 길게 빼고 끼룩거리며 떼 지어 나는 저 모습. 왕희지의 초서 배울 때도 저랬을까. 어떤 도사가 명필가 왕희지의 초서를 주고 거위와 바꿨다고 전해 준 고사…… 오리는 색상도 여러 종류가 있지. 검정, 흰, 푸른 머리, 누런, 얼룩 등등. 당나라의 은자 육귀몽은 오리를 사랑하고 아낌이 얼마나 깍듯했을까. 오리를 읊은 시가 많았다기에……

그러는 기러기에게도 불안한 때가 있을 터. 솔개며 사냥꾼들이 호시탐탐 노리고 있으니, 함부로 날지 말라는 충고도 아끼지 않는다. 정적으로 몰려 귀양 가고 사사되는 관료들의 운명과도 같았다. 왕이 부른다는 청·요직, 함부로 넘보지 말 것이다.

---

31) 鴇羽章: ≪詩經≫ 唐風의 한 편명.

6

41. 잡초 밭 사다 새   鵜鴣雜草

낚시 대 메고 강가로 나가니   曾向江邊理釣簑
낮 익은 사다 새 반가와 하네   慣看江鳥是陶河
깊은 물속의 물고기 엿보다가   浪花深處魚初超
석양에 몸 쬐이며 백사장에 섰구나.   晒羽斜陽立淺沙

42. 바다 가운데 따오기 한 쌍   海中天鵝雌雄

먼지 한 점 볼 수 없는 깨끗한 모습   鮮白都無一點塵
하얀 눈덩이 하늘에서 내려 왔는가.   怳疑飛雪落青旻
세상에 이런 새 보기 드물지   人間此鳥應希有
넓은 바다에서 멋대로 떠다니는 저 모습.   浩蕩滄波不可馴

43. 잡초 밭에 흰 거위 한 쌍   家白鵝雌雄雜草

너를 기른 본뜻 뱀 잡기 위해 서랴.   養汝元非爲却蛇

글소리 듣고 도둑 잡는 두 가지 일이었지 聽經警盜兩堪誇
백설 같은 두 날개 풀 위에 펼치고 앉으니 天晴雪羽橫烟草
산음 땅 도사의 집 바로 여기가 아닌가. 疑有山陰32)道土家

44. 집에서 기르는 산 거위 家山鵝雜草

누가 산 거위 야성이 드세다 했나. 誰言野性敖而頑
새장에 넣어두면 쉽게 길 드려지는데 家券樊籠自不還
두 날개 치며 풀밭을 바라볼 때 翹立草邊時有恨
자유롭지 못한 걱정 없지 않다오. 舊遊迢遞水雲間

45. 잡초 밭 뻐꾹새 鵑雜草

그칠 줄 모르고 울어대는 뻐꾹새 引來圓吭百般鳴
풀밭에 날아와 농사철 일러 주네 偏傍春蕪苦勸耕
농민들의 고생은 나 혼자 알뿐이지 田里艱難渠獨識
상림원 꾀꼬리는 헛말만 지저귀는데 上林33)鵑語漫丁寧

46. 잡초 밭 따오기 鷔雜草

허공의 놀과 같이 높이 떠오를 때 倦飛曾與落霞34)齊
많은 시인들이 입 모아 칭찬 했지 幾許詩人入品題
이렇게 좋던 한 시절 다 지나고 一樣汀洲皆綠草
지금은 이 풀밭에 깃들어 있다오 等閑棲息自東西

---

32) 山陰: 중국의 한 지명. 晉나라 왕희지가 거위를 좋아하여 어떤 도사에게 도덕경을 써
  주고 거위를 선물로 받았다.
33) 上林苑: 漢나라의 동산 이름, 즉 벼슬아치의 비유를 든 것이다.
34) 霞(노을): 唐나라 王勃의 王閣序.

47. 잡초 밭 거니는 학   鶴雜草

맑고 흐린 날씨 용하게도 잘 알지   飜覆陰晴俯仰中
그래서 옛 시인들 빈 풍에 적었다오.   向來鳴垤驗豳風35)
머리를 치켜들고 걷는 그 모습   昂昂禹步烟蕪外
어린애 키 보다는 훨씬 크구나.   長頸高於五尺童

48. 갈대밭 더 펄 새 암수   蘆花鸕鶿36)雌雄

갈대꽃 아래 있는 더 펄 새 한 쌍   聯拳盧際倚秋涼
무엇이 바쁜지 달음박질치는구나.   兩岸烟江有底忙
지금 너 알아 줄 사람 누구일까   留與騷家增一價
시 잘하던 두 자미 벌써 가버렸네   杜37)陵詩裡滿漁梁

49. 붉은 여뀌 꽃 아래 해오라기   紅蓼花下鷺鷥38)

---

35) 豳風: <詩經> 國風의 한 편명. 豳風 東山 章에 "零雨其蒙鸛鳴于垤"이라 했다.

36) 더펄새(鸕鶿): 가마우지. 우지(줄임말). 가마우지과에 속하는 물새. 더펄새라는 방언이
    있다. 날개 길이 암컷은 31㎝, 수컷은 35㎝ 내외이고, 몸빛은 검다. 등과 죽지에 푸른
    자줏빛 광택이 나고 머리에 흰 裸出部가 있다. 부리가 길고 발가락 사이에 물갈퀴가
    있다. 얕은 灣, 연못, 하천 등에 살며 물고기를 잡아먹는다. 소나무 등에 둥우리를 지
    어 12~6까지 세 번 번식하는데, 한 배에 3~6개의 알을 낳는다. 예로부터 일본에서
    길들이어 물고기를 잡는 데 부렸다고 한다. 텃새로 한국, 일본에 분포되어, 민물가마우
    지, 水老鴉, 鸕鶿이라고도 부른다.

37) 杜: 唐나라 시인 杜甫의 자 杜子美를 줄인 말. 두보의 시 중에는 황새를 읊는 시가 많
    았다.
    杜甫(712~770)
    중국 당나라 때의 시인. 자는 子美, 호는 少陵. 李白, 高適 등과 詩酒로 교제하였다.
    玄宗에게 환영을 받았으나 安祿山의 난으로 말년에는 빈곤하게 지냈다. 서사시에 뛰
    어나고 詩格이 嚴正하다. 句法이 변화가 많아 길이 후세의 軌範이 되었다. 杜牧에 대
    해 老杜라고 일컬었다. 대표작으로는 ≪北征. 兵車行≫ 등이 있다.

38) 해오리: 해오라기. 백로과의 새. 날개 길이 25~30㎝. 온몸이 희고 부리와 다리는 검은
    데, 날개는 크고 꽁지는 짧다. 다리와 발, 목 길이 's'자 모양으로 굽어 있다. 숲이 있는
    민물과 바닷가에 살면서 개구리, 뱀, 물고기, 물벌레 따위를 잡아먹는다. 백로, 창로,
    해오리 등으로 불린다.

깨끗한 저 해오라기 한 마리 이상도 하군　　　風標鳥裡愛春鉏

비바람도 피하지 않고 의젓이 서 있네.　　　雨立烟飛燜自如

두 날개 펼치고 한 발로 서서　　　　　　閑刷雪毛拳一足

여뀌 꽃만 쳐다볼 뿐 물고기엔 관심 없어라.　靜衣紅蓼不窺魚

50. 잡초 사이 갈대밭 뜸부기　　　　　　鷄鶩蘆花雜草

두 날개 펼치는 모습 무엇을 자랑하는가.　振翮晴天似自誇

갈대꽃과 모든 잡초 제 세상이라지.　　　岸盧汀草管年華

진기한 새 반기지 않는 임금 있어야만　　群王不喜珍禽育

너처럼 못생긴 것도 대우를 받을 거야　　遇賞方知違辨邪

　백사장 석양볕에 몸을 말리는 '사다새, 너새, 황새' 등은 하늘의 가증한 새라고 낙인이 찍혀 사람이 먹지 말아야 한다[39]고 했다. 하얀 눈덩이가 하늘에서 떨어진 것 같다는 따오기. 도둑 잡고, 뱀을 잡기 위해 기르려는 거위의 한 쌍, 얄팍한 인심인가. 백석 같은 두 날개 풀 위에 펼쳐 보이니, 당나라의 명필가 왕희지가 거위를 좋아하여 산음 땅 어떤 도사에게 도덕경을 써주고 거위를 선물로 받았다는 이야기도 들려온다.

　야성이 드세다는 거위지만 새장에 넣어두어도 참고 적응을 잘해내는 온화한 기질에서도 본받을 점 많으리. 그렇다고 그것들인들 두 날개 펼쳐 보일 때, 풀밭을 어찌 그리워하지 않으랴. 제봉은 명종으로부터 아무리 좋은 관직이라 한들 분수에 맞지 않는 것에 과

---

39) Holy Bible, Leviticus(레위기) 11, 13

감히 사양할 줄 알았다. 하나 오랫동안 초야에 묻혀 지낸다한들 꿈까지 저버릴 손가.

강렬한 의지력으로 새로운 세상을 마음껏 펼치려는 신하에게 어느 날 갑자기 누명을 씌워 집으로 붙들려와 울안에 갇힌 거위와 같은 처지들이 얼마나 많았던가.

그칠 줄 모르고 울어대어 때로는 귀찮게도 여겨질 뻐꾹새. 그러나 풀밭에 나와 해충을 잡아먹고, 농사철 알려주는 익조임엔 분명하다. 농민의 고생은 꾀꼬리만 알뿐 벼슬아치들은 사람에게도 나라에도 도움이 안 돼…… 해 끼치는 짓거리만 일삼는다는데…… 일본에서는 물고기를 잡는 데 부렸다는 더팔새, 이 새의 바쁜 걸음에 두보의 덧없는 죽음을 아쉬워하는 제봉. 그는 당시에도 심혈을 기울이던 두보를 그리워하는 마음, 그의 영혼에게라도 전하려는가. 나는 더팔새에 실어 읊은 것이기에……

붉은 여뀌꽃. 깨끗함의 상징 해오라기 두 날개 펼치고 한 발로 서서 물고기엔 관심 없어, 여뀌꽃에 취한 해오라기의 정경은 제봉 자신의 삶과 중첩된다.

뜸부기. 진귀한 새, 반기지 않는 임금이라야 못생긴 뜸부기처럼, 아니 능력이 빈약한 제봉 자신도 대우를 받을 것이라는 기대감, 품어 본들 어떠할까.

7

51. 갈대꽃밭 새매 한 쌍   蘆花都鷓雌雄

아득한 호수에서 쌍으로 날다가   湖田漠漠倦雙飛
갈대꽃에 내려앉아 돌아갈 줄 모른다.   來傍蘆花故不歸
전부터 좋은 곳 찾아다닐 때   江海昔年曾物色
꿈에 본 낚시터가 바로 여기로다   夢隨烟雨落漁磯

52. 잡목과 잡초 반 백 독수리와 토끼   雜木半白鷲兎喦雜草

상하게 늙은 나무 몇 풍상 겪었느냐   查牙老樹閱風霜
억센 독수리, 눈초리 번개같이 번쩍인다.   夷飜摩空電眼忙
바위틈에 숨은 토끼 어쩔 줄 몰라   岩嬁狡摩魂已散
얼이 빠진 듯 떨고만 있다네.   不須毛血泗榛荒

53. 상수리나무에 검은 큰 독수리   橡實木黑大鷲

쓸쓸한 가을 상수리나무에   叢薄蕭蕭柞葉齊

억센 독수리가 높이 앉아 있다　　　　　　銀鵰飛下塞雲西

앞산에 해지는 어스름 녘인데　　　　　　前山日兮秋天黑

숲속의 토끼 다니는 길 아는가봐　　　　須識林中有兎蹊

54. 상수리나무에 앉은 올빼미　　　　　橡實木坐鵂

온갖 사기 너의 몸에 다 모였지　　　　　陰邪亭毒帶腥臊

낮에는 잠만 자고 밤에 나와 설치는구나.　晝昧丘山夜察毫

공연스레 제멋대로 날뛰지 마라　　　　　謾向枝頭饒在舌

칼날 같은 이를 가진 사냥개가 있단다.　不知天狗齒如刀

55. 소나무에 두견새 한 쌍　　　　　　　松木杜鵑雌雄

겹겹이 쌓인 한 그 누가 알아주랴　　　　蜀魂千載恨重重

고국 길 서쪽으로 검각산이 막혀 있다　　故國天西隔劍峯[40]

돌아가야 한다고 얼마나 울었는지　　　　歸去聲中寃血盡

희미한 달빛이 소나무에 비쳐오네　　　　亂山微月耿疎松

56. 바위 위의 올빼미 한 쌍과　　　　　　嵒上梟雌雄野花雜草荊
　　가시덤불에 핀 들꽃

침침한 언덕에 마주앉은 올빼미　　　　　慘悷陰崖萃怪梟

간사한 그 눈초리 쌀쌀해 보인다.　　　　暗花幽草景蕭蕭

주고받는 소릴랑 함부로 내지 말라　　　矜凶且戒同聲應

화살 한번 쏘면 어디로 가려느냐.　　　　向簇如今掌覆天

---

40) 劍閣山: 중국의 산 이름. 전국시대 초회왕이 秦나라 무관에 갇혀 죽자 그 원혼이 杜鵑
　　이 되었다는 고사.

57. 바람에 휘청 이는 대밭 흰 까치　　　　風竹白鵲雌雄

흰 까치 한 쌍 어디서 날아왔나　　　　飛來月樹沒人知
깨끗한 맵시 곤산의 옥인 듯싶다　　　　玉抵崑山41)望更疑
휩쓸린 대나무에 깃들일 수 없어　　　　風偃錬篁栖不定
깔끔한 두 날개 펼치고 있네.　　　　　乍驚晴雪落紛披

58. 매화와 대나무 까치 한 쌍　　　　　梅竹鵲雌雄

푸른 대나무 곁에 두어 가지의 매화　　梅花竹外數枝斜
유별난 한 경지를 온통 차지했구나.　　粧點風光別一家
그 누가 시인과 함께 찾아올지　　　　誰與詩人來作瑞
반가운 소식 전해주는 까치가 있는데　　喜聞乾鵲對楂楂

59. 잡목 위 까마귀 한 쌍　　　　　　　雜木鳥雌雄

자조란 본래 범상한 새와 달라서　　　慈鳥42)自是異凡禽
상림에 들어가 깃들이게 했다오.　　　全樹從教借上林
짖는 소리 나쁘다고 나무라지 말라　　莫把惡聲看隻眼
옛 사람 일찍이 증자를 비유했네.　　　昔人曾43)比鳥中蔘

60. 잡목 위에 머리 흰 까마귀 한 쌍　　雜木白頭鳥雌雄

---

41) 崑山: 崑崙山. 중국 서방에 있는 약산으로 최대의 靈山이라 한다. 입에 오르내리던 전
　　설 속의 산으로서 처음에는 하늘에 이르는 높은 산 또는 아름다운 옥(玉)이 나는 산으
　　로 알리어졌다. 전국 말기부터는 西王母가 살며, 불사의 물이 흐르는 禪仙境이라 믿었다.
42) 慈鳥: 까마귀의 별칭. 까마귀는 자라난 후 제 어미에게 먹이를 가져다주어 길러준 은
　　공을 갚는다는 데서 나온 말.
43) 曾子: 공자의 제자 曾參의 존칭. 당나라 白居易의 慈鳥詩 "慈鳥復慈鳥 鳥中之曾參"
　　이라 하였다.

하얀 이마 늙은이와 같구나.　　　　　　霜雪渾顚似老翁

풍상에 못 이겨 머리 희어졌나　　　　　這廻翻學白頭公

앙상한 나뭇가지 차가운 날씨에　　　　寒枝落日愁看汝

반포 심에 애정이 깊어 그렇겠지　　　勤苦深情反哺[44]中

61. 잡목에 앉은 솔개　　　　　　　　雜木鴟

잠시 바람 따라 하늘 높이 떠 있다　　　青冥得勢서因風

못쓸 나무위에 왜 내려앉나　　　　　　着汝眞宜散木中

다 썩은 쥐 한 마리 엿보면서　　　　　悲視可憐爭腐鼠[45]

봉황에게 뺏길까봐 걱정하고 있는 거지　凰知雲路有鵁鴻

62. 밤나무에 다람쥐 밤을 까먹고

또 한 마리는 그 위에서 장난을……　栗木一鼯食其實一鼯

　　　　　　　　　　　　　　　　　戲其上

가을 동산 밤송이 반은 벌어져　　　　栗房秋罅半離離

다람쥐 마음대로 오르내린다.　　　　好是飛生得意時

배가 부르도록 밤톨을 까먹고　　　　食實充腸閑自適

날듯 이가지 저 가지로 옮겨 다닌다.　綠條呈技戲相隨

　　초회왕의 원혼이 두견새가 되어 고국으로 돌아가야 한다고 얼마
나 울었던가…… 누가 시인과 함께 찾아올까. 반가운 소식 전해 주

---

44) 反哺: 반포심, 되돌려 먹이는 마음. 까마귀 새끼는 커서 늙은 어미에게 먹이를 물어다
　　준다 해서 반포란 말이 생긴 것이다. 梁武帝의 孝思賦에 "慈鳥反哺以報親"라 했다.

45) 썩은 쥐: 이 말은 ≪莊子≫ 秋水 篇의 "鴟得腐鼠 鵷雛過之 仰而視之曰嚇"이란 데서
　　온 고사.

는 까치의 지저귐이 상서롭게 다가오는 것 같다. 까마귀는 자라난 후 제 어미에게 먹이를 가져다 길러준 은공을 갚는다. 증자의 자조시에서 비유한 반포심, 이는 늙은 어미에게 먹이를 물어다 준다는 양무제의 효사부에 전한 고사.

어느 시대 때의 왕인들 가금류라든가 조류 따위를 싫어할 왕이 있을까만은, 유달리 가금류뿐 아니라 야생조류를 동산에 기르며 자그마치 62폭이나 되는 기다란 축에 각가지 야생조류를 궁중화가들에게 그리게 하고 명종 자신이 손수 그림 위에 제명까지 적어서 문인신하 제봉에게 시를 지어 들이게 했던 것은 유다른 취미였다. 심지어는 중요한 학문을 게을리할 정도로 문예에 집착한 것인가. 정도를 넘어선 것이다. 이 같은 명종의 독특한 취미는 궁중의 자연경관을 생동감 있게 하고자 윗대부터 물려진 것이리라. 그 연원은 기원전 12세기경까지 거슬러 올라가 봐야 한다.

주나라, 문왕은 성인군주의 전형이라 할 수 있는 중국 주나라를 창건한 왕인 무왕(武王)의 아버지 문왕46)의 예를 들 수 있었다.

---

46) 文王: 기원전 12세기경 중국 周나라를 창건한 왕. 武王의 아버지이다. 그의 이름은 姬昌. 태공망(이름은 姜尙, 姜太公)을 스승, 즉 책사로 삼아 국정을 바로잡고 戎狄(옛날 중국에서 말하던 북쪽 오랑캐, 곧 미개인이 사는 미개한 나라를 일컫던 말이다.)을 토벌하여 중국 천하의 3분의 2를 통일했다. 그가 태어나서 죽은 시기는 알려져 있지 않다. 강태공은 주나라 초기의 정치가이다. 문왕이 위수가에서 처음 그를 만난다. 문왕이 죽은 뒤에도 그는 무왕을 도와 殷나라를 멸망시키고, 천하를 평정하여 그 공으로 齊나라에 봉함을 받아 그 시조가 된 것이다.

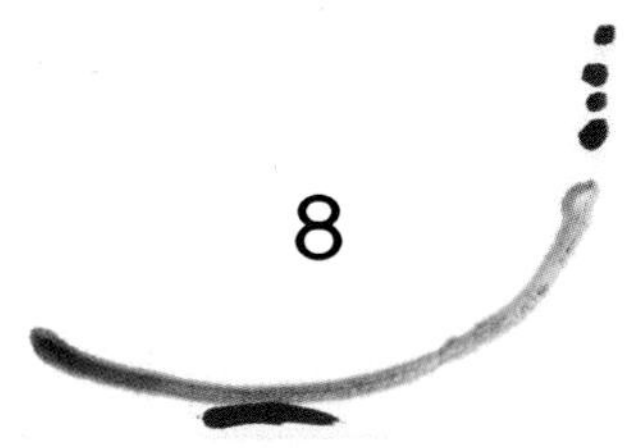

8

　문왕의 백성들은 자발적으로 나서서 대와 못을 만든다. 백성들은 스스로 그것들을 짓고 못을 파는 것을 기뻐하고 즐겁게 여긴다. 완성된 후에는 그 대를 '영대(靈臺)'라 하고, 그 못은 '영소(靈沼)'라고 이름 지어 부르게 되었다.

　'원유(苑囿)' 안에는 크고 작은 사슴이 자라고 못 속에서는 물고기와 자라가 자라는 것을 보며 즐겼다. 이렇듯 옛날의 성현들도 백성과 함께 자연을 즐겼기에 정말 원유(대궐 안에 있는 동산)의 즐거움을 향유하게 된 것이다. 그때는 짐승을 키우는 광대한 임원, 즉 광활한 동산을 가지고 있었다. 천자의 임원은 사방 백 리이고, 제후(봉건시대에 일정한 영토를 가지고 영내의 백성을 지배하는 권리를 가진 사람)는 넓이가 40리가 되었다. 이처럼 왕이 조류에게까지 애착을 갖는 것은 분명 백성을 사랑으로 다스리고자 하는 마음이 담겨 있을 터이다. 완악한 심성을 가진 왕일지라도 자연을 통해서 비둘기처럼 유순한 성품으로 길들여질 것이 분명하리라. 특히 살아 움직이는 야생동물을 바라보노라면 그의 격했던 마음은 평화로움으로 물들어 갈 테고, 보다 더 온정적으로 성격이 변화해 갈 것이다.

중국은 공자가 살았던 춘추시대를 거쳐 맹자가 생존했던 전국시대에 이르기까지 서로 죽이고 땅을 빼앗고 뺏기는 전쟁을 일삼아 오던 때에 군주가 자연으로 눈길을 돌린다는 것은 싸움보다 평화로움을 더 바란다는 증거가 아닐까.

지난(신유, 1561년) 가을에 제봉은 사명을 띠고 관서에 갔다가 돌아오면서 연로에서 지은 시를 바치라는 어명이 있었음에도 또다시 이런 엄청난 기회가 주어진 것이다. 제봉은 자신을 우대하는 임금의 뜻이 옛날 사신들보다 훨씬 높은 은혜라는 것을 알았다. 이런 융숭한 대접이 오히려 그에게는 부담스럽게 느껴진 것이 사실이었다. 그는 늘 마음속에 두려운 생각이 들었다. 뜻밖에 이런 명령이…… 항상 자신을 부족하게만 여겨오던 그에게는 그저 임금에게 송구스런 마음이 솟구칠 뿐이었다. 그는 시학에 익숙하지 못하고 더구나 영물을 잘 살리지 못한 것이 흠결이라고 생각했다. 그림에 나타난 자연과 조류의 특성에 대해 훌륭한 생각을 마음껏 발휘하지 못했다는 생각이 자신을 더욱 부끄럽게 여기고 있었다.

그림에 시제를 쓰고 난 제봉은 후회막급한 생각에 마음이 사로잡혀 있었다. 그의 의지가 직간접으로 스며든 화제이었기에, 아니면 그의 마음과 혼을 그림 속에 불어넣어 둔 겪이라서 더욱 그러했을까. 임금이 어떻게 이해하고 받아들일지 제봉으로서는 자못 궁금하고도 흥미로운 일이 아닐 수 없었다. 임금에게 바라는 뜻으로 거듭된 그의 소회는 이러했다.

"내가 비록 광대와 같이 어리석으나 은혜에 감격할 줄은 안다. 다만 시학에 졸렬하고 영물시는 더욱 내 장기가 아니라서 성대한 임금의 뜻을 찬양할 수 없을까(생각하면) 한스러울 뿐이다. 이것이 부끄러운 일이다. 시가 완성되어 삼가 정서해 바친다. 그랬더니 임금께서는 특별히 표피 한 장, 황모필 열 자루와 단산의 조옥오단을 하사하신다. 모두 은밀한 명에서 나온 것이라 조정의 신하들은 모르는 일이다. 나는 이 전말을 기록하여 자손들에게 보이고자 한다."
<應製御屛六十二詠>

그가 나이 30세가 되던 해 옥당에서 숙직하고 있을 때였다. 제봉은 그때 어화 62폭에 부시사진(왕이 내린 그림 62폭에 시를 지어 다시 왕에게)한 것이다. 왕은 그를 총애하여 털이 있는 범의 가죽인 호피 한 장, 족제비 꼬리털로 만든 붓의 황모필 열 자루와 단산오옥 등의 귀중품을 하사했다는 명종의 특별한 은혜를 그의 가문의 후손을 위해 기록으로 남긴다고 했다.

62폭 병풍은 모두 새를 그린 그림으로 각 폭마다 임금인 명종이 손수 쓴 발문과 시제의 병풍이라는 큰 뜻이 있었다. 임금의 개인적인 취향이라지만 사실 군왕으로서의 본보기가 될 만한 모범이라 할 수 있었다.

성리학적 다시 말하면 이전의 훈고학에 만족 못 하고 인간 본연의 성(性)을 발현하기 위해 물(物)에 대한 그 이치를 깨닫지 않으면 안 된다는 그 분위기와는 거리가 있었다. 성종의 경우에도 그러했으니까……

"성종 11년(1480) 10월 14일 경자에 신하들에게 제시하게 했던 12폭 화병에는 <양비배란도(楊妃陪欄圖)>, <취연도(醉宴圖)>, <채

응문금도(蔡邕聞琴圖)>, <수양재우진후주도(隋煬帝遇陳後主圖)>, <포파고슬도(匏巴鼓瑟圖)>, <설중영객도(雪中迎客圖)>, <한유 적조주도(韓愈謫潮州圖)>와 같이 성리학적 분위기와는 거리가 있는 그림이 포함되어 있었다.”

자손들에게 그 영광을 전하기 위해 기록한다는 제봉의 또 다른 생각. ‘하사품이 은밀한 명에서 나온 것이라 조정의 신하들은 모르는 일’이라는 사실에 그에 대한 명종의 각별한 관심과 대우를 짐작할 수 있지 않을까.

그는 명종이 내린 62폭 병풍의 화본에 따라 시를 지어 바칠 때 그의 주석도 함께 적어놓았다.

「신(臣)은 이 자질구레한 조충소기[47]로서 홍문관에 들어와 뛰어난 은총을 많이 받았습니다. 명종 16년(신유, 1561) 이후부터 임금께서 사신에게 우대하는 뜻이 전보다 훨씬 융은[48]하므로 이런 교명이 재주 없는 신에게 닿게 되었으니, 아무리 어리석은 신일지라도 이 같은 은총이 신에게는 과분하게 느껴지는 것만은 분명합니다. 그러나 다만 한스러운 것이 신은 본래 시학에 졸렬하고 더구나 영물[49]에 있어서는 장기가 아니어 이 훌륭한 생각을 제대로 드날리지 못함을 도리어 부끄럽기만 합니다.」

---

47) 彫蟲小技 文章이란, 하찮은 벌레의 모양이나 그리는 技藝라는 비유를 든 것이다.

48) 隆恩: 임금이나 윗사람의 은혜를 높이어 이르는 말.

49) 詠物: 한시체의 한 가지로서 새, 짐승, 초목 또는 자연 그 자체를 주제로 삼아 읊은 시를 함축한 말이다.

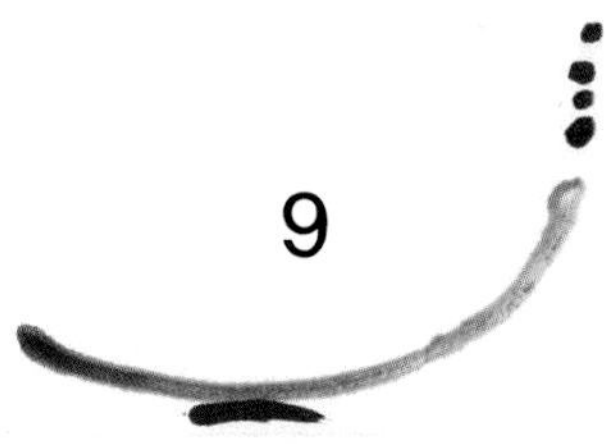

9

　　명종 18년(계해, 1563)이던가 정철[50]이 병조좌랑에서 공조정랑으로 승진했다는 소문을 듣고 기뻐하면서 제봉은 절구 한 편을 지어 보낸다.

　　　임술 년 무렵에 문하에 있던 이 선비가
　　　지금은 깨끗한 수조[51]로 들어 왔다네.
　　　늙은 나는 쓸모없는 가래나무[52]처럼 피었건만
　　　소나무4가 무성하면 잣나무도 반가워한다오.

---

50) 鄭澈(1536～1593)
　　명종, 선조 때의 상신, 시인. 자는 季涵, 호는 松江, 延日이 본향이나, 그는 서울에서 출생했다. 벼슬은 직제학, 승지 등을 거쳐, 강원도, 전라도 및 함경도 관찰사, 형조, 예조판서, 대사성(성균관의 으뜸벼슬, 정삼품), 우의정, 좌의정에 올랐다. 그는 서인의 거장, 동인의 탄핵 등으로 여러 번 유배되었으며 만년을 강화에서 보낸다. 당대 가사문학의 대가로 국문학사상 중요한 많은 작품을 남겼다. 저서로는 ≪송강집≫, ≪송강가사≫ 작품으로는 ≪관동별곡≫, ≪사미인곡≫ 등 많았다. 시호는 文淸.

51) 水曹: 고려 초에는 공관에 딸린 관아. 成宗 14년(을미 995)에 공관을 상서공부로 고치면서 수조도 상서수부로 고치었다가 뒤에 폐지했다.

52) 가래나무: 호두나 무과에 속하는 낙엽 활엽교목.

송강이 스승 집에 드나들며 가르침을 받던 때가 바로 지난해인데 벌써 좌랑에서 정랑으로 진급되었다는 소식이 제봉의 귀에 들려온 것이다. 친구의 빠른 승급소식에 제봉으로서는 시상을 떠올릴 정도로 반가웠다. 그는 '소나무가 무성하면 잣나무도 기뻐한다.'는 속담이 떠올랐을까. 고고한 선비정신을 상징할 뿐 아니라 조선의 으뜸 상록침엽인 소나무를 친구로, 제봉 자신은 가래나무로 의인화하여 송강을 축하한 것이다.

제봉은 그 무렵 장생동에 사는 송강의 사택으로 찾아가 창문에다 또 다른 시 한 절구를 써 놓고 집으로 돌아온다.

해질 무렵 금란 전에서 물러나와
서문밖에 옛 친구 찾아갔었지.
술이 깨면 두려운 줄 번연히 알 건만은
마음에 쌓인 소회 취중에 다 풀었네.

실의에 빠진 송강은 관직에서 물러나 창평에 내려왔다. 잠 못 이루는 가을 어느 날 밤에 소회를 파초 잎에 적어 제봉에게 보낸다.

가을밤이라 잠이 오지 않기에
소풍하러 나오다가 앞뜰에 이르렀네.
때마침 밝은 달이 동산에 솟아올라
가슴을 비쳐주어 흉금이 상쾌해라.
서늘한 바람은 시냇물을 스쳐 가는데
이따금 솔가지가 술렁술렁 소리 내네.

사방이 적막하고 말 할 사람 하나 없어
이 생각 저 생각으로 마음 또한 시름겹네.

돌아와 휘장을 내려 문 가리고 누우니
수심 많은 내 머리에 센털만 늘어가네.

霞堂凉夜

秋夜自無寢	散步臨前楹
明月東方來	照我胸襟清
凉風度溪水	時有松筠聲
悄悄無與語	耿耿空腹情
還掩綠蘿帳	令人華髮生

제봉은 전날 장생동에서 절구 한 편을 지어 부친 것인데, 이때 송강이 서하당에서 파초 잎에 시를 지어 동시에 제봉에게 보냈으나 서로 엇갈려 전달된 것이다.

삼경쯤 누워서 늘 꿈을 꾸었다
십년동안 떠도는 이 신세인데
늙은 얼굴 이상하게 여기지 말라
온갖 걱정 휘 몰아 정신이 다 빠졌다네.

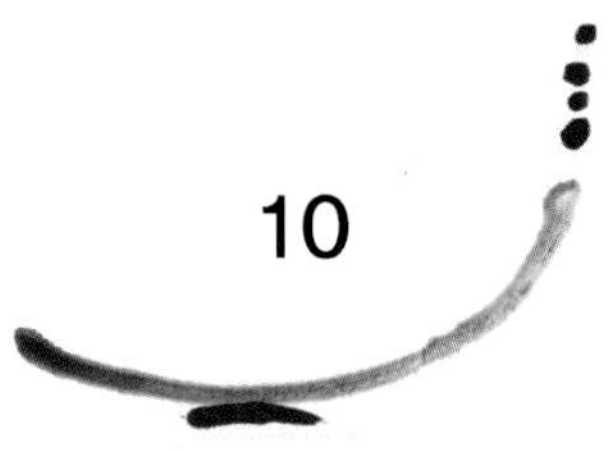

10

제봉은 동호(東湖)에 돌아와 기대승[53]에게도 시를 지어 띄웠다.
이 시는 그의 편지를 받아보고 난 후 사례로 보낸 것이다.

깨끗한 동호에서 종이 펼쳐놓고
술 한 잔씩 마시면서 시 한편씩 휘두른 거야!
고맙게 부쳐준 편지 몇 차례 읽어 보니
옛날에 놀던 일이 새삼스레 생각나네 그려!

기대승은 성리학자로서 행주 사람인데, 스승처럼 여기던 퇴계와
성리학 문답을 편지로 오랫동안 서로 주고받았다. 그들은 편지로
토론을 벌임으로써 그 시대에 이미 많은 사람들의 관심사가 되었다.

---

53) 奇大升(1527~1572)
　　선조 때의 성리학자. 자는 明彦, 호는 高峰, 行州사람. 李退溪와 성리학 문답을 하여
　　학설을 더욱 명확히 굳혔다. 그는 선조 초에 벼슬을 하여 대사간으로 혁신적인 정치를
　　하고자 했으나 뜻을 이루지 못하자 벼슬도 그만두었다. 시호는 文憲.

퇴계와 기대승은 학자로서 정치에 참여한다는 것이 무엇을 뜻하는 것이며, 학자가 정치에 임할 때 어떤 태도를 취해야 하는가에 대해 오랫동안 고심한 흔적이 편지의 행간에 남아 있었다. 학문적 진리를 지켜 나가기 위해 벼슬을 버리고 산림에 은거하는 처사의 생활을 할 것인가, 아니면 부족하나마 가진 것을 다 바쳐 임금께 충성하는 신하의 길을 갈 것인가 하는 충신과 처사 사이를 넘나들며 거듭해 의견을 주고받았다.

그들의 편지에서 성리학적 질서가 사회 깊숙이 내면화된 조선 중기의 현상을 들여다볼 수 있었다. 그러나 조선 성리학을 나라의 이념으로 세운 것이라 해도 초기부터 그 영향력이 사회 깊숙한 곳까지 끼치지는 못했다. 실제로 그 시기는 양반들의 생활 관습도 성리학보다는 불교적인 모습에 더 가까웠기 때문이다. 그러나 이러한 상황은 시대를 거치면서 점진적으로 바뀌어 간 것이다. 성리학을 좀 더 깊이 받아들인 조선의 사대부들은 그들의 생활관습 하나하나까지도 성리학적 사회 질서에 맞추어 나갔다.

오늘의 시대에 와서는 박재처럼 쪼그라들어 있는 것으로 보이는 조선의 성리학적 유교 질서도 이와 같은 적응의 과정을 거치면서 정착되었다.

특히 퇴계와 기대승의 사단칠정 논쟁은 그들이 편지를 주고받는 계기가 되었다. 그들이 처음 편지를 주고받기 시작한 것이 명종 14년(을미 1559)부터 4년 뒤인 명종 17년(임술 1562)까지 두 사람의 논쟁은 이어졌다. 그해 퇴계는 기대승에게 한 편의 시를 보내 논쟁을 그치자는 뜻을 알렸다. 기대승도 그에 따라 더 이상 사단칠정론과 관련된 편지를 보내지 않게 되었다. 논쟁을 그친 뒤 4년이 흐른 명종 21년(병인 1566) 기대승은 그동안의 논쟁과정을 돌아보고 정리한 두 편의 글 <후설과 총론>을 퇴계에게 보낸다. 마침내 두 사람은 이 글로 견해를 같이하게 되었다고 선언했다. 퇴계 역시 그러한 점을 인정하게 되었다.

원래 성리학에서는 인간의 마음에 감정이 일어나기 전의 고요한 상태를 '정'이라 했다. 감정이 일어나기 전인 '성'은 하늘과 인간의 본성을 그대로 간직하고 있으니 오롯이 '선'하다고 본 것이다. 그러나 인간의 감정은 바깥의 사물에 감응해서 일어나는 것이므로 절도에 맞지 않아 본성이 이지러지거나 가려질 수 있으니 '정'은 선할 수도 악해질 수도 있다는 것이다.

그들 논쟁의 핵심인 '사단(仁, 義, 禮, 智)'과 '칠정(사람의 7가지 감정: 喜, 怒, 哀, 樂, 愛, 惡, 欲 또는 喜, 怒, 憂, 思, 悲, 驚, 恐)'이 모두 마음속에 뭔가 움직임이 생긴 다음의 상태인 '情'이라는 전제였다. 사단은 '인의예지'라는 '성'이 바깥의 영향을 받지 않고 그대로 발현된 '정'이므로 항상 선하다는 것이다. 그러나 칠정은 바깥의 영향을 받아서 발생한 것이므로 선할 수도 악할 수도 있다고 했다. 이것이 마음에 대한 성리학의 설명인 것이다.

또 다른 면에서 성리학은 만물을 '理'와 '氣'로 설명했다. '이'는 세상의 원리이고, '기'는 그 이치가 구현되는 물질적 실체로 본 것이다. 그래서 '이'와 '기'는 하나이면서 둘이라는 모순적 성질을 가지고 있다고 했다. 즉 논리적으로는 원리인 '이'와 실체인 '기'로 구별하지만, 그 구별은 논리적이고 추상적인 것에 지나지 않았다. 왜냐하면 현실세계에서 '이'와 '기'는 언제나 하나의 사물 안에 같이 존재할 뿐 잠시도 떨어질 수 없기에 그렇다는 것이다. 세상의 원리인 '이'는 선하고, 물질적 실체인 '기'는 선할 수도 악할 수도 있다고 보았기 때문이다.

기대승은 퇴계의 사단과 칠정을 '이'와 '기'에 나누어 붙이는 견해에 동의하기 어려웠다. 즉 칠정은 '정'의 전체를 아우르는 개념으로, '이'와 '기'가 합쳐져 있고 선악의 가능성이 공존한다고 생각한 것이다. 반면 사단은 '성'을 그대로 드러내어 오롯이 선한 것만을 치정에서 따로 떼어 말한 것일 뿐이다. 사단과 칠정을 마주 놓으면, 사단을 포함하여 '정'의 전체를 아우르는 칠정이 사단과 동급의 개념으로 보이게 되고, 칠정을 '기'에 나누어 붙이면 '이'와 '기'가 합쳐져 있고 선악이 공존한다는 균형적 시각이 깨어져 저쪽으로 치우칠 위험이 생기게 된다고 보았기 때문이다. 그는 인간의 감정을 연원에 따라 갈라놓기보다는 두 가지 실제와 맞고 중요하다고 생각했다.

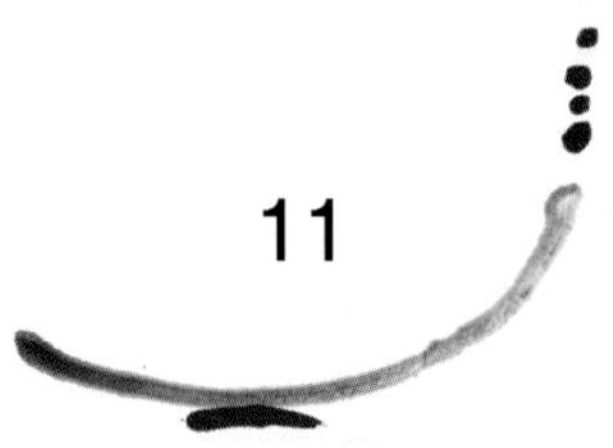

11

현재 많은 과학자들은 만물의 궁극적인 원인에 대한 연구내용이 동일한 결론에 이르고 있다. 이들은 물질을 구성하는 것을 전부 분해해 봄으로써 물질은 에너지가 방출한다는 사실을 발견했다. 그들은 이 에너지를 '영(靈) 또는 방출하는 에너지이다.'로 본 것이다. 이럴진대, 영이라는 그 힘이 만물 속에 스며들어 있다가 다시 방사한다는 것이다. 따라서 모든 원소는 근본 원소, 즉 방사 에너지가 나타난다. 이 에너지는 단순히 맹목적인 힘이 아니었다. 감성과 지성이 있고, 자기 자신이 무엇을 하는지 의식할 줄 아는 힘이었다.

일체의 배후에서 만물 혹은 어떤 개체에 스며들었던 이 창조 에너지는 자기 자신을 자각하고, 자신의 행위도 인식했다. 또 자신이 어떻게 해야 하는지를 알고 있었다. 경전의 표현을 빌리자면 '전지전능' 하고 '무소부재' 하다고 보아도 무방할까.

대기권에서 대기는 비슷한 것끼리 모여 동심을 형성한다. 지구에서는 그것이 움직이지 않는 상태로 보인다. 이 같은 조건이 모인

자기장 위를 비자기장이 지나가게 되면 진공 상태가 되는 것이다. 지구표면에서 자기장이 비자기장을 통과하게 되면 자기장을 잃어 버리게 되기 때문이다. 이러한 현상은 낮보다 밤에 더 강력하게 일어났다.

이를테면 비자기장은 인간 의식에서 정체된 상태와 같았다. 정체 상태가 크면 클수록 어두운 상태도 커지고 무지 또한 커지게 되었다. 그러나 스스로 영적인 존재라는 자각이 인간의 정체된 의식 상태를 통과하게 되면 정체상태가 소멸되고 만다. 우주에서 인간의 지위에 관해 영적으로 자각하여, 인간의 본성이 영적인 실재라는 것을 인지하면 인간 의식 속에 있던 정체된 자장이 소멸된다.

이로써 모든 감각적인 제약을 초월하여 영적인 실상에 도달하는 길을 보여주고 있는 것이다. 영은 악, 손실, 결핍, 가난, 그리고 질병 같은 것과는 아무런 상관이 없다는 것. 이 같은 우주적 진리의 한축이라고 볼 수 있는 것을 깨달은 사람에게는 그와 같은 것이 존재하지 않았다. '진리를 알지니 진리가 너희를 자유롭게 하리라'는 경전 가르침의 진리를 깨달은 사람은 진리를 알고 진리와 함께 살기 때문에 평화로움만이 무궁[54]하다고 본 것이다.

이 같은 영적인 마음을 갖는다는 것은 과거나 현재나 미래나 모두 동일한 것이었다. 인간에게 새롭게 보이는 것은 항상 존재하는 것을 새롭게 발견했기 때문이리라. 병을 고친다는 것도 무에서 유를 창조한 것이 아니라 항상 이 우주에 존재해 왔던 상태에 인간이 새롭게 눈을 뜬 것에 지나지 않았다. 인간을 단순히 육체적인 존재

---

54) 無窮: 시간과 공간이 끝이 없다.

로, 즉 물리적인 상태에서만 생각한 연유에서 비롯된 것이다. 한마음, 이를테면 '영'과 분리되어 있고 물질적인 존재에 불과하다고 생각하는 사람은 미망[55] 속에 살고 있는 것이고, 불행한 가운데 살고 있는 것이다. 인간은 진실로 영 안에서 살고, 움직이며, 영 자체 속에 존재한다.

인간은 무한한 우주의 한 부분으로서 전일적인 존재이지, 따로 떨어져서 고립된 존재가 아니라는 것이다.

---

55) 迷妄: 사리에 어둡고 마음이 헤매어 흐리다. 실제로는 없는 것을 있는 것처럼 생각한다.

9. 울산군수로 좌천

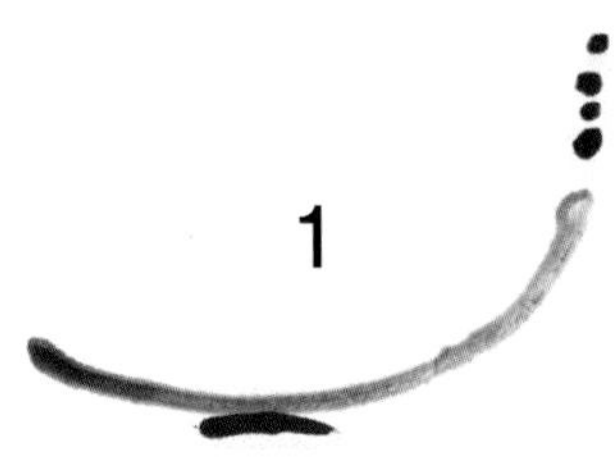

제봉은 문과에 장원 급제하여 한때 부친과 장인의 후원을 받던 젊은 관료였다. 그에게 있어 명종과의 이러한 경험은 그의 의식과 문학에 많은 영향을 끼쳤다. 명종이 자신에게 특별한 관심을 가지고 있다는 믿음이 있었기에 울산군수로 좌천되어 가면서도 명종의 총애에 대한 확신을 버리지 않고 있었다.

아버지와 이별하고 서울을 떠나는 마음 어떨까
영남 외딴 성 길은 천 리가 넘는다.
바다기운 스며들고 파란 풀은 독이차고
남쪽이 내 속에 자라 시내의 물고기가 성하지 못하다.

벼슬하고 은거하는 신세 <애강남부>[1]처럼

---

1) 哀江南賦: 중국 北朝의 하나. 北魏가 동서로 분열한 뒤, 西魏의 宇文覺이 恭帝의 禪讓을 받아 세운 나라인데, 당시 남북조의 문인이던 庾信이 있었다. 그의 자는 子山이고, 남조의 梁나라에서 武康縣侯, 北周에서 驃騎將軍, 開府儀同三司 등을 지낸다. 그의 화려한 문체는 徐陵과 더불어 徐庾體라 불린다. 저서에 ≪庾子山文集≫ 등 20여 권이 있다. 애강남부는 梁(전국시대 魏의 惠王이 大梁에 도읍을 옮긴 이후의 魏나라의 국호)

서글프나

풍토는 ＜월절서＞2)와 비슷하다.

평생 충성스럽고 신실한 섬김 보전한다면

은혜의 물결 있으니 거쳐하는 곳마다 어찌 편안한 곳 되지 않으리.

의 멸망을 슬퍼하여 지은 賦인 것이다.

2) 越絶書: 15권의 書를 말한다. 나라에 대한 엘레지(elegie: 悲歌, 輓歌, 哀歌)이다. 漢나
라의 哀康이 지었다고 하나, 공자의 제자인 子貢이 지은 것이라고도 한다. 원본은 25권
이나 후세에 5편은 분실했다. 이 책은 周나라시대의 越나라 흥망의 역사에 대하여 기술
한 것이다. 춘추시대 열국의 하나인 越나라는 회계(會稽)(회계산: 절강성 紹興남동에 있
는 명산. 吳王 夫差가 越王 句踐을 포위한 곳)를 서울로 삼은 浙江지방. 기원전 601년
부터 史書에 그 이름이 있으나 기원전 5세기 초, 구천 때에 북방의 '오'를 멸망시키고
江蘇, 山東에 진출, 기원전 334년 楚나라에 멸망되었다. 중국 浙江省의 별칭.

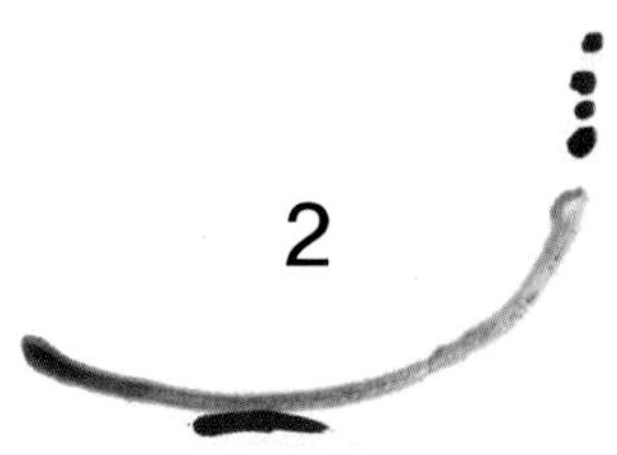

2

남쪽 바닷가 외딴곳으로 좌천되어 가는 그의 심정, 가족과 이별하고 울산까지 가는 길은 아득하기만 했다. 정확히 말하면, 그곳까지 거리는 서울에서 893리가 된다. 군의 다스림의 체제를 한 때는 좌도병마도절제사의 영문을 두었던 곳이다. 그러던 것을 세종 8년(병오, 1426)에 그것을 없애고 진을 두어 병마첨절제사로서 지군사(知郡事)를 겸했다. 같은 세종 19년(정사 1437)에는 도호부로 승격시켜 다시 좌도절제사 겸 판부사로서 판관을 두었으나 이해에 다시 낮추어 군을 만드느라 요란스러운 행정개편을 단행했던 지방 중에 한 곳이었다.

무예를 숭상하는 지역민들의 기질에는 상업을 즐겨했다. 바다가 인접해 있으니 어업이 성행하였음은 물론이다. 군민들은 대체적으로 성품이 강하고 굳세었다. 아무래도 왜선박이 드나들 테니 타국 사람들을 접하다 보면 경계심이 강할 테지만, 다른 문물에도 익숙해진 것이다. 제봉은 가히 문치(학문과 법령으로서 군민을 다스린

다), 즉 문덕(예악3)으로 사람을 교화하고 충심으로 기뻐하여 순종
하는 일)으로 다스리면 군민은 쉽게 교화될 수 있을 것 같았다.

제봉이 처음 천리에 가까운 낯선 바닷가로 명령이 내려져 부임
할 때는 여간 우울하지 않았다.

정기 어린 해변에 물고기들조차 좋지 않을 것 같은 그런 불안과
각박함이 서려 슬픔을 머금은 것도 사실이었다. 얼마나 서글펐기에
만가(挽歌)를 부르는 심정을 토로했을까. 그 같은 자신의 신세에
대해 서글픔을 느끼면서도 명종의 은혜는 언제나 그의 곁을 아직
은 떠나지 않았다고 믿고 싶었다. 기대와 희망을 아직도 품은 채,
제봉은 임지에 안착한 것이다.

그곳 지역은 동쪽과 남쪽으로는 큰 바다에 닿아 있었다. 연해는
땅이 기름진 곳이었다. 이 같은 지세나 뛰어난 풍경의 기록은 태조,
태종 때의 학자 권근과 세종 때 상신이었던 하연4)의 기록문에서도
읽을 수 있었다.

진산으로서 고을 북쪽에 무리용산을 비롯하여 서쪽의 문주산, 원
적산, 남쪽의 불광산, 동쪽의 오산이 병풍처럼 둘러 있고 남쪽 10
리에 있는 죽도, 더 나아가 동백이 가득 피어 만발한 동백도가 있
는데 동남쪽은 모두 바닷물이 넘실거린다. 방어진은 동쪽 33리에

---

3) 禮樂: 예절과 음악을 말한다. 예절은 언행을 삼가게 하고 음악은 민심을 강화시키는 것
   이라 하여 중국에서는 예로부터 사회의 질서유지를 위하여 매우 중요시하였다.
4) 河演(1376~1453)
   세종 때의 상신. 호는 敬齋. 晋州사람. 예문관 대제학을 거쳐 영의정이 된다. 문장이 典
   雅하며 古學을 좋아했다. 시호는 文孝, 文宗 廟廷에 배향되었다.

있었다. 고을 서쪽엔 입암연이 있는데 언양 남천과 취성천이 합쳐져 이 못이 되었다. 바위가 못 가운데 탑처럼 서 있었다. 물은 검푸르고, 못에는 용이 살고 있다는 전설이 내려오고 있어 가뭄 때 비가 오게 해달라고 빌면 비가 왔다고 한다.

발원지가 동대산인 남목천은 파련암포와 합하여 바다로 흘러내린다. 고을 남쪽 25리에 있는 개운포는 신라 헌강왕[5]이 학성에서 놀다가 개운포에 이르게 되자 갑자기 구름과 안개가 자욱해 그만 길을 잃고 말았다. 해신에게 빌었더니 곧바로 구름이 열렸다. 그래서 개운포였다.

이렇게 아름다운 해변이 있고 산수도 수려한 곳에서 선정을 펼치려는 때 불행인지 다행인지는 몰라도 그는 울산군수자리도 곧 파직되어 고향에 돌아오게 된다. 부임하고서 안정감 있게 자리가 채 잡히기도 전이다. 그는 무거운 발걸음을 내딛던 임지에서 또다시 고향으로 돌아오는 발걸음은 홀가분한 것이라기보다 섭섭한 면이 더할 것이다. 군민들의 성향을 파악하고 산천을 두루 살피는 데도 아직 다 이르지 못했는데 퇴임이라니 인사가 어찌 이래서야 진득하게 마음을 다잡아 변방이라지만, 지역민을 보살피고 선정을 펼칠 수 있을까. 정말 안타까운 일이었다. 군관아 유지들도 여간 서운한 기색이 아니었다. 순수 문인인 제봉이 덕행으로서 군민과 잘

---

5) 憲康王(?~886, 재위 875~886)
　　신라 제49대 왕. 성은 金, 휘는 정(晸), 景文王의 아들. 재위 중에 처용무(조선왕조 呈才 때와 驅儺儀 뒤에 추는 향악의 춤. 파랑, 노랑, 빨강, 흰빛, 검은빛의 옷을 입은 무동이 각기 처용의 탈을 쓰고 다섯 방향으로 벌려 서서 주악에 맞추어 여러 장면으로 바꿔가며 춤을 추는데, 그 사이사이에 처용가와 鳳凰吟을 부른다. 정재무)가 크게 유행했다. 서울의 민가는 모두 기와로 덮고, 숯으로 밥을 짓는 등 사치와 환락에 흘러, 신라의 쇠태기에 들었다.

어우러질 것 같은 어진 사람 같았는데, 군민들은 그들대로 기대가 어그러진 것이었다. 부임 초기에 그는 훈도를 비롯하여 이직(이치가 곧고 바름)의 서리에 이르기까지 스스로 바른 판단을 내려 처리할 수 있도록 업무를 대폭 위임하면서 직무를 소신껏 하도록 당부까지 하지 않았는가. 최대한 권리와 최소의 책임을 맡기고자 했던 것이다. 사람은 각자가 지니고 있는 양심이 일차적인 법이었다. 스스로 양심에 따라 직무를 처리하되 양심으로도 분별이 되지 않을 때는 차 상위 직 상급자와 의논하여 처리하면 된다. 최종적으로 중앙으로부터 하달된 것들과 병행해 군민들의 커다란 민원 등을 도와주는 것이 군수의 역할이라는 것을 미리 다짐한 바 있었다.

제봉은 최대한 선비정신을 발휘하여 위임정치를 희망했다. 하급관리들의 인격을 존중하고 의로움과 성실로써 직무를 처리하되 올바른 직무처리로 자부심과 영예로움을 쌓아 가도록 격려해 주는 것이 군수가 아랫사람들에게 할 도리라고 생각했다. 하급관리들의 인격과 최대한 각자의 의지를 존중하는 것부터가 시작이었다. 그것이 바른 관리법이라는 것을 오래전부터 터득하고 있었다. 이로써 제봉의 좋은 인상이 채 뿌리도 내리기 전에 퇴임이라니 의인을 잃은 군민의 손실이요, 제봉 자신에게도 모든 것이 허무하게 느껴질 터였다. 그는 고향을 향해 쓸쓸한 발걸음을 옮겨야 했다. 울산의 산과 해안가를 바라보고 또 바라보면서 때로는 머뭇머뭇 뒷걸음으로……

10. 명종의 승하

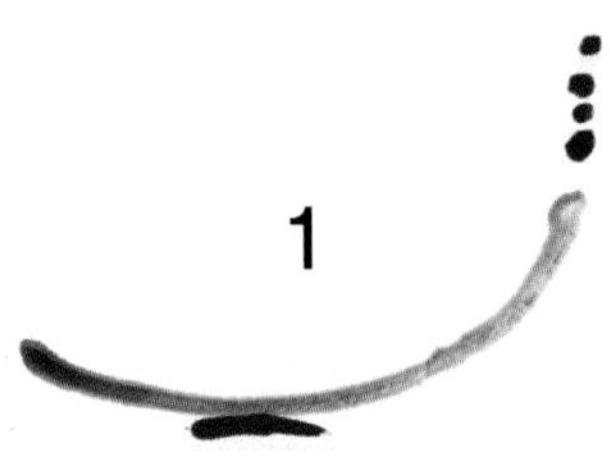

1

그러고서 4년여가 지났던가. 그의 우상과도 같은 명종이 승하한다. 그러니까 그때가 명종 22년(정유, 1567) 6월인가 보다. 그때 느낀 절망감은 또 어떠했을까. 좌절과 비통함을 그는 시로 달랠 뿐이었다.

> 날마다 유다르게도 세 번이나 임금을 뵈며
> 대궐 뜰의 외로운 발자취를 생각한다.
> 태평성대는 물같이 평온하고
> 임금의 덕행은 금옥 같은 모범이어라.
>
> 문득 결옥을 내리시어 내 뼈가 녹아들더니만,
> 갑자기 승하하시니 내 마음도 잃어버린다.
> 보잘것없는 신하가 바닷가에서
> 눈물 뿌리며 흰 머리로 시를 읊으리.

경직에 득의했던 시절을 그는 또다시 회상했다.

좌천 파직 그리고 명종의 승하로 겪는 좌절과 절망의 연속이었
다. 명종의 능 주위 병풍석까지 무너지다니…… 무너진 병풍석은
개수공사를 했다지만, 그는 이 소식도 소홀히 여기지 않고 시를 지
어 명종의 영전에 올린 것이다.

> 능의 병풍석이 무너져 남쪽 한적한 고을 멀리서 곡한다.
> 초야의 외로운 신하 아직 죽지 않았으니
> 어떻게 하면 내가 석수가 되어
> 피맺힌 마음을 능에 뿌려볼까.

그렇게 우러르며 충성을 다하고자 우상처럼 여기던 명종이 승하
한 것이다. 명종에 대한 그리움과 점철된 애틋한 사연을 임금이 누
워 있는 능에라도 뿌려야 그의 애달픔이 풀릴 것인가.

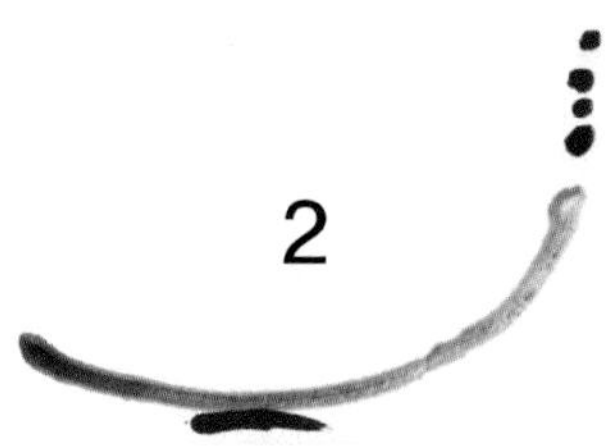

2

그가 고향으로 돌아온 지 어언 10여 년이 지나간다. 41세 때 진도로 유배왔던 내관 오계성[1]은 명종이 지은 악부를 가야금에 얹어 부른다. 인정과 풍속을 읊은 한시를 가사로 부른 것이다. 이 이야기를 전해 듣고 제봉은 눈물을 쏟으며 시 한 수를 지어 읊는다.

> 돌아가신 임금을 전에 모시던 흰머리
> 신하 이제는 하늘 끝에 가련한 사람 되었어라.
> 누가 하늘에 계신 임금이 지은 음악을
> 거친 산과 들의 물가에 와서 부르는가.

제봉은 명종의 시종신으로 지우를 받던 때를 떠올린다.

그가 정치적으로는 금고된 몸으로 고향에서 늙어가는 처지가 처량한 신세에 가련한 모습이었다.

근신의 몸이지만 명종을 보살피던 경직 시절의 추억에 잠기지

---

1) 吳繼成: 內官(內侍, 宦官)으로 궁궐에 근무하던 중 진도로 유배되어 와 있었다.

않을 수 없었다. 46세경 그는 명종의 기일에 또다시 시를 지었다.

벼슬하던 당시 보잘 것 없는 재주 다 바치지 못했는데

문득 내린 결옥2)을 쥐고 도성 문을 나선다.

산 같은 은혜에 이미 작은 힘을 다했으나

죄 맺힌 마음은 선왕을 기리는 무리에도 미치기 어려워라.

뛰어난 재주로 소동파3)에 감히 비겼지만,

영묘함은 종군에게 부끄러움을 스스로 알았다.

지금 선왕의 제일을 당해,

이삭구름 같은 향 연기 속에 마음이 애절하다.

---

2) 決獄: 범죄인에 대한 형사판결을 말하나, 여기서는 형사판결을 받은 사람과도 같은 무거운 처벌을 받은 것처럼 굳은 마음으로 한양의 성문을 나선 때를 상상한 것이다.

3) 蘇東坡(1036~1101)
蘇軾을 일컫는 호. 그는 중국 북송의 문인이다. 그의 아버지는 洵, 아우 轍과 더불어 三蘇로 불린다. 그의 아버지 아우를 포함한 당송 팔대가(당의 韓愈, 柳宗元, 송의 歐陽修, 王安石, 曾鞏, 蘇洵, 蘇軾, 蘇轍)의 한 사람이다. 그와 팔대가의 한 사람인 왕안석과 대립하여 좌천되었으나, 후에 哲宗에게 중용되어 舊法波의 대표자가 된 것이다. 그는 서화에도 능숙하다. 저서로는 ≪赤壁賦≫, ≪東坡全集≫이 있다.

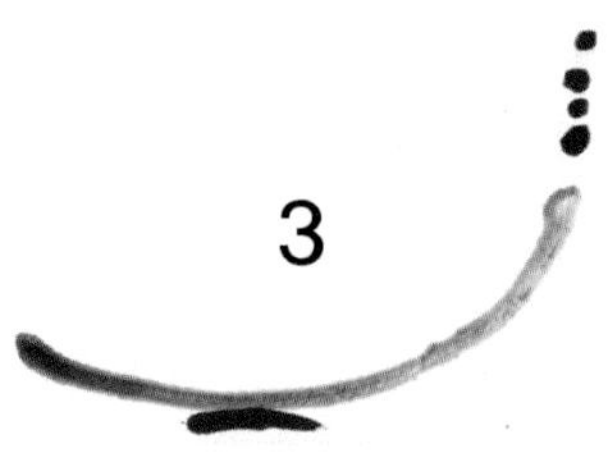

3

　그는 관직의 파면과 문외출송4)으로 임금으로부터 멀리 떨어져 있어 사랑과 신임까지도 얻지 못한 것 같았다. 그러나 언젠가는 다시 많은 사람 가운데서 특별히 임금에게 뽑히리라는 생각은 지우지 않았다. 과거사와 명종의 은우에 대한 감회가 남달랐기에 그 미련을 버리지 못하고 있는 것이다. 문사로서의 자부심도 아직 식지 않았다는 것을 명종 제일을 맞아 회상하게 된다. 몇 년 후가 되던가! 명종비가 승하했을 때도 제봉은 시를 지어 구슬피 읊었다. 그는 해직되어 고향에 지내면서 서울 중앙에서 명종의 은우를 입던 시절을 회상하는 많은 시를 남겼다.

　마음으로 갈등을 겪고 있는 그로서는 지금 득의했던 시절의 회상과의 표리5)가 아닌가. 궁중을 꿈꾸고 지은 시나, 중앙관직에 있

─────────────────

4) 門外黜送: 대궐문 밖으로 내어 보내진 신하. 조선왕조시대의 형벌의 하나, 죄지은 자의 관직을 빼앗고 漢陽 밖으로 추방하는 일, 이는 비교적 가벼운 벌이었다.
5) 表裏: 겉과 속, 안과 밖. 왕조 때, 임금이 신하에게 내리거나 신하가 임금에게 바치던 옷의 겉감과 안감.

던 때를 회상하는 대부분의 시들은 아름답고 화려하게 장식한 과거의 추억이었다.

특히 잊을 수 없는 일은 명종의 62폭 새 그림 병풍 속에 시를 지은 것이 아닌가 싶다. 사마상여[6]의 <상림부>에 비교해 자주 회상하곤 했다. 명종에 대한 그의 감회는 19년의 고향생활을 했던 것이 그에게 특별한 의미를 가져다준 것이었다.

그의 의식에서 문학적 재능을 인정해 주었던 명종의 은혜와 대우는 자신의 불우한 현실적 처지에 반추해 보아도 더욱 의미 있는 일로 새록새록 다가온 것이다.

명종이 그토록 인정해 주듯, 제봉이 시를 잘한다고 소문이 세간에 자자한 것은 분명했다. 그럼에도 그는 명예와 자기의 이익을 취하고자 하는 것에는 욕심을 내지 않았다.

항상 깨끗하게 처신하고자 그는 부단히 애를 태운다. 매일 아침 자신을 질책하듯 다짐하고 반성하는 시간을 갖는다. 그의 마음에 허탄한 생각을 품도록 틈을 허락하지 않기 위해서다. 언제나 부정한 것이란 판단이 마음에 다가올 때면 이를 담대히 물리치곤 했다.

오로지 책을 벗 삼아 그곳에만 집착할 뿐, 명리에 담박했던 그로서는 아무것도 아쉬울 것이야…… 오랫동안 초야에 묻혀 있으면서도 관직에 있는 절친한 친구나 다른 사람에게 자리를 청하는 일은

---

6) 司馬賞與(B.C. 179~117)
　　중국 前漢의 문인. 자는 長卿, 四川출생. 景帝 때 벼슬에서 물러나 後梁에 가서 <子虛之賦>를 지어 이름을 얻었다. 그의 辭賦는 화려한 것으로 유명하다. 後 六朝의 문인들이 이것을 많이 모방하였다.

결코 하지 않았다. 관직을 얻기 위해 교언영색[7] 하는 것도 그에게
서는 찾아볼 수 없었다. 변방직이든 중앙에서이든 간에 그를 논할
때 전력을 들추고 시비를 거는 사람이 있는 한 그는 사표를 냈던
터에 쌀뒤주에 저녁 먹을거리가 없어도 자리를 다시 얻기 위해 구
걸하는 일은 없었다. 그로서는 그런 행태가 마음과는 이율배반적인
것이라 생각되어 그랬을까.

<hr>

7) 巧言令色: 남의 관심을 사려고 번지르르하게 발라맞추는 말과 알랑거리는 낯빛.

4

중국 춘추 말기의 노나라 제25대 왕이던 애공[8]이 공자에게 "유가 선비로서의 행동은 어떻게 해야 하는 것입니까?" 하고 물은 데 대한 공자의 답변이 ≪예기≫(유행) 편에 있는 것을 그는 상기해 보았다.

"선비는 보배[9]를 벌려 놓고서 초빙되기를 기다리고, 부지런히 힘써 학문을 닦아 쓰이기를 바라며, 충성과 선의를 품고서 등용되기를 기다려, 힘써 실천함으로써 벼슬자리를 바라는 것입니다.

그들이 스스로 닦고 있는 것이 이와 같았습니다.

선비는 기거에 엄격하고 어두움을 두려워합니다. 그들의 거동은 공경하고 말은 반드시 신의를 앞세우며 행동은 반드시 알맞고 올바릅니다.

길을 나서서는 편리한 길을 다투지 아니하고, 여름이나 겨울에는

---

8) 哀公(재위, B.C. 494~468)
　　중국 춘추 말기의 魯나라 제25대 왕. 三桓이라 불리는 公族 三家에 의하여 추방당했다.
9) 보배: 옛 成王의 道. 기원전 11세기경 周나라 제2대 왕, 무왕의 아들.

따스하고 시원한 곳을 다투지 않습니다. 그의 목숨은 소망이 있기 때문이고 그의 몸을 보양하는 것은 할 일이 있기 때문입니다. 그들의 대비는 이와 같았습니다……."

대체로 공자의 가르침은 짧고 간결했으나 유독 이 가르침만은 길고 상세하게 기록되어 있었다. 이는 공자와 선비를 도의 구현자로 본 것은 아닐까.

어지러운 세상을 바로잡고 올바른 사회를 이끌어 나가야 할 사명감은 선비가 반드시 가져야 할 덕목이요 지도자상이었다.

"……선비는 금과 옥을 보배로 여기지 아니하고, 충성과 신의를 보배로 삼습니다. 땅을 차지하는 것을 추구하지 않고 의로움을 세우는 것으로써 땅을 삼습니다.

재물을 많이 축적하기를 바라지 아니하고, 학문이 많은 것을 부로 여깁니다. 벼슬을 얻는 일은 어렵게 생각하되, 녹은 가벼이 생각합니다. 녹은 가벼이 생각하되 벼슬자리에 머무는 것은 어렵게 생각합니다. 적절한 시기가 아니면 나타나지 않으니 벼슬 얻는 일이 어렵지 않겠습니까?

의로움이 아니면 화합하지 않으니 벼슬자리에 머무는 것이 어렵지 않겠습니까……."

이 지구상에서 가장 독특한 선비사상을 남긴 조선, 지금은 퇴색되어 그 명맥조차 유지하기 어려우나 제봉은 '선비의 길'을 다음과 같이 되뇌어 보곤 했다.

"선비는 재물을 탐하는 태도를 버리고, 즐기고 좋아하는 일에 몰두하고, 이익을 위하여 의로움을 손상시키지 않았다. 여럿이서 위협하고 무기로서 협박하여 죽음을 당한다 하더라도 그의 지조를 바꾸지 않는다. 사나운 새나 맹수가 덤벼들면 용감하게 앞장서 방어하고…… 과거에 대하여 후회하지 아니하고 장래에 대하여 미리 점치지 아니한다. 그릇된 말을 두 번 되풀이하지 않고 뜬소문을 두고 따지지 않는다. 그 위험은 끊이는 일이 없으며 그 계책을 미리 익히는 법이 없었다.

그들의 행위의 뛰어남이…… 선비는 친근할 수는 있어도 위협할 수는 없고 가까이하게 할 수는 있어도 협박할 수는 없으며 죽일 수는 있어도 욕보일 수는 없었다. 그들은 사는 데 있어 과도한 환락을 추구하지 않으며 음식에 있어 맛을 탐하지 않는다. 그들의 과실은 은밀히 가려줄 수는 있어도 면대하여 꾸짖을 수는 없었다.

그들의 꿋꿋하고 억셈이…… 선비는 충성과 신의로써 갑옷과 투구를 삼고 예의와 정의로써 방패를 삼는다. '인'을 추대하여 행동하고 정의를 잊지 않고 처신한다. 비록 폭정이라 하더라도 그들의 입장을 바꿔놓을 순 없으니……"

11. 조부 운과 기요사화

　동료 사진작가와 함께 포충사를 다시 방문하게 된 것은 그해 12월 하순, 해가 아직은 창공에 걸쳐 있을 때였다.

　제봉에게는 할아버지가 되는 하천 고운[1]의 유물인 출토품과 그의 묘지 등을 돌아보기 위해서였다.

　고운과 그의 아버지 자검(自儉)의 묘소가 함께 터를 잡고 있는 송학산(松鶴山) 아래 자리한 압촌 마을이었다. 이 마을 이름이 지어지기까지의 그 유래는 이러했다. 마을 앞에는 방죽이 하나 있었는데, 방죽에는 물오리 떼가 다른 곳에서 많이 날아들어 서식하고 있었다. 이 오리 압자를 사용한 압촌(鴨村)이란 마을 이름이 바로 그것이었다. 즉 「오리가 호리 밭에 산다」라고 해 오래전부터 '올 맛' 또는 '올 밑' 종손이라고 어른들이 부르던 기억이 새롭게 다가왔다. 그곳 지역은 예전엔 해주 황씨(海州 黃氏)가 그 이름으로 바

---

1) 高雲(1479~1530)
　　중종 14년(1519) 별시문과에 병과로 급제하고 호랑이 그림으로 유명한 화가였다. 그의 호랑이 그림은 아세아 3국에서 가장 뛰어난 그림이라는 평가였다. 벼슬에는 형조좌랑으로 있었다. 예조참판에 추증.

구어 사용했다고 하나 고운의 아버지 자검이 15세기 말 영광(현제
는 장성 삼계)에서 이전해 와 자리를 잡은 것이었다. 압촌의 뒷산
인 송학산은 풍수 지리적으로 갖고 있는 특별한 명당설은 없었다.

　학鶴 또는 말(馬)의 형상을 갖고 있다고 했다. 묘소는 송학산 남
쪽 산기슭에 넓게 자리하고 그 묘소 아래는 커다란 지석묘가 있었
다. 이는 '괸바우산소'라 부르는데 좌측 방향이 북쪽을 등지고 남
쪽을 바라보고 있어 겨울에도 따뜻하게 느껴질 것 같았다.

　이곳은 원래 고운의 아버지인 자검과 어머니가 있고, 그 아래에
고운과 그의 부인이 함께한 묘소였다. 고운은 먼저 부인 광산 이씨
와 나중 부인 죽산 안씨가 있었다. 광산 이씨는 남편보다 먼저 세
상을 떠났으나 이젠 남편과 합장되었다. 나중 부인은 200미터 떨어
진 곳에 홀로 외롭게 묘소가 있었다. 이 5사람이 세 곳에 자리하고
있던 것을 이번에 2기의 묘소로 자리를 잡기 위해 이장 중이었던
것이다. 지금은 시대 변천에 따라 비생산적인 것에 지출은 절감해
야 했다. 따라서 시제와 벌초문제가 문중의 현안으로 제기되었을
것이다. 시제를 지내고 나면 옮겨 또다시 제물을 차려야 하는 번거
로움은 물론 많은 인력과 시간을 쏟아야 했다.

　지금은 예전시대가 아니었다. 후손들이 대부분 멀리 흩어져 살고
있기에, 한번 시제에 참여하려면 많은 비용이 필요했다. 거리에 따
라 상당한 시간을 또 할애해야 했다. 그런 부담을 느끼며 오랜 시
간을 지내다 보니 시제에 참례하겠다는 마음까지도 아주 사라져
버렸는지 모른다.

　무엇보다도 근본적인 문제는 충과 효의 사상이 많이 퇴보된 데
있었다. 할아버지 당대까지만 해도 조상을 봉양하는 효성이 믿음이

요 그들 나름대로의 신앙이었다. 그러던 것이 오늘날에 와 그 정신이 희석된 것이다. 과학문명이 발달하고부터 더욱 그랬다. 과학문명과 자본주의가 번성하고 그런 사상이 또 팽배해짐에 따라 정신적인 지주로 삼았던 충효사상이 퇴화된 것이었다.

단단하고 굳은 성질이 무른 성질로 바뀌게 하는 것은 용매의 역할이었다. 경질을 연질이 되게 용해시키는 직접적인 작용은 용매가 그 역할을 맡은 것인데 과학이 충효의 정신을 희석시키는 용매의 작용을 하게 된 것이 아닐까 싶다. 그런 숭고한 정신을 바꿔 버렸기에 재향이라든가 벌초 같은 것 등은 그 필요성조차도 느끼지 못하는 지경에 이른 것이다. 충효의 정신은 물질문명에 뒤채이어 자기들과는 상관없는 것처럼 정신을 혼미하게 만들어 버린 것이다. 옳고 그름의 분별력을 아주 잃어가고 영영 되찾지 못해 인생의 진정한 삶을 방황하고 있는지 모른다.

그런 여러 가지 사정으로 시제에도 참여하기가 여간 부담스러운 일이 아니었다. 그러다 보니 광활한 지역에 산재해 있는 산소를 누가 자진해 벌초를 해 줄 것인가. 이토록 어려운 시대에 살고 있는 후손들은 대대로 이어져 내려오던 가문의 효행을 저버리고 살아온 것이다. 조상을 숭배하는 사상에 비추어 보면 자기의 조상도 모르는 금수와도 같은 불행한 삶을 살고 있는 것이다. 홀로 외롭게 있는 죽산 안씨를 남편과 함께 합장하고자 하는 뜻도 여기에 있을 것이다.

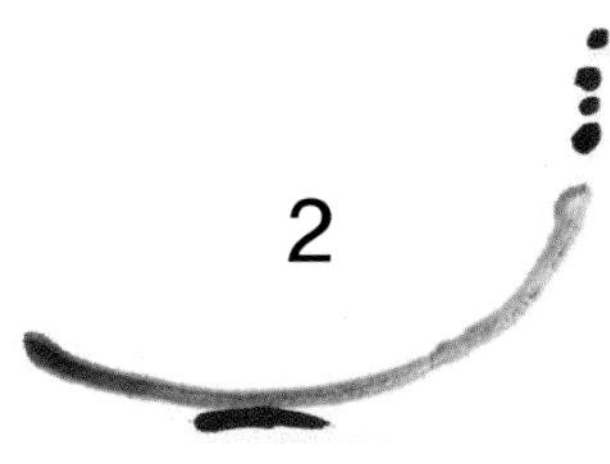

2

그러니까, 1986년 9월 광주시 남구 압촌동 송학 산기슭에서 고운의 두 부인과 아버지와 어머니 묘소를 이장하고 있었다. 고운의 묘소는 맨 마지막에 봉분을 해체하여 파내려 가다 보니, 곧바로 참숯층이 발견되었다. 역시 회곽(灰槨)이었다. 회곽으로 된 묘는 묘제에서 출토되었다. 이 회곽묘는 석회, 황토, 가는 모래를 3 대 1, 1 대 1로 섞어 느릅나무 달인 물로 반죽해 관곽의 6면을 싸 발랐다. 외부와의 공기를 차단하고 나무뿌리가 뻗어 침투해 들어오지 못하도록 막는 방법이었다. 흔히 미라가 발견되었다고 하는 장법인데, 실제로는 미라가 아니었다. 관 속에 산소가 없어 육탈되지 못하고 있는 것일 뿐이었다.

고운의 회곽묘 역시 돌처럼 단단히 굳어 있는 강회(剛灰)를 굴착기로 파헤쳐 보았다. 외관의 다섯 면은 녹인 송지[2]로 접착되어 있었다. 관은 거의 썩지 않아 상태가 매우 좋았다. 걸림돌이 제거된

---

2) 松脂: 소나무에서 나오는 담황색 수지.

뒤 외관을 열어보았다. 내관의 철판 위에 명주로 된 명정3)과 죽은 사람을 애도하는 내용의 만사지4)가 관 속에 놓여 있었다. 그것도 상태가 양호했다. 내관을 열어 매듭을 풀어 헤치자 시신의 살갗은 거의 육탈5)되지 않은 상태에서 말라 있었다. 그러나 원형 그대로의 모습을 간직하고 있었다. 거의 완벽하다고 볼 수 있는 시신과 옷 등이 그대로 드러나 있었다…….

회곽묘 제도는 고려의 석관묘에서 조선시대에 변화된 것인데, 왕실 이하 사대부 계층에서 사용했다. ≪주자가례(朱子家禮)≫의 <상례편> 작회격논조(作灰隔論條)에 기원을 두고 있었다. 이는 성리학자들이 강력하게 권장해 태조의 국상6) 때부터 사용할 것인가가 토론되었다. 인식전환이 된 것은 태종 때부터이었다. 이때부터 신료들 장례에 석회를 부의품으로 하사하기 시작했다. 조정에서는 1468년 세조의 광릉을 회곽으로 축조하기로 결정했다. 그때부터 공식적인 묘제로 인정되었다. 이후 점진적으로 민간에게도 허락되어 왕족과 사대부들의 장법으로 정착하게 된 것이다. 고운의 회곽묘는 조선조에 들어와 공식적으로 인정된 세조의 광릉 이후 약 60년 후이니까 시기적으로 빠른 편이었다.

원래 그의 묘비명에는 이렇게 적혀 있었다.

---

3) 銘旌: 붉은 천에 흰 글씨로, 죽은 사람의 관직이나 성명 등을 쓴 弔旗(半旗, 弔意를 나타내기 위해 검은 線으로 일정한 표시를 한 기).
4) 輓詞紙: 輓章, 죽은 이를 애도하여 지은 글을 명주나 종이에 적어 旗처럼 만든 것. 장사 때 상여를 따라 들고 간다. 輓詞 또는 輓詩라고도 한다.
5) 肉脫: 매장되어 있는 시체의 살이 썩어 뼈만 남은 상태.
6) 國喪: 왕조 때, 국민 전체가 상중에는 상복을 입고 애도하던 왕실의 초상.

贈 禮曹參判行通訓大夫刑曹佐郎霞川高公諱雲之墓

증 예조참판 행 통훈대부 형조좌랑 고공 운의 묘

配 贈 貞夫人光山李氏祔右

贈 貞夫人 竹山 安氏 之墓

조선조 때, 정부인은, 종이품의 문, 무관 아내의 봉작을 말하는데, 정경부인 아래이었다. 부인 두 사람이 모두 정부인의 봉작을 받은 것이다.

부우라는 것은, 부부를 합장할 때 아내를 남편의 오른쪽에 묻는 것을 말했다.

고운 묘에서 출토된 것은 15∼16세기의 것으로 추정되는 조선 초기의 복식(옷과 그의 장식품 등) 유물이 대량 발굴되었다. 이 유물들은 이 지역에서 출토된 것 가운데 가장 오래된 것일 뿐 아니라 전국적으로도 유래가 드문 것이었다. 문헌에만 의존해 왔던 것이 그야말로 조선 초기 복식의 실증되는 유물이 발굴된 것이다. 미흡했던 당대 복식연구에 귀중한 자료가 되지 않을까 싶었다.

특히 출토품은 '출토복식' 중 포류 12점,

직령7) 2, 단령8) 1, 철릭9) 6, 답호10) 3, 하의 5점, 버선 2족 등 모두 23점이 매장되어 있었던 것이다.

당자가 평상시 입던 의복으로 당시 양반의 의복과 일반 복식 연

---

7) 直領: 조선조 때, 무관이 입던 겉옷의 한 가지.

8) 團領: 벼슬아치가 평소 집무복으로 입던 옷, 깃을 둥글게 만든 공복의 한 가지다.

9) 철릭: 무관이 입던 공복(公服)의 한 가지로 직령으로서 허리에 주름이 잡히고, 넓은 소매가 달렸다.

10) 답호: 조끼모양이고, 뒷솔기가 단에서 허리께까지 틔었다. 길이가 두루마기처럼 긴 벼슬아치의 관복 또는 군복의 한 가지.

구에 귀중한 자료가 될 것이었다. 유물은 부식되지 않아 보존상태
가 양호했으니 말이다. 의복의 형태와 직물, 염색 상태 등 400년이
훨씬 넘은 유물의 보존이 잘된 것은 묏자리가 석회와 황토, 가는
모래 등 적정량을 섞어 느릅나무 달인 물로 반죽하여 관곽의 육면
을 1자(30㎝) 이상 싸 발라 외부와의 공기 유입이나 나무뿌리 침입
을 막는 장법이 바로 이 '회곽묘(灰槨墓)'였기에 보존이 잘되었던
것이 아닌가 하는 생각이 들었다. 기타 유물로는 만사지 16, 명정 1,
자리 1, 칠성판, 관곽 2 등을 포함하면 모두 43점이나 되었다. 이상
의 모든 출토물은 조선조 때의 것이었다.

3

　출토된 것 중에 고운의 만사지(輓詞紙)는 모두 16매가 있었다. 대체로 상태는 양호했다. 현재 10점은 거의 완벽하여 판독이 가능했다. 그러나 나머지 6점은 부분적으로 판독이 어려웠다. 만사지는 죽은 사람을 애도하는 지우나 학문상의 선후배들이 종이에 쓴 글을 말하는데, 이 만사지는 보통 만장(輓章)이라고 불렀다. 만장은 얇고 길다란 천에 쓰고 있었다. 그 천을 긴 대나무에 걸어 세우면 바람에 휘날리게 마련이다. 갖가지 만장을 든 사람들은 상여 앞뒤에 줄지어 장지까지 상여를 따른다. 輓歌(상여소리)를 들으며 줄지어 가는 만장의 숫자에 따라 죽은 이 신분의 고하를 짐작하게 된다. 그러나 장지에서 태워버리는 것이 통례이었다. 하지만 조선조 초기에는(청원군 북일면 순천 김씨 묘 안에서 만사지 3점을 발견했다) 두꺼운 장지에 쓴 만사지가 관에서 출토된 것이다. 고운의 만사지는 안쪽 관과 바깥쪽 관 사이에서 발견되었다. 만사지에 연잎과 연꽃이 그려진 것을 보면 조선조 초, 중기에는 아직 고려의 불교적 전통이 숨 쉬고 있다는 느낌이 들었다.

이것은 희귀한 자료인데, 고운을 이해하고 그의 손자인 제봉에게 가문의 전통에 따라 어떤 영향을 미쳤는지 알아보는 기회가 되었다. 따라서 만사지를 쓴 인물들이 어떤 신분들이었는지 아는 것도 고운을 이해하는 데 많은 보탬이 될 것이었다. 내용의 글들을 여기에 옮겨본다.

만사 1
英姿雅量世無肩
아름다운 그 인품을 어느 누가 따를 손가.
鵬擊湖南搏九天
붕새처럼 높이 날아 호남 땅에 내려앉았다.
易簀未能觀所恃
돌아갈 당시에는 모친 얼굴 뵙지 못하니
從知此限到重泉
이 같은 깊은 한을 지하에선들 잊을 손가.

嘉善大夫守全羅道觀察使兼 兵馬水軍節度使 李芄 拜挽
가선대부(종이품 문무관) 수 전라도관찰사 겸 병마수군절도사 이환 삼가 애도한다.

만시는 칠언절구로 작성되었다. 관찰사 이환은 덕수 이씨였다. 그는 중종 10년(을해) 알성문과에 급제하고, 나중에는 예조판서까지 역임한 사람이었다.

2

茫茫宇宙幾豪英

높고 넓은 이 우주에 영웅호걸 몇몇 일고

塵土形骸獨有名

그의 몸은 죽었으나 이름은 높았다.

蜉蝣出沒同千古

하루살이 우리인생 예로부터 그러하니

不必悲歡死與生

죽고 사는 일에 어떤 슬픔과 기쁨 있을 손가.

通訓大夫 光州牧使 張世弼 拜哭

통훈대부 광주목사 장세필 삼가 아뢰며 운다.

이 만사도 역시 칠언절구로 되어 있었다. 장세필의 본관은 陽川
이다. 중종 2년 정묘에 식년문과 병과로 급제하고, 寺正의 벼슬을
역임했다.

3

英氣分光岳

산악처럼 뭉쳐 있는 밝은 영기 간직하고

才名動一時

한 시대를 움직이는 높은 재주 지녔는데

命乎遲爾達

하느님의 시샘인가? 높은 곳 오르지 못해

天或嗇其施

뜻을 펼치지 못하니 불운이 그의 몫인가.

白首郎官困

흰머리 늙음에 랑관 벼슬이 고작이고

金章縣邑知

금옥 같은 문장이 온 고을에 떨치네.

亨屯終未會

빈부귀천 그 이치를 미리 알기 어려운데

胡復遽長辭

어이하여 이같이 세상을 떠나는가.

4

鄕社情親慣

한 고을에 함께 살며 그지없이 다정하나

交遺少長分

나이 차이가 있어 소장(少長)관계이었다

當吾來縣邑

능성고을 원님으로 이 지역에 부임할 때

値子在林村

자네 마을 찾아가 서로 함께 만났네 그려

未盡登朝喜

벼슬하는 기쁨을 못다 이룬 이 시기에

施驚哀訃聞

슬픈 소식 전해 듣고 그지없는 놀라움

拘官暎執紼

관청 일에 얽매이어 상여 뒤를 못 따르니

沈痛豈堪論

이 마음 애통함을 무어라 말할까

5

昨夜霜風摧玉芝

어젯밤의 상풍으로 맑은 지초 무너지니

儀容無復見當時

지난날의 그 모습 다시 보기 어렵다

落花不語空辭樹

나뭇가지 지는 것은 말없이 떨어지고

流水無情自入池

연못가의 맑은 물 하염없이 흐른다.

夢斷漆園蝶化速

칠원(漆園)땅의 꿈속에서 나비되어 함께 놀고

月明華表鶴歸遲

무덤가의 달빛 아래 학과 함께 날았다

稒中無限傷心事

그런 때 이 마음도 한없이 슬퍼진다.

只是幽冥路已非

다시 못 올 유명(幽冥)길을 기약 없이 떠났네.

여기서 말한 칠원(漆園)은 지은이가 꿈에 나비가 되었다. 나비가 된 죽은 이와 함께 즐겁게 노는 것을 말했다. 이는 호접몽(蝴蝶夢)을 꾸었다는 중국 송나라 때의 장자(莊子)의 이야기를 본떠 말한 것 같았다.

通德郎行 綾城縣令 鄭萬鐘 哭送

조선왕조 정오품 문관인 정만종(태어난 때와 죽은 연대는 밝혀지지 않았다) 슬퍼한다.

그는 문신으로 호는 조계(棗溪)이다. 본관은 광주이고 구진(龜晉)의 현손이었다. 그는 중종 병자년(1516) 문과에 급제하여 예조판서와 7도 관찰사를 역임했다. 1550년에 부총관으로 동지춘추관사를 겸하고 ≪중종실록≫ 편찬에도 참여했다.

6

仕宦當年擬大用

벼슬하던 당시엔 크게 쓰일 줄 알았는데

那知才器竟無施

그의 뜻이 꺾일 줄 어느 누가 알았을까

一聲薤唱搖殘月

새벽녘 달빛 아래 들리는 상여소리 구슬퍼

老淚無端滿瞼垂

뺨을 적신 늙은이 눈물 하염없이 흐른다.

通政大夫 禮曹參議韓承貞 哭

통정대부 예조참의 한 승정 소리 내어 운다.

한승정(1478∼1534)은 조선 중기의 문신이었다. 본관은 청주인데 1507년 진사가 되고 1515년 별시문과에 병과로 급제했다. 전적을 거쳐 전라도사, 장령 등을 지낸 이다.

7

山河鐘異秀

산수정기 우뚝해 뛰어난 인재 태어나니

磊落脫凡才

아름다운 재주와 품성 평범하지 않았다

事業由金榜

문과시험 급제하여 벼슬길에 올랐지만

經綸志莫開

그의 뜻 펴지 못해 많은 불운 따랐다

蘧年猶未至
살아 있는 그 수명 거옹(蘧翁)에 못 미치니
莊夢忍何催
지난날 높은 꿈일랑은 속절없이 되었네.
執綍城西路
상여 줄 부여잡고 그의 뒤를 따라가니
那堪淚滿楒
흘러내린 슬픈 눈물 양 볼을 적신다
通政大夫吏曹參議 元繼蔡 拜哭
통정대부 이조참의 원계채(1492~1539) 삼가 슬퍼 운다.

이 만사 중에 지적한 거옹(蘧翁)은, 중국 위(衛)나라 때 55세의 나이로 일찍이 작고한 당시의 어진 관리 거원(蘧瑗)을 가리킨 말이다. 원계채는 조선시대 문신이었다. 본관은 원주이고 자는 수보(壽甫)이다. 사마시에 합격한 그는 곧 진사가 되었다. 1519년에 대사성과 황해도 관찰사를 역임했다. 외교문서를 작성하는 데 그의 탁월한 능력이 인정되었다.

8
擧鄕初見鹿鳴來
급제하여 오는 모습 온 고을이 처음보고
共擬蜚騰展盡才
그의 재주 칭송하며 높은 기대 가졌다
十載郎潛還落拓
십 년간 벼슬살이 허무하게 무너지고
一生心計竟摧頹
한평생 높은 뜻 속절없이 끝났다

白頭偏母知誰養

홀로 계신 어머니 어느 누가 봉양하며

黃口諸兒更可哀

아직 어린 여러 아들 그지없이 슬프다

萬里光山歸葬處

머나먼 길 광산 땅에 편안히 안장하니

老夫揮淚首空回

하얀 머리 뒤로 돌려 많은 눈물 흘린다.

嘉善大夫 吏曹參判 尹希仁 哭

가선대부 이조참판 윤희인 슬피 운다.

윤희인의 본관은 파평이다. 중종 원년에 별시문과 병과로 급제하여 이조참판을 역임했다.

9

文章嘗與化工同

글 짓는 솜씨가 화공처럼 뛰어나니

羽翼淸朝物望重

벼슬길 오른 뒤 높은 물망에 올랐다

秉牘秋官勤庶獄

형조좌랑 근무하며 여러 옥사(獄事) 처리하고

佩0春郡扇仁風

적은 고을 다스리며 어진정사 펼쳤다

傷哉姿懷吾安仰

슬프다 이 몸 어느 누구에게 의지할고

巳矣蘭摧道赤窮

맑은 난초 꺾이면서 바른 도가 사라지네.

昔日摳衣函丈處

지난날에 모시었던 선생님의 그 자리에

凄凉夜樑月朦朧

아름다운 저녁별이 처량하게 비친다.

門人進士 李成林 拜挽

문인진사 이성림 삼가 슬퍼합니다.

　본관이 광산인 이성림은 사헌부 지평을 지냈다. 별좌(別座) 효선
(孝善)의 아들이었다.

10

罷病爾來三問安

병을 앓은 이 후로 세 차례를 찾아가니

病瘳吾送爾之官

병이 나아 내가 벼슬길에 오를 때 전송했네

方期進秩橫金帶

금띠 두른 높은 벼슬할 것으로 알았는데

豈科成仙降玉館

오늘날엔 신선되어 옥관으로 내려와 있네.

客弔靑山秋栢老

늙은 송백 가을 산에 많은 조객 모여들고

兒啼暮屋夜0寒

차가운 밤 저문 집에 어린아이가 운다.

舊時屢寄泥緘在

지난 옛날 부친 편지 봉투까지 있지만

巾笥深藏不忍看

서랍 속 깊이 숨겨 차마 보지 못했다.

巴人 尹之和 哭
파인 윤지화 아! 슬픕니다.

　이는 조선 중기 문신이었다. 참판 윤구(溝)의 아들로 호는 남촌(南村)이다. 갑자년 진사에 합격하고, 정랑으로 관직에 있었다. 그는 하천 고운과 감사(監司) 정만종, 눌재 박상과 더불어 시로써 창화(시를 그가 읊으면 고운은 화답)하던 시가 많이 남아 있었다. ≪남촌 유고≫도 남겼다.

11
압촌, 유곡 두 마을이 함께
닭, 개소리가 어우러진다.
총각시절 때부터 함께 노닐다
늙어가는 오늘까지 맺은 깊은 정
나부끼는 쑥댄가 쓸모없는 이사람
아름다운 그대 집에 몸을 붙였다

어김없는 그 뜻 옻칠과도 같고
오고가던 사귄 정 물과 같았다
삼십년의 오랜 세월 동안 다정히
서로 조심하니 불편함 없었다.
세 가지 덕으로 나를 일깨워 주니
거짓 없는 그 성심 깊은 감명 준다.

의형적인 그 이름 친구가 아닌가.
속 깊은 정 형·아우와도 같았다
아름다운 그대문장 찾기 어려워

봄 하늘 구름처럼 기상 뛰어나고
글 쓰는 모습 유수처럼 유창하다
천만 장의 글 하루사이에 마친다.
어이해 여러 차례나 발을 헛디뎌
쓰러져 넘어지는 곤경 겪었을까
그 큰 재주 어찌 오래 묵힐 손가
또다시 일어나 평생 뜻 이루었지
오늘 내 몸은 하염없이 쇠약해져
곤궁히 살아가는 황혼 되었기로

그대의 인품 태산처럼 우러르고
애처로운 내 처자 부탁하려는 때
하느님 깊은 뜻 헤아리기 어려워
생각 밖의 이런 일 그같이 다른가.
탄식한들 이 마음이 풀리리
큰소리로 통곡 그지없게 울고 있네.
빈부귀천 상관 않는 한결같은 그 마음

생·사간 깊은 정 차이가 무엇일까
생각했던 모든 것 이같이 무너지니
갈 곳 없는 이 사람 누구를 의지할고
이 몸은 평생 깊은 근심에 싸였으나
그대는 유감없게 이 세상 떠났네
부모 앞서 떠난 불효 깊은 한 되련만

어진 아들도 그의 뒤를 이어가고 있다
뜻을 펴는 높은 자리 오르지 못했으나
한 고을 맡아 낮은 벼슬은 하지 않았는가.

길지 못한 수명 한탄한들 무엇 할까.
옛날 안연(顔淵)에 비해 20년은 더 살았다
뒤를 이은 여러 아들 뜰에 가득하니
어느 누가 더 나은지 구분키 어렵다
사람마다 너나없이 함께 입을 모아
장래 인제들이라 칭송이 자자했다
사는 집 마을 뒤 높은 산 자리하니
소나무 잣나무 그지없이 푸르구나.
풍수지리 그 이치 빠짐없이 적용해

좋은 명당자리에 편안히 누었구나.
선영의 자리에 어머니가 계신 곳
지척 간에 서로 함께 다정히 있으니
오늘저녁 집을 떠나 구천에 노닐면서
평소처럼 효성으로 즐겁게 해 드릴 때
아름다운 그대를 두 손으로 껴안으며

날을 듯한 그 기쁨 서로 나눈 후에
그 같은 기쁜 소식 알려주기 바라네.
백년 세월인들 얼마나 되겠는가.
하고 싶은 내 말 그지없이 많지마는
몇 마디 글로 내 뜻을 읊조리면서
이제 전송을 위한 맑은 술잔 받으오.
나도 모르는 하염없는 눈물 흐르네.
여보게, 하천 어이 어이 이이……
竹城 朴時賢 挽哭
죽성 박시현 그대가 그리워 슬피 운다.

문장에 나오는 안연은 중국 노魯나라 때 32세의 젊은 나이로 세상을 떠난 공자의 수제자 안회(安回)의 자를 말한다.

이상의 만사는 뒤로도 嘉善大夫, 兵曹參判, 黃孝獻(1491～1532) 문신. 본관은 장수(長水), 호는 축옹(蓄翁), 현옹(玄翁), 신재(愼齋), 진사로 중종 9년(1514) 별시문과에 을과로 급제하여 홍문관 직제학, 동부승지 등을 지낸 사람이었다. 그는 학문을 좋아하고 문장에도 뛰어났다. 상주 옥동서원에 그의 제향을 지내고……

글자가 많이 훼손되어 판별이 어려운 만사를 읊었던 자헌대부(資憲大夫) 이조판서(吏曹判書) 홍언필(洪彦弼) 만(挽). 그는 1476～1549 사이의 문신으로 호는 묵재(默齋)이다. 본관은 남양(南陽)이고 1504년에 문과에 급제하였으나 갑자사화에 연루되어 진도로 귀양 갔다가 중종반정 이후 사면을 받았다. 시, 서, 화에 모두 뛰어난 사람이었다.

통덕랑 수 영광군수 임백령11) 중훈대부 수 나주목사 ○○손(中訓大夫 守 羅州牧使 ○○孫) 등이 또 있었다. 이들 만사는 훼손되어 글자 식별이 불가능했다.

---

11) 林百齡(?～1546)
　　조선왕조 중기의 문신. 자 仁順, 호 槐馬, 通德郞 守靈郡守. 그는 善山사람으로 中宗 14년(1519) 갑과로 등제하여 湖堂에 뽑힌다. 明宗 즉위, 1545년 호조판서로 尹元衡 등의 小尹에 가담 乙巳士禍를 일으켜 衛社功臣(保翼功臣의 고친 이름) 1등이 된다. 그러나 宣祖 때는 官爵이 追奪되었다.

4

　여기 만사지와 여러 출토품은 조선시대 양반사회의 정착을 16~17세기로 보았을 때, 고려의 제도와 풍습 등이 성리학적 사회로 교체 정립되는 시기의 유물로 믿어졌다. 이는 고려의 복식전통을 살펴보기에 가능해진 것이다. 장례문화에 정통한 학자는 '국내의 회곽묘' 출토복식 중에서 2~3번째로 빠른 시기의 유물이지만 완전한 상태로 다량의 복식이 출토된 것은 국내에서 제일 빠른 시기이다.'로 보았다. 문헌에만 의지해 왔던 조선시대 초기 복식에 대한 실증 유물로 시대가 확실한 15~16세기 복식임이 분명해진 것이다. 특히 의복의 제작과정에 있어서는 소재마다 다르게 표현되는 바느질 방법과 포의 주름잡는 기법에서 의복구조의 실용성과 합리적인 구성법을 볼 수 있었다. 같은 시기의 다른 지역 출토복식과 다르게 솜옷엔 누비를 전혀 사용하지 않았다. 남자의 솜바지인 경우는 한쪽 안감이 짧게 구성되어 있었다.

　그동안 미진하던 하의(下衣)에 대한 구체적인 연구 자료라는 데 그 가치가 인정된다고 했다.

　이 유물은 고 운이 당대 어떤 신분이었나 하는 것을 말해 주었다. 출토된 이 유물은 제봉의 아들인 해사 공 由 厚의 후손인 하천 공 종중 한 자손에 의해 2000년 3월 광주 민속박물관에 기증된 것임을 알았다.

　조선 중기 문인이었던 하천 고운은 기묘사화 때 화를 입고 짧은 벼슬생활을 마감하고 낙향한 후 평소 절친했던 눌재 박상, 남촌 윤지화 등과 왕래하면서 여생을 보낸 것이다.

5

제봉은 그의 할아버지 운이 기묘사류로 사상을 함께 나누고 서로 가까이 지내던 친구 조광조가 17세 되던 해에 그의 스승 한원당 김굉필[12])로부터 직접 전해 들었다는

'유가 선비가 마땅히 지켜야 할 행동'에 대한 설법을 되새기던 그의 가슴에 아프리카 초원의 우렁찬 백수의 왕 울음소리가 되어 천둥처럼 울려 퍼질 터였다.

'선비의 사상'은 하루아침에 반역 죄인이 되어 유배를 떠나는 조광조의 가슴에도 사자후가 되어 울부짖고 있었는지 모른다.

……지난 세월 조광조가 그렇듯 제봉 자신의 처신을 끊임없이 되새기고 반추하곤 했을 것이다. 한훤당이 조광조에게 준 유훈도 그의 서책을 통해 제봉은 잘 알고 있었다.

---

12) 金宏弼(1454～1504)

성종 때의 성리학자. 실천궁행의 정신으로 행동한 조선왕조 五賢의 한 사람이다. 자는 大猷, 호는 蓑翁, 寒暄堂, 瑞興사람, 김종직의 문하. 연산군 4년(무오, 1498) 무오사화에 관련되어 熙川으로 귀양 갔다가 조광조에게 자기의 학문을 전해 주었다. 연산군 10년 갑자사화 때 처형되었다. 저서로 ≪家範≫, ≪景賢錄≫ 등이 있다. 문묘에 배향되었다. 시호는 문경(文敬).

"선비는 허름한 집, 협소한 방, 싸리문이 달린 집에 살더라도 옷을 갈아입어야 나갈 수 있고 하루에 한 끼밖에 먹지 못할 처지일지라도 임금이 응낙한데 대해서는 감히 의심치 아니하고, 설령 임금이 응낙하지 아니한다 하더라도 감히 아첨하지 않는다.

그들의 벼슬하는 태도가 바로 이런 것이었다.

선비는 지금 사람들과 함께 살고 있지만 후세에 모범이 되고, 마침 좋은 세상을 만나지 못하여 임금이 끌어주지 못하고 신하들은 밀어주지 아니하며 아첨을 일삼는 신하들 중에 붕당을 이루어 가지고 그를 위협하는 자들이 있다 하더라도, 그의 몸을 위태롭게 할 수는 있으나 그의 뜻을 빼앗을 수는 없었다. 비록 위태롭다 하더라도 행동을 하는 데 있어서는 끝내 자기 뜻을 믿으며 백성들의 고통을 잊지 않으려 한다는 것이다. 그들의 걱정은 이와 같았다…….

선비는 비난하고 천하다고 해서 구차하게 굴지 않고 부귀를 누린다고 해서 함부로 행동하지 않는다. 임금의 권세에 눌려 욕을 보지 않으며 높은 자리의 사람들 위세에 눌려 끌려 다니지 않고, 관권에 눌려 그릇된 짓을 하지 않는다. 그래서 그들을 선비라 부르는 것이다.

6

조광조가 그의 스승으로부터 전해 들었던 이 유언을 평생 동안 금과옥조로 삼았던 것처럼 제봉 역시 그렇게 한 것이었다. 그러나 그에게도 사람으로서의 마땅히 지켜야 될 도리를 다하지 못한 것이 있었다. 그의 꿈에 나타난 어머니가 그의 잘못을 아주 선명하게 일깨워 준다.

꿈을 꾼 밤. 꿈속에서 그는 정경부인의 칭호를 받은 어머니의 묘소에 들러 참배를 하고 있는 중이었다.

그가 직접 기록 하고 주석을 달아놓은 글에는 이런 내용이 들어 있었다.

「꿈을 꾸었을 때 선비13)께서 나를 보고 눈물을 흘리면서

"네가 왜 몸과 마음가짐을 삼가지 않느냐? 장차 하늘이 내리는 꾸지람을 면할 길이 없을 것이다."

하시기에 나도 울면서

---

13) 先妣: 돌아가신 어머니, 前妣.

“선비의 영(靈)으로써 하늘에 기도하여 면하도록 할 수 없겠습니까?” 했다.

“기도한다고 지은 죄를 면하겠느냐?”고 선비는 내게 말씀하신다.

나는 계속 부르짖고 애걸하는데. 얼마나 지났을까. 선비께서는 애타게 부르짖는 나를, 측은하게 여기셨는지 그렇게 해 보겠다고 허락해 주신다. 그러자 나는 평생 동안 죄를 짓지 않겠다고 선비께 맹세를 했다. 이윽고 조심한다는 뜻으로 나의 왼쪽 손등에 칼로 경자(敬 字)를 새기면서 엉엉 울다가 그만 꿈을 깬 것이다.」

그의 나이 35세가 되던 해 6월 27일 새벽녘이었다.

대개 부모의 자애한 마음은, 돌아가신 후에도 자식을 잠시도 잊어버리지 않고 무슨 일이 있을 때는 분명히 현몽하여 안전하게 보호하려는 모성본능의 혈연은 죽음 후에도 끊이지 않는가 보았다.

자식 된 자로서 부모가 낳아준 몸뚱이를 갖고 살아계실 때도 편케 받들지 못했다.

그럼에도 불구하고 부모가 돌아가신 후에 몸가짐을 삼가지 않아 이런 걱정을 끼쳐 드렸으니…… 이를 두고 사람들도 모두가 잘못이라고 할 것이다. 또한 귀신도 꾸짖게 될 것이 아닌가. 죄를 어떻게 면할 것이냐 하는 마음으로 거처하는 집 이름을 ‘경재’라 하고 스스로 경계한 시가 있었다.

돌아가신 어머님 꿈속에 뵈었건만
흐느껴 울면서 꾸지람만 들었네.
분명히 새긴 경자 뼈아프게 생각하고

다시는 잘못이 없도록 하련다.

어머니가 그의 꿈에 나타나 꾸짖던 다음 날인 6월 28일 명종이 승하한 때를 다시 회상한다.

그때의 슬픈 마음을 견디지 못해 시 한 수를 지어 스스로 자신을 달래고 또 달래었다.

이십년 동안 우리나라 성군이다.
변방엔 일 없고 민심도 안정되었다.
초야에 숨은 선비 뽑아 쓰려고
앞자리 비워놓고 늘 기다린다.

왜 그만 억조창생 다 버리고
갑자기 저 제향14)으로 떠났을까.
옛날에 은총 받던 이 외로운 신하는
뜬 구름이 앞을 가려 눈물만 흐른다.

다시 등용되기 전까지 제봉은 자연을 바라보고 비춰보면서, 즉 물질의 속성과 사물의 그 날카로운 성질 그 자체로 인식하고 있었던 것이다. 자연이 시인의 마음이나 정서와 합일된 것이다. 여운이나 통합적으로 언어의 정서적 환기를 드러내지는 않았다. 풍부하고 아름다운 표현으로 장식한 것이다. 화려한 표현에 집착하지 않은 경우에도 자연은 서경(자연의 경치를 글로 표현)적 사물로 나타낸다. 고향에서 보내던 시기에 제봉은 자연 속에서의 삶에 의미를 부

---

14) 帝鄕: 皇城, 제왕이 난 곳. 하느님이 있다는 곳.

여하고 심적인 갈등을 해소하려 했다.

광주 인근 향촌에 거주하는 사대부들과 함께 자연을 즐겨 구경하면서 남은 생을 즐기려했다.

그는 사대부의 교양을 지니고 탈속적으로 살아가는 모습을 그리곤 했으니까. 그에게 자연이란 현실적 욕망이 좌절되고 포기되었을 때 받아들여지는 현상이었다.

> 길이 절로 들어가니 자취[15]빛 산이 겹겹이고
> 곁에 솟은 향로봉은 가장 높은 봉우리 어라
> 선가의 풍경 중 반드시 기억 될 것은
> 백길 바람 부는 못가에 오승송[16]이리라.

---

15) 紫翠: 자줏빛과 녹색.
16) 五鬣松: 솔잎이 짧아 더부룩한 다섯 소나무.

12. 동서 당쟁

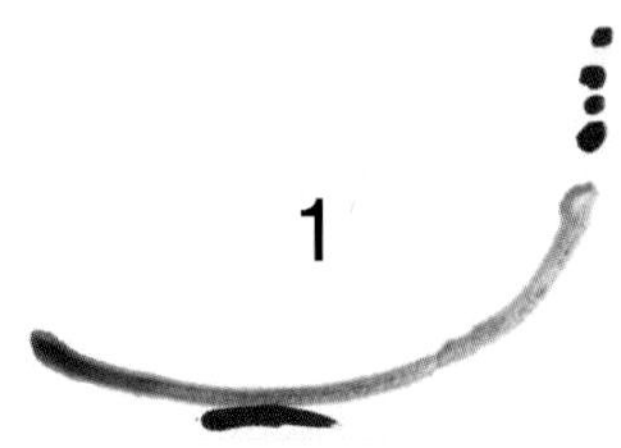

선조 8년(을해, 1575) 그의 나이 43세. 제봉은 당시 의정부의 정사품 벼슬을 지내다가 고향에 돌아온 송강에게 마음에 담아두었던 회포를 적어 보낸다.

당시 당론은 일치하지 않았다. 이러니저러니 하면서 세상을 떠들썩하게 했다. 선조 초부터 심의겸[1]과 김효원[2]의 폄론(남을 폄하하는 토론)을 발단으로 심의겸은 서인, 김효원은 동인으로 각각 거두가 되어 당파가 생긴 것이다. 뒤에는 다시 동인이 남인과 북인으로 나뉜다. 북인은 또 대북인 소북인으로 갈라져 나간다. 서인은 노론, 소론으로 갈리어 또 파벌을 이룬다. 그들은 서로 헐뜯고 배척하는 일이 많아진 것이다.

---

1) 沈義謙(1535~1587)
　선조 때의 문신. 자는 方叔, 호는 巽庵, 靑松사람. 소장학자 김효원과의 대립이 도화선이 되어 서인의 거두가 된 후 선조 8년(을해, 1575) 김효원과 같이 외관으로 내쫓기고 선조 14년(신사, 1581)에는 파직되었다.

2) 金孝元(1532~1590)
　선조 때 동인의 중심인물. 자는 仁伯, 호는 省庵, 선산사람. 曺植, 李滉의 문인. 왕실의 인척이 되며 구세력인 沈義謙과 대립, 당쟁의 근원이 되었다.

정철이 조선 왕조 초에 문하부의 내사사인(의정부의 정사품 벼슬인 비서관)이던 그해 7월 황해도 재령에서 종이 주인을 살해한 사건(奴弑主之變)이 일어났다. 동서 당쟁이 치열하게 불붙기 시작한 것은 바로 이때부터였다. 논쟁이 엎치락뒤치락하던 끝에 서인에 가까우면서도 중도파인 율곡[3]은 양파의 주동자를 외직으로 내보내는 보외책을 상께 건의했다. 김효원은 부령부사로, 심의겸은 개성유수(정이품)로 각각 보냈는데, 성공을 거두었다고 볼 수는 없었다. 그러나 그 논쟁에서는 서인이 일단 득세했다.

송강은 동인의 영수 김효원을 맹렬히 비판하면서 이 기회에 동인의 기세를 완전히 꺾어 버리자고 율곡에게 권유한다. 그러나 율곡은 송강의 권유를 받아들이지 않는다. 절친했던 친구인 율곡은 오히려 송강에게 조정을 혼란시키는 정쟁을 일삼지 말았으면 하는 뜻으로 충고를 해 준다. 친구를 정말 아끼는 마음에서 한 고언이다.

자기 말을 들어주고 지지해 줄 것으로 믿었던 송강은 쓰디쓴 친구의 충고에 득의만면하듯 한 얼굴이 순식간에 침울함으로 바뀐다. 그는 실의에 잠겨야 했다. 늘 어두운 얼굴로 조정에 머물던 송강은 이제 더 이상 율곡과는 의기상투할 수 없다고 판단해 버린 것일까. 그는 자기의 야망대로 백성을 바르게 다스리고 임금을 잘 보필하려던 미련을 접어야 했다. 이를테면 그의 꿈과 희망을 일단은 보류

---

3) 李珥(1536~1584)

중종, 선조 때의 儒賢, 문신, 자는 叔獻, 호는 栗谷, 石潭, 愚齋. 본관은 德水, 師任堂 申氏는 그의 어머니. 江陵 출생. 승지, 부제학, 대사헌, 대제학, 호조, 이조, 병조판서 등 내외 요직을 두루 역임했다. 스승으로 공경하였으나 퇴계 李滉과의 교류는 그렇게 길지 않지만 퇴계의 영향을 크게 받았다. 더불어 주리파, 주기파의 양대 산맥의 주봉을 이루었다. 저서로는 ≪율곡전서≫가 있으며 특히 ≪성학집요≫, ≪격몽요결≫, ≪경연일기≫ 등은 일반에게 널리 알려져 읽히고 있다. 이 밖에 ≪사서율곡언해≫와 ≪고산구곡가≫가 있다. 특히 해동공자라 칭하여지고 文廟에 배향되었다. 시호는 文成.

해 두자는 것이다. 송강은 그해 10월 조정에 사직서를 내던지고 창
평으로 낙향해 와 있었던 것이다.

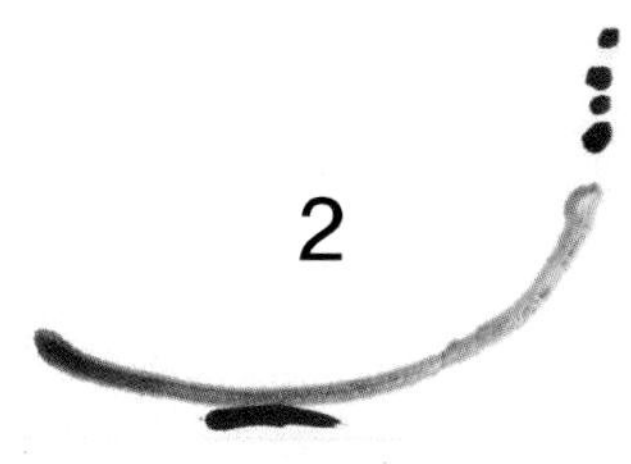

2

'산 같고 물 같음도 운명이런가.'

송강은 관직에서 물러나 서울을 떠나면서 율곡에게 전송시를 띠우면서 소회를 피력했다.

율곡과 헤어지며	贈別栗谷
그대의 뜻 산같이 높아 움직일 리 있으랴만	君意似山終不動
물처럼 흐르는 이 몸이야 언제 다시 돌아오리.	我行如水幾時廻
산 같고 물 같음도 운명이라 할런가.	如水似山皆是命
늘그막 가을날에 하 많은 생각 가늠키 어려워라.	白頭秋日思難裁

나름대로 두 사람의 강직함과 천재성을 누가 부정할까. 영험하다는 태산도 인간의 무모한 행동에 때로는 준엄하게 대하지 않는가. 태산과도 같은 율곡의 굳은 지기가 폭포수처럼 내리꽂히는 험한 물길에도 흐트러질 리 만무했다. 자기가 가야 할 곳을 향해 치달아

야 직성이 풀리는 물의 성질을 닮은 송강의 천품은, 배려의 여지를 남겨 둘 수 없는 곡직(사리의 옳고 그름, 굽은 것과 곧은 것)을 분명히 해 두지 않으면 안 되는 율곡의 정적인 성품과는 애초부터 갈등의 소지를 안고 있었다. 그러면서도 한동안 친구로서 교분을 쌓아 온 것이다. 그러던 것이 자기 나름대로의 자아가 확립되어 가는 결정적인 과정에, 자신들의 분명한 의지가 분출한 것이다. 율곡은 사람과의 사귐에 있어 무난한 편이었으나 너그러움엔 인색하고 다른 사람의 단점을 밝혀내려 하였다고 기록은 전한다.

율곡의 까다로운 성정은 불가의 가르침인 선문에 대한 견해에서도 읽을 수 있었다. 그런 가르침이 생겨나게 된 배경은 이러했다.

어느 날 마조의 제자였던 대매(大梅)가 마조를 친히 만나보고 이렇게 물어봤다.

"무엇이 부처입니까." 그러자 마조가 대답한다.

"자네 마음이 곧 부처다." 대매의 당돌한 질문이 이어진다.

"그것을 어떻게 얻을 수 있습니까."

"빈틈없이 지켜 나가야 한다." 대매는 다시 묻는다.

"법이란 무엇입니까."

"자네의 마음이 바로 그것이다."

……

'네 마음에 하나님이 있다.'고 하는 예수의 가르침과도 다를 바 없었다. 불가에서는 '유형의 만물을 색'[4]으로 본다면, 만물은 모두 인연에 의해서 생겨난 것이고, 본래 실재하는 것이 아니어서 공과

---

4) 色: 불교에서, 형상과 색체를 가지고, 직관적 감각으로 인식되는 모든 존재 또는 물질을 이르는 말. 오온(五蘊 정신과 물질을 다섯으로 나누는 것. 곧 色, 受, 想, 行, 識, 五陰)의 하나. 눈에 보이는 현상 세계를 말한 것.

다름이 없다는 의미일 것이다. 즉 '색'은 형상과 색채를 가진 감각적이고 물질적인 현실세계를 가리킨다면, '공'5)은 일반적으로 현실세계에서 서로 상관관계를 이루며 변하기에 불변의 어떤 실체가 없다는 것을 뜻하는 것은 아닌지…… 현실세계는 모두가 색과 공으로 이루어진 것이다.

"이미 말에 표현이 있으면 그것이 곧 대상의 경계가 되거늘 그것이 어찌 본체라 하겠습니까."

율곡은 '색도 아니고 공도 아닌 것이 진여6)의 본체라오'라고 하는 말을 공박하려 했다. 즉 '색이니 공이니 진여니 하는 것의 말의 표현은 결국 공허한 말장난의 경계에 지나지 않을 뿐……'이라는 주장을 했다.

---

5) 空: 세상에 모든 것은 因緣에 따라 생긴 假相이며, 영구불변의 實體가 없음을 이른다. 다시 말하면 사람이나 제법이 모두 인연으로 말미암아 임시적으로 화합하여 된 것이므로 따로 불변의 실체가 없다.

6) 眞如: 眞實如常(Bhutatathata), 우주 만유의 실체로서 현실적이며 평들 차별이 없는 절대의 진리를 말한다. 즉 진실함이 언제나 같다는 뜻으로 대승불교의 이상 개념의 하나.

3

　율곡의 이 같은 주장에는 "색은 형상과 색채를 가진 감각적이고 물질적인 현실세계에서 오감에 포착되는 뚜렷한 것이 아니면, 즉 '모르는 것은 모른다.'"라고 하는 것을 정한 이치로 받아들이는 실용적인 사람이 아니었을까. 그것은 무지가 아닌 미지의 것이니까. 그런 마음가짐이 사물과 이치에 대한 올바른 태도가 아닐까 싶었다. 그런 성정을 가지고 있기에 율곡은 남의 장점을 들어 널리 칭찬을 아끼지 않으나 단점에 이르러서는 입을 다물어 버린다는 제봉의 품성과는 판이하게 달랐다. 율곡에게는 다른 사람의 단점에 대해 쉽게 용납하지 못하는 까다로운 성정으로 오해를 받게 되는 경우가 종종 있었다. 제봉이 의를 추구하려는 것은 사실이나 이 같은 결벽증이 강하게 보이는 율곡과 같은 완벽주의자는 아니었다.

　율곡은 금강산에 들어가 1년 반 동안 선(禪)에 몰두한 때가 있었던 것으로 보아 불가의 가르침에 전연 낯설고 무지해서 그런 것은 아니었다. 어숙권7)에게 가르침을 받기도 한 율곡의 다른 면을 혜가

(慧可)의 다음과 같은 이야기에서도 유추해 볼 수 있지 않을까.

달마의 첫 번째 제자 혜가[8]

밤새 큰 눈이 내렸는데도 달마를 찾아온 신광은 자신을 제자로 받아들일 것을 간청하면서 눈 속에서 무릎을 꿇고 앉아 있었다. 이에 달마가

"부처의 위엄 있는 묘한 도는 부지런히 정진하여 행하기 어려운 일을 행하고 참기 어려운 일을 참아야 하거늘 네 어찌 작은 공덕과 작은 지혜와 교만한 마음으로 참법을 배우겠는가. 이는 헛수고만 할 뿐이다."

라고 거절하자 신광은 칼을 뽑아 자기 팔을 댕강 잘랐다. 순식간 끊어진 왼쪽 팔을 달마에게 내어들어 보이자 잘린 팔에서 흘러내리는 선혈이 무릎에 차도록 쌓인 눈을 붉게 물들이는 것을 바라본 달마는 이윽고 신광의 이름을 혜가라고 고쳐주고 정식 제자로 맞아들였다. 이때 신광의 이름을 혜가로 고친 그는 스승에게 첫 물음을 던진다.

"스님, 제 마음이 편치 못합니다. 스님께서 평안하게 해 주십시오."

---

7) 魚叔權
　　조선 중기의 학자. 호는 也足堂, 咸從사람. 魚世謙의 庶孫, 崔世珍의 문인, 吏文과 중국어에 능하여 중종, 명종 때 李珥를 가르쳤다. ≪故事撮要≫, ≪稗官雜記≫ 등을 저술했다.
8) 慧可(487～593)
　　중국 禪宗의 제2祖 남북조시대의 北魏人. 武牢사람. 達磨에게서 衣鉢을 받고 最上乘의 법을 받았다. 악가경(愣伽經 Lanhavatara－sutra. 大乘經典의 하나. 부처가 악가산(愣伽山)에서 대혜보살(大慧菩薩)을 위하여 말한 가르침을 모은 책. 三界唯心, 眞妄, 因緣, 法身常住 등의 뜻이 설명되어 있으며 달마가 그것을 禪家에서 이어받아 혜가에게 心印으로서 전하였다고 해 존중했다.)을 포교했고 참소로 처형되었다. 혜가대사.

자신의 마음을 평안케 해 달라는 혜가의 첫마디를 듣고 난 달마는 대답한다.

"그 마음을 가져오너라. 그리하면 내가 평안케 해 주리라."

달마의 소림굴(달마대사가 9년간 도를 닦던 곳) 앞뜰에서 신광이 왼쪽 팔을 자른 그날 밤 눈은 밤새도록 내리고 있었다.

혜가는 잠시 머뭇거리다가 한참 만에 대답을 한다.

"아무리 찾아도 그 마음을 얻을 수가 없습니다."

그러자 달마가 말한다.

"내가 이미 네 마음을 평안케 하였다."

달마의 첫 제자였던 혜가와의 대담에서 저 유명한 안심법문[9]이 생겨난 것이다.

---

9) 安心(法門): 걱정이 없이 마음을 편히 갖는 것. 불교의 아미타불에 귀의하여 염불에만 專念, 극락에의 필지를 믿는 일, 즉 신앙에 의하여 마음이 흔들리지 않게 하고 마음의 귀추를 정하는 일.

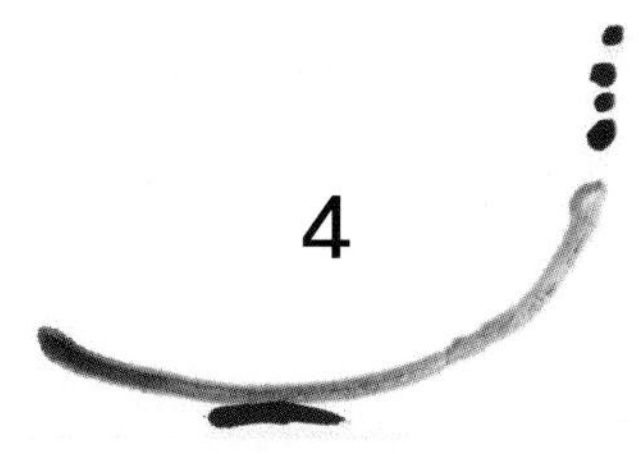

4

 ‘……여리고에 이를 때 디매오의 아들인 맹인 거지 바디매오가 길가에 앉아 있었다. 나사렛 예수가 자기가 있는 곳으로 지나가게 된다는 것을 들었다. 얼마 지나지 않아 그의 발걸음 소리가 들리자, 바디매오는

 “다윗의 자손 예수여! 나를 불쌍히 여기소서.”

 라고 큰 소리로 부르짖었다. 예수의 제자들과 다른 사람들이 조용히 하라고 그를 나무랬다. 그러자 그는 더욱 큰 소리로

 “다윗의 자손 예수여! 나를 불쌍히 여기소서.”

 라고 반복해 소리쳤다. 예수는 가던 길을 멈추고 그를 부르라고 제자들에게 말했다. 제자들은 맹인 거지를 불렀다. 그러고는 그에게

 “안심하고 일어나라 그가 너를 부르신다.”

 제자들의 말이 떨어지기가 무섭게 맹인은 걸치고 있던 겉옷을 내버리고 뛰어 일어나 예수에게 나아갔다. 그때 예수가 맹인을 맞이하며 말한다.

"네게 무엇을 해 주기 원하느냐?"

맹인이 대답한다.

"선생님을 뵙고 싶었습니다."

그러자 예수가 말했다.

"가거라. 네 믿음(너를 구원하였다)이 네 눈을 뜨게 하였다."

그는 눈을 떠 세상을 보게 되자 곧바로 예수를 따라나섰다.

이는 불가의 가르침과도 일맥상통한 것이다.

그렇다고 율곡은 송강과의 교우관계에 꼭 실패한 것이라 단정 짓기는 어렵다. 송강과 헤어진 것도 각자의 자기 개성이 뚜렷하고 자존심이 강했던 쇠붙이와도 같은 성격들이 맞부딪쳐 소리를 냈을 뿐이다. 두 사람이 처음에는 유유상종했던 것은 사실이었다. 비록 이별을 하나 서로 애틋하게 여기며 각자의 자기 길을 묵묵히 걸어 나선 것이다. 그런 반면에 율곡은 남을 너그럽게 포용하는 제봉과의 우의는 어긋나지 않았다. 대체적으로 제봉이 율곡의 뜻에 따랐기에 가능한 것으로 여겨진다. 율곡이 그렇게도 중국 사신에 추천하고 적극 지지해 준 것으로 보아 제봉으로서는 율곡의 신망을 받고 있던 터에 은덕에 등을 돌릴 처지가 아니었을 것이다.

어찌하던 한 사람은 조선 철학의 대가요, 또 한 사람은 가사문학에 있어서 높은 경지에 올라 후대에 크게 족적을 남겼던 사람들이 아닌가. 그들의 독특한 개성과 이를 기어이 관철하려는 강한 의지의 산물이었음을 누가 부정할까.

이때 송강은 율곡과 약속한 일을 마치지 못하고 아래의 시를 지었다고 한다.

서울을 떠나　　　　　　　　　　　　　出　城

나랏일 걱정하여 서울을 떠날 때　　　　安危去國日
풍운을 무릅쓰고 성문을 나선다.　　　　風雨出城人
헤어지는 애달픔은 봄풀과도 같아서　　　離思如春草
강남 어디를 가도 새로워만 지누나.　　　江南處處新

　조정의 분쟁, 수습책이 실패로 돌아가자 얼마 후 율곡도 벼슬자리를 사직하고 강릉으로 낙향해 버린다.
　그런 때 복잡한 심중에 빠져 있던 송강에게 제봉은 소회를 담은 서찰을 보낸다.

5

그해 여름, 제봉은 다시 형조좌랑으로 바뀌었다가 또다시 병조좌랑 지제교로 옮겨 앉았다. 그는 31세 때에도 형조좌랑, 지제교였다. 그는 언제나 좌랑과 지제교라는 글자의 직함을 벗어나지 못하고 있었다. 좌랑 벼슬이란, 육조의 정육품이었다. 육조란 이, 호, 예, 병, 형, 공(工) 등 6관아를 말한다.

병조에서는 무기를 다루는 일, 제반 군 인사 업무와 우편물을 관리하고 죄인의 호송을 돕는 일이었다. 왕이나, 높은 벼슬아치의 호위 책임도 빼놓을 수 없었다. 지금의 국방부에서 보던 총체적인 업무에 못지않은 광범위한 일을 맡아서 처리했을 것이다.

그는 무인이 아닌 문인이었기에 우편물을 맡아 일을 처리한다든가 그렇게 한정 지을 만한 것은 아닐 것이다.

그러던 중 이윽고 계해년 봄에 직급 순서에 따라 교리에 승진했다. 그는 교리로서의 능력이 부족했던가. 31세가 되던(1563년) 그해 가을 전적으로 좌천되면서, 울산군수로 나가라는 발령을 받은 것이다.

그는 홍문관 정오품 벼슬인 교리에서 봄, 여름 두 계절도 채 넘기지 못한 채 성균관 정육품으로 낙마시켜 외방살이로 내려가라는 것이었다. 이유는 그가 홍문관에서 있었던 이양 일파 처벌에 대해 논의한 내용을 장인 김백균에게 미리 알려주었다는 데 있었다.

이런 위급한 전운이 그의 아버지에게 닥쳐오고 있다고 느꼈을 때 과연 그는 어떻게 처신해야 옳았을까. 이때 그의 마음에는 충이냐, 효냐, 어떤 것이 더 우선이어야 할까. 그의 심중에는 긍정적인 그와 부정적인 그가 서로 충돌, 심한 갈등을 겪고 있을 터였다. 그야말로 그의 운명은 관직을 거는 생의 기로에 서 있었다. 그가 아무리 충성심이 강하다 한들 그의 가문의 몰락을 눈앞에 두고 그는 초연할 수 있었을까. 그가 설사 몰락까지 염두에 두지 않았을지라도 장인과 아버지에 관한 사실을 어찌 모르는 척하고만 있을 수 있을까.

그는 회의에 동석해 있으면서 얼마나 간 조리며 좌불안석이었을까. 결국 그에게는 자신의 안일보다 가시밭길을 걸을지언정 벼슬자리보전을 위해 부자지간의 혈육을 저버릴 수 없지 않는가. 자신과의 갈등에서 그는 효의 길을 선택하지 않으면 안 되었던가. 결단을 내리자 한편으로는 마음이 평온했을 것이다. 한동안 번민과 자신의 의지와의 갈등에서 해방감도 느꼈을지 모른다.

한 직급이 낮추어진 데다가 중앙에서 지방으로 좌천되어 내쫓기는 수모를 그는 어찌 감당할 수 있었을까. 그의 대쪽 같은 성품으로 보아 어떤 때는 왕이 부른 직분도 썩 달갑게 여기지 않았던 터에 그런 대접에 그는 어떻게 처신해야 옳았을까. 그는 잠시 울산군수직을 마지막으로 중앙의 모든 일에서 손을 떼고 그만 낙향해 버린다. 고향에 돌아가 호남의 여러 선비들과 교유하면서 오직 옛 서

적 읽기에 여념이 없었다. '문외출송지인'으로, 장래가 총망되던 신
분이 하루아침에 박탈당한 거나 마찬가지의 행동을 결행한 것이었다.

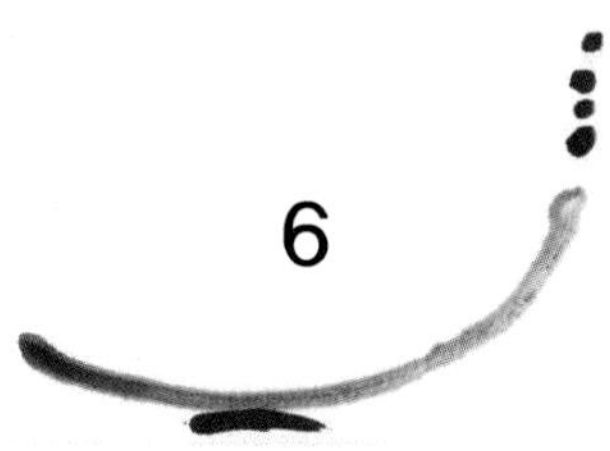

6

그는 이제 정치적으로 금고나 다름없는 신세가 되었다. 그는 심한 자책을 가한 자신의 손등에 '경' 자를 새기던 그때의 꾼 꿈을 되돌아보았다. 그러나 옥당 시절을 회상하면서 내면적인 갈등이 얼마나 컸을까. 그는 가끔 유람하면서 스스로 고독을 즐기며 갈등을 삭힐 것이었다. 그렇다고 좌천시켜 외방으로 내보낸 관리라든가 인사에 대한 누구에게라도 불만을 토하거나 얼굴 한번 붉힌 적이 있었던가. 그런 와중에 고향에서 보낸 세월이 벌써 19년이나 훌쩍 지나가 버린 것이다. 이런 일들이 비단 그의 경우뿐만은 아닐 것이다.

이렇게 나라에 동량이 적절히 쓰이지 못하고 사장시켜 둔 일들이 얼마나 많았을까. 이루 헤아리기 어려울 것이다.

13. 연경 사신

1

고향생활 19년이 지나고 시간이 또 얼마를 흘렀을까. 서장관에 부름을 받은 제봉과 상사 김계휘 일행은 명나라 예부상서에 나가 조선왕실의 잘못된 기록에 대한 진정서를 올리려는 준비를 하고 있었다. 조선의 예부상서는 육부의 한 관아로서 의전[1] 제향(나라에 서 지내는 제사). 조회[2], 교빙[3], 학교 과거의 정사를 맡아보는 일 등을 전담하는 부서인데, 명나라에서도 조선과 같은 업무체계일 것 을 감안하지 않더라도 분명한 것은 지난 과거사를 맡아 처리하는 것이 분명했다. 당시 조선의 사신 김계휘 일행이 연경(燕京)에 들 어가 오래전에 잘못 기록된 왕실의 기록 내용을 정정해 달라고 예 부상서에 진정하려고 간 것이다. 진정내용은 다음과 같이 펼쳐진다.

「비인[4]들이 우리 과군[5]의 명을 받고 경사에 들어온 것은 오로지

---

1) 儀典: 공사(公事), 불사(佛事) 신사(神事) 경조(慶弔) 등이 있을 때 행하는 예법.
2) 朝會: 모든 벼슬아치가 함께 正殿에 모여 왕께 朝見한다.
3) 交聘: 나라와 나라 사이 사신을 보내는 일.

도하(서울지방을 말하는데, 여기서는 연경)에 머물러 있으면서 지금 편찬하는 신전[6]이 완성되는 날까지 기다릴 뿐입니다.

전번에 예부상서께서 조금도 괴롭게 여기지 않고 비인들의 편지를 잘 받아주도록 했으며 지금도 또 저희들을 멀리 물리치지 않고 불러들이기까지 하여 한자리에서 이야기하도록 하오니 상서께서 비인들에게 대우하는 것이 참 관후(너그럽고 후)하십니다.

그러나 저희들이 연경에 오래 머물러 있어야 하겠다는 요청은 비인들의 대사를 위해서인데, 상서께서 끝내 거절하려 하오니 이는 바로 비인들의 말도 서로 잘 통하지 않고 문자의 내용도 잘 모르겠다는 이유인 듯합니다.

이런 이유로부터 애통하고 절박한 과군의 사정을 결국 대인군자(말과 행실이 옳고 점잖은 사람)의 앞에다 드러내지 못하게 한다면 이는 비인들의 죄가 되고 말 것입니다.

깊이 생각건대, 지금 상서의 뜻을 말하자면 '이 사실은 先朝 때부터 오늘날까지 칙서를 내려 그렇게 여긴 것이 한두 번이 아니었고, 또 전후 주변에 따라 그 내용은 모두 신전에 실려져 있다. 지금은 이 신전 그대로 탈고하려는 것뿐이고 아직 간행하여 반시할 시기는 요원한 만큼 외국 배신들이 연경에 오래 머물러 있도록 할 수 없겠다.'는 생각에서 나왔을 것입니다.

비인들은 참 어리석고 미련합니다. 하지만 어찌 사체[7]를 잘 요량하지 않고 바로 집사와 더불어 대항할 수 있겠습니까? 대개 우리

---

4) 鄙人: 천한 사람, 즉 자기의 謙稱.

5) 寡君: 신하가 다른 나라 임금이나 고관에게 대해 자기 나라의 임금을 낮추어 일컫는 말.

6) 新典: 중국의 어전(御殿)에서 새로 만들어 기록한 책.

7) 事體: 事理와 체면. 곧, 언행이 이치에 합당하여 체면을 보존하는 일.

과군이 비인들을 믿고 보낸 것과 비인들이 우리 과군에게 허락까지 받은 것은 오직 얼마든지 경사에 머물러 있으면서 결말을 봐야 하겠다는 약속이었으니 사정이 참 절박하고 비통합니다.

어찌 그런가 하면 딴 사람을 아비라 한 것은 천하에 지극히 욕스러운 일이고 신하로서 임금을 죽였다 한 것도 천하에 지극히 나쁜 짓이기 때문입니다.

그런데 이런 모함하는 말을 옳게 여기고 사책에 실어서 온 나라 사람으로 하여금 아비도 없고 임금도 없다는 경지로 몰아넣었으니, 이렇게 억울하고 원통한 일이 어디에 있겠습니까?

지금은 밝은 태양이 하늘 한복판에 떠오르자, 천하만국이 모두 안정되었습니다. 이 천지 사이에 모든 새와 벌레도 각각 제대로 햇볕에 따라 즐기지 않는 것이 없습니다. 그런데 오직 우리 소방(작은 나라)만은 해동[8]한 지역에서 그늘진 언덕과 엎어놓은 항아리 밑에 있는 것처럼 햇볕이 보이지 않습니다.

이러므로 우리 과군께서 왕위를 계승한 이후 좋은 음악도 기쁘게 여기지 않고 화려한 의복도 좋게 여기지 않으며, 잠도 편케 주무시지 못하십니다.

밤낮으로 이 경사를 향하여 성전(성대한 의식)이 내리기만 기다려, 선조와 선고의 유감에 대해 다 해소시키고 위안하려고 한 지 벌써 10년이나 되었습니다.

상서께서도 이런 점을 생각하면 느껴지는 마음이 들지 않겠습니까?

지금 비인들이 혹 떠나가기도 하고 혹 머물러 있기도 하는 것을

---

8) 海東: 바다의 동쪽에 있는 조선.

상서께서 볼 때는 아무 가손(더욱 손해나는 일)이 없으리라 생각하실지 모르나, 소방에 있어서는 부자와 군신의 의리가 달려 있으니, 어찌 경솔히 할 수 있겠습니까?

비인들이 여기에 머물러 있어야 하겠다는 것은 우리 과군의 소원이었으니 저버릴 수 없는 의리이고 떠나가야 한다는 것은 사신의 상사(보통으로 있는 평범한 일)이오니 어길 수 없는 의례(형식을 갖춘 예의)입니다.

저버릴 수 없는 의리를 저버리면 이는 의리에 해를 끼치는 일이고 어길 수 없는 의리를 어기면 이는 의례를 해롭게 하는 것이겠지요. 이러므로 비인 등은 상서의 말씀을 들은 이후 이리저리 생각할수록 걱정이 됩니다.

이 의례와 의리에 대해 결국 어떻게 해야 할지 마음이 괴롭기만 하오니 오직 비인들이 이대로 물러 나간다면 죽음만 있을 뿐입니다.

원컨대 상서께서는 비인 등의 정경[9]을 불쌍히 여기시고 잘 돌보아 주십시오. 가령 상서께서 비인들의 처지가 여기에 있다는 것으로 바꾸어 생각한다면 지금 비인들의 거유(임시로 머물러 산다)에 대해 결정내릴 수 있을 것입니다.

의례도 의리도 해롭지 않게 얼마든지 알맞도록 해낼 수 있지 않겠습니까? 오직 상서께서는 우리 과군의 자문(중국과 왕복하던 문서) 속에 내용을 자세히 살펴보시고 또 비인들이 여쭙는 이 절박한 실정도 아울러 받아들여서 천자께 다시 아뢰옵소서.

다행히 천자께서 비인들의 이 절박한 사정을 불쌍히 여기시고

---

9) 情景: 가엾은 처지에 놓여 있는 좋지 않은 꼴골.

잘 받아주신다면 소방은 다시 번거롭게 더 이상 주달(임금에게 아뢰는 일)하지 않고 수십 년 동안 신원하지 못했던 일을 신원하게 되고 비인들도 우리 과군께 대한 의리를 저버리지 않을 것입니다. 심정이 하도 답답하여 말을 가리지 않고 이렇게 여쭙게 되었습니다.

떨리고 황송한 마음 견딜 수 없으며 죽음을 무릅쓰고 삼가 올립니다.」

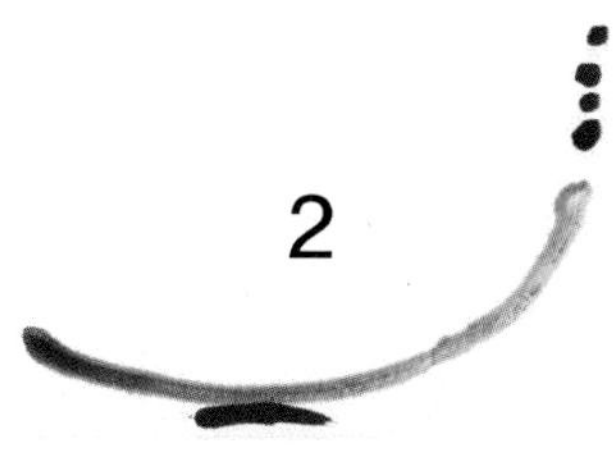

2

　이상의 진정서 내용의 문장을 다룸은 당연히 서장관인 제봉의 몫이었다. 그가 초안하고 잘 다듬은 것을 정사와 부사들이 돌아가면서 살펴보았을 것이다. 이 일은 나라와 나라 사이에 오가는 외교문서에 준한 것이기에 그렇다. 자기나라 신하가 다른 나라 임금이나 고관에게 아국의 임금을 낮추어 일컫는 말로 과군을 사용했다.

　가신. 제후의 신하가 천자에 대해 자기를 낮추어 일컫는 말로서 비인이란 용언까지 사용한 것이다.

　황제가 황극문에 나오자, 예관이 배신 등을 인솔하고 옥좌 앞으로 나아가 꿇어앉아 하사하는 의복을 받아 가지고 나왔다. 이때도 제봉은 지감시를 지었다.

　　두 눈을 닦고 신극10)을 쳐다보니

　　붉은 구름 자미11)에 둘러져 있네.

---

10) 辰極: 大闕과 같은 동의어, 즉 임금이 거주하는 곳을 바꿔 말한 것이다.

11) 紫薇: 北斗의 북쪽에 있는 별 이름으로 紫微宮의 약칭이다. 紫微星의 별자리를 임금의

291

화로에 피운 향냄새가 풍기는데

황제의 음성은 공중에서 울리는 것 같다.

놀랜 마음이 미처 안정되기 전에

느껴지는 눈물부터 쏟아지는 구나.

분수에 넘는 이 은총을 받음은,

옷이 없어서 하사하는 것은 아니겠지.

제봉과 김계휘 일행은 북경을 떠나 성동(도성의 동쪽)에 이르자 길 왼편에 삼충사가 있었다. 제갈량, 악무목[12], 문천상을 받드는 사당이었다.

제갈량, 악무목, 문천상 이상의 세 사람은 나라에 크게 공을 세웠으나 그들의 죽음은 허무했다. 목숨을 버리고 지조를 지켜 나라의 위상을 드높인 문 승상, 자신을 돌보지 않는 순수한 충의의 악비, 중국 삼국시대 위(魏)나라 조조[13]를 호북 적벽에서 크게 이기고 명성을 떨쳤으나 유한된 운명 앞에 쓸쓸하게 무릎을 꿇어야 했던 제갈 무후, 이 세 사람을 제향하는 사당의 이름이 연경지방에 있는 삼충사이다.

자리로 비유해 일컫는 말이다.

12) 岳武穆(1103~1141)

南宋 때 충신이요, 장수이다. 그는 河南湯陰사람으로 高宗 때 江淮의 반적을 토벌한 공으로 精忠岳飛의 四字旗를 하사받는다. 그는 자주 금군(金軍)을 무찔러 공을 세웠으나 秦檜의 참소로 감옥에서 목숨을 내어놓아야 했다.

13) 曹操(154~220)

중국 삼국시대 魏나라의 왕. 자는 孟德, 權謀에 능하고 詩文을 잘했다. 後漢 말기에 黃巾이 나라를 평정하여 공을 세우고, 동탁(董卓)을 誅滅(죄인을 주여 없앤다)한 후 실권을 장악, 208년에 湖北赤壁에서 劉備, 孫權 연합군에게 대패하였다. 216년 위 왕에 오르고, 華北을 지배했다.

제봉은 특히 문 승상에게 더욱 애틋한 느낌이 들었던가. 문천상은 중국 남송 말기의 정치가였다. 또는 시인으로서 자는 송서, 이선 호는 문산이었다.

1276년 남송의 수도 임안을 세운 후 그는 단종[14]을 받들고 근왕 군을 일으켜 원(元)나라 군사에 대항하다가 사로잡힌다. 줄기찬 회 의에도 절의를 굽히지 않고 3년간의 옥고 끝에 끝내 처형되고 만 다. 그는 옥중에서 절개를 읊은 유명한 노래인 장시 <正氣歌>를 남겼다. 이 <정기가>는 1281년 옥중에서 지었다. 천지 간의 불변 의 '기'를 송나라에 대한 자신의 충절에 비추어 노래한 것이다.

제봉도 그처럼 지조를 중시하였기에 금산 싸움터에서 중과부적 이던 때 진중을 벗어나자는 빗발치듯 한 막하장들의 건의에도 '한 번의 죽음이 있을 뿐'이라며 구차하게 죽음을 면하려 하지 않았다. 결국 그는 그렇게 최후를 겸허히 맞이한 것이다. 그는 문천상의 고 귀한 지조를 흠모했다. 문천상은 정기가를 노래했지만, 경명은 그 증표라도 되는 양, 그와 두 아들의 충절이 함께 기록된 「正氣錄」 을 남겼다.

여기 삼충사에서 제봉은 시 한 수를 읊는다.

비바람 몰아치고 온갖 귀신 부르짖을 때
하늘은 말이 없고 시시[15]가 깜깜했었지.

---

14) 端宗: 1276년에 세운 중국 남송의 왕. 수도 임안을 세웠다.
15) 柴市: 당시 문천상이 殉國한 때의 음음적막함을 나타낸 것이다.

땅 밑에 묻힌 피 삼년동안 그대로 있고
청사16)에 드리운 마음 만고에 빛나는구나.

연옥17)에 외로운 혼 사라지지 않았을 텐데
애산18)에서 남긴 한 어느 날 풀 것인가.

지나는 길에 술 한 잔 올리지 못하고
시 한편 읊으니 눈물만 흐릅니다.

---

16) 靑史: 옛날 종이가 없을 때 대나무 껍질에 기록했다 하여 史冊, 즉 史記를 다르게 불렀던 것이니, 이것을 청사라 한 것이다.

17) 燕獄: 燕京의 監獄을 말한 것이 燕獄인데 이곳에 문천상이 갇히어 있던 장소다.

18) 崖山: 宋나라가 元나라 군사에게 패망했던 지역에 있는 산이 바로 이 崖山이다.

14. 연정

김계휘와 그 일행은 연경을 떠나 귀국길에 이르면서 대동강을 건너게 된다.

그곳에 이르자 제봉은 또 끼를 발휘한다. 시 한 절구를 읊지 않고는 그냥 지나치기가 그리도 아쉬웠던가.

도화가 뜬 붉은 물결 일렁이는데
이별하는 뱃노래가 구슬프구나.

맵시 좋은 아가씨 잊을 수 없지
산들산들 부는 바람에 옷자락 휘날리네.

아름다운 장사 두 아가씨의 정분　　　　　麗情寄長沙[1]兩娘[2]

한 움큼쯤 되는 날씬한 가는 허리　　　　조조纖腰一약强

---

1) 제봉이 떠나올 때 翠娘이 수놓은 것을 보았던 까닭에 하는 말이다.
2) 翠娘의 자매, 娘.

추파를 보내면서 애교를 떨었지   秋波3)替檢斷人腸

해 저무는 사창에서 수놓을 때에   紗窓4)日墮停針後

실에 꿴 바늘이 손에 잡히지 않았으리. 離恨應隨線線長

소근 대던 말 귓전에 남아 있고   琅琅細語耳邊殘

눈시울이 젖은 눈물 베개에 떨어졌구나. 別淚猶痕枕上班

갑자기 꿈을 깨고 일어나 보니   驚起推窓無覓處

푸른 등불만 가물거릴 때 달은 창을 비추네. 靑燈時璧月窓山

  제봉은 꿈에서 봤던 오래전의 연인의 생생한 모습과 흔적이 대동강변에 이를 때, 때마침 떠올라 사실을 그대로 묘사한 것이다.

햇살이 비칠 때 고운 맵시 더 예쁘고   暎日紅粧靚

바람에 휘날리는 옷자락도 아름다웠지 牽風翠帶長

장사에 떠도는 이 나그네   長沙5)爲客後

며칠 동안 얻은 것은 눈물뿐이라네   所得是霑裳

옛날 악록화가 양가에 내려온 것은   蕚綠6)降羊家7)

본래부터 생각을 잘 못 한 때문이야 初從一念差

너희들 나 같은 사람 비웃지 말라   佳人休笑我

---

3) 秋波: 가을철의 잔잔하고 아름다운 물결을 말하나 여기서는 취랑 아가씨가 은근한 정을 나타내는 눈웃음이었으니, 즉 윙크(wink)를 제봉에게 보낸 것이다. 그런 여인의 눈웃음이 제봉의 뇌리에 아른거리고 영영 잊히지 않는가. 그것을 시로서 읊고 있기에……

4) 紗窓: 실을 넣어 만든 창호지.

5) 長沙: 중국 湖南省의 주도. 湘江 수운, 粤漢 철도, 公路에 의하여 교통, 경제의 중심지인데, 1903년에 교외에서 築港, 즉 항구를 구축했다. 4대 쌀 시장의 하나로 쌀, 목재, 차, 삼 등을 수출한다. 상강 강안에 嶽麓書院의 遺址가 있다. 1951년에 교외에서 楚墓, 前漢 墓, 후한 묘가 발굴되어 出土品이 많았다. 장사의 별칭으로 臨湘이라고도 한다. 인구는 약 703,000명(1967년의 통계)이나, 지금은 백여만 명은 족히 넘었을 것이다.

6) 蕚綠: 악록화(蕚綠華), 옛날 仙女의 이름.

7) 羊家: 晉나라 때 羊權의 집. 악록화(蕚綠華)가 羊權의 집에 내려와 함께 살겠다고 하면서 <所期荳朝霞歲暮于吾子>라는 시를 지어 주었다고 한다.

흰 머리에 온갖 풍상 다 겪고 다닌단다.　　　　白首困泥沙

아관 정에서 앞의 운을 차운하다　　　　迓觀亭次前韻

쓸쓸한 나그네 하는 일 없이　　　　幣盡征彩以敗荷
아까운 청춘이 다 지나갔구나.　　　　不慴奔景劇跳波
예쁜 아가씨 무슨 마음 갖고서　　　　小娃妄意心中事
구슬 같은 술잔을 나에게만 권했던지　　　　催洗瓊觴酌我多

깨끗한 의복 새로 한 벌 해 입고　　　　一領仙衣製芰荷
널따란 오호에서 배 띄워 볼까　　　　五湖千里渺雲波
함께 떠날 시기가 언제나 닥칠지　　　　長風破浪寧無日
바다 위 삼신산 꿈속으로 들어오네.　　　　海*頂三山入夢多

갓끈이 끊기도록 한바탕 웃어나 볼까　　　　絶纓難制笑荷荷
인생살이 갈수록 풍파가 많구나.　　　　平地人間足浪波
태현경8)만 초했던 양웅을 그 누가 알랴　　　　誰問草玄經子宅
가을바람 낙엽 속에 문 닫고 지냈었지　　　　白頭紅葉閉門多

---

8) 太玄經: 漢나라 때 揚雄이 지은 책. <周易>을 비기어 우주 만물의 근원을 논하고, 주
역의 陰陽 二元論의 대신으로 始, 中, 終의 三元으로써 설명하고 이것에 曆法을 가미
한 책이다.
전 10권.

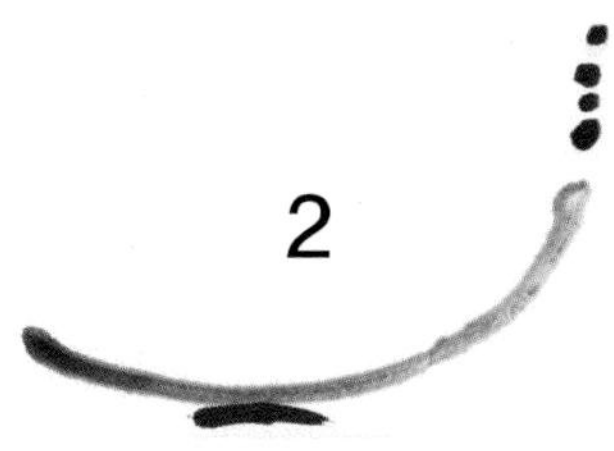

2

　제봉은 예전일이 떠올랐다. 심중에 깊숙이 사모하던 취랑을 장사에 남겨두고 떠나오려니 발걸음이 떨어지지 않았던 모양이다. 아무리 궁리해 보아도 결코 며칠 밤의 풋사랑으로 끝나 버릴 것 같은 느낌은 아니었다.

　금침(베개가 노이고 이부자리가 펴 있는 안방)에 든 두 남녀는 한 베개머리에 얼굴을 맞대고 그녀가 소곤대던 밀어가 그의 귓전에 남아 영영 떠나지 않는가 보았다.

　연경에 사신의 일행으로 들어온 제봉과 그동안 지아비와도 같은 정분을 나누었을 취랑이었다. 그녀는 마지막 밤을 그와 보내며, 그를 고국인 조선으로 떠나보내면 언제 다시 기약할 수 있을까. 애달파하며 흐르는 그녀의 눈물은 눈시울을 적시고도 남는다. 샘물이 솟아 내리듯이 하염없이 흐르는 눈물은 결국 베개머리를 적시기에 충분했다. 제봉에 대한 그녀의 사모함이 얼마나 깊었던가를 짐작하고도 남는다. 그녀가 먼저 추파를 보내고 오직 그만을 그녀의 집에 유숙하도록 한 것은 포획해 놓고 군침을 삼키며 요리하려고, 노골적으로 드러내는 규수의 간사한 마음을 드러내는 것은 아닐 터이었다.

이러한 정경은 생생하게도 제봉의 꿈속에 보인다. 이를 두고 어떤 이들은 제봉의 행위는 수동태이나 내면은 교묘한 방법으로 그렇게 진행되기를 은근하게 즐기려는 마음이 그에게 있었던 것이기에 그의 영혼이 취랑의 마음을 움직이어 요리한 것이라 보아야 옳을 것이라는 주장도 있을 것이다. 그렇지 않고서 어찌 실제적으로 있지도 않은 정황을 그리도 심오하게 꿈으로 그려낸 것일까. 꿈을 통해 그의 의지가 분명 가상적으로 반영된 것이리라.

제봉은 연경에서의 지난 일을 다시 회상해 보았다. 햇살에 비친 그녀의 맵시는 어느 여인에 비할 바 없이 예뻐만 보였다. 산들바람에도 나풀거리는 그녀의 흰 옷자락에 긴 옷고름마저 아름답게도 제봉의 마음을 사로잡고도 남는다.

제봉은 그녀가 살던 장사를 헤매며 그리움을 못 이겨 사나이답지 않은 유약한 눈물만 간직하고 돌아올 수밖에 없었던 때를 잊지 않았던 것이다. 기다려지는 그녀를 언제 다시 만나 깨끗한 옷을 한 벌 갈아입고 그녀와 함께 널따란 오호(五湖)에서 배 띄워 놀이를 할까. 고대하고 또 고대했다. 그러나 기다려지던 그의 꿈은 바다 위 삼신산 꿈속으로 들어올 뿐이었다.

그는 갓끈이 끊기도록 한바탕 웃고 나니 인생살이는 갈수록 풍파가 많은 것처럼 여겨진 것인가. 갈바람에 낙엽만 우수수 지는 가을밤에 굳게 닫힌 문만이 눈앞을 가로막고 있는 것이 현실임을 그인들 어쩌랴.

그래도 잊힐 수 없는 것은 그날에 그녀와 함께 떠날 날의 기약을 제봉은 아름다운 추억으로 아로새기며 여생을 이어가고 있었다.

그녀는 사대부 가문에 태어난 양가의 딸이었다. 조실부모한 그녀는 과년 차도록 혼사를 정하지 못하고 자수를 놓으며 가사를 돕고 있었다. 그러던 중에 지인을 통해 향연을 베풀고 어렵게 제봉을 만나게 된 것이었다. 그녀는 반가의 가옥인 그녀의 집에 제봉과 그의 동료 사신 일행을 초대했다. 취랑자매는 정성스럽게 준비한 주안상을 올리고 조선의 사신들에게 융숭한 대접을 했다. 그 자리에는 정사와 부사도 함께한 자리였다. 얼마 전에 아관정에 잠시 들렀다가 첫눈에 제봉에 끌린 취랑은 먼저 사신일행을 정중히 자기 집에 모셔놓고 질탕한 술자리를 마련하리라 굳게 마음먹었던 것일까. 초청해 놓은 그때 조선의 벼슬아치들을 향해 돌아가며 술을 따르던 취랑은 제봉과 자주 눈길이 마주치는 것이었다. 이를테면 그녀가 보낸 추파에 그도 응답해 주는 격이었으니…… 결국 그녀는 다른 사신들은 동생에게 맡기고 아예 제봉 곁에 살며시 가냘픈 몸을 사려 주저앉는다.

취랑은 좌중을 한 번 휘둘러보더니 정중하게 한마디 하고 나서 오언절구 시 두 수를 읊는다.

“저는 지난밤에 한 꿈을 꿨는데 그 꿈은 이러했습니다.

여명이 밝아오는 데도 창밖은 아직 어른어른 거려.
행여 임이 오셨을까 생각 끝에 창문을 열고 나가보니
임은 아니 오고 어스름 달빛에 흘러가는 구름뿐이라.

마침 새벽이었기에 내 홀로 쓴 웃음만 지어보노라

꿈으로 差使를 삼아 조선에 계신임을 부른다면
비록 천리 길이라 할지라도 순간을 타고 오시리라
그 임도 다른 임이 있어 올까말까 망설이지나 않을지
연약하지만 천리 길 마다않고 날아온 것은 기러기뿐이라
네가 너희 조선을 떠나올 때, 임은 분명 알고 있으련만
소식을 전하지 못해 울며불며 갈 수밖에 없으리라."

빼어난 미모에 나긋나긋하고 상냥한 취랑은 시를 읊자마자 제봉
의 술잔에 백수준의 주전자의 술을 따랐다. 무슨 뜻으로 자주 술잔
을 제봉에게 권했는지 당시만 해도 숙맥과도 같았던 제봉은 그녀
의 진정한 마음을 알 수 없었다. 정사나 다른 부사에게는 동생인
랑이 술을 따르고…… 그녀는 언니가 맡아 따르던 손님이 정해지
자 자연스럽게 다른 사신들을 대신 대접하곤 했다. 제봉의 표현대
로 '구슬 같은 술잔'을 자신에게만 자주 권하던 것을 뿌리치지 못
하고 취랑이 건네준 술을 넙죽넙죽 받아 마신다. 제봉의 주량은 그
다지 많지 않았다. 그는 서서히 취기가 오르기 시작한다. 그러는
가운데 결국 몸을 주체하지 못한 지경에 이르렀다. 어느덧 밤은 삼
경9)에 접어들고…… 깊숙이 들어선 어둠은 음음하게도 사위에 퍼
진 지 오래이었다.

---

9) 三更: 오경의 하나. 하룻밤을 다섯 등분한 셋째, 밤 11시부터 익일 오전 1시까지의 사이.

3

곤드레만드레한 동료 사신들도 몸을 주체하지 못해 비틀거리며 술자리에서 한 사람 한 사람 취랑의 집을 떠나고 있었다. 그들이라고 아늑한 반가의 분위기에 취하고 아름다운 규수들의 시중드는 나긋나긋한 자태에 사로잡혀 그곳에서 하룻밤을 묵었으면 하는 마음이 어찌 굴뚝같지 않았으랴! 거의가 다 고국에는 어엿한 처자들이 있는 몸이란 것도 안중에 없었다. 어쩔 수 없이 그들은 무거운 발걸음으로 정해진 숙소를 향해 떠날 수밖에……

제봉의 경우엔 의도적인 자기 방기(放氣)였는지 모르나 숙취에 빠져든 그로서는 스스로 자리를 털고 일어설 수가 없었다. 일어나려 했으나 다시 주저앉을 수밖에…… 그는 자기 힘으로 자리조차 쉽게 옮길 수 없는 몸이 되고 만 것이다. 거의 인사불성이 되다시피 한 그는 평소에도 술에 약해 잘 이겨내지 못할 때가 많았다.

조정의 공적인 장소 같은 데서는 그런 약점을 잘 알기에 되도록 폭음을 하지 않는 편이었다. 그러나 이날 저녁만은 달랐다. 그때만은 기방에서와 다를 바가 없다고 판단하고서 마음 놓고 연회에 임했던 것일까. 기방에서는 술에 못 이겨 쓰러지면 여유 있는 그곳 방에서 밤을 지낼 수 있을 것이라고……

그처럼 취랑의 집에서도 단출한 식구에 방은 여유가 있었기에 별문제가 되지 않았다. 제봉은 두 자매의 부축으로 아름답게 꾸며진 내실로 옮겨진다. 내실은 사내마음을 사로잡고도 남을 여인의 아취가 녹아들어 있었다. 취랑의 그런 아담한 정취와 그윽하게 풍겨내는 규수의 향취가 제봉의 마음을 사로잡기에 충분했다. 계획적으로 꾸며진 취랑의 계략인 것 같은 느낌을 받은 것은 술이 깨고 난 뒤였다. 일부러 술을 많이 권해 취기에 몸을 가누지 못하게 되면 자연스럽게 자기 집에서 정중하게 그를 모시게 된다는 한 여인이 짜놓은 각본치고는 기발한 것도 아니었다. 기녀가 기방에 모셔도 될 만큼 매력적인 남정네를 발견하고서 유인하려고 쓰는 흔한 일이 아닐까. 그런 덫에 걸려든 것이 제봉이었다. 그에게는 그것이 꼭 궂은일로 생각되지는 않았다. 그런 기회가 오리라는 것을 기대하고서 무방비 상태로 자기 몸을 그녀에게 맡겨 버리려 작정한 것인가, 아니면 그는 아무것도 의식하지 않는 가운데 그녀의 권유를 물리치지 않아 그리 된 것인가, 심연과도 같은 제봉과 그녀의 내면에 들어가 보지 않고서 내리는 것은 좀 경솔한 판단일 것이다.

그러나 한 가지 분명한 것은 그가 취랑의 집에서 가진 주연은 여느 공적인 자리와는 달라 부담 없이 술을 마셔도 안심이 될 것이라는 막연한 믿음 같은 것은 가지고 있었을 것이다.

그날 밤 금침에 취랑이 옆자리에 함께했는지 여부를 알 길은 없었다. 유추해 짐작이 갈 뿐이다. 그는 이튿날 아침을 맞는다. 아침 대접도 두 자매의 지극한 정성이 깃든 조반을 들기 위해 상가에 다가앉았다.

취랑은 한지에 한문으로 적힌 오언절구의 글자를 내밀었다. 그것을 의역하면 이랬다.

"임은 자리에 눕자 인사불성이 되어 가는데
내 어이 임의 얼굴 바라보며 홀로 앉아 있을까
자리에 누어서도 내 어찌 뒤척이며 임을 그리는가.
태헌도 내가 보고 싶을 때 나를 생각하고 그리워할까.
임을 보려고 베개를 의지하려는데 밖에선 기러기 울고
한쪽 벽 꺼져가는 등불에 원앙 이불이 차갑구나.

4

그는 오언절구의 글자가 적인 시문을 정갈하게 접어들고 사신이 처리해야 할 공무를 위해 동료 사신들이 머물고 있는 곳을 향해 일단 취랑의 집을 나선다. 오늘밤에도 이곳에 와 유숙하시라는 그녀의 부탁을 받고서…… 상쾌한 기분으로 조선 사신들이 묵고 있는 곳으로 발걸음을 옮기고 있었다. 동료들의 짓궂은 놀림과 더불어 부러움을 살 것은 당연한 일이었다.

그렇게 시작된 그녀와 가진 금침의 자리가 이미 마련된 곳을 향해 제봉은 그날도 해가 저물자 자신도 모르게 취랑의 집으로 발걸음이 옮겨지는 것을 어쩌랴. 그렇게 장사에서 일이 끝날 때까지 신혼생활처럼 그녀와의 생활이 한동안 계속되었을 것이다. 이제 그때를 회상하건데 나중에야 제봉도 그녀를 잊을 수 없이 그리워하던 꿈속의 연인이 된 것이다.

그러나 먼저 추파를 보낸 사람은 분명 취랑이었다. 그녀 앞에서 연정을 느끼면서도 그는 적극적인 의지 표명에 서툴렀다. 제봉은 마음에 든 여인이 눈앞에 나타나더라도 가슴만 애태울 뿐 사나이로서 용기를 내어 말을 걸지 못하고 수줍어만 하는 홍안의 소년과도 같았다. 여자에게 연정을 품는 마음에서 그처럼 그는 여리고 유약한 마음의 소유자였다.

<청창연담>에는 이런 말이 쓰여 있었다.

"우리나라 서경[10]에는 구경할 만한 강호와 누관이 수없이 있어 얼마든지 즐길 수 있는 사녀(士女)[11]와 관현악기들이 많았다. 그러므로 중국에 들어가는 사신들이 여기에 이르면 반드시 여러 날 묵으면서 돌아가기를 잊어버리고, 심지어 음탕한 놀이에 빠지기까지 한 자가 있었다. 여조(高麗王朝)학사 정지상의 시는 지금까지 절창으로 손꼽히고, 아조에 들어와서도 최경창[12], 서익[13]이 정지상의 운에 따라 조련곡을 지었으며 그 후에는 경명이 화답했다. 이달[14]도 따라 화답하였다."

여기에 손곡 이달은 허균에게 시를 가르쳤던 스승이었다. 허균의

---

10) 西京: 고려 때 四京(南京: 서울, 東京: 경주, 中京: 개성, 西京: 평양)의 하나. 이 네 곳 서울의 총칭. 여기서는 평양을 지적한 것이다.

11) 士女: 1) 선비의 아내, 2) 선비와 부인, 3) 남자와 여자, 4) 신사와 숙녀, 여기서는 가무에 뛰어난 기녀를 가리킨 것 같다.

12) 崔慶昌(1539~1583)
조선 왕조 중기의 시인. 자는 嘉雲, 호는 孤竹, 海州사람. 인품이 豪邁(호탕하고 영매함)하고 학문이 뛰어나 李珥 등과 더불어 문장이라 일컬어졌다. 선조 때 鐘城 府使를 지냈다.

13) 徐益(1542~1587)
명종, 선조 때의 문신. 자는 君受, 호는 萬竹, 萬竹軒, 군수, 의주목사를 역임하였는데, 탄핵받은 李珥를 변호하는 상소를 했다가 파직되었다. 저서로는 ≪萬竹軒集≫이 있고, ≪청구영언≫에 시조 2수가 전해진다.

14) 李達(생, 몰, 년 미상)
조선 왕조 중기, 선조 연간의 한시의 大家. 자는 益之, 호는 蓀谷, 原州사람. 최경창, 백광훈과 함께 당시에 능하여 <三唐>이라 일컬어진다.

형인 허봉과는 지기지우이고

이달은 당대 최고의 시인이었으나, 그의 어머니는 천한 종의 출신이었다. 그는 어머니의 신분 때문에 벼슬길에는 나가지 못했다. 아마도 허균은 한글소설 ≪홍길동전≫을 비롯한 저술과 뒷날 벼슬길에 나가서도 서류들의 편을 들어 준 것은 스승의 뼈저린 불행을 보고 느낀 바가 있어 그러지 않았을까 싶다.

15. 원접사 율곡의 종사관

선조 15년(임오, 1582) 봄. 제봉은 명나라에서 돌아와 왕에게 복명하자 곧바로 서산 군수로 내려가라는 명령을 받는다. 그는 잠시 서산 군수로 머물다가 그해 가을에는 원접사 종사관에 임명된다. 그리고는 종부시 첨정 부름을 받게 되었다. 역시 같은 직급인 첨정으로 한강 가까이 나가 사신을 영접하게 된 것이다. 당시 한강나루는 송파나루, 노량나루와 함께 3진의 하나였다. 조선시대에는 사람들의 왕래가 가장 빈번했던 큰 나루이기도 하고, 한강나루는 제1의 도선장으로 옛날에는 한강도라고 했다. 예전에는 서울의 남산 남쪽 기슭인 지금의 한남동 앞의 강을 한강이라 했다. 오늘날의 한강의 의미는 보편적으로 강의 시점에서 물줄기의 마지막에 이르기까지를 생각하지만, 조선시대에는 한남동 남쪽을 한강이라 했다. 도성에서 남소문(南小門 조선왕조 초기에 광희문(光熙門) 남쪽 남산봉수대 동쪽에 있었던 작은 문. 예종 1년(1469) 음양가(陰陽家)의 주장으로 폐문되었다)을 나서면 바로 한남동의 한강마을이었기에 수도방위상 매우 주요한 곳으로 일찍부터 별감을 파견해 사람들의 통행을 기찰(譏察 넌지시 살펴 조사한다)하고 통행의 편의를 도왔던 곳인데 제봉과 율곡일행이 중국 사신을 마중나간 것은 양화나루가 아닌가 하는 생각이 들었다. 조선시대 양화나루는 한양에서 양천을 거쳐 강화로 가는 주요 간선도로상에 위치해 있던 교통의 요충지였기에 군사상으로도 매우 중요했다. 뿐만 아니라 이 나루는 조선시대에 각 지방에서 세곡이 올라오는 조운(漕運)항구였다. 농산물의 재분배를 담당하는 지역이기도 했다. 고려시대 이래로 양천, 강화를 가려면 반드시 이곳 양화나루를 건너야 했던 것으로 보아 아마도 중국 사신들도 배를 이용해 강화를 지나 지금의 양화진

(楊花鎭)나루로 들어왔던 것으로 심중이 간다.

원접사 율곡 이이가 「고경명의 문장은 국가를 빛낼 수 있다.」하고 그를 종사관으로 추천했다. 율곡은 본래 그와는 그렇게 절친한 사이는 아닌 것 같다. 그러나 송강을 통해 율곡은 제봉에 대한 이야기를 들어 알고는 있었을 것이다. 그 후 제봉은 황주에서 수개월간 율곡과 함께 시와 술로써 서로 즐겼던 기회가 없지는 않았지만, 이날 다시 만나면서부터 율곡은 제봉의 면면을 뜯어보고 서로 흉금 없는 대화를 나누자 그의 인품에 대한 확신이 더욱 확고해진 것이다. 율곡은 그를 대면하자 엄중함을 느꼈다고 한다. 그때부터 두 사람은 숨김없이 모든 것을 다 털어놓고 이야기하면서 우의를 다진 것이다. 중국사신과 함께한 자리에서 창수할 때 율곡은 그의 시를 주로 많이 인용하곤 했다고 한다.

제봉이 그토록 시의 명성을 얻었던 연유는 무엇이었을까?

그의 사우연원을 굳이 따진다면 아마도 명종 때 뛰어난 시인이고, 대사성까지 지낸 바 있는 송천 양응정[1]을 말할 수 있을 것이다.

양응정은 일찍이 식년문과에 합격하여 공조좌랑에 이르렀다. 한때 윤원형에 의해 파직되었다가 그가 몰락하자 다시 복직된 것이다. 당대에 명망이 있는 시인이었던 석천 임억령[2] 하서 김인후[3]라

---

1) 梁應鼎(1519~?)
　명종 때의 문인. 자는 公燮, 호는 松川, 濟州사람. 공조참판으로 성절사가 되어 明나라에 다녀왔다. 대사성을 지냈다. 시문에 뛰어났다. 효행으로 정문이 세워져 있다.

2) 林億齡(1496~1568)
　명종 때의 문신. 자는 大樹, 호는 石川, 善山사람. 을사사화 때 錦山郡守로 아우 百齡이 小尹에 가담하여 大尹의 선비들을 추방하자 자책을 느끼고 海南에 은거하게 된다. 뒤에 재등용되어 潭陽府使가 된다.

3) 金麟厚(1510~1560)
　조선왕조 중기의 문신, 유학자. 자는 厚之, 호는 河西, 蔚山사람, 金安國의 제자. 중종 때에 부수찬 현령을 지냈으나 을사사화가 일어나자 병을 이유로 고향에 돌아가 성리학

든가 고봉 기대승, 송강 정철 등을 꼽을 수 있지 않을까. 외냐하면 제봉은 그들과 어울리고 교유하면서 자연스럽게 영향을 받아 깨우쳐진 것으로 짐작되기 때문이다. 또 그들에게서 크게 영향을 받아 그들을 가장 좋아하게 된 것을 보아도 알 수 있는 일이다. 율곡과는 도가 같았고 지기도 맞아떨어졌다. 그들 사이는 남모르게 무엇인가 통하는 점이 있었다.

우암 송시열[4](시호, 문정공)이 지은 종용사에 이렇게 말하고 있다.
「오직 이 충렬공은 율 옹에 종사하였다. 서로 만나기는 비록 늦었어도 하수를 마신듯이 배부르게 여겼었다.」라고……

한림원 편수관인 황홍헌[5]과 왕경민[6](평안도, 함경북도의 중심으로 그 지역의 유력한 토착민에게만 주어 변경을 지키게 하던 특수직인 토관직)이 왕의 어명을 백성들에게 널리 알리는 조서를 반포할 때이었다. 중국 사신을 멀리까지 나가 맞아들이던 임시벼슬인 원접사를 맡고 있던 율곡은 제봉을 또 그의 종사관으로 추천했다.

왕은 그의 직분을 종부시 첨정에 임명한 것이다. 종부시 첨정의 직분은 왕실의 계보를 기록하고 또 글을 짓고 왕족의 허물을 살피던 관아였다. 또는 왕의 친가와 외척의 친선을 도모하기 위한 사무를 처리하는 돈령부를 비롯해 22개의 관아, 어느 곳에서도 공통적

을 연구했다. 천문, 지리, 의학, 산수, 律曆에도 정통했다. 문묘에 배향. 시호는 文正.

4) 宋時烈(1607~1689)
조선 왕조 때의 정치가. 자는 英甫, 호는 尤庵. 西人의 거두로 南人과 논쟁하고, 후에는 老論의 거두로 활약하다가 肅宗 15년 세자 책봉의 일로 왕의 노여움을 사 사사되었다. 저서는 ≪주자대전≫ 등 100여 권이 있다. 시호는 文正.

5) 황홍헌: 한림원 편수관. 왕의 어명을 백성들에게 널리 알리는 조서를 반포했다.

6) 왕경민: 평안도. 함경북도의 중심으로 그 지역의 유력한 토착민에게만 주어 변경을 지키게 하던 특수직인 토관직 관리.

으로 직분을 수행할 수 있는 종사품의 자리인 것이다.

　그때, 율곡은 제봉이 이미 나라를 빛낼 만한 재주가 있다는 것을 꿰뚫어 보아 알아차린 것일까.

　율곡은 첫 대면부터 제봉에 대한 공경심을 갖고 그를 소중하게 생각했다고 한다. 그래서 두 사람 사이에는 마음을 터놓고 격의 없는 대화가 오갈 수 있었다. 그들은 우의가 단박에 돈독할 뿐 조금도 우정의 간격이 벌려지지 않았다. 율곡은 중국 사신과 문장을 지어 서로 주고받을 때도 제봉의 시를 가장 많이 인용했다는 것만 보아도 그가 제봉에게 갖는 호감이 어느 정도인지 짐작이 간다. 그의 시에서 율곡은 무엇을 발견했기에 중국 사신과 교우할 때 그렇게 그의 시를 자주 인용한 것일까?

16. 삼교구류

1

　아마도 제봉은 유교, 불교, 도교 등 삼교의 가르침에 정통한 사람이라 그의 시가 심오한 것이어서 그랬던 것일까.

　제봉은 그 경전들을 터득하기 위해 평생을 두고 면밀히 연구해 왔다. 그것뿐이었을까. 그는 또 중국 한(漢)나라 때 아홉 가지로 분류되는 사상과 학문도 정밀하게 연구한 바 있었다.

　구류란, 즉 유가, 도가, 음양가, 법가, 명가, 묵가, 종횡가, 잡가, 농가 등을 역사와 더불어 손에서 놓지를 않았다. 제봉은 전국시대 때 수백 가지의 학파 가운데, 대표적인 학파 중에서도 묵가와 농가에 더욱 관심을 가진 것으로 보인다. 심안이 열린 농촌 출신인 선비로서는 당연한 것이리라.

　모는 백성들은 직접 농사를 짓고 옷을 짜 입어야 한다는 것이 농가의 핵심가르침이었다.

　어느 날 유생인 진상[1]이 농가인 허행[2]을 만난다. 진상은 허행의

---

1) 陳相: 유생.

2) 許行: 농가 주창자.

학설을 듣고는 크게 기뻐했다. 그는 자기가 배웠던 유학을 완전히 버렸다. 허행의 학설을 배우고 따르기 위해서였다. 진상은 맹자를 보자, 허행의 주장을 전한다.

"등 나라 임금은 확실히 현군입니다. 그러나 옛 성인의 도(道)는 아직 터득하지 못했습니다. 진정한 현군은 의당히 백성과 같이 경작하여 먹고 살아야 합니다. 손수 조석도 지어 먹으면서 백성들을 다스려야 합니다. 그러나 현제 등 나라에서는 많은 양식을 저장해 둔 창고와 재물을 쌓아 둔 창고가 있습니다. 그것은 바로 백성들을 실컷 부리고는 임금 자신을 봉양케 한 증좌입니다. 그렇게 해서야 어찌 현명한 임금이라 할 수가 있겠습니까? 陳相見 許行而大悅, 盡棄其學而學焉. 陳相見孟子, 道許行之言曰: <滕君, 則言成賢君也. 雖然, 未聞道也! 賢者與民 並耕而食, 饔飧而治. 今也滕有倉廩府庫, 則是厲民而以自養也, 惡得賢?"

전설적 성황이라 부르던 신농은 농업을 백성들에게 전수했다는 상고시대의 인물이었다. 어느 때부턴가 그의 말이 <농가자류>에 속하게 된 것인데, 신농을 개조로 받드는 농가자류에 속하는 허행의 주장은 위정자나 임금이라 할지라도 농사를 지을 기운이 있을 때는 자기 스스로 힘을 들여 농사를 지어 먹어야 한다는 것이다. 임금이 곡창이나 재물창고에 양식이나 재물을 쌓아두고 있는 것은 백성을 착취하는 소행이라고 주장했다. 이런 주장은 위정자인 군자를 농민들이 부양해야 한다는 주장과는 어긋나는 사상이었다. 그러나 제봉은 농가인 허행을 만난 진상처럼 유가를 버린 것은 아니었다. 무슨 사상이든 또는 무슨 학문이든 간에 인륜에 어긋나지 않고 인간의 생활에 옮겨 모두가 함께 행복해지는 것이라면 사상과 학문을 초월하여 수용할 뜻을 가지고 있었다. 즉 '……무엇이든지 유덕하고 사랑할 만하거나 ……듣기 좋거나…… 칭찬할 만한……' 일에 그는 인색하지 않았던 것이다. 유달리 그릇된 것이 남으로부터 발견될 때는 상관하지 않으나, 옳은 일에 대해서는 아량 있고 너그럽게 감싸 받아들이는 성정이 밑바탕에 깔려 있기에 그랬으리라.

진상의 주장처럼 현실적으로 농민들의 처지를 감안할 때 위정자들은 창고에 곡식이 넘쳐나는데 농민들은 왜 굶주려야 하는가. 그로서는 그런 나라의 다스림이 공평하고 옳은 것이라고는 보지 않았다. 그렇다면 차라리 위정자들도 스스로 농사를 지어 생활의 방편을 삼는다면 지금처럼 농촌은 피폐하지 않을뿐더러 농민을 착취하는 행위도 사라지리라는 생각이 들 때는 어쩌면 농가의 주장이 더 공평하고 옳을지도 모른다는 생각이 들었다.

그러니 유가의 맹주인 맹자가 이러한 사상을 좋아할 리 없었다. 이런 주장은 맹자의 교묘한 설법으로 물리칠 것이었다.

맹자는 진상의 말을 조용히 듣고 나서 편치 못한 심중에 진상에게 다음과 같이 물어 보았다.

"허자(許子)는 반드시 스스로 곡식을 농사지어 먹느냐?"

"네!"

진상이 대답하자, 맹자가 다시 물었다.

"허자는 반드시 제 손으로 옷감을 짜서 입느냐?"

"아닙니다. 허자는 막 털옷을 걸칩니다."

맹자는 또다시

“허자는 관을 쓰느냐?”

“관을 씁니다.”

“어떠한 관이냐?”

“생사로 짠 관입니다.”

“그것은 자기가 짠 것이냐?”

“아닙니다. 곡물과 교역한 것입니다.”

“허자는 왜 손수 관을 짜지 않느냐?”

“농사짓는 데 방해가 되기 때문입니다.”

맹자는 농가자류에게 오금을 펴지 못하도록 구석으로 몰고 가려고 하는데 그의 물음에 호락호락 넘어가지 않는 진상, 맹자는 아직 소기의 목적을 달성하지 못했다고 느꼈을까. 진상을 거듭 집요하게 물고 늘어진다.

“허자는 솥과 시루로 취사를 하고 또 쇠 쟁기로 농사를 짓느냐?”

“그렇습니다.”

“그것들을 손수 만드느냐?”

“아닙니다. 곡식과 교역해서 씁니다.”

“(그렇게 모든 것을 곡물과 바꾸어 쓰는 것을 보니 결국 허자도) 곡물을 가지고 기물과 바꿔 쓰는 것은 도공이나 야공을 괴롭히는 것이 아니고, 또 기물을 가지고 곡식과 바꿔 먹는 것도 농부를 괴롭히는 것이 아니라는 생각이겠지!(하지만 누구나 손수 농사를 지어 먹어야 한다는 허자의 주장대로라면) 허자는 왜 자신이 손수 그릇도 굽고 쇠기구도 만들고 하여 어디까지나 모든 기물들을 자기 집에서 만들어 쓰지 않느냐? 무엇 때문에 번거롭게 여러 기술자들과 교역을 하느냐? 왜 허자는 번거로운 일을 그만두지 않느냐?” 했다.

이에 진상은 짧게 대답한다.

"여러 기술자들이 하는 일이란 절대로 농사를 지으면서 함께할 수 있는 것이 아닙니다."

맹자도 포기하지 않고 또다시 묻는다.

"그렇다면 천하를 다스리는 일만은 농사를 지으며 곁들여 할 수 있단 말이냐? 세상의 모든 일은 학덕을 갖춘 대인이 할 일과 그렇지 못한 소인들이 할 일이 구분되어 있느니라. 게다가 한 사람의 신변에는 모든 기술자가 만든 제반의 물품들을 필요로 하고 있다. 만약 이 모든 물품들을 반드시 제 손으로 자작해서 써야 한다고 주장한다면, 그는 온 천하의 사람들을 좁은 길에 몰아넣고 번잡하고 분망한 일에 매달려 지쳐버리게 만들 것이다. 옛날에 '어떤 사람은 정신을 쓰게 마련이고 또 어떤 사람은 힘을 부리게 마련이다.'라고 한 말이 있다. 정신을 쓰는 사람은 남을 다스리고 힘을 부리는 사람은 남에게 다스림을 받게 마련이다. 남에게 다스림을 받는 사람은 남을 먹여 살리고 남을 다스리는 사람은 남에게 부양되게 마련이다. 이것이 천하의 공통된 도리인 것을 그대는 미처 몰랐단 말이냐?"

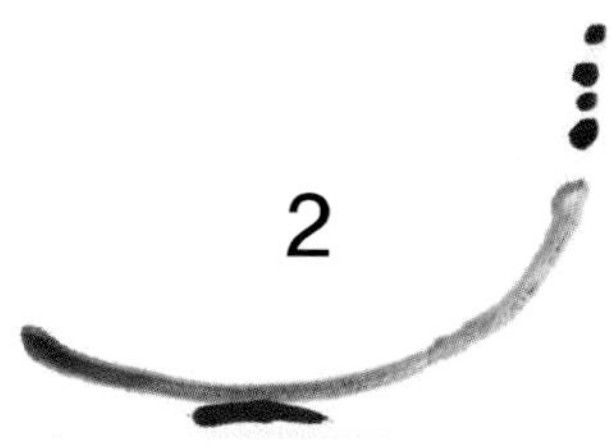

2

옛날이나 지금이나 모든 일에는 직분상의 분담이 각기 다르게 마련이었다.

굳이 문제로 삼는다면 정신노동자와 육체노동자로 분류하는데, 그것이 다수에게서 찬동을 받아 오늘날에 이른 것인지? 아니면 정신을 쓰게 된 권한의 강압작용으로 이루어진 것인지? 이를테면 거기에는 감동이냐 아니면 눈물이 스며들어 있는 결과물인지 소상히 알려져 있지는 않았다. 시대가 흐를수록 복잡다기해지므로 더욱더 세분되어 분업화되게 마련인 것을 누가 감히 이의를 델 것인가. 그것은 구조적으로 어려울 뿐 아니라 시대가 허락지를 않는 것이었다. 그렇다고 그것이 세상의 도리에 맞는 근본 뜻이라고 보기에는 회의감이 없지 않았다.

물론 예전이나 현대에 이르기까지 세상사가 습관에 길들여지고 그것이 연륜을 더하다 보니 세습화되고 더 나아가 풍습화되기까지 이른 터에 맹자의 주장을 누가 감히 그르다 할까. 분명한 것은 이러한 풍습을 나라의 다스림의 정책으로 삼아 오랜 전통을 이루고 그 바탕에서 하나의 문화, 또는 역사를 장식하기에 이른 것이다. 그렇다고 그것이 만능은 아니었다. 꼭 옳은 것이라고 단정 지을 만한 것도 아니었다.

다만 인류가 시작된 이래 많은 제도의 시행착오 끝에 선택된 최선의 방편이었다고 변명하면 대체적으로 입을 다물 것인가. 그럼에도 농가자류의 사상에서 바라본 모순점이란, 이런 세습이 빈익빈·부익부를 낳았다. 부를 좇는 유리한 위치에 있는 위정자나 관료들 또는 그들의 주변 사람들은 온갖 수단방법을 동원해 부를 끊임없이 축적하려 든다. 부정부패는 바로 이런 바탕에서 고개를 드는 것인데, 그들은 한없이 부해지고 직간접으로 애꿎은 농민들에게 궁핍을 떠넘겨지게 되어 있었다. 이들의 유익을 위해 육체적인 노동을 제공했던 빈한 자들은 부한 자들에게 유한된 세상 물질의 선점(先占)을 앗기고 소유할 기회를 박탈당하게 된 것이다. 그들은 부한 자들이 손잡아 끌어올려 주지 않으면 스스로의 힘으로는 궁핍의 수렁에서 벗어나기 어려웠다. 바로 이런 불공정한 세습을 고쳐 공통의 운명을 지닌 공통의 인류가 함께 평화로움을 추구하자는 것이 농가자류가 지향하는 선결 요건이 아닐까. 이것 또한 제봉이 바라던 바였을 것이다.

농사는 인류의 생명을 잇는 '농자천하지대본'이다.

하늘 아래 이보다 더 중한 일이 어디 있을까. 그래서 농사는 하늘 아래 근본이었다.

자연재해로 인한 흉년이 들고, 전쟁이 일어났을 때를 가정한다면 곡물의 소중함이 그 무엇에 견줄 바 있을까. 쉽사리 상상이 들지 않았다.

이의 깨달음이 어느 경지에 이르렀다고 생각하는 사람은 이 같은 일차산업에서 얻어지는 부산물 중 곡물을 경작하는 방법이 최우선이었다. 특히 정신적인 노동자들의 가치관을 바꿀 기회는 스스로 농사의 경험을 터득하는 것이다. 비록 육체적인 고통을 모르는 위정자를 포함하여 정신노동자들의 경험적으로는 경작의 고통을 뼈저리게 느껴야 한다는 것이다. 고통을 제공한 피와 땀의 소산이야말로 얼마나 값진 것인지 헤아려져야 하기 때문이다. 흙과 더불어 이런 과정으로 이어진 경작은 아주 값지고도 신성한 일이기에 그렇다.

일차산업을 돕기 위한 부가산업은 경작으로부터 인류의 음식이 되기까지의 여러 도구는 부가적인 것이었다. 곡물은 일차 화폐로서의 교역의 근본이 되는 것. 진상에게 진부하게 퍼부은 맹자의 물음은 정도를 벗어난 과잉 질문인 듯싶다.

그러나 맹자가 격한 감정으로 진상을 공격한 배경에는 유학을 배운 진상이 스승인 진양3)을 배반하고 이단이자 야만적이다시피 한 학설인 농가자류의 사상을 퍼뜨리는 허행에 동조한 것에 대한 감정으로 혹심하게 힐난해 몰아붙인 것이 아닐까.

맹자에게 공격적인 질문을 받은 진상이라고 왜 할 말이 없을까. 농가자류가 주장하는 것은 물가의 획일론이기도 했다. 상거래에서 부정이 생기지 않도록 하기 위한 방편으로 진상은 맹자에게 다음과 같은 주장을 했다.

---

3) 陳良: 유학자. 진상의 옛 스승.

"그러나 허자의 주장대로 하시면 시장에서의 모든 물가가 일정하게 되고 전국적으로 거짓이 없게 되며, 비록 오척동자[4]를 시켜 시장에 내보낼지라도 아무도 그를 속이지 않을 것입니다(구체적으로 예를 들면). 베와 비단도 장단만 같으면 값도 같을 것이고, 삼이나 삼실 또는 명주실이나 솜도 무게가 같으면 가격도 같을 것이며, 오곡도 불량이 같으면 그 값도 같으며, 신도 크기가 같으면 값이 같을 것이 아닙니까?"

진상의 이 같은 주장은 물품을 질로 따지지 않고 양이나 장단으로 값을 정하면 시장가격이 안정되고 상업상의 악덕이 없어질 것이라는 생각이었다. 일종의 소박한 가격통제 제도인 것이다. 물론 품질의 보장을 위해 엄격한 품질관리제도가 뒤따라야 한다는 것을 전제하고서다.

이에 질세라 맹자도 반박하여 진상에게 기염을 토했다.

"본시 물품이란 품질이 같지 않음이 물품의 성질이다. 물품이란 질에 따라서 어떤 것은 값이 배 혹은 다섯 배가 되기도 하고 또 어떤 것은 열 배 혹은 백 배 또는 천만 배나 서로 차등이 나게 마련이다. 그렇거늘 그대는 질을 무시하고 오직 분량이나 장단만으로 견주어 값을 같이하고자 하니 그런 태도야말로 천하를 혼란으로 빠뜨릴 것이다. 만약에 조잡하게 만든 신과 세밀하게 만든 신의 값이 같다면 누가 좋은 신을 만들겠는가? 결국 허자의 주장을 따르면 온천하의 사람들을 이끌고 위선만을 저지르게 될 것이니 그래가지

고서야 어떻게 나라를 잘 다스릴 수가 있겠느냐?"

생산물은 점차적으로 문화적인 진보를 거듭하게 마련이었다. 질에 따라 차등이 진다는 점을 밝힘으로써 긴 문답을 끝마친다. ≪맹자≫ 중에서도 장편에 속하는 ≪신농장≫의 글은 결국 인간사회는 원시상태에서 발달함에 따라 문화적인 제도, 즉 윤리도덕이 필요하게 된다는 것을 밝힌 것이다. 유가의 가르침은 일종의 문화 발전적 철학이라 볼 수 있었다. 그런 철학 속의 모순점을 허행이나 진상 또는 제봉이 지적한 것이다. 그런 불합리한 것을 버리고 인류의 순수했던 삶을 되찾아지기를 바랐다. 상실된 인간의 올바른 정신을 되찾고자 한 것이다.

사회의 모든 갈등은 남보다 더 소유하기 위해 착취하고 빼앗는 데서 생겨나는 것. 군주 역시 일반 백성과 함께 농사를 지으면서 자급자족한다면 문제는 달라질 것임을 지적한 것이다. 영국의 통치에 대항코자 스스로 물레를 돌려 옷을 만들어 입고 자급자족해야 한다는 20세기의 성자라고 일컫는 간디의 사상과도 일맥상통한다고나 할까. 이는 농경시대에서는 당연하게 여겨지는 일일 것이다.

서양에서 출판된 또 다른 경전(B.C. 124~121년경) 이야기 중에 고대 미 대륙에 살았던 '모사이야 왕과 베냐민 왕이 그의 백성들에게 땅을 갈게 하였고, 그 스스로도 땅을 갈아…… 왕으로서도 그의 백성들에게 짐이 되지 않으려고 농사일에 종사한다고 했다. 범사에 그의 선친인 부왕…… 이 행한 대로 따르고자 ……했던 것이다. 이에 삼 년 동안 그의 모든 백성…… 중에는 다툼이 없었다.' 백성이 낸 세금은 오직 백성의 복리를 위해 쓰이고 그가 거느린 충복과 가솔들은 모두가 경작하여 자급자족한 것이다. 그런 생활을 왕 스스로가 실행하게 되니 전쟁과 다툼이 없는 시대를 3년간 지속할 수 있었다. 여기서 3년이란 그의 짧은 재위 기간을 말한 것이다. 물론 평화가 이어지기는 그의 역대 선조 왕들의 통치 기간 중에도 200여 년 이상 면면히 평화를 유지해 왔던 것이다. 평화의 길이란, 한 나라가 다른 나라의 영토나 소유물을 탐하여 빼앗으려 하지 않고 친교로서 국교를 유지하는 것이고, 한 개인은 다른 한 개인의 것을 빼앗으려 하지 않고 오히려 넉넉 한자의 것 일부가 부족한 자에게 돌려지게 하기 위해 잉여분을 그가 속한 사회에 환원된다면 (근래에 와서 깨우침을 주는 창조적 자본주의) 평화의 지속은 가능한 것이다. 진정 평화란 부르짖는 것이 아니라 실행하는 것이었다.

분쟁의 씨앗은 남의 것을 탐하는데서 싹트기도 하지만, 상대적 박탈감에서 비롯되기도 했다. 지구상의 유한된 물질을 수단과 방법을 가리지 않고 점유할 때의 폐해는 이루 말할 수 없이 큰 것이다. 점유자는 풍요로울지 몰라도 기회를 박탈당한 불특정 다수는 상대적 빈곤을 떠안게 마련 아닌가. 그렇게 될 때 그 사회는 결국 빈익빈·부익부의 사회로 바뀌어 빈부의 차가 더욱 극에 달할 것이다.

그러면 여기서 잠시 모사야 왕의 대를 이은 아들 베냐민왕의 연설을 통해 그때 군주제의 통치술을 헤아려보고 이어가도 과히 누가되지 않으리라.

"나의 형제들아!

……내가 한 말을 데면데면하고 허술함 없이…… 너희의 귀와 마음을 열어 깨닫기를 먼저 바란다……. 내 말의 진정한 뜻은 하느님의 비밀을 너희가 듣고 보도록 펼치려는 데 있다. 따라서 너희에

게 두려워하거나 자기 자신을 학대하지 않으려는 뜻도 있다는 것을 기억해 주었으면 한다.

왕인 나 역시 너희들과 같은 온갖 약점을 갖기 쉬운 자이다. 그러나 나는 이 백성들에 의해 택함 받고…… 신의 손에 용납되어 이 백성을 다스리는 통치자요, 왕이 되었다. 지난 일을 돌이켜보면 비할 바 없는 하느님의 권위로 지켜지고 보호되었다. 하느님이 내게 부여해 준 능력과 생각과 힘을 다해 너희를 섬겨왔다.

특히나는 금, 은이라든가, 너희들의 어떤 재물도 세금으로 내도록 요구하지 않았다.

나는 너희가 감옥에 들어가거나 사람을 노예로 삼거나 살인을 하거나 약탈 혹은 도둑질하거나 간음하는 것 등의 이 모든 것이 허용되지 않았음을 잘 알 것이다. 여하한 간악한 짓을 저지르도록 결코 용납하지 않았던 것이다.

……나 자신도 너희처럼 내 스스로의 손을 빌려 일을 했다. 이것은 너희를 섬기려는 뜻이 있고 세금을 부과하지 않게 하려는데 있었다. 내가 힘이 든다고 여긴 일은 어떠한 것이든 너희에게 떠넘기지 않았다.

사랑하는 나의 형제들아!

이러한 말과 행동은 나의 자랑도 아니요, 너희를 비난하려는 것은 더욱 아니었다. 다만 하느님 앞에 거리낌 없는 양심으로 대답할 수 있다는 것을 너희에게 알게 하려고 한 것이다……. 너희에게 지혜를 배우게 하고 이웃을 섬길 때, 다만 너의 하느님을 섬기고 있다는 것을 배우게 하려는 것이다. 너희는 지금 나를 왕이라 부르고 있다. 그런 내가 너희를 섬기고 일한다면 너희도 서로 섬기고자 하는 마음으로 일을 하는 것이 마땅치 않는가. 하느님을 섬겨온 내가 만일 너희에게 조금이라도 감사를 받을 만 하다면 너희는 하늘의 왕께 감사를 드리는 것이 더 마땅하지 않은가! 나의 형제인 너희들에게 진심으로 말하는데, 설혹 너희를 창조하시고, 지켜 보전하시고, 너희가 기뻐하고, 서로 평화롭게 살도록 해 주신 하느님께 너희 온 영혼을 다해 감사와 찬송을 드린다 해도…… 또 너희에게 호흡을 주서 살아 움직이게 하고 순간 너희를 지탱까지 하게 해 준 분을 섬긴다 할지라도…… 진정 하느님이 너희에게 요구하신 것은 '계명'을 지키는 것이 모두이다. 너희가 만일 '계명'을 지킨다면 그는 너희가 땅에서 번성하리라 약속하셨다는 것을 이해하고 받아들여야 할 것이다……."

5

제봉의 근본은 선량한 촌부로서 의롭지 못한, 즉 파벌주의(sectio-
nalism) 정치 행태가 이 같은 물질에도 크게 영향을 미친다는 것을
익히 알고 있었다. 중국 전국시대 때 '합종연횡'을 일삼으며 날뛰
는 종횡가들인 경춘5), 공손연6), 장의7) 행태에서도 익히 깨달은 바
있었기 때문이다.

본래 '합종연횡'은 전국시대 때의 뛰어난 분파주의자(sect)들로 여
섯 나라(한, 위, 조, 초, 연, 제와 횡으로 평화조약을 맺는다)가 힘을
합하여 진나라에 대항하고자 주장한 소진8)의 '합종책'과 장의의

---

5) 경춘: 중국 합종연횡책의 縱行家.

6) 公孫衍: 중국 합종연횡책의 縱行家. 魏나라 사람이다. 성은 공손이고 이름이 衍이었는
   데, 원래 한 관직에 있었다. 張儀와는 사이가 좋지 않았다고 한다. 장의가 죽자 그는 秦
   나라로 가 재상이 된다. 그 뒤로 다섯 나라의 縱約長이 된 일도 있다.
   (縱約長: 중국전국시대의 韓, 魏, 齊, 楚, 趙, 燕 여섯 나라가 合從하여 秦나라에 대항
   한 攻守同盟. 이를 蘇秦이 주장하였다. 공손연은 이 공수동맹의 우두머리였다.)

7) 張儀(B.C. ?~309)
   합종연횡의 縱行家
   중국전국시대의 위(魏)나라의 정치가. 蘇秦과 더불어 縱橫의 술책을 鬼谷에게서 배웠
   다. 뒤에 秦나라 惠文王의 신임을 받아 연횡책을 주장하고, 6나라에 遊說하여 列國으
   로 하여금 진나라에 복종토록 노력한 것이다.

'연횡책'에서 나온 전국시대를 움직인 대표적 책략가들이었다.

장의는 오래전에 그의 부인이 초나라에서 화씨벽(和氏璧)이란 구슬을 구경하다가 훔쳤다는 누명을 쓰고 얻어맞은 후 집에 돌아와 울고 있었다. 장의는 갑자기 아내 얼굴을 마주보며 혀를 내밀면서 "내자, 내 혀를 보시게, 있는가. 없는가." 하고 부인에게 물었다(視吾舌尙在不).

아내가 "혀가 붙어 있다."고 하자 장의는 "그럼 되었소."라고 안심시키고 하는 말.

"지금 몸이야 어찌되었든 내 혀만 있으면 충분히 천하를 움직일 수 있다." 라고 호언장담했던 당시대의 최고 분파 주의자였다.

경춘은 왕도정치만을 부르짖고 있는 맹자에 대해 은근히 반감을 갖고 있던 터에

"공손연과 장의야말로 진실로 대장부가 아니겠냐."고 묻고는 그들이 한 번 화를 내면 제후들이 두려워하고 편안하게 조용해지면 천하가 잠잠해진다고 은근히 자랑을 했던 것이다. 경춘의 의중은 이상주의를 부르짖는 맹자보다 뛰어난 말솜씨와 계책으로 제후들을 설득했다. 그들은 서로 공격하여 정벌하게 함으로써 막강한 실권을 가지고 있었던 종횡가들을 대장부라고 자화자찬하면서 마음 속으로 맹자를 비웃고 있는 것이다.

이러한 경춘의 속마음을 맹자가 모를 리 없었다.

"아니다. 그것을 어찌 대장부라고 할 수 있겠는가. 그대는 예를 배우지 않았는가. 장부가 관례를 행할 때 아버지가 훈계를 하고,

---

8) 蘇秦: 중국의 合從策을 쓴 縱行家.

여자가 시집을 갈 때에는 어머니가 훈계를 하는데, 떠날 적에 문 앞에서 이별을 하면서 말하기를 '너희 시댁에 가거든 반드시 시댁 어른들과 식구들을 공경하면서 조심하여 남편의 뜻을 잘 따라야 하느니라.'고 하니 순종함을 정도로 삼는 것은 첩실의 도리인 것이다."

맹자는 계속해서 말한다.

"천하의 넓은 집에 거처하며, 천하의 바른 자리에 서며, 천하의 바른 도리를 행하며, 뜻을 얻지 못하면 홀로 그것을 행하여 부귀가 방탕하지 못하고 빈천(가난하고 천한)이 뜻을 바꾸지 못하게 하며, 위무(위엄 있고 씩씩하다)가 절개를 굽히게 할 수 없는 것, 이를 대장부라 하는 것이다."

맹자가 장의를 비롯한 당대 최고의 실권자들이었던 종횡가들에게 부국강병을 추구하는 제후들의 야심을 충족시키는 책략을 제시한 것이다. 게다가 이 세상을 전쟁의 도가니로 몰아넣는 악인이자 변절자라고 질타하고 있었다. 이런 명백한 대답은 맹자가 '호연지기의 장부'라는 것을 실증해 주는 것이었다.

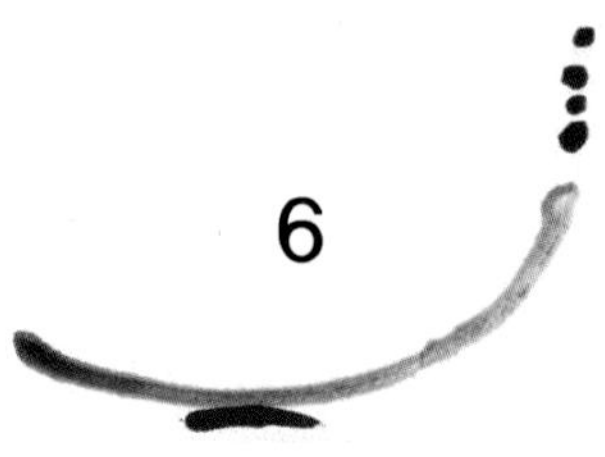

6

육체적 풍요로움을 추구하는 사람은 재화를 얻으면 그보다 더 큰 기쁨이 없을 것이나, 그 기쁨을 주체하지 못하고 방탕하게 되며, 빈천하게 되면 그 보다 더 큰 슬픔이 없을 것이다. 거기에서 벗어나기 위해 무슨 짓이든 하게 된다. 목숨보다 더 소중한 것이 없으므로 위협이 있을 때에는 생명을 부지하기 위해서 갖은 비굴한 짓이라도 하게 될 것이다. 종횡가들은 오로지 부귀와 권력에만 집착함으로써 절의를 헌신짝처럼 버리는 소인배이지 절대로 대장부일 수 없다는 것이 맹자의 답변이었다.

한때 순우곤9)이 맹자와의 설전을 벌였던 것을 보면 알 수 있듯이 세치의 혓바닥으로 천하를 농락하고 있는 전국시대 종횡가들의 행태를 익히 들어왔던 제봉은 그들의 말만 번지르르하게 노닥거림(잔재미 있고 좀 수다스럽게 말을 늘어놓는 것)을 혐오했다.

---

9) 순우곤: 전국시대 때의 종횡가.

제봉은 불가의 핵심인 석가의 자비사상에는 상당히 공감하는 입장이었다.

자, 비, 희, 사의 무량한 마음을 나타내는 사무량심이란 것은 '사랑'이라는 예수의 가르침을 마음에 기본적으로 품고 있어야 한다는 것과 맥락이 같았다.

자무량심(字撫量心)

선한 중생을 대상으로 하는 마음가짐으로 번뇌에 얽매어 괴로워하는 중생들에게 즐거움을 주는 마음이라면,

비무량심(悲無量心)

악한 중생을 보고 슬퍼하여 그들의 괴로움을 없애 주려 한다.

희무량심(喜無量心)

청정한 도를 닦는 중생을 보고 기뻐하고 격려하는 마음으로 점차로 다른 사람에게 널리 알려지도록 하는 것이다.

사무량심(捨無量心)

모든 중생을 평등하게 보아 자타, 애증을 초월하여 자신과 아무런 관계가 없는 사람들에게까지 차별을 없앤다는 가르침이었다.

특히 제봉이 유가에서 마음에 깊게 새겨두어야 할 진리는 따로 있었다. 그의 타고난 천성과도 부합되는 맹자의 가르침에 매료된 것 같았다.

그것은 살신성인에 관한 것이었다.

공자의 사상 중에 유일하게 사랑에 해당되는 것은 '仁'이라고 볼 수 있는데, 공자는 군자로서 지켜야 할 최고의 목표를 '인'이란, 덕의 실천이라고 생각했다.

“군자로서 ‘인’을 버리면 어찌 명성을 이룩하겠느냐. 군자는 밥 먹는 동안일지라도 ‘인’을 어기지 말고, 다급한 순간일지라도 반드시 ‘인’에 의지하고 넘어지는 순간일지라도 반드시 ‘인’에 의지해야 한다.”는 것이었다.

‘인’은 군자에게 있어서 생명보다 더 소중한 것이라 생각하고 이렇게 강조한 것이다.

지사와 어진 사람은 살기 위해서 ‘인’을 해치는 일은 없으며 자신을 죽여 ‘인’을 이룩하기도 한다(志士仁人無求生以害仁有殺身以成人).

‘옳은 일을 위하여 자기 몸을 희생한다’는 것이 ‘살신성인’이라는 뜻의 고사성어가 여기서 비롯되었다. 어질 ‘인’ 자로 표현된 이 ‘인’ 자에는 넓은 의미가 담겨 있겠지만, ‘마음이 너그럽고 성질이 인자하다’는 이 사전적 해석을 가지고서도 ‘마음의 너그러움’에 그 범위가 있는 것처럼, ‘성질이 인자하다’는 것도 인자하다는 성질은 어떤 것이며, 아니 성질이 어떻게 인자하다는 것인지 이루다 헤아리기 어려운 것이었다. 그래서 맹자는 ‘인’ 자에 ‘愛’ 자를 더하여 ‘仁愛’(어진 마음으로 사랑한다)라고 부연해 설명한 것이다. 이는 불가의 ‘慈愛’요, 기독교의 ‘사랑’이라는 것으로 서로 상통한 글자인 것이다.

‘인애’로 형이상학화시킨 맹자는 ‘인애’를 측은지심으로 좀 더 구체화했다.

‘남에게 차마 못하는 마음, 즉 ‘불인인 지심’을 측은지심이라고 했다. 이 측은하게 여기는 마음이야말로 인간이면 누구나 태어날 때부터 가지고 있는 선한 마음으로 보았다.

가문의 세계

동, 서양의 어느 나라 역사든 태초에 대해서는 신화, 전설로 시작되고 있다. 특히 개국시조에 대해서는 여러 가지 신의 설화가 있기 마련이다. 三姓神話는 오랜 옛날부터 구전 또는 문헌상으로 널리 알려진 전통적이고 토속적인 제주도의 開闢說話이다……. 高, 良, 夫 삼신인의 탄생, 삼공주의 출현, 耽羅國의 건국 등에 관한 이야기가 중요한 줄거리다.

우리 고대사회의 개국시조의 유래, 출생에 대한 설화는 다음과 같이 다섯 가지로 분류된다(한국사 고대 편).

天神族說: 환웅설화, 北夫餘 解慕漱傳說

地神族說: 西述聖母說話, 제주도의 삼성설화

天地兩神族說: 檀君, 大伽倻 始祖傳說

外來族說: 箕子東來說, 昔脫解傳說

卵生說: 朱蒙, 赫居世, 昔脫解, 閼智, 首露傳說

이런 분류 중에 따르면 제주도의 고, 양, 부의 삼성설화는 三神人이 땅속에서 나왔기에 지신족설에 속하게 된다. 이같이 땅속에서 솟아났다고 하는 전설은 어느 나라 신화, 전설에서도 찾아볼 수 없는 신비로운 점이 있었다.

위와 같은 전설은 영주지(瀛州誌 영주는 탐라의 별칭이다)에 정확하게 기록되어 있다. 이 영주지는 고려 말에 편찬된 고려사 지리지, 세종실록지리지 등 각종 문헌은 증보문헌비고에 수록되어 서울대 규장각에 소장되어 있다.

그의 세계는 탐라의 노인성(용골자리에서 가장 밝은 별을 말하는데, 담황색의 −0.7등성으로 거리는 약 200광년이나 되는 남극성을

말한다)

이 비추는 한라산의 빼어난 정기를 받아 세상에 나오게 된다. 남극 부근의 하늘에 떠 있는 별이라서 남극 노인성이라 불렀던 이 별은 광도가 겨우 6등급(별빛의 강도를 구분하는 계급으로 육안으로 보아 가장 희미한 별을 6등급이라고 한다. 가장 밝은 별은 1등급으로 정하는데, 이는 광도가 2.512배가 될 때마다 1등급씩 감소한다. 측정방법에 따라 실시로 등급을 정한다.)에 지나지 않았다. 중국에서는 사람의 수명을 맡아보는 카노푸스(Canopus)라고 하여 이 별을 보면 오래 산다고 했다.

구한시대[1]에 어떤 神人이 한라산 북쪽 품자혈 같은 지형에서 솟아나왔다고 했다. 이 사람이 곧 탐라왕국 시조 고을나(高乙那)[2] 왕이다. 고씨 왕세기는 당효갑자(중국의 堯가 陶唐氏이기에 이르는 말)에 탐라국이 건국되어 제45대 高自堅 王까지 왕정시대가 이어진다.

탐라국 왕의 계보는 이렇게 이어진다.

고을나(高乙那)왕(B.C. 2337~2206) - 건(建)왕(2206~1767) - 삼계(三繼)왕(1767~1123) - 일망(日望)왕(1123~935) - 도제(島濟)왕(935~771) - 언경(彦卿)왕(771~619) - 보명(寶明)왕(619~520) - 신천(辛天)왕(520~426) - 환(歡)왕(426~315) - 식(湜)왕(315~247) - 욱(煜)왕(247~207) - 황(煌)왕(207~157) - 위(偉)왕(157~105) - 영(瑩)왕(105~58) - 후(厚)왕(58~7) - 두명(斗命)왕(7~A.D. 43) - 선주(善主)

---

1) 九韓: 新羅 때 있었다는 九個國. 日本, 中國, 吳, 越(중국 춘추전국시대의 오나라와 월나라. 그 두 나라 사람 사이에 오랫동안 적의를 품고 있었다)托羅, 鷹遊, 靺鞨(滿洲 동북 지방에 있던 퉁구스계의 一族), 丹國(덴마크 Denmark의 音譯), 女狄(女眞이란 뜻), 穢貊(濊貊 韓族의 선민들을 총칭하는 일반적인 칭호).

2) 이 사실은 高判伊 得宗이 지은 ≪瀛洲誌≫와 佔畢齋의 ≪東溟題詠≫과 淸陰 金 先生의 제주에서 試할 때 지은 시에 실려 있다.

왕(43~93) - 지남(知南)왕(93~144) - 성방(聖邦)왕(144~195) - 문성(文星)왕(195~243) - 익(翼)왕(243~293) - 지효(之孝)왕(293~343) - 숙(淑)왕(343~393) - 현방(賢方)왕(393~423) - 기(機)왕(423~453) - 담(聃)왕(453~483) - 지운(指雲)왕(483~508) - 서(瑞)왕(508~533) - 다명(多鳴)왕(533~558) - 담(談)왕(558~583) - 체삼(體參)왕(583~608) - 성진(聲振)왕(608~633) - 홍(鴻)왕(633~658) - 처량(處良)왕(658~683) - 원(遠)왕(683~708) - 표륜(表崙)왕(708~733) - 형(逈)왕(733~758) - 치도(致道)왕(758~783) - 욱(勖)왕(783~808) - 천원(天元)왕(808~833) - 호공(好恭)왕(833~858) - 소(昭)왕(858~883) - 경직(敬直)왕(883~908) - 민(岷)왕(908~933) - 자견(自堅)왕(933~938) 45대 왕에서 왕정시대는 막을 내린다.

이렇게 해서 45대까지 왕정시대가 이어져 온 것이다. 고을나왕의 15세손 고후, 고청, 고계 등 삼형제가 처음으로 배를 만들어 바다 건너 신라의 탐진(耽津)에 이르렀다. 때는 신라 성시(盛時)였다. 이는 신라가 중소제국을 병합하고 영토를 확장한 가장 번성했던 시대이다. 신라 17대 내물왕(奈勿王, 356~401) 말경에 19대 눌지왕(訥祗王, 417~456) 때까지로 보고 있다.

탐라국이 해외에 처음으로 진출해 맺은 역사적 사실이었다. 이때, 신라왕은 탐라왕족인 삼형제가 오게 된 것을 매우 기뻐했다. 국빈으로 대우하고 마침 객성이 남쪽 하늘에 나타났다고 해서 성주, 왕자, 도내(徒內)의 작호를 내리고 나라 이름을 탐라(耽羅 탐라의 명칭은 신라(新羅), 탐진(耽津)에서 유래되었다는 것보다는 오히려 탐진은 탐라의 교통항(交通港)이고 경유지였다. 이로써 서로 간에 밀접한 관계가 있었기에 탐라의 명칭을 따라 통일신라시대에 탐진으로 바뀌었다고 추측된다.)라고 했다.

고구려와의 관계는 고구려를 창건한 동명왕 고주몽(高朱蒙) 후손은 횡성(橫城) 고씨였다. 탐라국 고을나왕의 후손인 제주 고씨와는 관련이 없다고 한다.

탐나는 366년(近肖古王21)에 처음으로 백제와 교류를 갖기 시작했다. 498년 8월 백제는 탐라가 조공을 소홀히 한다고 이를 구실 삼아 탐라를 치려고 군사를 보냈다. 이때, 백제군이 광주까지 내려왔다는 소식을 듣고 탐라국 고지운왕은 사자를 급히 보낸다. 화의를 맺고 백제군을 되돌아가게 했다. 그러나 얼마 못 가 백제가 나당(羅唐) 연합군에게 멸망된다. 백제가 망하자 많은 유민들이 탐라에 망명 이주하게 된다. 백제는 탐라를 耽牟羅 불렀다. 이는 중국의 牟縣(山東省에 있다)과 가까이 있다는 뜻이다.<百濟本紀>

삼국사기에 보면 589년 수(隋)가 진(陳)을 멸하고 중국을 통일(남북조시대가 끝난)할 때에 수의 전선 1척이 태풍으로 탐라에 표류했다. 660년 백제가 신라의 나당 연합군에 멸망했을 때, 백제의 오도독(五都督)이며 당나라 유인원(劉仁願)이 탐라 三神人의 고도지형(古都地形)을 가져갔다.

동국세기에는 다음과 같은 기록이 있었다.

「금강산을 봉래(蓬萊)라 하고 지리산(智異山)을 방장(方丈)이라 하고 한라산을 영주(瀛洲)라 했다」 영주산에서는 선약(仙藥)이 많이 난다. 중국의 진시황이 불로초를 구하기 위해 동남동녀 500을 보냈다는 서불과차(徐市過此)라는 전설이 전해져 오기도 한다.

한유서(韓愈書)에 탐부라(耽浮羅 耽羅)의 상선이 광주(廣州)에 폭

주한다는 기록이 있었다. 이는 탐라인이 광동(廣東)에까지 진출해 중국과 빈번한 교역이 있었다는 것을 말해 준다. 탐라의 선박은 크고 단단했다고 하는 것은 탐라의 조선술과 항해술이 뛰어났다는 것을 짐작케 한다.

탐라와 일본과의 관계는 지리적으로 가까운 위치에 있는 섬나라이다. 서기 60년경 일본사신이 탐라의 귤자(橘子) 묘목을 가져다 이식했다고 한다. 155년경부터 문물교역이 시작되었다. 양국 교빙 관계는 249년 일본사신 갈나고(葛那古)가 탐라에 다녀갔다는 기록이 보인다. 그 후 660년 백제의 멸망으로 교류관계가 활발하게 전개되었다. 이는 양국 간 교빙(交聘)의 시초로 보인다. 이 무렵 탐라의 고처량(高處良)왕은 표류 중인 일본의 入唐使臣(당나라로 가던 사신)을 구출해 송환해 주었다.

이러한 관계는 양국 간 국교관계를 맺고 문물교환을 할 목적도 있었지만 사실은 백제의 멸망으로 탐라에 피신해 온 백제의 귀족들과 일본에 망명한 부여풍(扶餘豊: 백제왕자) 등 왕족들과의 백제 부흥운동에 탐라와 일본 양국이 긴밀히 접촉하고 협력했던 것이다.

이 무렵 백제의 복신(福信)이 주류성(周留城: 韓山)을 거점으로 일본에 있는 왕자 부여풍을 왕으로 삼고 고구려와 일본의 원군으로 신라와 당나라에 대항해 위세를 떨쳤다. 그 후 백제 부흥운동은 실패로 끝났다. 백제는 일본과의 역사적으로 밀접한 유대관계가 백제의 유신(遺臣)과 탐라인들이 일본으로 많이 이주 망명했다.

일본서기 천지기(天智紀)에 보면 탐라와 일본과의 관계는 일본의 요직을 차지한 백제인들의 주선으로 668년 일본에서 오곡종자를 들여오는 등 문물교류를 계속하다가 천무천황(天武天皇: 698~

707) 때 일본의 국내사정으로 교류가 일시 중단되었다는 기록을 발견하게 된다.

특히 일본 九州지방에는 백제인, 탐라인 들이 많이 건너가 거주하고 있었다. 지금도 제주도와 구주지방은 여자들의 바느질, 아이 업는 법 등 생활풍습이 비슷한 것이 발견된다. 일본의 동북방 지역을 중심으로 분포돼 있는 星氏는 지금으로부터 1400년 전 신라 말엽에 일본으로 건너간 탐라성주(耽羅星主)인 고씨의 후손들이었다는 사실이 최근에 밝혀졌다. 그들은 일본에서 명문벌족을 이루고 있는 ‘星’씨는 대대로 그 조상이 한국인이었다. 이는 口傳族譜(입으로 전해진 것을 적은족보)를 토대로 고증 조사한 결과 서기 935년(을미) 신라가 멸망할 때, 탐라성주의 후손들 중 일부가 일본으로 집단 이주하면서 고씨의 성을 星主의 ‘星’ 자를 따서 바꾸어 사용했다.

일본서기(齋明紀)에는 662년 5월 탐라의 왕자 아파기(阿波岐) 등이 사신으로 다녀갔다고 했다. 이를 기화로 일본은 이길연박득(伊吉連博得)을 탐라에 보낸다.

고려 태조 21년에 병합되어 제46대 왕자 고말로(高末老) 公이 초대 성주로 작위를 받고 탐라민정을 조선 태종 2년 때 제17대 성주 고봉례(高鳳禮) 公까지 이어지게 된다. 이처럼 상고시대부터 유구한 전통이 이어져 내려온다. 이로서 고을나왕 제46世, 고말로를 중시조로 하여 아홉 계파의 관향으로 분파된다.

신라 태종 무열왕 때 후(厚)라는 사람 三兄弟가 배를 만들어 타고 바다를 건너올 때 하늘에 客星이 남방에 나타나자 태사(史官)가 아뢰기를 “다른 나라 사람이 와서 朝見할 상징입니다.”라고 했다. 얼마 후에 그들 삼형제가 도착하게 되는데, 임금께서 그를 아름답게 여겨 성주, 왕자, 도내 등의 벼슬을 주었다. 이후의 자손이 나중에 호종공신으로 長澤君으로 봉해진다. 그때부터 장택을 본향으로 삼게 된다. 이 장택군은 고려조에 검교 군자감이었다. 이상의 족보는 안타깝게도 전쟁 때 일어난 화재로 유실되고 말았다.

중간에 본가는 제주를 비롯해 장흥, 개성, 횡성, 연안, 용담, 담양, 의령, 소봉, 옥구, 상당, 김화, 면산, 회령, 안동 등 122본이었다. 그래도 모두가 뿌리는 하나였다. 지금은 제주를 하나의 본으로 삼아 중시조 말로의 세손들이 9개의 파로 나뉘었다. 장흥은 중시조 말로의 10세손 중연3)을 파조로 하고 있었다.

중연은 고려 말 남쪽으로는 왜적이 출몰하고 북쪽으로는 홍건적이 침입해 오는 왕조 말기적 시대 상황 속에서 활동을 했다. 공민왕 10년(1360)에 홍건적이 압록강을 넘어 2차 침입했다. 이로써 개경(개성의 고려 때 이름. 고려 태조 왕건이 왕위에 오른 다음 해인 919년에 이곳에 궁궐을 개설해 새로운 도시를 경영)이 함락되었다. 이렇게 되자 그는 왕을 모시고 복주(지금은 안동)로 피난을 갔다. 이때 그 공이 인정되어 호종공신으로 장흥백에 봉해져 본관을 장흥으로 삼았던 배경을 알 수 있었다.

고려 말에는 대륙과 바다 쪽에서 밀려오는 충격이 심했다. 안으로는 정치적 격동과 사상적인 변화가 확대되는 시기에 왕조는 교체되었다. 따라서 한 가문에서도 당연히 변화를 겪어야 했다. 당시

---

3) 高中筵
  장흥 고씨 시조. 중시조 고말로의 10세손, 개성이 홍건적에 의해 함락되자 공민왕을 호종해 개성에서 안동으로 피난을 떠났다. 그의 공이 인정을 받아 호종공신이 되었다.

지도적 위치에 있었던 권력자들과 지식인들은 사상과 명분에 비추어 지난 왕조든 아니면 새로 들어서는 왕조든 간에 어느 한편에 속해야 했다. 이 일로 고씨 가문은 갈등을 겪어야 했다. 이는 한 가문의 운명을 결정짓는 문제였기에 그랬다. 이런 때 행동을 어떻게 처신하느냐에 따라 조선조에 반상이라는 신분이 결정되는 것이다. 이러한 격동기에 살았던 중연의 후손들은 어떤 행동을 결정했을까? 따라서 어떤 이유로 그의 후손들은 장흥에서 광주로 옮겨 살게 되었을까? 이를 알기 위해서는 중연의 8세 고운에 이르기까지 족보를 추적해 보아야 했다.

"파조인 중연은 일명 복림(福林)으로 자는 수일(壽一)이고 시호는 량헌(良獻)이다. 그는 고려 말 인물인데, 충숙왕 17년(1329)에 문과에 합격하여 관직은 검교대위, 군기감사, 문하시중에 오르게 된다. 부인은 개성군부인 王씨이었다. 2세 합(合)은 충정왕 2년(1349) 음서로 보승 별장을 했다. 그는 문과에 급제하여 지신 사판 상서를 지낸다. 부인은 광산 김씨다.

3세 伯顔은 공민왕 20년(1370) 문과에 급제하였다. 보승중랑장, 참의를 지낸다. 이때 그는 전남 영광으로 이전을 했다. 부인은 문화 유씨이다.

4세 恊은 고려조 益原大君 珆의 사위로 병부시랑 또는 병부상서를 지내게 된다. 같은 나이에 오랜 친구인 태종이 臣傳이라는 이름을 하사한다. 그리고 호조참의를 제수하였으나 고려조의 의리를 지켜 받아들이지 않았다. 부인은 松京 王氏이었다.

5세 悅은 그가 탄생할 때 고려 공양왕이 비단보자기에 미역을 싸고 '열' 자를 지어 축하해 주어 그 이름을 얻게 된 것이다. 조선 태종이 호조참판을 제수했으나 이 또한 받지 않았다. 부인은 청주 한씨이다.

6세 尙志는 彰信校尉 忠佐衛副司直으로 좌통례(조선왕조 통례 원의 으뜸벼슬)를 증직받았다. 부인은 광산 김씨이다.

7세 自儉은 하천 고운의 아버지로 자는 守約이고, 생원시험에 합격해 훈도를 지낸다. 중종조에 청사원종공신으로 봉사하고, 통정 대부 호조참의에 추증된다. 광주광역시 남구 압촌동에 그의 묘소가 있었다. 부인은 남양 홍씨이다.

8세 고운의 호는 하천, 성종 11년(1479) 태어난다. 중종 2년 (1507) 등제해 생원, 진사가 되었다. 같은 왕 14년(1519) 별시문과 에 급제해 형조좌랑으로 의령현감에 이르렀다. 기묘사화 때에 화를 입어 고향인 압촌으로 돌아와 은거하면서 눌재 박상, 남촌 윤지화 등과 가까이 지내면서 시로써 창수했다. 예조참판으로 추증되었다. 부인은 광산 이씨가 먼저 세상을 떠나자 죽산 안씨가 집안을 이어 갔다."

남촌(자는 순경) 윤지화가 고운에게 증정한 오언절구로 된 시에 고운이 화답한 시가 여기 있다.

좋은 시는 은근히 발설하길 아끼니
읊어옴에 기쁨이 얼굴에 가득하네.
포숙아4)와 사방득5)의 오른쪽을 달리고

---

4) 鮑叔牙
　　중국 춘추시대 齊나라의 어진 신하. 그의 친구인 管仲과 친교가 깊었다. 이 까닭에 절 친한 친구를 '管鮑之交'라 했다.

구양수6)와 소식의 사이를 출입했네.

나는 이미 丹禁7)을 사양했으나
그대 어찌 碧山에 늙으리오.
석잔 술에 기쁘게 취하여
해가 져도 오히려 돌아갈 길 잊는구나.

윤지화가 오언절구로 다시 운을 띠운다.

이곳은 진실로 하늘이 아끼어
올라와 굽어보니 한결같은 얼굴 활짝
백로는 紅蓼의 언덕에 차오르고.
고기는 연빈(緣蘋)속에 노는구나.

軒前의 물은 거울처럼 투명하고
檻外의 산은 병풍처럼 둘러있네.
많고도 많은 기묘한 경치
시 읊으며 구경하니 돌아갈 줄 모른다.

윤지화가 오언율시 2수를 다시 읊는다.

功名은 내가 이미 늙었으니

---

5) 謝枋得(1226~1289)
　중국 宋代 말기의 충신. 자는 君直, 호는 첩산疊山, 강서성 사람. 元나라 군사의 맹공을
　받고 송나라가 쇠태한 후 복건. 건양에 망명하여 絶食하고 사망했다. 저서에 ≪疊山集.
　文章軌範≫ 등이 있다.
6) 歐陽脩(1007~1072)
　중국 송나라의 문인, 정치가. 호는 醉翁 또는 六一居士, 唐宋八大家의 한 사람.
　王安石의 개혁에 반대하고 정계에서 은퇴했다. 편저 ≪五代史記. 歐陽文忠公集≫ 등이
　있다.
7) 丹禁: 붉은 칠을 한 아름다운 궁전.

笏도 던지고 王公도 물리치네.
세월은 狂歌속에 흘러가고
情懷는 술잔가운데 떠오르네.

丹衷은 白日 같으나
부질없는 자취는 나부끼는 쑥대 같네.
他日 서로 생각난 곳에
흐름에 臨 해 멀리서 詩筒을 보내리라

세상살이 이제 여러 해인데
한가한 呂公을 부러워하네.
글귀를 찾음에 삼상8)을 따르고
酬酌9)할 때 한결같이 중도를 지키리.

그대 생각하니 白髮을 보는 듯하고
도리를 배움에 마음이 흐트러짐이 부끄럽네.
遠遊를 이미 거두게 되었으니
굴통10)을 던져 재할 날을 期하노라.
齒牙가 흔들리니 벗어진듯하고
頭髮을 어루만지니 공평하지 않는구나.
悲歌는 風月속이요
浪吟은 醉醒中이네.

湖海에서 몸이 장차 늙으니
親朋의 情도 흩어지려 하는 구나

---

8) 三上: 문장을 생각할 때 좋은 기회가 되는 세 곳, 바로 馬上과 枕上과 廁上(뒷간).
9) 酬酌: 主客이 서로 술을 권하며 말도 서로 나눈다.
10) 屈筒: 屈原이 물속에 뛰어든 5월 5일에 祭를 지낸 故事로 竹筒 속에 쌀을 넣어 물에
   던져 祭의식을 행한다.

원진11)과 백거이12)의 詩句 없음이 부끄러우니
어떻게 그대의 詩筒에 들어가리.

눌재 박상이 오언절구로 운의 시에 화답한 것이다.

늙은 나이엔 훤하면 잠을 못자
백발을 새벽되면 빗는다.
마음은 공중에 가로 걸린 劍에 꺾인다.
얼굴은 거울에 가득 찬 봄에 쭈그러들고
어느 곳에 지나간 날들 쌓여 있는가.
남은시간은 다투어 사람에게 닥쳐오는데
다시금 읊조리는 빛 찾아보니
風光이 금성밖에 새롭구나.
淸齋에서 來賓이 나가는 날은
밤이 짧아 새벽이 쉽게 다가온다.

나그네 생각엔 세상을 근심하는 뜻이 있고
詩情은 봄 아끼는 데 많이 쓰인다.
碧桃는 전부 열매 맺혔고
패랭이꽃은 半이나 씨방이 찼다.
스스로 다행하게 여기는 것은 몸이 건강해
금년에도 또 새 열매를 먹게 되는 일이다.

---

11) 元稹(779~831)
　　중국 당대의 시인. 자는 薇之, 806년 친구인 백거이와 함께 진사가 되어 左拾遺, 尙書
　　左丞, 武昌軍節度使 등을 역임했다. 시풍은 平易輕妙하다. 당시 유행하던 傳奇소설
　　의 발상에 영향을 받은 연애시를 지어 元和體의 대표자가 되었다. 자신의 체험을 토대
　　로 하여 애정소설 ≪鶯鶯傳≫을 남겼다. 장편 서사시 ≪連昌宮詞≫가 유명하다.

12) 白居易(772~846)
　　중국 당대의 대표적 시인. 자는 樂天, 호는 香山居士. 대중적 작품 ≪長恨歌≫, ≪琵
　　琶行≫ 등은 文士, 서민들 간에 널리 애송되었다. 평이, 유려한 시풍은 원진과 같아
　　원백체로 함께 불린다. 시문집 ≪백씨문집≫이 있다.

仲尼(孔子)가 해가 되어 비춰주니
긴 밤이 문득 새벽으로 펼쳐진다.
詩書의 餘澤은 아직 끊어지지 않아
禮樂을 익히는 봄을 즐기게 된다.

학교에서 課席에 참석해
여러 인재들 사람 성취시키는 일을 돕네.
木鐸울려 우리 道 唱導하니
선비들이 새것을 배우도록 할 수 있게 되었다.

눌재 박상이 나주목사로 부임한 것은 54세(1527) 되던 해의 여름
이었다. 그는 2년 동안 재임을 했다. 사람이 늙으면 잠이 없어져
새벽같이 일어나게 된다는 것을 박상의 시에서도 언급하고 있었다.
눌재는 일어나 백발 된 머리를 빗는다. 목사는 그 지방의 병권도
가지고 있었다. 그것을 상징하는 검을 방에 걸어놓은 것이었다. 눌
재는, '거울에 비치는 것은 모두가 봄인데 자기 얼굴만은 늙어 쭈
그러들었다'는 것을 새삼 깨닫는다. 최는 최잔을 말하는데, 볼 상
없이 망가진 자기 얼굴을 보고 덧없는 세월을 회상해 본 것이다.
여귀는 해 그림자를 말하는데, 나머지 시간은 일생의 대부분을 살
아 버렸다는 입장에서 여생의 시간을 지적해 한 말일 터, 즉 사람
이 늙으면 세월이 빨리 지나간다는 것을 뼈저리게 느낀 것이다. 음
중채는 시로 읊어낼 거리를 말하는데, 아직 읊어내지 않은 것은,
즉 빚이라 여긴 것이다. 금외는 금성(예전 나주를 다르게 부른 이
름)의 교외를 지적하고 있다.
　청재는 깨끗한 방인데, 이 시에서는 방문한 고운을 거처하게 한

방이었다. 내출일(들어오고 나가는 일자)은 유숙하던 내빈이 떠나는 날 밤새 담론에 열중해 시간가는 줄을 몰라 어느 틈에 날이 새어버렸다는 것이다. 객인 운의 생각에는 세상을 근심하는 마음이 많이 들어 있었다. 그들이 주고받는 시에는 봄이 가는 것을 哀惜해 하는 정도 많이 나타낸다. 벽도는 푸른 복숭아이고, 자는 열매이다. 구맥은 패랭이꽃이다.

 공자는 태양이 되어 온 누리에 빛을 비춰 암흑 속에 뒤덮였던 세상에 黎明을 가져왔다는 것이고 참절은 단절, 즉 끊어짐을…… 시서의 여택은 시경, 서경을 비롯한 경전의 여택(남에게까지 끼치는 넓고 큰 은혜)이 끊어지지 않고 계승되어 학교에서 예악을 익히고 경전을 배우게 되었다. 흡족하게 즐긴다는 의미로 감(酣) 자를 사용했는데, 이는 술에 흠뻑 취했다는 것이다. 禮樂春은 예악을 익히는 봄, 또한 春은 술이란 의미로도 사용되기에 ‘감’ 자를 쓴 것이다……. 課席은 경전의 강론과 시문의 제작을 學人士子에게 배워 그 성적을 판정 논평하는 모임이었다. 역박(棫樸)은 시경 大雅의 편명으로 현재의 대중적이고 많은 것을 비유한 것이다. 그 자리에 모인 현능한 인재들이 후진의 성취를 도와준다. 그들의 성적을 비평 지도해 준다. 본 탁은 혀가 나무로 된 요령인데, 고대에 문사는 본 탁을 흔들어 대중에게 알리고 무사에는 금탁을 사용했다……. 학교에서 경전을 가르쳐 유도를 선양했다. 새것을 익힌다는 것은 배우지 않은 것을 가르쳐 그것을 익혀 알도록 했다.

 그 외에도 남촌과 나눈 많은 시가 있었다. 모두 소개할 수 없어 여간 아쉽지만 재봉가문의 이야기를 계속 이어 가기 위해 어쩔 수 없었다.

이처럼 고려조의 장흥 고씨는 파조 중연 그리고 합(2세)과 백안(3세)에 이르기까지 모두 문과에 급제했다. 출사해 높은 관직에 올라 하나의 문벌집안이 되었다. 그러나 백안과 그의 아들 협이 활동하던 시기에 역성혁명13)이 일어나 고려는 망했다.

고려가 망하고 조선이 건국되자 사류들은 두 부류로 나뉘게 되었다. 권근, 정도전과 같이 개국에 적극적으로 가담한 부류가 있었다. 그러나 많은 절의파 지식인들은 불사이군14)을 외치며 재야로 숨어들었다. 백안 또한 고려조의 은덕을 입은 사람이었다. 전 왕조와의 의리를 지켜 전라도 영광으로 옮겨왔다. 그의 아들인 협(4세)은 고려 왕족인 益原大君 珆의 사위로 부원군이었다. 같은 나이에 옛 교분을 가졌던 태종이 그의 이름을 臣傅으로 고쳐주면서 신하 겸 스승으로 도와달라고 해 고려조에 대한 의리를 꺾지 않고 거절한다. 또 협의 두 아들 悅과 直에게 태종이 관직을 제수하였다. 그러나 아버지의 뜻을 받들어 출사하지 않았다. 이로서 고려 말기 선조의 3대(3세~5세)는 고려왕조에 대한 의리를 버리지 않고 초야에 묻히면서 전라도와 인연을 맺게 된 것이다.

이 가문이 조선왕조와 인연을 맺게 된 것은 상지(6세)부터였다. 그의 관직은 창신교위 충좌위부사직에 올랐다. 그런데 조선조에 들어 고려왕조에 대한 절의를 마치고 다시 출사한 최초의 인물이었다. 세종대왕과 같이 한 씨의 외손으로 六寸契를 만들었는데, 서열

---

13) 易姓革命: 제왕이 부덕해 민심을 잃으면 다른 유덕자가 천명을 받아 부덕한 왕조를 무너뜨리고 새로운 왕조를 세워도 좋다고 하는 사상.
14) 不事二君: 한 사람이 두 임금을 섬기지 않는다.

은 13위였다. 상지의 아들이고 고운의 아버지 자검(7세) 또한 생원 시험에 합격하여 훈도를 지낸 것을 보면 출사에 뜻이 있는 것으로 추측된다.

백안이 전라도로 거주지를 옮긴 이유에 대해 일설에는 파조 중연의 부인이 왕씨이기에 역성혁명 후 피해를 입었다는 것이다. 그 파급효과가 손자 백안까지 지속되자 전라도 영광으로 이전하였다고 하나 조선왕조에서도 계속적으로 이들에게 관직을 주고 머지않은 시일에 후손들이 스스럼없이 관직에 나가고 있다는 것은 후대에 와서 그릇 전해진 것이 아닌가 하는 의심이 들었다. 그런 이유보다는 전 왕조의 유신(왕조가 망한 뒤에 남아 있는 신하)으로 의리를 지키기 위한 것이라 보는 것이 더 설득력이 있어 보인다. 어찌하든 백안이 영광으로 내려온 이후 협(4세) - 열(5세) - 상지(6세)까지 4대에 걸쳐 이곳에 터를 삼고 살았다. 지금도 백안과 협의 묘소는 (장성군 삼계면 이암리)에 열과 상지의 묘소는 (장성군 동화면 수연리)에 각각 소재하고 있었다.

광주 압촌에 처음 자리를 잡은 사람은 고운의 아버지 자검이었다. 그는 영광에서 현재의 광주광역시 남구 압촌 마을로 옮겨와 생활 터전을 마련했던 것이다.

장흥을 본으로 한 이 가문은 선대의 절의적인 전통과 혼인을 해 인척이 된 것이다. 이곳 토착사족들과 의기투합할 수 있었다. 가문은 학문적 계통을 이어받고, 공유하면서 번성해 왔다. 이로서 자검이 압촌 마을로 옮긴 후 후손들에게 사회적 학문적 사상적 기반을 마련해 준 결정적인 역할을 한 것 같았다. 이런 기반 위에서 고운은 문과에 급제했고, 출사한 후 기묘사화에 연루되어 낙향함으로써 기묘명현으로 또는 사림으로서의 위치를 확고하게 다질 수 있었다. 고운이 문과에 급제한 이후 점차적으로 이 지역에서 주도적인 활동을 하게 된 것이다. 자검, 이후 가문의 후손들은 100여 년간 5대를 연이어 문과 급제자가 10여 명이 넘었다. 이렇게 해서 이 가문은 이 지역의 대표적인 가문으로 번성하게 된 것이다.

고운부터 5세에 이르기까지 문과 급제자는 이러했다.

1세: 高雲(1479～1530). 호는 하천, 별시문과. 을유, 1519년 41세, 형조좌랑, 부인은 광산 이씨, 죽산 안씨.

2세: 孟英(1504～1565). 호는 하헌 62세, 별시문과 경자 1540년 37세, 부제학, 대사간. 부인은 남평 서씨.

3세: 敬命(1533～1592). 별시문과 장원, 무오, 1558년 26세, 성균관 전적 공조참의. 부인은 울산 김씨.

3세: 敬祖(1528～1596). 호는 구암, 89세, 식년문과 을과, 신유, 1561년 34세, 해미현감, 판교 광주(경기)목사, 사헌부 지평. 부인은 영광 김씨. 맹영의 동생, 중영의 아들.

4세: 從厚(1554～1593). 호는 준봉, 별시문과 병과. 정축, 1577년, 24세, 임피현령, 교서관 정자. 부인은 의령 남씨, 철성 이씨.

4세: 因厚(1561～1592). 증광문과 병과. 을축, 1589년, 29세, 권지 성균관학유 승문원정자. 부인은 함평 이씨.

4세: 循厚(1569년, 선조 2 기사)～?, 선조 때 문신. 자는 道常, 호는 靜軒, 신유년에 진사에 합격. 형조정랑.

4세: 用厚(1577～1640). 호는 청사 64세, 증광문과 을과, 병오, 1606년 30세. 판결사 지제교 예조좌랑 병조좌랑. 부인은 청해 이씨,

행주 기씨.

4세: 成厚(1549~1602). 호는 죽촌 54세, 별시문과 병과, 계미 1583
년, 35세. 전중어사 예조참의에 추증. 부인은 함양 박씨, 경
조의 자.

5세: 傅川(1578~1636). 호는 월봉 59세, 알성문과 병과. 을유,
1615년 38세. 필선 교서관 정자. 부인은 풍천 노씨, 인후의 자.

무과는 高傅沃(성후의 자), 高必光(성후의 증손) 이 현황은 16세
기~17세기 입격자만을 기록한 것이다.

제봉의 시에

"우리 검교공이 비로소 장흥 백에 봉해졌지"라고 했기에 제봉은
검교공을 선조로 삼은 것 같다.

2세의 이름은 슴이고 관직은 좌우의 보승 별장이다. 조선왕조 때
의 관직으로 본다면 용호영(대궐의 숙위)의 종이품의 주장 격이다.

3세는 伯顔이고, 관직은 봉선대부 지녕지사이다. 고려 충렬왕 때
정한 종사품.

4세는 臣傅, 처음 이름은 協, 관직은 여조에서 병부시랑 북부상
서(고려 6부의 으뜸벼슬, 장관), 삼한(조선의 남쪽에 있던 馬韓, 辰
韓, 弁韓)의 삼중 벽상공신을 역임했다. 고려가 멸망되자, 협은 온
집안을 이끌고 남쪽으로 피난지를 찾아 내려오게 된 것이다. 我朝
(조선왕조 제3대 왕) 太宗(호는 芳遠)은 신전을 同年舊交, 즉 같은
해에 태어난 오랜 친구라 하여 四方에 令을 내려 찾았다. 그때 만
나 태종은 협이라는 이름 대신에 臣傅이라는 이름을 하사한 것이
다. 그 후로 신전이라는 이름을 사용하게 된다. 이것은 臣下로서

師傳(스승으로부터의 傳授)을 겸한다는 뜻이다. 또 호조참의 겸 판사 복사사를 재수시켰다. 그러나 臣傳은 끝내 강호에 숨어서 벼슬길에 나가지 않는다. 그에게는 두 아들이 있다. 큰아들은 悅, 다음직은 장령이다.

5세의 이름도 같은 悅, 관직은 증 호조참판이다. 그는 태종조에 잡혀 들어가 벼슬을 않겠다고 진술한 말에 "紅牌15)는 先祖의 遺蔭(世澤: 조상이 남긴 恩惠)인 줄 아오나 외가의 원수에게 벼슬할 수 없습니다."라고 했다.

悅도 역시 두 아들을 두고, 맏아들은 尙志, 다음 尙德은 지평을 지낸다.

6세의 이름은 尙志, 관직은 副詞直에 증 좌통례(정삼품)이다. 그는 아들만 7명을 두었다. 맏이 自溫은 생원, 둘째는 自良, 셋째 自恭은 監役, 넷째는 自儉, 다섯째 自謙은 부사, 여섯째는 自讓, 일곱째 自愼은 진사이다.

7세, 自儉, 자는 子約이며 벼슬은 생원이다. 일설에는 함평현감에 증 호조참의라고도 하고 또…… 정사공신(광해군 10, 1618년)에 일어난 인조반정의 공신 金鎏, 李适 등 50인에게 내린 훈호였다. 그도 두 아들을 두었다.

8세, 맏이는 운, 자는 언용, 호는 하천. 벼슬은 생원, 진사, 문과에 다 합격하여 형조좌랑을 역임하고 贈 예조판서이다. 정암 조광조와 눌재 박상과 더불어 도의교(도덕적인 친분)를 가졌으나 중종 14년(을유, 1519) 사화가 일어나자 정암과 사이가 좋았다는 지적을

---

15) 紅牌: 文科의 會試에 급제한 사람에게 주는 증서이다. 조부 臣傳 등의 명망과 은덕으로 문과의 회시 합격증을 내밀면서 悅은 태종 조와 적대적 관계인 외척이 걸려 벼슬을 노골적으로 사양한 것이다.

받고 시골로 내려온다. 이 사실은 <己卯名賢錄>에 누락되었다. 그도 3형제가 있다. 맏이는 맹영, 다음 중영은 생원, 셋째 계영은 진사를 지낸다.

9세, 孟英. 자는 英之, 호는 霞軒, 생원 문과에 합격하고 벼슬은 홍문관 부제학을 지냈는데, 증직은 의정부우의정이다. 夫人은 남평 서씨인데 진사 竹軒傑의 딸인 정경부인(조선조 때, 외명부 최상위의 품계)의 칭호를 받았다. 세 아들을 두었는데, 맏이는 경명, 다음 경훈은 생원, 셋째는 경윤이다. 경훈의 아들 敬身은 계사년(1593)에 종후의 격문을 소지하고 제주로 들어가다가 태풍을 만나 물에 빠져 죽는다. 경형은 계사년(1593)에 준봉을 따라 진주 남강에서 순절한다. 주부(注簿: 여러 관아에 속한 종육품)에 증직, 정려의 포전까지 세워져 있다.

10세, 경명, 자는 而順, 이가 바로 이 책의 주된 인물인 그의 호 제봉이다. 그는 별도의 年譜가 있다. 그의 아들은 6형제. 종후, 인후, 존후, 순후, 유후, 용후이다.

종후의 호는 隼峯, 관직은 진사. 문과에 합격하고 임피현령, 증 이조판서 시호는 孝烈. 1593년에 아버지의 복수를 위해 의병을 일으킨다. 창의사 김천일, 병마절도사 최경회와 함께 진양까지 가서 적과 싸우다가 진주성이 함락되자 김천일, 최경회와 함께 남강에 몸을 던져 순절, 이들이 바로 진주 삼장사이다. 국가에서 정려와 부조전(나라에서 큰 공훈이 있는 사람의 신주를 영구히 사당에 제사 지내게 하던 특전)을 내린다. 광주 포충사, 진주 창열사에 배향. 그의 후손은 광주와 경남 진주 등에서 일가를 이루고 있었다.

因厚의 호는 鶴峯, 진사와 문과에 합격하고 벼슬은 성균관 학유

(종구품)를 지낸다. 贈 의정부 영의정, 시호는 毅烈. 임진년(1592)에 아버지 경명을 따라 금산에서 적과 싸우다가 같은 날 아버지와 함께 순절. 국가에서는 정려와 부조전을 내린다. 금산 종용사, 광주 포충사에 배향. 그의 자손은 창평에 살고 있다.

존후는 요사(젊어서 죽었다)한다.

循厚의 호는 靜軒. 진사에 합격하고, 벼슬은 형조정랑(6조의 정 오품)을…… 인조 2년(갑자, 1624) 仁祖 때 副元帥 李适의 叛亂. 仁祖 5년(정유, 1627) 胡亂에 두 차례나 의병을 일으켜 적에게 대항, 자손은 同福에 살고 있다.

해사공 由厚는 아버지가 순절한 후 너무 애통해하다가 병이 들어 아버지 삼년상을 마친 후 한 해를 넘기고 세상을 떠난다.

用厚의 호는 晴沙. 생원, 진사, 문과에 다 합격한 다음 湖堂에 들어가 사가독서를 하게 된다. 관직은 판결사(시비, 선악을 판결하는 일. 장예원의 으뜸벼슬, 정삼품)까지. 그는 일찍이 사명을 받들어 연경으로 떠날 때 西郊餞席(餞別하는 자리)에서 술잔을 던져 金自點의 뺨에 맞자, 그의 모함에 빠져 화가 미치게 되나, 출가한 딸 행폄(幸貶)의 부군이 격고[16]까지 하면서 억울하다는 것을 호소한 결과 무사히 풀려나게 된다. 자손은 나주에서 살고 있다.

2008년 10월 11일, 조형물 『고 씨 유래 비』 제막식 <대전시 중구 침산동 소재 뿌리공원> 규모는 점유면적 23㎡/높이: 3.5m, 폭이 2.2m, 재질: 몸체는 화강석, 비문은 오석, 의의(뜻)는 바닥의 구(球)는 삼성혈 시조 탄생, 양쪽 기둥은 후손 단합, 상단의 종문 심벌마크는 조상 선현(先賢)을 상징하고 있다.

---

16) 擊鼓: 임금이 외출할 때, 원통한 일이 있는 사람이 임금에게 하소연한다. 임금이 지나는 길가에서 북을 치면서 임금의 하문을 기다리는 것을 말한다.

제봉연보

中宗 28년(1533 계사) 11월 30일 경명은 광주광역시 압촌동에서 태어난다. 자는 而順, 호는 霽峯 또는 苔軒, 시호는 忠烈이다.

그가 태어난 鴨村 마을은 한때 나라에 대한 그의 충훈이 있었다고 해서 모든 세금과 雜役을 면제받는 특전이 내려진다. 그런 결과 압촌이란 마을 이름이 한때 復戶村이라 부르기도 했다. 그는 어려서부터 외모나 언행이 점잖으면서도 생기발랄했다. 그는 나이에 비해 신체적 정신적 발육이 빠른 데다 올이 곧고 밝아 성인처럼 행동했다.

그의 선친 맹영은 사간원 대사간까지 오른 사람이나, 본래 홍문관, 사헌부 등 三司 중에 하나였던 사간원은 임금에게 여러 가지 사건과 백성들의 갖가지 소리를 상달하는 일을 맡아보는 관청이다. 때에 따라서는 임금에게 직언도 할 수 있는 관리직이었던 것이다.

그의 조부 하천 고운은 「己卯錄 補遺」에 傳이 실려 있는 '을유사류'로, 호랑이 그림을 잘 그렸던 유명한 인물이다. 대동야승 제10

권, 기묘록 보유 하권에 백인걸을 비롯한 34명 중에 <고운 전>을 포함하고 있다. 거기 고운의 백저가(일정한 조세 이외의 불법으로 더 징수하는 것의 부당함을 노래로 지어 부른 것이다)에 "상원의 관리는 백성 벗기기만을 힘써서 江淮(揚子江과 淮水를 비유로 든 것)의 백성들에겐 백저가 많다오. 上元官吏務剝削江淮之多白著"라는 노래의 시가 수록되어 있었다.

중종 14년(을유, 1519) 고운은 별시에 급제한다. 정암 조광조 눌재 박상 등과는 가깝게 지낸 사이다. 사화 이후 조광조가 귀양지 능주(전라남도)에서 사사되자 고운은 세상에 환멸을 느낀다. 일정한 직업이 없는 재야 예술인이나 다름이 없다. 그의 명예는 결코 세상에 드러내는 일이 없었다. 증 예조참판.

맹영은 경명의 장인 김백균과 함께 이양 일파의 핵심 인물로 지목받은 사람이다. 이양이 몰락하자 경명 부자에게까지 불똥이 튀어 동반 몰락을 하게 된다.

맹영이 세상을 떠난 뒤에는 손자인 淸沙公 用厚의 상소에 따라 좌의정에 증직된 바 있다. 용후는 제봉의 막내아들이다. 용후가 조부의 신원소를 올려 대간공의 복직을 가져오게 된다. 애절하고 간절한 상소를 했다. 그의 조부에 그의 손자가 아닌가. 이는 용후의 충의와 당시 영의정 이덕형과 좌의정 이항복의 (지혜롭고도 용기 있는 영단)결정으로 복직이 가능했다. 이는 파격적인 처사였다.

경명은 약관 20세 때인, 명종 7년(임자, 1552) 봄. 사마 진사 시험에 제일인으로 합격한다.

명종 8년(계축, 1553) 그의 나이 21세가 되던 해에 울산 김씨 가문에서 부인을 맞이한다.

울산 김의 시조, 덕나는 신라 경순왕의 아들로 935년 경순왕이 고려태조에게 항복하려 할 때, 마의태자와 함께 이를 극력 반대하였으나 뜻을 이루지 못하자 처자를 버리고 마의태자를 따라 계골산(금강산의 겨울 이름)에 들어갔다고 하고 또는 해인사에 들어가 중이 되었다고 한다. 그러나 그의 행방에 대해 자세히 알려져 있지는 않았다. 아마도 배다른 이복형제가 있어 동명 2인이 아닌가 싶다.

명종 9년(1554) 그의 나이 22세가 되는 그해 정월에 장남 종후가 태어나자, 5월에는 그의 어머니 서씨(증 정경부인)가 세상을 떠난다.

경명은 슬하에 딸 둘과 아들 여섯을 두었는데, 큰 딸은 벼슬하지 않은 광주의 선비 박숙에게 출가하여 아들 하나를 얻는다. 그의 이름은 충겸.

막내딸은 영광의 선비 노상용에게 출가해 정유재란에 못되게 구는 왜병을 꾸짖으며 절개를 굽히다 못해 칼에 엎드려 자결하고 만다.

명종 13년(무오, 1558) 26세로 문과 갑과에 장원 급제하여 성균관 전적(정육품)과 호조좌랑(정육품)에 임명된다.

그해 문관을 뽑기 위한 방편으로 조정에서는 시험 합격자를 널리 알리기 위해 길거리에 써 붙인다. 합격자 명단에는 갑과에 합격한 사람이 모두 세 사람이다. 그중 제일이면서 진사시험에 합격했던 사람은 경명 단 한 사람뿐이었다.

승사로는 밀양 사람 박율이 두 번째이고(그는 나중에 목사에 이른다) 3번째로는 풍천사람 임몽신이다.

을과는 나중에 성리학자로 잘 알려진 幸州사람 생원에 기대승과 해평인 윤두수, 정유일, 이우직, 구사맹, 황정욱, 오건 등 7명이 합격한다. 윤두수는 차후에 영의정까지 오른다. 그뿐인가. 아니 또 병과가 있다. 병과에는 한때 감옥에 들어가 있던 이순신을 변호했던 정탁*이 있다. 그는 순신에게 매우 호의적인 사람이다. 장차 우의정까지 오른 생원 정탁을 포함해 을과 합격자는 25명이나 된다.

문과는 문관을 뽑기 위한 시험제도인데, 글을 직접 짓는 제술시험과 경서강론, 즉 유교의 경전인 역경, 서경, 시경 예기, 춘추, 대학, 논어, 맹자, 중용, 경적 등 이를 가르치는 것을 시험관이 참관하여 보고 듣고 행동을 관찰하는 것이라 할 수 있다. 하나의 교수 능력과 자질을 알아보는 것이다.

대책이라 함은, 높은 직위의 관료와 대면하여 주고받는 일종에 면접시험과도 같은 것, 덧붙여 말한다면, 시험관은 어떤 사건이나 긴박한 문제를 제시하고, 그에 대한 해결책이나 대책을 수험생이 내놓게 하는 것이다. 어떤 사건 또는 시국에 대한 것이라든가 상대방의 태도나 술책에 대응하는 능력 등 이른바 순발력과 지혜의 폭을 평가하는 것이다.

장차 문관으로서 지도력과 문제의 해결 능력 등을 평가해 보는 당시로서는 시의 적절한 시험 방식이었던 것. 그런 과정을 통해서 지도력을 갖춘 인재를 뽑는 것이다. 한성부와 8도에서 관찰사 주재하에 4년마다 한 번씩 실시하는 식년. 한 해 전 가을에 보는 초시 240명이었는데 나중에는 223명으로 줄었다. 식년 봄에 한성에서 예조 주재하에 보는 복시(33명)와 국왕이 직접 참석하여 보게 되는 전시로 나누게 된다.

같은 해 5월, 명종은 즉시 제봉을 성균관전적과 호조좌랑에 임명시키고서 관직에 발을 들여놓게 한다. 나중에 명종실록편찬에도 참여하게 되는 淸江 李濟臣에게 경명은 시를 지어 부친다. 자석으로 만든 벼루가 있다는 소문을 듣고 그 벼루를 얻고자 시를 지어 보낸 것이다.

어느 날 뇌운[1]속에 단계석[2]이 떨어졌는지
갈고 다듬어 묘한 벼루 만들었다네.
깨끗한 광채는 옥처럼 보일 테고
일렁이는 못에는 별들도 번쩍일 거야.

글씨 쓰는 재주 없어 부끄럽지만
붓을 한번 휘둘러볼 생각이 드는구려.
이런 보배 나도 한개 가질 수 있다면
육정에게 번거롭게 할 필요가 없겠죠.

명종 14년(기미, 1559) 봄. 그가 27세 때, 다시 세자시강원사서(정육품)에 임명된다.

시강원에는 세자시강원과 왕태자궁시강원이 있는데, 세자시강원은 왕의 세자들을 가르치는 일과 그에 따른 것은 도서관리 등 서적을 맡아보는 부서이다. 오늘날 국·공립 도서관에서 도서정리 보존 및 열람 등을 맡아보는 사서와도 같은 업무를 관장. 아마 세자들을 가르치는 스승들이 사용하는 여러 경서 등 중요한 서책들을 보존 관리하고 또 그들의 필요한 자료를 준비하고 열람을 도와주는 일이 주 업무일 것이다.

그해 봄, 하지가 지나도 비가 오지 않는다. 명종은 경명에게 명을

---

1) 雷雲: 번개나 천둥 또는 뇌우를 몰고 오는 구름.
2) 端溪石: 중국 단계지방에서 나는 품질이 좋은 벼룻돌.

내린다. 기우재문을 지어 삼각산에 올라 기우제를 지내도록…….

명종 15년(경신, 1560) 28세에 경명은 알성문과에 장원 급제한다.

왕이 성균관에 알성한 뒤에 보는 문과를 말한다. 알성이란, 임금이 문조의 공자 신위에 참배한다는 것. 이 신위가 목판이 아니고 소상(찰흙으로 만든 사람의 형상, 흔히 조각, 주물의 원형으로 쓰이는 것)이었기에 생겨난 말인데, 이는 대과전시에 해당된다. 단시일에 성균관에서 보는 과거시험.

시험은 왕의 친필인 <胡安國不識奏檜論>란 논제에 응시. 경명은 제1인에 합격한다. 부상으로 말 한 필을 하사받는다(賜馬之典陪隨). 그리고 사간원정언으로 옮겼다가 그해 여름에 형조좌랑이 되어 지제교에……

대제학이었던 임당 정유길의 추천으로 경명은 지제교가 되었으니 그에겐 정유길의 은공이 컸다.

그해 여름에 다시 형조좌랑으로 바뀌었다가 또다시 병조좌랑 지제교로 옮긴다. 그때부터 그는 언제나 세 글자의 직함을 벗어나지 못하고…… 좌랑 벼슬이란, 6조의 정육품인데 이, 호, 예, 병, 형, 공조 등 6관청.

병조에서는 무기를 다루는 일, 제반 군 인사 업무와 우편물을 관리하고 죄인의 호송을 돕는 일이다. 왕이나 높은 벼슬아치의 호위 책임도.

그는 무인이 아닌 문인이었기에 우편물 처리 등 일반 사무처리 업무를 맡아 일하지 않았을까.

어찌됐건 직급이 지제교이니 병무일을 맡아보는 중간 관리 역할이었던 것은 분명…… 그는 그 자리에서도 오래 머물지 못한다.

나중에는 규장각으로 이름이 바뀌었으나 독서당을 고친 호당에서 사가독서를…… 그때, 제봉과 함께 뽑힌 호당 지우는 정유길의 추천으로 정윤희, 이양원이었다.

명종 16년(신유, 1561), 29세가 되던 봄에 그는 사간원 헌납이 된다. 삼사(사헌부, 사간원, 그리고 홍문관)의 하나인 임금에게 간하는 일을 맡아 보던 관아, 그 관아의 정오품 벼슬이 헌납이다. 正言의 위이지만 사간의 아래 직급.

그해 여름에 그는 임금의 특명으로 다시 홍문관 수찬이 된다. 내부의 경적 및 문한과 왕의 자문을 맡아보는 관아인데, 그곳에서 경명은 서책을 편집하고 글을 짓는 일을 맡아본다. 정오품인 헌납이다가 정육품 수찬으로 한 직급 낮추어 자리를 옮겨 나앉게 된 연유가 무엇일까. 사간원과 홍문관은 삼사 중, 격이 같을 텐데…… 왕과 수시 대면하는 자리라서 직급은 낮더라도 맡은바 일의 중대성에 기인한 것인가. 재료를 뽑고 글을 지어 책을 꾸며 내는 것 등이 그가 하는 일, 홍문관 정육품 벼슬의 부책임자 격으로, 경명을 수찬에 직접 임명한 왕의 뜻은 다른 데 있었던 것 같다.

경명은 얼마 안 있어 홍문관 수찬에서 또 겨울에는 홍문관 부교리에 승급. 여하튼 홍문관의 관원은 모두 경연관, 임금 앞에서 경서를 강론하는 자리가 경연인데 그 자리에 참여하는 관원을 경연관이라 했다.

다시 헌납으로 있다가 사헌부 지평에 임명. 당시에 정치에 대해 논의하고, 모든 관리의 비행을 조사하여 그 책임을 규탄하는 자리. 풍기라든가 풍속을 바로잡고, 백성이 억울하게 누명을 쓰는 일이 없나를 살피어 백성들의 원한을 풀어주는 것을 주로 하는 임무이다.

한성부에서는 서울의 행정을 맡아보던 서울 시청과 같은 행정기 관이라면 사헌부는 정치와 풍속을 바로잡는 관아, 즉 내치를 담당한 치안부서이다. 형조는 법률 소송과 종들에 관한 일을 보던 곳…….

지평에는 감찰, 사헌지평이 있었는데 그 직은 정오품이다. 임금 에게 직접 간하는, 즉 언로, 임금을 교육하고 인품을 닦는 교육, 관 리들의 비행과 횡포로부터 백성들의 원한과 민심을 살펴 백성을 보살피려는 정치와 사법을 집행하는 제반 부서를 두루 거치는데, 이를테면 출세가도를 향해 의정부 산하 청요(청환)직을 모두 거쳐 가는 과정이다.

5월에는 아들 인후가 태어난다. 차남인 그는 기축년에 문과에 급 제하여 권지 성균관 학유에 제수된다. 아버지를 따라 금산 싸움터 에서 죽으니 그에게는 예조참의, 후에 영의정에 증직된다.

경명은 가을에 임금의 명령을 받들어 대궐에 들어가고, 임금은 열무정에 나아가 삼공과 모든 재상(정이품 이상)과 추상(종이품, 정 삼품)옥당, 춘방, 백정, 미원을 모두 불러들이고 열무정 밑에서 잔 치를 하사……

그로서는 궁중 술이 처음, 그가 막 술을 마시려고 할 때인가, 임 금께서 여러 신하들에게 꽃을 하사하면서 화기애애하게 온종일 놀 도록 당부하는 말을 한다.

대궐 안에서는1 비단으로 만든 시축(시를 적은 두루마리) 한 통 을 내보내고.

「의정 이하부터 모두 시 한 편씩 지어 차례로 써서 어전에 바치 라」는 임금의 분부가 있었기에…… 임금의 명에 따라 임시로 치르 는 과거와 버금가는 기회가……

사헌부 지평으로 임명되자마자 겪는 경명으로서는 임금의 명에 따라 시문을 짓는다는 것…… 관료의 선비라면 누구나 부러워하는 그로서는 얼마나 목말라하던 절호의 기회일까. 그의 응제시에는 이렇게 적혀 있었다.

푸른 장막 펄럭이고 날씨가 화창한데
구슬같은 자리 위에 여러 선비 모이네.
차례대로 마주앉아 마음껏 이야기하니
이 보다 더 좋은 일 어디에 있을까.

눈동자에 가득한 꽃 우로에 젖은 듯 하고
박자에 따라 부르는 노래 신선도 감동하리.
향안(香床)을 모시는 이 못난 신하도
온종일 하늘 위에서 노는 것 같아라.

라고…… 다음 날은 여러 신하가 갖추어 지은 시를 올려 임금을 축하한 것이다.

경명은 얼마 안 있어 홍문관 수찬에서 또 겨울에는 홍문관 부교리에……

임금은 그를 사신으로 관서에 보내려고 준비를 갖추게 하기 위해서 그랬던 것. 서책을 다룸으로써 식견을 풍부하게 쌓고 지리와 역사를 탐구함으로써 그 지방의 문화와 풍습 등을 익히는 것도 중요한 일이기에…… 그에게는 아주 좋은 기회이다.

경명은 이윽고 그해 초가을 사명을 받아 관서로 떠난다.

경명은 흔쾌하게 생각되어 왕명을 받들고 이곳으로 떠나는데……

그를 극진히 아껴 주던 명종의 명령이었으니까.

그가 왕명을 끝내고 성공적인 귀환길이 될 무렵. 그가 돌아오자마자 그의 취향에 걸맞은 커다란 과제가 명종으로부터 내려지는데……관서를 오고가던 대로변에서 지은 시를 다듬어 왕에게 올리라는 명령이 떨어진다. 이때 어떤 사명으로 관서를 다녀왔는지 분명치 않으나, 4율 두 편과 절구(기승전결의 4구로 된 한시, 한 句는 글자 수에 따라 오언절구와 칠언절구로 나뉜다) 두 편이다.

가을에 떠났으니 관서팔경의 가을 운치를 마음에 담아 지은 시를 왕에게 올리라는 어명.

10월에 명종의 부름을 받고 경명은 대궐에 들어간다. 명종은 이때 창경원에…… 부제학 이언충 등을 불러들여, 장경문 안에서 선온을 하사한다. 선온이라 함은 사온서를 말하는데, 대궐에서 쓸 주류에 관한 일을 맡아보던 관아, 그곳에서 준비한 술을 임금이 신하에게 내린 것이다.

명종 17년(임술 1562) 그의 나이 30세가 되는 그해 1월 15일에 酒隱 金命元과 함께 대궐에 입직.

두 사람이 숙직을 하고 있는데 임금께서 감귤을 하사, 잇달아 술까지 내려 주신다.

밝게 다스리는 태평한 나라에 하나의 성대한 일이 아닐 수 없다. 그때 그의 마음에 품었던 회포의 시가 있다.

……. 벌써 상원 절3)이 되었다고

---

3) 上元節: 음력 정월 보름을 달리 부른 명칭. 오래오래 살라는 뜻으로 약밥을 먹고 귀가 밝으라고 귀밝이술을 한 잔씩 마시며 이를 튼튼히 하고 부스럼이 나지 않도록 한다는 뜻으로 밤, 호두, 잣 같은 부럼을 까먹는 대보름.

맛좋은 감귤이 법 궁4)에서 나왔다네.

노란 껍질 벗긴 다음 한 조각씩 갈라놓으니

향기로운 냄새가 온 방안에 스며든다.

먼 지방에서 오기에 얻기가 어려운데

더구나 임금께서 하사한데에 있어 서랴.

아! 나 같은 인생 어머님이 계시지 않아

옛날에 육적5)처럼 드릴 수 없구나.

정유길은 이 시를 보고 '남의 자식 된 자로서는 차마 읽을 수 없으니 <시경> <小雅> 편을 이을 만하다.'라고……

그해 별시가 있었다. 경서에 정통한 사람을 뽑는 고시를 주장하는 시관이 된 경명은 그때 진사이던 송강 정철을 장원으로 뽑자 모든 공론이 사람을 옳게 뽑았다고 그를 치하한다. 아마도 그때부터 두 사람 사이에 우정이 더욱 돈독해졌는지 모른다.

얼마 안 있어 경명은 몸에 병이 들어 부교리에서 물러난다.

임술년 봄에도 질병이 있어 그랬는지 성균관의 정육품인 전적으로 직급이 다시 내려간다. 여름에 수찬이 됐다가 또다시 부교리에 승진한다. 관리들의 인사이동이 퍽이나 잦았다.

그해 9월 24일 그는 동호6)에서 뱃놀이를 했다는 기록이 있는데……

---

4) 법궁: 임금의 궁전.

5) 陸積: 삼국시대의 吳나라 사람. 그의 나이 여섯 살 때였다. 그가 哀術의 집에 갔을 때 애술은 귤을 육적에게 먹으라고 내어준다. 그때 積은 귤을 몇 개인지 먹고서 세 개를 품에 넣고 떠나갈 때, 작별인사로 術에게 절하다가 가슴에 품어 간직했던 귤이 그만 품에서 빠져나와 땅에 떨어지는데…… 술이 말한다. "남의 집에 손님으로 온 사람이 귤을 품에 넣고 가느냐?"고. 애술의 말에 적이 대답한다. "집에 돌아가 어머님께 드리려고 했습니다." 이 말을 들은 애술이 그를 크게 칭찬하면서 기특하게 여겼다는 고사.

6) 東湖는, 함경북도 富寧郡 富居面 에 있는 호수를 말한다.

원래는 봉은사로 떠나려 했으나 강사필과 오흠 윤두수와 함께 동호 상류로 가 뱃놀이를 하게 된다. 그때 창수[7]한 시가 있다.

그때 동행했던 또 다른 이는 敬脩 尹自新과 仲誠 張實이 따라온 것이다.

명종 18년(계해, 1563) 31세, 정철이 병조좌랑에서 공조정랑으로 승진했다는 소문을 듣고 기뻐하면서 경명은 절구 한 편을 지어 보낸다.

경명은 동호에 돌아와 기대승에게도 시를 지어 보냈다. 이 시는 그의 편지를 받아보고 난 후 사례로 보낸 것이다.

기대승은 성리학자로서 행주 사람인데, 이퇴계와 성리학 문답을 하여 더욱 학설을 명확히 굳힌다. 선조 초에 대사간으로 혁신적인 정치를 하고자 했으나 뜻을 이루지 못한다.

같은 해에 제봉은 홍문관 교리에 승진, 임명되었다가 그해 가을에 좌천, 전적(성균관 정육품 벼슬)이 된다. 바로 울산군수에 임명된 것이다. 그야말로 그의 관운은 기복이 심해도 지나칠 정도로 심하다.

남쪽 바닷가 외딴곳으로 좌천되어 가는 그의 심정, 가족과 이별하고 울산까지 가는 길은 아득하기만 하다. 정기 어린 해변에 물고기들조차 좋지 않을 것 같은 그런 불안과 비애가 서린 슬픔…… 자신의 신세에 대해 서글픔을 느끼면서도 명종의 은혜는 언제나 그의 곁을 떠나지 않는다고 믿었다. 기대와 희망을 아직도 품은 채……

그는 울산군수자리도 곧 파직되어 부임한 지 얼마 되지 않아 고향으로 돌아오게 된다.

---

7) 唱酬: 시가나 문장을 지어 서로 주고받고 한다.

당로자로부터 꺼림을 받게 되자 벼슬을 그만두고 시골로 내려와 오직 산수와 독서로 낙을 삼는다.

4년여가 지났던가. 1567년 6월에 그의 우상과도 같은 명종이 승하하는데, 이때 느낀 경명의 좌절은 또 어떠했을까. 그의 좌절과 비통함을 시로써 달랠 뿐이다.

선조 원년(무진, 1568) 그해 12월 滄浦 松亭에서 놀이가 있었는데, 주인 宋中立이 술을 받고 안주를 장만해 주어 아주 유쾌하게 놀이를 한다. 그는 시를 지어 창포의 경치를 빛내고……

아들 순후가 2월에 태어난다. 순후는 신유년 진사에 합격. 아버지가 나라에 몸을 바친 공로로 추은8) 사헌부 감찰이 된다.

경명은 37세가 되던 두 해 후 선조 3년(경오 1570) 기대승이 적벽9)에 유람한다는 소문을 듣고 그에게 축하시를 보낸다.

> 겨울철 강물에 바위가 다 드러나고
> 내리던 가랑비도 깨끗이 개었었지.
> 자네가 돌아올 줄 산신령이 미리 알고서
> 지팡이 끌고 갈만한데는 티끌 한 점 없이 했다오.

丁丑년 큰아들 종후가 진사에 합격하여 곧바로 임피 현령을 지낸다. 경명은 그해 여름에 교명을 받는다. 가뭄이 심했던 그때 궁궐 안에 들어가 기우재문을 지어 바친다.

---

8) 推恩: 시종이나 병사, 수사 등의 아버지로, 나이가 일흔이 넘는 사람에게 가자하던 일. 가자란 의미는, 정삼품 통정대부 이상의 품계를 말한다. 또는 정삼품 통정대부 이상의 품계를 올리는 일을 뜻하기도……
9) 赤壁: 중국 湖北省 嘉魚縣 양자강 연안에 있다.

선조 5년(임신, 1572) 40세가 되던 해에 아들 존후가 장가도 들기 전에 요사하고 만다. 그해 여름에는 송순을 그의 정자로 찾아간다.

송순이 그의 정자에 써 붙인 시를 간절히 청하기에
그가 지은 절구 한 편을 외워 보인다.

두 갈래로 나눠진 섬 백로주와 흡사하고
높이 솟은 세 봉우리 하늘에 닿은 듯하다.
중국의 황학 루10)도 이보다 더 낮지 않았을 텐데
이백처럼 뛰어난 문장 언제 오려나.
라고 했다.

이는 송순이 그의 정자 경치를 제대로 모사하여 작자에게 이런 뜻으로 짓도록 했던 것이다. 경명은 이윽고 두 편 율시를 지어 준다.

들판에 가득한 풀 하늘에 닿은 듯하니
이름난 황학 루도 이보다 더 낮지 않았으리.
잇달아 솟은 봉우리 온 고을 에워 싸 있고
빙 둘러 흐르는 물 두 갈래로 나눠졌구나.

물속에 잠긴 달은 물결 따라 일렁이고
비 갠 후에 연기는 백로주에 피어오르네.
온갖 경치 호음노인11)다 읊었는데
더 이상 이야기 할 필요 없지 않는가.

---

10) 黃鶴樓: 중국 湖北省 武昌城 안 黃鵠山에 있는 高樓, 양자강을 眺望하는 경치가 아름답기로 유명.
11) 湖陰老人: 명종 때 정사용의 호.

지령도 벌써 참다운 주인 만나기 위해

푸른 봉우리 구름 속에 우뚝 솟았네.

넓은 들판 한 눈에 다 들어오고

빽빽하게 우거진 숲 삼면으로 가렸구나.

나이는 늙었어도 몸은 오히려 강건하니

어지러운 세상 일 못 잊을 거요.

외로운 이 몸은 어디로 돌아갈지

장간[12]만 바라보면서 시 한 편 읊습니다.

이때가 바로 만력 41세가 되던 그가 4월 9일에는 이첩(栗峴) 유람에서 仲實 鄭諶과 止叔 兪涵과 함께 영암 월출산에 오른다. 정심은 경명이 과거보던 같은 해 사마시험에 응시한 사람이다.

內官이던 오계성도 유배지 진도에서 오고, 모두 이첩 시냇가에 모여 술이 취하도록 마신다. 오계성이 가야금을 타면서 명종이 지은 악부 2장을 부르자, 온 좌석에서 모두 눈물을 흘리고…… 경명은 옛날 받았던 잊을 수 없는 은총이 상기되어 목메어 운다. 그때 지어 읊었던 그의 시는 이러하다.

옛날에는 뛰어난 은총 많이 받았건만

지금은 이 가련한 신세가 되었구려.

누가 저 가야금 아름다운 곡조를

이 쓸쓸한 황야에 와 타도록 했을까.

---

12) 長干: 중국의 한 지명인데, 李白의 長干行에 「妾髮初覆額折花門前戲郎騎竹馬來遠床弄靑梅同居長天里兩小無嫌猜十四爲君婦書類未嘗開」라 하였다. 즉 임금을 못 잊는다는 비유로 사용한 것.

이 시는 용담대 위에서 소풍할 때 백록 신응시에게 보내준다.

경명은 신응시와는 우의를 아주 두텁게 쌓은 사이다. 그 외에도 전후로 창수한 시가 너무 많은 데다 지면상 여기에 다 소개할 수 없어 안타깝다. 용담은 바로 용추 아래 있다. 이때는 진흙이 쌓여 별로 깊지가 않았다고 한다.

선조 7년(신술, 1574) 42세가 되던 4월에 그는 무등산에 오른다. 지주 갈천 임훈 선생과 함께 마음을 비우고 가슴속에 품은 생각들을 털기 위해 유람하기로 한 것. 안음사람이던 임훈은 당시 광주목사로 재직 중에 여가를 내어 많은 손님들을 초청하고 막하 수종들을 이끌고 명산을 유람하기 위해 서신으로 경명을 특별히 초청한 것이다.

같은 해에 아들 유후(由厚. *海*사공)가 태어난다. 유후는 성품이 인자하고 재기 발랄했다. 그는 어릴적부터 학문에 조예가 깊었다. 그러나 의병장인 아버지 제봉의 정기록과 창의 격문 등 모든 문헌을 수집 정리해 두었다. 부친의 廬幕(무덤 가까이에 지어 喪制가 거처하는 草幕)을 효성으로 지키다가 병을 얻어 불행히도 23세로 세상을 뜬다.

다음 해 정월 초 2일에 인순왕후가 승하하자 비통한 마음을 시로 달랜다.

국모로 군임 한지 30년이 가까워
억조창생 모두들 애통해 합니다.
고요한 교산13)에 궁 검을 묻고
쓸쓸한 상강14)숲에 눈물 뿌렸죠.

---

13) 喬山: 皇帝의 궁검을 장사 지냈다는 산 이름인데, 임금의 산릉을 일컫는다.

옛날에 받은 은총 생각할수록
새삼스레 슬픈 마음 더해집니다.
호해[15]에 떠도는 신하 어디로 돌아갈지
강릉[16]에 푸른 송백 잡을 길 없네.

선조 9년(병자, 1576) 그의 나이 44세가 되던 해 겨울에는 「不己
齋銘」을 지었다. 이때 토정 이지함이 광주를 방문할 기회가 있었
다. 그에게는 이지함이란 본명보다도 <토정비결>의 작자로 더 잘
알려진, 조선의 풍류사에 신비로운 발자취를 남기고 사라진 전설적
인 奇人이다.

이때 경명이 창작한 「土亭見示所著寡慾論且戒酒邀以一言敢述
鄙懷」와 「不己 齊銘」에는 성리학적 사유가 적극적으로 표현되어
있었다.[17][18]

선조 10년(정축, 1577) 제봉이 45세가 되던 해에 아들 용후가 출
생하고 큰아들 종후가 문과에 합격한다. 그야말로 한 가정에 겹경
사가 난 것이다.

선조 11년(무인, 1578) 그의 나이 46세가 되던 이해 여름에 그는
「靜虛名說」을 지었다.

---

14) 湘江의 비화는 이렇다. 舜임금의 后妃 娥皇, 女英 자매는 중국 고대의 임금 堯임금의
    딸들이다. 아황은 동생 여영과 함께 순임금에게 시집을 간다. 순임금이 창오에서 죽자
    두 자매는 상강에 빠져 죽는다. 그래서 상군(湘水의 神을 일컫는 말인데 상수에 빠져
    죽은 두 자매는 죽어 물귀신)이 되었다는 고사를 비유로 시를 지은 것.
15) 湖海는, 호수와 바다 또는 바다처럼 넓고 큰 호수를 말한다.
16) 康陵: 고려 成宗의 능. 경기도 開豊郡 靑郊面 排也里에 있다. 조선왕조 明宗과 인순
    왕후 심씨의 묘지는 경기도 양주에 있다.
17) 「詩經」 周頌 維天之命篇 「維天之命於穆不己於乎不顯文王之德之純」라는 말이다.
18) 문왕: 주나라를 세운 시조 희창의 王號. 「純赤不己」라는 성인의 칭호를 받는다.

"靜이란 躁의 주인이고 虛란 明의 본체이다.

정은 躁를 억누르고 허는 명을 드러낸다.「周易」에 坤은 지극히 정하다." 했다.

선조 12년(을유, 1579) 인후가 진사시험에 합격한다. 경명은 이윽고 관직에 다시 나설 채비를 하고 있었다.

선조 14년(신사, 1581) 이윽고 영암군수를 거쳐 서산군수로 재직하게 된다.

얼마 후 변무사, 김계휘의 서장관에 임명되어 성균관 직강으로 옮겨 사헌부지평을 겸직으로 경사(연경)에 들어간다.

이때 궐내에서 왕실의 기록이 잘못된 것을 명나라에 들어가 '종계변무'(조선조 왕실의 잘못된 기록을 변명하여 바로잡으려는 것)를 하려고 할 때, 사신으로 임명된 황강 김계휘 상사와 경명은 서장관으로 함께 여행길에 오른다.

명나라에 들어간 경명은 일행들과 함께 하북성 동북 경계 장성의 동단에 있는 도시의 산해관에 도착하자마자 망해정에 올라 소풍을 한다. 이 망해정은 산해관에서 10리 정도 떨어진 곳이다. 상사 김계휘, 부사 최입, 한경홍과 함께 올라간다. 경명이 절구 한 편을 짓자 일행들도 모두 화답한다.

이재조에 참배하면서 느꼈던 것이 마음에서 우러나 시 한 구절을 읊는다.

옛날에 西 伯이 養老할 때
太公의 마음을 잘 알았을 텐데,
鷹揚할 계획을 가지기전에,

혁명하지 말라고 왜 못했을까.

사당에 안치된 백이와 숙제, 이 두 형제는 殷나라를 위해 절개를 지킨다. 周나라가 혁명하기 전 문왕의 작호인 태공인데, 그는 아들 무왕을 위해 혁명을 일으킨다. 「맹자」에 「伯夷居北海之濱 吾聞西伯 善養老 太公居東海之濱 吾聞西伯善養老」라고 했다.

매가 높이 날듯이 무용이 있다는 비유로서, 태공을 가리킨 말인데, 「시경」 대아, 대명장에 「維師尙父 時維鷹揚」이라는 데서 나온 말이다.

선조 15년(임오, 1582) 이해 봄. 경명은 명나라에서 돌아온다.

그는 왕에게 복명하자 곧바로 서산군수로 내려가라는 명령을 받는다.

그는 군수로 잠시 머물다가 그해 가을에는 원접사 율곡 이이의 종사관에 임명된다.

종부시 첨정을 맡는다. 역시 같은 직급인 첨정으로 한강 가까이 나가 사신을 영접한다.

선조 16년(계미, 1583) 봄에는 한성부 서윤(종사품)을 거쳐 얼마 후 한산군수로 옮겼다가 그해 겨울에는 문한(문필에 관한 일)에 대한 일로 예조정랑(정오품)을 제수받으나, 그는 취임하지 않고 곧바로 향리로 돌아와 버린다.

계미년 봄에 제봉은 한성부 서윤 종사품 벼슬로 옮겨간 것인데,

서윤자리는 그 당시 한성부와 평양부에 두었던 판관보다는 조금 위이고 좌·우윤보다는 좀 낮은 직분이다.

얼마 되지 않아 그는 또 한산군수가 된다. 그곳은 한산모시로도

유명한 충청남도 서천군에 있는 한 고을이다.

그해 겨울 문한이 있다고 했다. 즉 문필에 관한 일이다. 조정에서는 문장을 잘 짓는 사람이 필요했다.

그가 적임자로 낙점이 되어 예조정랑에 임명된다. 자리가 탐탁지 않았던가. 사신 등, 이 자리 저 자리 불려 다니던 그의 몸이 휴식을 필요로 했던가!

그는 단번에 그 직을 사양하고 취임하지 않는다. 곧바로 시골로 돌아오고 만다. 그러나 왕은 그를 끈질기게도 놔주지 않았고 또 불러들인다.

다음 해 여름 그는 종부시정이 되었다가 사복시 첨정(종사품)으로 옮겨 간다.

겨울에 또다시 사예가 되고, 직급은 매양 같은 종사품이다.

이듬해 정월 27일 경명은 찬성이던 정철(의정부의 종일품)에게 편지를 보낸다.

「이 달 14일에 비로소 조보를 얻어 보고, 새해가 되기 전에 나를 사예로 제수했다는 사실을 알았으나, 본관에서 吏史를 내려보내지 않았기에 무슨 사고가 있는지 염려되어 아직껏 떠날 채비를 하지 않고 있다.」라고……

승정원에서 처리한 일을 날마다 아침에 적어서 반포(세상에 널리 퍼뜨리다)하기 위해 종이에 적어 놓은 글이 조보이다. 공신인 지방 관노비 구사를 통해 제수에 대한 기별을 보내곤 했던 것.

선조가 그를 사예(성균관의 정사품)로 제수한 것에 대한 궁금증을 풀기 위해 정철에게 편지를 띠운 것은, 경명자신을 선조에게 추천한 이가 바로 정철이기에……

선조 19년(병술, 1586) 그의 나이 54세가 되는 해이다. 이해 7월 기망(음력 매월 열엿샛날 十六夜)에는 적벽이 있는 성에서 유람을 한다.

청계 양대박이 동파고사로 경명에게 비교한 시가 있었다. 그는 이에 화답한다.

매년 음력 7월 16일 밤이 되면 적벽성에는 사람들이 몰려들어 유람을 일삼는 풍습이 있었다. 경명도 그가 죽기 6년 전에 그 풍습 놀이를 즐겼던 추억에 한껏 자긍심이 인 모양이다.

宋나라 소동파의 고사를 인용한 것에 경명을 비교한 양대박의 시가 있음을 지적한 것이다.

선조 20년(정해, 1587) 그는 윤두수와 함께 창수할 기회가 있었는데, 동갑내기라서 평소 흉허물 없이 지낸 두 사람은 느낀 대로 시를 지어 서로 주고받곤 한다. 이때 윤두수는 임금을 대신하여 지방관들을 격려하고 살피는 접절사(관찰사 역할) 노릇을 하느라 호남을 두루 살피게 되던 때이다. 때마침 순창에 이르게 되어 경명과도 우연히 만나게 되었던 것.

선조 21년(무자, 1588)에 경명은 4년여를 순창군수로 있다가 그만두게 된다. 그해 11월 7일, 종계에 대해 개정할 일로 황제의 조정에서 칙서가 내려온다는 소문을 듣고 경명은 감격한 나머지 지감시를 짓는다.

억울하던 옛날 심정 다 해소되어
안개를 해쳐 버리고 푸른 하늘 보는 것 같구나.

삼천리 이 강산에 은륜[19]이 뿌려지고

이백년 우리 보전[20] 다시 새로워졌네.

오묘[21]에 계신 영령아름답게 여기실테죠.

구소[22]에서 내리는 뇌우[23] 좋은 소식 전해 주는데,

연대[24]에서 못 죽은 이 몸 오히려 살아 있어,

이리 저리 떠돌면서 머리만 썩힙니다.

선조 22년(기축 1589) 경명의 아들 인후가 문과에 합격한다.

경명은 다음 해인 경인 여름에는 내첨시정이 되었다가 교린(이웃 나라와의 교제)의 문서를 맡아본다는 승문원 판교(교서관의 당하 정삼품)지제교로 옮겨 시정(당시의 정사)의 기록을 맡아본다. 춘추 관에서 책을 편집하고 수정하는 편수관을 겸임한다.

이는 한 대신이 임금의 자리 앞에서

「전하! 경명의 문장을 이대로 방치해 두긴 너무 애석하옵니다. ……」 라고 진언하자 임금께선 곧 「승문원 지제교에 제수토록 하라. ……」

하명함으로써 경명에게 곧바로 구관직을 없애고 새로운 관직을 내린 것이다.

甲申년 여름에 종부시복첨정을 거쳐 겨울에는 사예에 명령을 받 는다. 성균관 종사품, 종오품인 직강의 윗자리지만 대사성의 아래

---

19) 恩綸: 임금이 신하에게 고맙게 여겨 내리는 말씀.

20) 寶典: 조선조 왕실의 세보.

21) 五廟: 제후의 종묘. 「예기」 왕제 편에 「天子七廟 三昭三穆 與太祖之廟 而七 諸侯五 廟 二昭二穆 與太祖之廟而五」라는 글이 있다.

22) 九霄: 하늘, 구천.

23) 雷雨: 우레와 비. 「周易」 解卦에 「天地解而雷雨作 雷雨作而草木甲坼 解之時義 大 矣哉」라고 말한다. 이는 억울한 마음을 다 풀리게 했다는 비유를 인용한 것이다.

24) 燕臺: 연경에 있다는 황금대를 말한다. 이것은 경명이 서장관으로 연경에 갔을 때의 일을 추억한 말이다.

인 사성의 밑에 있다.

을유년 봄 임금은 문장수준이 높은 경명이 의외로 지위가 낮은 관리직에 맴돌고만 있는 것을 마땅치 않게 여겨 그를 무려 세 계급을 건너뛰어 군자감정에 발탁한다.

군수품의 출납과 군인의 제반 일을 감독하는 책임 있는 자리다.

그러나 그때 그를 좋아하지 않아 반대하는 신하가 있었다. 그러자 그는 병을 핑계대고 그 자리에 나가지 않았다. 그는 자기를 지지하지 않는 자가 있는 한 자리에 연연하지 않고 과감하게 사양하곤 했다. 그는 반대의 목소리가 있는 자리에 굳이 앉아 있고 싶지 않았다. 세상일을 냉정한 시선으로 바라본 그의 대쪽 같은 성품은, 기껍게 모두가 그를 원해도 직책을 맡을까 말까 하는 처지인데 단 한 사람이라도 반대자가 있다면 그의 강직한 성품으로 보아 자신을 희생해서 그가 나라에 굳이 봉사하고픈 마음이 일지 않도록 사기를 꺾는 일이었다.

선조 23년(1590) 명나라 역사에 이씨 세계가 잘못 기록된 것을 바로잡은 공로로 윤근수 등 19명의 훈명이 내려질 때 경명이 광국공신의 공적을 기록하게 된다.

같은 해에는 경명이 광국일등공신 해평군 윤근수의 녹훈교서를 지어 임금에게 올린다.

그는 여름에 또다시 동래 부사직에서 물러나 서울에 돌아온다. 그 당시 때마침 조정에서는 신하들 간에 좌상이던 정철에 대해 논쟁하고 있었다. 그러는 가운데 어떤 신하는 경명을 지목해 그도 정철이 추천한 사람이라고 상기시킨다. 그 소리가 들려오자 경명은 곧바로 필마를 타고 고향으로 내려와 버린다.

선조 24년(1591) 그가 59세가 되던 해 봄에는 광국훈에 그의 이름이 올려지는데……? 명단에는 그의 이름이 없었다. 아마도 녹훈 교서를 그가 지었던 것으로 잘못 전해졌나 싶다. 그가 만일에 광국훈에 올랐다면……

조선 왕실의 계보가 명나라 신전에 잘못 기록된 것을 중국 조정에서 사신 김계휘의 서장관으로 진정서를 제출하고 바로잡는 데 변무하였다는 공로일 것이다.

그때 아들 순후가 진사시험에 합격한다. 착잡한 그의 마음에 다소 위안이 될까.

그는 시골에 안착하게 되자 칩거에 들어선다. 책과 더불어 벗 삼아 지내게 되는데 이것이 그의 일상이 되었다.

선조 25(1592)년 60세 때 봄 천문을 우러러 보고 부인에게 말한다. '……금년에 장성이 안 좋아 장수가 불리하다'고 예언한다.

4월 13일, 일본군 20만이 부산항에 상륙하는데, 먼저 부산성이 함락되어 첨사 정발이 전사하고, 14일에는 동래성이 함락되어 부사 송상현이 전사한다. 17일에는 밀양이 무너지자 부사 박진이 적진을 뚫고 왕에게 달려가 왜적침입을 보고한다.

18일에는 김해도 무너져 부사 서예원은 겁이 나서 도망해 버린다.

28일엔 충주 달천도 함락되어 신입 등이 전사한다.

30일엔 선조가 서울을 포기하고 5월 1일에 송도(개성)로 떠난다. 그러자 3일엔 서울까지 일본 수중에 들어가고……

선조는 다시 평양에서 의주로 이동 중…… 이때 관군은 거의 무너지고 각 지방 관리들은 대부분 도주하고 백성들은 산 채로 고기밥이 되다시피 하니 민심은 몹시 흉흉했다.

이때 제봉은 광주의 집에 있다가 이 슬픈 소식을 전해 듣고 밤낮 3일을 실성통곡하다가 흩어진 관군을 설득하여 모은다. 두 아들(종후, 인후)에게 의병들을 인솔하여 수원에서 일본군과 대항하고 있는 광주목사 정윤우의 부대에 합류토록 지시한다.

제봉은 충성스런 마음과 의로운 용기로 손수 격문을 써서 본도(전라도) 순찰사에게 보낸다. 나주에 있는 김천일에게도 격문을 띠워 보내 의거할 것을 약속한다.

5월 29일에 담양 추성관에서 의병청을 설치하고 의병의 식량공급 책임은 박광옥에게 위촉한다. 종사관에는 유팽로, 안영, 양대박으로 식량유사에는 최상중, 양사형, 양희적 등에게 각각 위임했다.

제봉은 또다시 격문을 작성하여 도내 10개 읍에 발송한다(이 원본은 아직도 포충사에 보관 중이다).

6월 1일 출사표를 제작하여 양산숙, 곽현에게 서해간도를 통해 의주에 있는 선조에게 상달하도록 당부……

선조는 얼굴에 기쁨을 머금고, 말하기를 "고경명, 김천일에게 하루속히 국권을 회복하여 임금이 두 사람의 얼굴을 볼 수 있게 하라."라고 한다.

제주목사 양대수에게 격문을 보내 전투에 쓰일 말을 보내줄 것을 요청한다.

모집된 의병이 전주에 도착하자 제봉은 각도 10개 읍에 또다시 격문을 보내 의병에 함께할 것을 호소한다(이 격문의 원본도 보존하고 있다).

1592년 7월 23일경 작은 아들 인후, 종사관 유팽로, 안영과 그 외 여러 막하장들과 함께 금산 1차 전투에서 장렬하게 순절한다.

이로써 60여 년의 그의 생애가 막을 내린다.

제봉이 금산 1차 전투에서 순절한 지 10년째 되던 선조 34년(신축, 1601) 光州 霽峯山에 사당을 창건하게 된다. 2년 후 선조 36년 계유에 전 사헌부 감찰 박지효, 전 선무랑 유사경, 전 계공랑 신필, 생원 고경이, 유학 이수용, 김형, 김진필 등 사림 수십 명의 명의로 청사액소를 올린다.

선조의 윤허를 얻어 사액을 내려받게 된다. 사액 때, 예문관 대제학이 '褒忠', '彰義', '義烈'의 세 가지 사명을 적어 올린다.

포충으로 하라는 하계가 있어 '포충사'라는 이름으로 사액 사당이 지금까지 불리게 된 것이다.

청건사소문의 소두(지난날, 연명으로 하는 상소에서 이름을 맨 앞에 적어 주체가 된 이)는 韓守臣과 李惟泰 등이었다.

그러나 '포충사'는 선조 34년에 창건되고, 36년에 사액되었으나 정조 1년까지 사당을 세울 부지가 정리되지 않았다.

1978년 국가의 시책으로 '포충사' 성역화 공사를 착수하게 된다. <褒忠祠廟庭碑>를 1979년 12월에 전라남도에서 세운다. 비문은 임창순10이 짓고 글씨는 김병남이 썼다. 1980년 1월에 세운 '포충사' 정화 기념비의 글은 강주진이 지은 것을 구철우가 썼다.

2008년 12월 22일 오전 11시, 광주광역시 월드컵경기장 잔디공원에(높이: 8.6m 바닥넓이: 56m) 말을 타고 '마상격문'을 펼쳐 보이며 적진을 향해 진격 명령을 내리는 모습의 동상을 건립했다.

고씨 문중에서는 광주광역시에서 토지를 제공받아 건립한 것이다.

서울 용산 '전쟁 기념관'에는 의병을 모아 담양에서 출진하는 모습이 그림으로 전시되어 있다. 양진영에 유팽로, 안영 등과 함께

투구를 쓰고 갑옷을 입은 채 말을 타고 경명을 호위하고 있는 모습
과 병사들이 칼과 창을 들고 뒤를 따르는 대형 그림액자였다. 이것
은 고씨 문중에서 기증한 것이다.

임진란의 공신과 순절한 사람

高　堅고견 文忠公. 임진란 공신. 성균관 생원. 尙膳을 지냄. 임
란 때 공을 세워 扈聖原從功臣 3등. 1624년 이괄의 난을 진압하는
데 공을 세워 淸難原從功臣 3등.

高敬命고경명(1533~1592) 長興伯. 임진란의병장. 6천 의병을 규
합해 금산전투에서 순절. 扈聖光國功臣, 宣武原從功臣 1등. 시호
忠烈. 광주 포충사 재향.

敬　民경민 장흥백. 壬辰亂 功臣. 1593년 훈련 판관으로 병사를
이끌고 단천에서 함북 評事 鄭文孚를 도와 일본군을 물리침. 선무
원종공신.

敬　身경신(?~1593) 장흥백. 임진란 의병. 친형 경명이 금산에서
순국하자 형의 원수를 갚기 위해 의병으로 출전, 복수의병장 고종
후의 군관이 됨. 1593년 군마를 얻기 위해 격문을 가지고 제주로
가던 중 높은 파도에 표류하다가 물에 빠져 애석하게 순국함.

敬　臨경임 장흥백. 명종 중엽에 출생, 통덕랑을 지냄. 임진란 때
의병으로 나가 싸움. 종형인 경명과 함께 금산전투에서 전사함.

敬　兄경형 장흥백 임진란, 문무가 출 중, 친형 경명과 조카 인후
가 금산전투에서 순국하자 나라와 형의 원수를 갚기 위해 조카 종
후<‘병든 어머니와 몸이 약한 동생도 있어 부양을 해야 하니 나가
지 마십시오.’ 라고 長조카가 만류했다>의 권유를 받고도 진주성
에서 조카와 함께 순절했다.

大　鵾대곤(1570~1635) 靈谷公. 임진란 공신. 임란 때 종묘의 신

주를 行在所가 있는 평양으로 무사히 옮겼다. 다음해 宗廟署 直長 유해兪瀣와 같이 神主를 海州의 栢林亭으로 안전하게 대피시킨 공로로 호성원종공신 3등.

德 鵬덕붕(1552~1624) 장흥백. 정유재란 의병장. 野叟 蔡弘國과 함께 의병장 고경명 6천 의병과 합세하여 금산 전투에 참전. 興德 南塘에 흩어진 의병을 모아 盟主가 되고 채홍국은 義旅將. 적군 한명을 생포해 모두 죽이자고 했으나 놓아주어 포로의 정보를 역이용하는 작전을 써 크게 승리. 1597년 정유재란 때 의병을 일으켜 扶安 胡伐峙에서 적을 크게 무찌름. 그 후 향리에서72세에 여생을 마친다. 승정원 좌승지 추증.

德 隆덕융 문충공. 임진란 공신. 무과에 급제, 선전관. 임란 때 宗社를 보호하고 일본을 물리치는데 큰 공을 세운다. 원종공신. 五衛都摠府도사. 이덕형이 임금의 명에 따라 임란의 공신으로 忠賢錄에 기록한다.

得 賚득뢰(?~1593) 文禎公. 1577년 무과에 급제. 於蘭萬戶(전남 靈光郡)의 감찰, 防踏僉節制使(종3품)를 역임. 임진란 때 고향 남원에서 의병장 崔慶會의 부장이 되어 長水. 茂朱. 居昌. 開寧 등지에서 일본군과 싸워 전과를 올린다. 그 공로로 평창군수에 임명되었으나 '적군이 사나운 위세를 떨쳐 나라가 위태로운데 어찌 자신만 편안하게 지낼 수 있겠는가.'하고 부임하지 않았다. 의병장 최경회를 따라서 진주성에서 전사. 선무원종공신 3등. 漢城府右尹을 추증, 旌忠祠에 배향.

夢 龍목룡(1518~1592년) 문충공. 임진란 武人, 義兵. 금산전투에서 의병장 고경명과 함께 순절. 宣武原從功臣 2등. 금산 종용사 배향.(高夢龍. 高山立. 高台兀. 高弘達. 高武全 등을 5충신이라고 해 전남 康津 長春祠에 배향)

夢 龍목룡(1571~?) 장흥백. 임진란 공신. 선조 때, 무과에 급제하여 부장部將으로 임란 때 의병장 고경명 막하에서 전공을 세움. 선무원종공신. 좌승지 증직.

夢 春몽춘(?~1592) 장흥백. 임진란 의병. 主簿(종6품). 임란 때 三從祖인 의병장 고경명 막하에서 승지 安瑛, 학유 柳彭老 등과 함께 의병으로 참전 금산전투에서 고경명과 같이 전사함. 그 뒤 작爵호와 호諡, 정려旌閭의 명이 없어 당시 사림들이 억울하게 여기고 여러 번 포상을 추천했으나 旌表하라는 특전을 받지 못함.

武 全무전(1568~1597) 문충공. 丁酉再亂 공신. 1589년 무과에 급제 선전관(정5~종5품) 1597년 정유재란 때 일본군이 또다시 쳐들어오자 의병을 일으켜 屯兵谷에서 전사함. 선무원종공신.

鳳 鳴봉명 문충공. 임진란 공신. 임진란에 공을 세워 호성원종공신3등. 묘소는 伊川郡 大老谷.

鳳 翔봉상 문충공. 임진란 공신. 무인으로 순천부사 역임. 임진란의 공로로 선무원종공신 3등.

士 仁사인 花田公. 임진란 공신. 임진란 때 공을 세워 호성원종공신 2등에 녹훈. 가선대부, 忠佐衛副護軍 겸 司僕將을 역임. 묘

소, 旌善郡 北面 南坪里.

山 立산립(1542~1595) 문충공. 임진란 공신. 忠義가 지극해 奉事(종8품)를 지내고, 임진란 때는 숙부인 部將公 高夢龍이 금산전투에서 전사하자 의병을 일으켜 錦城(나주) 東谷에서 전투 중 전사. 선무원종공신. 첨지중추부사를 추증.

山 海산해 문충공. 정유재란 공신. 1593년 무과에 급제하여 수문장. 정유재란에 일본군을 물리친 전공으로 선무원종공신 2등.

三 春삼춘 장흥백. 임진란 공신. 무과에 급제, 奉事. 임란시 숙부 高彦章과 함께 의병장 최경회 막하에서 의병으로 참전. 영남지방 전투에서 많은 적을 참살하는 전공을 세우고 적탄에 맞아 전사함. 선무원종공신.

高 祥고상 문충공. 임진란 공신. 임란 때 많은 전공을 세워 호성원종공신에 책록 1605년4월 녹권.

成 厚성후(1549~?) 장흥백. 임란공신. 고경명 문하에서 수학. 1583년 별시문과 병과 합격. 사헌부 감찰. 임진란 때 고경명 막하에서 모병과 모량을 맡아 소임에 충실함. 경명이 금산에서 전사하자 권율을 도와 梨峙와 幸州에서 대승을 거두는데 큰 공을 세움. 영남에 주둔한 명군에게 군량미 보급으로 明將 呂應鐘으로부터 각별한 치하가 있었다. 선무원종공신 2등 예조참의에 추증. 금산대첩비에 그의 공적 기록.

世 臣세신 영곡공. 중종 조에 출생. 임진란 공신. 종묘 위패를 海

州로 무사히 옮겨 그 후 선무원종공신 3등에 녹훈. 통정대부. 첨지 중추부사, 수안군수를 역임.

世 忠세충 장흥백. 임란공신. 효성이 지극하여 부모상에 3년을 시묘하고 무술에 능해 1549(명종4)년 무과에 급제. 임진란 때 의병 30명 군량 20여석을 모아 도원수 권율장군의 막하에서 행주대첩에 큰 공을 세워 선무원종공신 3등에 녹훈, 판관에 제수.

守 緯수위(?~1593) 장흥백. 임란 의병. (蘇齋 盧守愼. 松川 楊應鼎의 문하)임진란 때 의병장 김천일의 향군유사로 많은 전공을 세우고 다음해 고종후 복수의병장과 함께 진주성에서 순절, 호조참의에 추증.

彦 伯언백(?~1609) 문충공. 武將. 宣武功臣. 임진란 때 斥候將으로 충주 달천 전투에 참전. 경상도, 경기도 지방에서 적과 싸워 많은 전과를 세움. 1593년 명군과 합세해 평양 수복에 큰 공을 세운다. 1597년 정유재란 때 경기도 방어사로 많은 전공. 선무공신3등으로 濟興君의 봉함. 녹훈 도감에는 李舜臣. 權慄. 元均. 高彦伯 등 네 장수만 왜적을 정벌한 장군이라고 기록되어 있다. 그러나 1609(광해1)년 광해군이 즉위 한 후 臨海君을 제거할 때 그가 임해군의 심복이라고 함께 살해당함. 星岡祠(경북 영일군 기계면 화대리)

彦 壽언수(1550~?) 장흥백. 정유재란 의병. 1570년 무과에 급제. 訓練院 奉事. 鏡城判官. 임란 때 경명을 도와 군량미 보급과 의병을 모집하고, 금산전투에서 경명과 함께 전사하지 못함을 한탄함.

정유재란 때 의병을 모집하여 적과 싸우다가 牙山에서 전투 중 전사함. 금산 종용사 배향.

彦 章언장(1539~?) 장흥백. 임란공신. 무과에 급제, 훈련원정. 곡성현감을 지낸다. 임진란 때 조카 高三春과 의병을 일으켜 많은 전공으로 선무원종공신 3등.

允 成윤성 장흥백. 임진란 공신. 무장으로 출전 전투에서 많은 공을 세움. 선무원종공신.

應 景응경(1572~1592) 良敬公. 임진란 공신. 禦侮將軍으로 아우 應秀, 應叔과 의병을 일으켜 의병장 고경명 6천여(고 씨 문중에서는 7천명으로 알고 있다) 의병과 합세하여 많은 전공을 세웠으나 금산전투에서 순국한다. 선무원종공신. 자헌대부, 병조판서 겸 지의금부사를 받음. 충남 금산 종용사에 배향.

應 涉응섭 上黨君. 임진란 공신. 무과에 급제 수문장. 內禁衛將으로 있을 때 임진란이 일어나자 끝까지 궁궐을 지키며 용전분투함. 친형 應淵과 흩어진 병사들을 모아 창의 군을 조직 새재, 마령, 상주, 대구 등지에서 일본군과 전투를 벌려 많은 전공을 세움. 선무원종공신 3등.

應 秀응수(1576~1592) 양경공. 임진란 공신. 임란 때 16세의 어린 나이로 친형 應景과 사촌형 應叔을 따라 의병에 참전 금산전투에서 형과 함께 전사함. 선무원종공신. 忠佐 衛衛長의 증직. 금산 종용사에 배향.

應 叔응숙(?~1592) 양경공. 임진란 공신. 사촌형인 高應景과 함께 의병으로 나가 싸움. 의병장 고경명의 의병군에 가담하여 금산 전투에서 용전분투했으나 적탄에 맞아 전사한다. 선무원종공신. 가선대부 증직. 충남 금산 종용사에 배향.

應 淵응연(?~1594) 상당군. 임진란 공신. 明宗 말 무과에 급제 훈련원 주부. 병사를 이끌고 문경새재에서 방어, 전투 중 적탄에 맞아 중상을 입고, 2년 후 상처가 악화 되어 사망. 1604년 선무원 종공신 3등.

應 潛응잠 상당군. 임진란 공신. 임금이 의주로 피난 갈 때 호종한 공로로 호성원종공신 1등(아우 응연. 응섭. 3형제가 모두 임란공신)

應 春응춘(1551~1635) 화전군. 임진란 공신. 임금이 의주로 피난할 때 內禁將으로 大駕를 호종해 호성원종공신. 훈련판관. 통정대부. 벼슬을 버리고 고향에서 전란으로 황폐된 솔선수범 농사와 양잠을 권장하고, 蒙訓須知와 養蠶經, 繰絲最要 등을 만들어 농민을 지도, 마을이 점차 윤택해지고 발전해가자 조정에서 여러 차례 불렀다. 그러나 그는 사양한다. 채소를 가꾸고 산림녹화에 낙을 삼고, 향리의 인재들을 교육하는데 전념한다. 향년 85세로 가선대부 추증. 江原道 旌善邑 北五里에 안장.

仁 柱인주(1565~1592) 문충공. 임진란 의병. 1591년 무과에 급제. 고경명 막하에서 의병으로 참전 그해 7월 10일 금산 벌에서 일본군과 격전 끝에 전사함. 병조참판 증직과 예관을 보내 사패지인 부안에 있는 自藏山에 장사함.

因 厚인후(1561~1592) 장흥백. 임진란 의병. 1579년 진사시. 1589년 증광문과 병과에 급제. 수백의 의병을 이끌고 태인, 전주, 무주, 진안 등에 복병을 배치하여 영남을 점령한 일본군이 호남으로 침입하는 것을 막았음. 의병본진과 함께 6월27일 은진에 도착한 후 다시 연산에서 방어함. 금산에 도착 방어사 곽 영과 좌우로 대치했으나 관군이 무너짐에 따라 의병군도 무너진다. 아버지 경명과 함께 장렬하게 순직.

貞 喆정철 화전군. 정유재란 의병. 일본군이 求禮의 石柱城을 침입하자 5~6명의 결사대를 조직, 기습 공격하여 적 수십 명을 사살하는 큰 전공을 세우고 전사함. 이들을 7 의사라 함. 전남 求禮郡 上旨面 松亭里에 1963년 七義祠를 건립. 호조좌랑 증직.

宗 慶종경 화전군. 임진란이 일어나자 친형인 宗遠과 수백 명의 의병을 일으킨다. 의병장에 추대되어 홍천과 춘천사이에서 방어, 道伯이 營軍 5백 명을 주어 興原의 役을 도왔으나 공격하는 사이에 영군이 모두 도주함. 지휘책임을 물어 여러 관리들의 만류에도 부득이 사형 당한다.

宗 吉종길 화전군. 중종 말에 출생. 임진란 의병. 華叟公 高宗遠과 의병을 일으켜 일본과 싸움. 적의 진지에 잠입 정탐하려다 체포되어 원주에 감금되자 적의 취조와 고문에 불응 스스로 목숨을 끊어 殉忠.

從 厚종후(1554~1593) 장흥백. 복수의병장. 어려서부터 부친의 가르침을 받아 학문이 뛰어남. 1570년 진사시에 합격. 1577년 별시

문과 병과에 급제. 전적, 감찰, 예조좌랑을 거쳐 1588년 임피현령. 그 후 지제교에 기용됐지만 곧 사직. 임진란 때 일본에 진주성이 함락되자 김천일. 최경회와 함께 남강에 몸을 던져 순국. 특명으로 장려를 세우고 광주의 포충사와 진주의 창렬사에 배향. 1711년 이조판서, 대제학을 추증하고 시호를 孝烈이라함. 1786년 정조의 특명으로 不祧廟를 세움.

處 謙처겸(1558~?) 문충공. 임진란 공신. 선무원종공신 3등. 정유재란 명나라 제독 麻貴군대와 합세, 개운포, 도산, 등지에서 일본군을 격파 그 전공으로 만호가 됨.

台 亢태항(1522-?) 문충공. 임진란, 정유재란의 공신. 扈聖原從功臣. 병조참판에 증직.

翰 雲한운(1552~1592) 영곡공. 임란 의병. 어려서부터 아버지 두곡공의 가르침을 받아 학문이 출중해 退溪 李滉에게 글을 올려 칭찬을 받음. 1585년 별시문과에 장원급제, 성균관 전적. 감찰. 호조좌랑. 부안현감. 임진란 때 의병을 일으켜 인동. 금릉 등지에서 일본군의 보급로를 기습공격, 많은 전공을 세운다. 금오산 전투에서 중상을 입고 古人洞으로 돌아와 치료 중 그 해 8월 14일 순국한다.

高 睍고현(1562~1609) 문충공. 임진란 공신. 1580년 무과에 급제 선전관. 1589년 兵馬節度衛. 다음해 봉정대부. 성주 목판 관을 역임하고, 임금이 의주로 피난할 때 친형 瀛城君 高曦를 따라 아들 弘達, 弘建과 함께 임금을 호종. 1605년 4월 호성원종공신 3등.

통정대부. 병조참의에 추증.

弘 達홍달(1570~?) 문충공. 임진란 공신. 사복시정, 충청병사를 지낸다. 임금 피난 때 호종한 공로로 호성공신 3등.

弘 達홍달(1575~1644) 문충공. 임진란 공신. 임란 때 18세의 어린 나이에 아버지 睍과 백부 瀛城君 曦를 따라 大駕를 호종 함. 1605년 증광사마시에 급제 생원이 된다. 호성원종공신 3등

高 勳고훈(?~1592) 장흥백. 임진란 공신. 1584년 무과급제. 의병장 고경명을 따라 금산전투에 참가 일본군과 공방전을 벌이다 적탄에 맞아 전사. 선무원종공신.

高 曦고희(1560~1615) 문충공. 임진란 공신. 1584년 무과에 급제 수문장이 된다. 임진란, 무신으로 임금을 평양을 거쳐 의주로 호종한 공로, 호성공신. 호조판서 겸 지의금부사를 추증.

이상에서 본 것처럼 고 씨 가문은 임진란과 정유재란에서 순절한 사람과 공신이 기록에 나타난 것만 모두 50여명에 이른다. 그들은 대부분이 아버지와 아들 또는 형제, 사촌들로 출전했다. 모르긴해도 임진란 싸움에서 가문 중에서는 순절한 사람이 가장 많은 것 같았다. 여기에 나타난 인물들은 대부분 과거에 급제하고 관직에 재직했거나 선비들이었다. 여기에 나타나지 않은 고 씨 가문의 선조들은 아마 이보다 더 훨씬 많을 것으로 추측해본다. 기록에 나타난 것만을 따진다면 고 씨의 9개 파 중 7개(문충 공 17명. 장흥 공 18명, 영곡 공 3명, 문정 공 1명, 화전 공 5명, 양경 공 3명, 상당

군 3명)파에서 임란에 참여한 것으로 기록되어 있었다. 여기서 참고로 덧붙이는 것은 계파의 근거를 간략하게 적어둔다.

이 고 씨 가문은 탐라국 高乙那 왕을 시조로, 성주공 高末老를 중시조로 하는데, 고씨는 「濟州」를 본관으로 삼고 있다. 단일 본이라 할 수 있다. 중시조의 아들 3형제가 고려초 출사하여 육지로 진출하게 되자 그 후손들이 각 지방으로 번창함에 따라 본관이 자연스럽게 발생하게 된 것이다. 즉 중시조 고말로高末老의 5세 손 高適은 汝霖과 世在 형제를 두었다. 장남 여림의 후손인 仁旦을 성주공파로 삼고 있다.

여림의 차남 臣傑은 典書公파가 된다. 따라서 3남 得宗은 영곡공파로, 이상의 모두는 본관을 제주로 정하고 있다.

고적의 차남 세재는 경기 지방으로 출사했다. 그의 5세손에 와서 伯筵, 仲筵, 季筵 3형제가 있었다. 장남 백연의 아들 高慶은 文忠公으로 그 후손들은 본관을 제주로 정한다. 차남 중연은 장흥 백으로 하는 데는 이유가 있었다.

중연은 고려조정의 左拾遺(高麗中書 門下省의 종6품)벼슬로 홍건적에 의해 고려말경 개성이 함락되자 31대왕 공민왕을 모시고 안동으로 피난했다가 수복 되자 귀경한 공로로 長興을 하사받아 그곳을 본관으로 정한 것이다.

3남 계연의 아들 仁庇를 花田君으로 그 후손들은 본관을 橫城으로 정했다. 그러다가 1971년 횡성을 제주로 개관하기로 한 것이다. 지금도 횡성을 본관으로 하는 고구려 高朱蒙 후손들이 일부 남아있어 이들과 구별하기 위해서이다.

중시조(고말로)의 증손인 高恭益은 上黨君으로 하여 그 후손들은 본관을 청주로 정하고, 중시조 증손 高令臣은 良敬公으로 그 후손들은 본관을 개성으로 정하고 있었다. 그러나 상당군 고공익의 9세손 陽山公 高哲의 후손들은 1786(정조10)년부터 본관을 「제주」로 개관 했다. 한 가지 어려운 문제가 있었다.

문충공 高慶의 증손 天祥과 天佑 형제는 고려가 망하자 개성 杜門洞에 은거하고 있었다는 이유로 그 후손들이 본관을 「제주」가 아닌 「開城」을 쓰고 있어 양경공파와 혼동을 일으키고 있었다.

朝鮮 氏族 通譜에 수록된 고 씨의 본관은 「제주」이외의 장흥, 개성, 청주 등이 있지만, 중시조 고말로의 후손이므로 모두가 제주에서 分貫 된 것임을 밝혀둔다.

따라서 여기 기록된 데로는 고 씨 성을 가진 사람들이 학생운동·독립운동·의병활동을 했던 인원은 391명이나 되었다. 이들은 중국 북경· 만주 봉천에서, 상해에서, 일본 동경과 대만· 고베에서, 또는 러시아 新韓村· 미국 등 세계 각지에서였다. 그리고 국내 전국각지에서 학생신분으로 또는 의병으로 광주학생운동을 비롯하여 3.1운동과 임진란 정유재란 등에서 나라를 구하기 위해 나이와 신분을 가리지 않고 분연히 구국운동과 싸움에 동참했다. 이때 그들은 고귀한 희생을 치른 것이었다. 궁극적으로는 조선이 일본의 침략을 막아낸 전쟁이었지만 한편으로는 고 씨 가문과 일본의 싸움이기도 했다. <이상은 고 씨 대관을 참고한 것이다>

◈ 고경명 이후 국조방목에 기록된 조선시대 과거에 입격한 후손

이름	자	호	시험	등위
고경명(高敬命)	이순(而順)	제봉(霽峯)	명종13(무오, 1558) 식년시(式年試)	甲科1
고경조(高敬祖)	이원(貽遠)		명종16(신유, 1561) 식년시(式年試)	乙科2
고맹영(高孟英)	영지(英之)	하헌(霞軒)	중종35(경자, 1540) 별시(別試)	丙科13
고부천(高傅川)	군섭(君涉)		광해군7(을묘, 1615) 알성시(謁聖試)	丙科5
고성후(高成厚)	여관(汝寬)		선조16(계미, 1583) 별시(別試)	丙科8
고습(高習)	성중(誠仲)		중종19(갑진, 1524) 별시(別試)	丙科2
고시기(高時冀)			고종16(기묘, 1879) 식년시(式年試)	乙科6
고용후(高用厚)	선행(善行)	청사(晴沙)	선조39(병오, 1606) 증광시(增廣試)	乙科3
고운(高雲)	종용(從龍)	하천(霞川)	중종14(기묘, 1519) 별시(別試)	丙科14
고응관(高應觀)			정조7(계묘, 1783) 식년시(式年試)	丙科3
고익경(高益擎)	주백(柱伯)		영조23(정묘, 1747) 식년시(式年試)	乙科7
고인후(高因厚)	선건(善健)	학봉(鶴峯)	선조22(기축, 1589) 증광시(增廣試)	丙科6
고정주(高鼎柱)			고종28(신묘, 1891) 증광시(增廣試)	丙科18
고제일(高濟鎰)			고종1(갑자, 1864) 증광시(增廣試)	丙科9
고종후(高從厚)	도중(道仲)	준봉(準峯)	선조10(정축, 1577) 별시(別試)	丙科1
고필상(高必相)			고종13(병자, 1876) 식년시(式年試)	甲科3
고위규(高緯奎)	문백(文伯)		숙종6(경신, 1680) 별시(別試)	丙科11
고득용(高得溶)			고종17(경진, 1880) 춘당대시(春塘臺試)	丙科4
고몽필(高夢弼)	천뢰(天賚)		중종32(정유, 1537) 식년시(式年試)	乙科7
고상안(高尙顏)	사물(思勿)		선조9(병자, 1576) 식년시(式年試)	丙科4
고선경(高善慶)			세조3(정축, 1457) 친시(親試)	丙科4
고언겸(高彥謙)			성종10(기해, 1479) 별시(別試)	丙科4
고유(高裕)	순지(順之)		영조19(계해, 1743) 정시(庭試)	丙科16
고익형(高益亨)	회지(會之)		숙종4(무오, 1678) 증광시(增廣試)	丙科8

고인계(高仁繼)	선승(善承)		선조39(병오, 1606) 식년시(式年試)	乙科7
고종필(高宗弼)	상경(商卿)		중종29(갑오, 1534) 식년시(式年試)	丙科11
고흥운(高興雲)	천상(天祥)		선조3(경오, 1570) 식년시(式年試)	乙科6
고응척(高應陟)	숙명(叔明)	취병(翠屏)	명종16(신유, 1561) 식년시(式年試)	丙科5
고한운(高翰雲)	자룡(子龍)		선조18(을유, 1585) 식년시(式年試)	甲科1
고득종(高得宗)			세종9(정미, 1427) 중시(重試)	乙科2
고신교(高愼驕)			세종26(갑자, 1444) 식년시(式年試)	丁科18
고대혁(高大赫)	광안(光顔)		명종4(기유, 1549) 식년시(式年試)	丙科24
고만구(高萬九)			순조22(임오, 1822) 식년시(式年試)	丙科4
고성진(高性鎭)			헌종10(갑진, 1844) 증광시(增廣試)	丙科29
고시경(高時景)			고종10(계유, 1873) 식년시(式年試)	丙科25
고시면(高時勉)			철종6(을묘, 1855) 식년시(式年試)	丙科19
고시신(高時臣)			순조10(경오, 1810) 식년시(式年試)	丙科1
고시협(高時協)			고종2(을축, 1865) 식년시(式年試)	乙科2
고시홍(高時鴻)			헌종15(기유, 1849) 식년시(式年試)	甲科3
고의상(高儀相)			고종22(을유, 1885) 증광시(增廣試)	乙科7
고정봉(高廷鳳)			정조24(경신, 1800) 별시(別試)	丙科17
고정헌(高廷憲)			정조7(계묘, 1783) 증광시(增廣試)	丙科24
고택겸(高宅謙)			정조4(경자, 1780) 식년시(式年試)	丙科16
고경준(高景峻)			철종14(계해, 1863) 별시(別試)	乙科1
고경진(高景軫)	응임(應任)		명종8(계축, 1553) 별시(別試)	乙科6
고경허(高景虛)	응실(應實)		명종1(병오, 1546) 증광시(增廣試)	丙科3
고극충(高克忠)			정조1(정유, 1777) 식년시(式年試)	丙科21
고기승(高基升)			고종17(경진, 1880) 증광시(增廣試)	丙科28
고기종(高起宗)			숙종2(병진, 1676) 정시(庭試)	丙科6
고덕수(高德秀)			세종14(임자, 1432) 식년시(式年試)	同進士4
고덕칭(高德稱)			세종29(정묘, 1447) 식년시(式年試)	丁科15
고득종(高得宗)	자전(子傳)		태종14(갑오, 1414) 친시(親試)	乙科3
고만갑(高萬甲)	성백(星伯)		숙종43(정유, 1717) 식년시(式年試)	丙科22
고만첨(高萬瞻)			숙종34(무자, 1708) 식년시(式年試)	丙科26
고명열(高命說)			영조9(계축, 1733) 식년시(式年試)	丙科20
고명학(高鳴鶴)			정조19(을묘, 1795) 식년시(式年試)	丙科33
고몽성(高夢聖)	계주(季周)		영조32(병자, 1756) 정시(庭試)	丙科4
고몽현(高夢賢)			태종2(임오, 1402) 식년시(式年試)	同進士17

고봉한(高鳳翰)		고종17(경진, 1880) 증광시(增廣試)	丙科22
고세창(高世昌)	백겸(伯謙)	성종25(갑인, 1494) 별시(別試)	乙科4
고승갑(高昇甲)		정조7(계묘, 1783) 식년시(式年試)	丙科21
고승안(高承顔)		세종8(병오, 1426) 식년시(式年試)	丙科1
고승헌(高丞憲)		경종3(계묘, 1723) 식년시(式年試)	丙科20
고경오(高敬吾)	여일(汝一)	선조38(을사, 1605) 증광시(增廣試)	丙科11
고형산(高荊山)	정숙(靜叔)	성종14(계묘, 1483) 춘당대시(春塘臺試)	丙科21

합계 65명

다른 성씨와 비교한다면 숫자적으로는 많지는 않았다. 그러나 성씨별 인구수를 감안해 보았을 때 적은 수는 아니라는 생각이었다.

참고사항

정기시험인 **식년시**는 3년에 한 번씩 실시되는 것인데 비정기시험인 **증광시**는 태종의 즉위를 계기로 설행되어 국가에 경사가 있을 때 실시되는 시험이었다.

특별시험인 별시에는 별시別試, 외방별시外方別試, 알성시謁聖試, 정시庭試, 춘당대시春塘臺試, 중시重試, 발영시拔英試, 등준시登俊試, 도과道科 등이 있었다. 증광시와는 달리 각종 별시는 문무과에만 있고

별시別試는 예고 없이 실시되었기 때문에 지방 거주자에게는 불리했다. 선발 인원이 제도적으로 정해진 것이 아니라 그때그때의 사정에 따라 달랐기 때문이었다.

외방별시外方別試는 국왕이 지방에 行幸할 때 行在所에서 실시하는 특별시험. 국방상의 요지인 함경도에서 실시하는 北道科, 평

안도에서 실시하는 西道科, 강화도와 제주도 개성부에서 실시하는 별시가 있었다.

알성시謁聖試는 국왕이 봄가을에 성균관 文廟에 참배한 후 明倫堂에서 주로 성균관 유생을 대상으로 치루는 시험이었다. 국왕이 직접 나와 실시하는 親臨科의 하나로 단 한 번의 시험으로 합격여부가 결정되었다.

정시庭試는 단 1회의 제술시험으로 당락이 결정되는 시험으로 본래 정식 과거라기보다는 권학의 의미로 시행하여 우수한 사람에게 殿試에 직접 응시할 수 있는 자격을 주거나 給分하던 시험이었는데 宣祖 이후에 독자적인 시험으로 승격된 것이었다.

춘당대시春塘臺試는 본래 각 軍門의 무사들을 춘당대(현, 창경궁)에 모아 武才를 시험 보던 것이었는데 뒤에 문과에도 적용되었다.

중시重試는 당하관 이하의 문관을 대상으로 하는 시험으로 10년에 한 번씩 시행했다. 합격자에게는 성적에 따라 4등급에서 1등급씩 올려주었다. 참하관에서 참상관으로, 당하관에서 당상관으로 승진시키는 시험이라 할 수 있다.

국조방목(國朝榜目)이란?

조선 태조 초기부터 1877년(고종 14)까지의 문과(文科) 급제자를 기록한 책. 필사본. 10권 10책. 20.2×20cm. 규장각도서. 책머리에 958년(고려 광종 9) 한림학사 쌍기(雙冀)의 헌의 (獻議)에 따라 시부(詩賦) 송(頌) 및 시무책(時務策)으로 진사(進士)를 시험 임명한 일과 고려 역대의 과거에 급제한 인명을 덧붙이고 있다. <네이버 지식inwltlrrhk 내가 함께 커가는 곳>

1. 國譯 "霽 峯 全書"(상, 중, 하), 韓國精神文化研究院.
2. "正 氣 錄", 忠烈公 濟峯 高敬命 先生 記念事業會.
3. 朴銀淑, "高敬命 詩 研究", 集文堂.
4. 崔仁鎬, "儒林"(1~3), 열림원.
5. 黃源甲, "歷史人物紀行", 한국일보사.
6. 김영두, "퇴계와 고봉 편지를 쓰다", 소나무.
7. 김덕진, "瀟灑園 사람들", 다할미디어.
8. 田英鎭 編著, "鄭澈, 松江歌辭(關東別曲)", 홍신문화사.
9. 金光洲(曾先之 原著) 편저, "中國의 歷史"(1~5), 韓國出版公社.
10. 국역 "신증동국여지승람"(1~3). 저작권자, 재단법인 민족문화 추진 회, 발행자, 민족문화 문고 간행회.
11. 新完 譯, "禮記" 四書五經7, 南晩星 譯註, 平凡社.
12. 신완 역, "春秋左傳" 中, 사서오경11, 李錫浩 역주, 평범사.
13. 신완 역, "孟子" 사서오경2 張基槿 解說, 평범사.
14. 박영규, "朝鮮王朝實錄", 도서출판 들녘.
15. 리기원, 허경진 옮김, "연암 박지원 산문집", 한양출판사.
16. 강명관, "조선의 뒷골목풍경", 푸른역사.
17. 유홍준, "나의 문화유산답사기"1, 창작과비평사.
18. 李文烈, "詩人", 도서출판 미래문학.
19. 김경진, "임진왜란", (주)자음과모음.
20. 정비석, 금강산 기행 "山情無限", 소나무.
21. 李光洙, "금강산유기", 실천문학사.
22. 박선홍, "無等山", 도서출판 다지리.
23. 趙湲來, "壬辰倭亂 史 研究", 아세아문화사.

24. 베어드 T 스폴딩(Baird T. Spolding) 원저, 정창영·정진성 옮김, "초인들의 삶과 가르침을 찾아서(Life and Teaching of the Masters of the Far East)", 정신세계사.

25. 닐 도날드 월시(Neal Donald Walsch), "신과 나눈 이야기(Conversations With God)" 1~3, 아름드리.

26. Daum 카페, 여행, 바람처럼 흐르다 - 춘원 이광수, "금강산유기", pp.1~12.

27. Daum 한메일 - 편지읽기, "조선조 양반들의 풍류"(허균의 '성수시화'에 나온 이야기. 김상조(제주대 교수) 한문학 - 중앙일보 2006년 5월 16일자 칼럼)

28. 개역개정판 "성경전서", 재단법인 대한 성서공회.

29. "몰몬 경(The Book of Mormon 예수그리스도의 또 다른 성약)" the church of Jesus Christ Letter - day Saints(예수그리스도 후기 성도 교회 발행).

30. 그리운 '반쪽' 그곳 미술은…… 윤범모 著, '평양미술기행', 네이버뉴스

31. 달 뫼의 역사 이야기 - 14, 사림계, "동인과 서인으로 갈라서서", 네이버 통합 검색창.

32. 임어당, "생활의 발견", 육문사.

33. 한상윤, "거친 밥 먹고 베옷입기", 도서출판 계간문예.

34. 김병총, "우륵", 도서출판 개미.

35. 신병주, "이지함 평전", 글항아리.

36. 金學主 譯解, "墨子", 明文堂.

37. 壬辰倭亂史, "고경명의 의병운동", 기획·발행: 국립진주박물관(편자: 임진왜란연구회)

38. "癸巳 晋州戰鬪 三壯士……", 大邱史學 제20~21輯 pp.248~249, 朴性植(경상대학 교수)

39. 인터넷 from ballocha

40. 고운, "하천유집", 엔코리안(주).

41. 한국의 명가 창평고씨일가(창평슬로시티 해설가 해설 시나리오로 준비한 내용).

42. 高氏大觀, 발행: 高氏中央宗門會, 발행인: 高濟哲, 뿌리文化社.

◆ 여기에 소개된 사람들

김종서 156
김진봉 17
김진필 385
김천일 48, 54, 55, 60, 357
김형 385
김효원 268

(ㄴ)

남곤 74, 75
내물왕 340
노상용 37
노수신 77
노자 39
눌지왕 340

(ㄷ)

단종 156, 293
담암(호전) 91
당고 153
대명 160
덕종 173
동월 160
두목 158
두보 195, 197
두웨이밍(杜維明) 12

(ㅁ)

명종 74, 77, 88, 100, 154, 173,
     175, 202, 207, 211, 226
명중 90
문군(탁문군) 187
문왕 202
문정왕후 74
문천상 59, 292

문홍헌 55

(ㅂ)

박광옥 384
박남호 163
박상 259, 346, 361
박선홍 16
박숙 362
박순 17
박시현 256
박지효 28, 385
반고 150
백거이 349
백인걸 66, 67
변연수 52
보장왕 140
복신 342
봉이 36
부여풍 342

(ㅅ)

사마광 91
사마상여 231
사마순 160
사마천 153
사방득 346
서거정 128, 160
서익 307
선종황제 168
성종 76, 80, 205, 260, 346
소동파 229
소진 331
송시열 312
순(문약) 89
순우곤 334
신숙주 157

고천석 ——

▌약 력

계간 『자유문학』에 단편소설 「익명(匿名)」으로 신인상 당선
중편소설 「딸을 위한 세레나데」로 황희문화예술상 본상 수상
작품집 『세레나데』·『물너울 저편』, 산문집 『나 울게 내버려 두어요』 등의 작품을 문예지에
다수 발표

자유문인협회, 한국문인협회, 한국소설가협회 회원
한국세계작가회 고문
육군하사(일반)로 제대
육군의 각 5개 부대 부대장 5회 표창과 포상
(주)삼양사 15년, 삼성화재(주) 13년 근무
“칭찬합시다”의 공로표창
예수그리스도(후기성도)교회 감독으로 13년 봉직
기타 역원직 40년 봉사

▌주요 언론과 방송 소개

중앙일보, 한겨레신문 등 여러 잡지에 보도
KBS, MBC, SBS, 교육방송, 하이 서울, 송파방송 등 다큐멘터리 제작 방영
라디오, TV 방송 및 각종 프로그램 매체와 여러 지역 방송에 다수 출연

풍류랑의 애가 上

초판인쇄 | 2009년 12월 15일
초판발행 | 2009년 12월 15일

지은이 | 고천석
펴낸이 | 채종준
펴낸곳 | 한국학술정보㈜
주　소 | 경기도 파주시 교하읍 문발리 파주출판문화정보산업단지 513-5
전　화 | 031) 908-3181(대표)
팩　스 | 031) 908-3189
홈페이지 | http://www.kstudy.com
E-mail | 출판사업부　publish@kstudy.com
등　록 | 제일산-115호(2000. 6. 19)

ISBN　978-89-268-0599-2 04810 (Paper Book)
　　　978-89-268-0600-5 08810 (e-Book)
　　　978-89-268-0597-8 04810 (Paper Book set)
　　　978-89-268-0598-5 08810 (e-Book set)

이담 Books 는 한국학술정보(주)의 지식실용서 브랜드입니다.